侯文詠

白色巨塔

THE HOSPITAL

導讀

【精神科醫師、作家】王浩威

1

原先就認識侯文詠的朋友，對於他醫學院畢業後選擇麻醉科專業，乍聽是有些錯愕的；然而，立即又可以會心一笑，馬上就領悟了對這選擇背後的侯文詠式幽默。在麻醉醫學發展史裡，最早發現的麻醉藥品之一就是氧化氮，又稱為「笑氣」。一旦開始受到這氣體的薰陶，一個人就忍俊不禁地哈哈大笑，既是不可自主的也是無法抑制的。

可以想像嗎，這股笑勁？想想閱讀侯文詠的作品時，從醫院系列到老婆系列，就是這種因為笑氣而著魔的模樣。

只是，這樣發噱的幽默，果真就是全部的侯文詠？

在我自己參加他的廣播節目《台北ZOO》的兩次經驗，從彼此青春年少的成長，談到當下的青少年自殺問題。在錄音室碩大的麥克風之間，在他爽朗的笑聲與笑聲之間，寂靜之外忽然感覺到了另一種從沒被看見的氣質。

我很難去形容這感覺，是有點嚴肅的憂慮，可是這樣的描述又太沉重，彷如「以天下為己任」一般要壓死人了。也許更準確的形容是像卓別林這樣，雖然兩人的幽默方式是截然不同的，但在淋漓盡致的忘我嬉笑之外，同樣都會冒出一些挑逗，在一閃而過的剎那，讓人有瞬間的深思。

2

在我學生時代，剛好是一群醫學生充斥在文壇舞文弄墨的，成為當時所謂的文藝新秀。從莊裕安、我自己、陳克華，到侯文詠，雖然在不同的醫學院，卻剛好依序排列，各差一屆地密切銜接。當然，侯文詠是知名度最高，讀者群也遠超過我們三人的總數。

後來，陸續畢業以後，在醫學專業上走上不同的路。

侯文詠和我雖然選擇不同的科別，卻是進到了同一家醫院展開生涯，從住院醫師一直爬升到主治醫師。很多朋友以為我們在同一家醫院是常常碰面、打招呼的。甚至，有一次，我剛上國中的侄兒開始迷上侯文詠的小說和有聲書，還理直氣壯地央求我「遇到」侯文詠時，請他逐本地簽名。

一般的朋友從不知道的是，像台大醫院這樣層次的醫療重鎮，整個空間龐大而複雜的程度，幾乎是不可想像的。兩個人雖然是在同一個空間裡，但就像希臘神話中克里特島上的米諾亞迷宮，在分歧的通道上永遠沒有碰面的巧合。如果我記憶沒太大的誤差，這樣的十多年，兩個人在醫院裡終於碰面的場合，也是唯一的一次，是包括侯文詠在內的幾位麻醉科醫師，一同到精神科來共同討論一位病情複雜的疼痛病人。

醫院就像迷宮，甚至是一種著了魔的迷宮。雖然是這樣一個空間有限的小天地，雖然是在同一地方的生活，整整十來年每天鑽來鑽去，人與人之間卻彷如是受了某種魔咒的禁令一般，永遠不得有相遇的機會。

3

這兩年台灣影迷圈裡，丹麥導演拉斯馮提爾（Lars von Trier）是引人注目的。雖然一九九六年獲坎城評審大獎的《破浪而出》和九八年的《白痴》都是傑作，但最教人印象深刻的，恐怕是《醫院風雲》各長達五、六小時的上下集吧。

在這一座坐落在丹麥的醫院王國裡，多年的醫學發展所因襲下來的傳統，已經形成了許多理所當然、卻是不可思議的現象。所有一切事情的運作，雖是如此的真實，卻因為充滿太多無法找到合理邏輯的事實，反而更像是虛構的超現實。

真實的世界比小說或電影裡的故事還更不合理，不論遙遠的北歐或是眼前的台灣，恐怕都是一模一樣。對電影導演或小說作者而言，為了說服讀者相信這種不可思議的存在，只好借用更多非現實的手法。譬如，拉斯馮提爾就以鬼魅氣氛來經營對這樣的真實的諷刺。

丹麥的醫院也好，台北的醫院也好，或是侯文詠筆下所虛構影射而成《白色巨塔》的這座醫院也好，都是同樣著了魔的空間。

4

法國當代思想大師米歇爾・傅柯（Michel Foucault），從瘋狂、監獄和醫院等等的發展過程，提出一套全新的歷史詮釋。他複雜而創意十足的說法是怎樣，恐怕不是這文章的重點，也不是幾千字的篇幅就可以描述完畢。同樣的，我相信向來不喜歡太多理論束縛的侯文詠，對傅柯大師厚重的書籍也不會有太多的眷顧。

然而，有趣的是「白色巨塔」這樣的一個象徵，無意之間和傅柯理論的某些巧合。

傅柯對現代社會層層相互控制的結構，一直帶有強烈的興趣，從重重的歷史中考掘追究。他提到十九世紀以來的某些建築趨勢，譬如監獄，因為要達到充分監控的效率，而產生的一些特色，直到今天，在好萊塢電影裡，我們還是可以看到他提到的圓塔形監獄。環狀的建築，每一囚犯各自監禁，鐵欄門口就赤裸裸地朝向圓塔的中心點。在建築的中心點又建立了一個環形梯，獄卒只要沿著環梯走過一趟，就可以清楚地監看每一位囚犯的活動。

這樣的圓形監獄就叫做panopticon。在傅柯的分析裡，這樣的監控狀態，一樣被完全看到的處境，雖然現代生活中不是這樣的圓形空間，卻也有同樣的情形在運作著。傅柯將現代人的這種生活處境，就直接以panopticonism稱之。

醫院的病房就是一個例子。最有效率的病房，往往是將護理站設立在可以隨時照顧／監控到病人一舉一動的地方。這時，病人的房間就相當於監獄囚犯的斗室，護理站就是獄卒通行的中央環梯。

但更多的時候，這樣的相互監控是超越建築或空間結構的。譬如同樣在醫院裡，雖然是講究客觀和科學的專業醫療人員，層層相疊的人際關係都是以巧妙的方式達到了全面監控的效果，讓身處其中的任何人，即使是不可一世的天才，也都不得不地像是遭了催眠一般失去了任何的個人自由意識。

侯文詠的《白色巨塔》，不論是題目本身的隱喻或是小說內容的背景，「恰好」和傅柯的觀察有了某一程度的一致性。

5

當然，這樣的「恰巧」，也許是一種必然的結果。

侯文詠著手於這一本《白色巨塔》，是他在一九九七年底完全辭掉了台大醫院的工作以後。

文壇的侯文詠是努力而投入的，醫學上的侯文詠其實也是同樣盡心盡力而且成就非凡。他在這所國內頂尖而嚴格的醫院裡，順利地升上主治醫師、完成博士學位，發表分量可觀的學術論文，甚至年紀輕輕地就通過了教育部的部定副教授。這在同一輩的臨床醫師裡，幾乎是出類拔萃的佼佼者。然而，這樣十來年辛苦努力累積的豐碩成果，在完全的辭職以後，一夕之間，戛然結束，然後開始了這一本小說。

在小說裡，崇高的專業知識和偉大的濟世使命，國內醫學界最自豪的這兩項「美德」，隨著主角們在個人的利益顧慮和群體的相互監控之下，逐漸扭曲變形，甚至被犧牲和遺忘。這樣的情形，即使是小說人物的「好」醫師，譬如蘇怡華和關欣，也都有不得不承認和接受的時候；至於所謂的「壞」醫師，那就更不用提了。

整個小說情景雖然是參考台大醫院的空間和運作狀態，但熟悉醫院人事狀態的人，都可以確定這絕對不是一本揭發隱私的真相小說，沒有所謂的對號入座。在小說情節的營造下，作者巧妙而適當地將某些人物、遭遇和過程加以戲劇化，也拋開了真相小說的八卦作風，整個小說還是相當程度地反應出台灣醫學界的現實狀況。

就這一點而言，侯文詠的這本小說不僅是在他個人創作上又一新境界的挑戰，也是國內小說少見的社會寫實路線。這本小說雖然不屬於推理小說，但是這種社會寫實的風格，卻不禁教人想到日本推理小說大師松本清張。

6

當然，除了松本清張，侯文詠對自己創作的期待，恐怕是更接近《侏羅紀公園》的原著作者克萊頓（Michael Crichton）。

如今是美國大眾小說大師級人物的克萊頓，在擔任英國劍橋大學人類學講師，又重回到美國哈佛修醫學系課程。當時，他以John Lange等筆名寫了十本的驚悚小說，不但付清了昂貴的醫學院學費和生活費，也得到了驚悚小說重要的愛倫坡獎。

醫學課程結束以後，克萊頓反而全力投入了寫作。以本名出版的作品中，包括《剛果》、《侏羅紀公園》、《旭日東昇》等等，充分結合了他的專業訓練（人類學和醫學）。包括近年受國內觀眾歡迎的《急診室的春天》影集，就是他作品中的典型特色。

侯文詠的創作企圖是可觀的。但是，這樣的企圖不是純文學的，而是提供國內讀者更具閱讀樂趣的小說。雖然，以克萊頓為標準來說，也許《白色巨塔》離這樣大師級的大眾小說還有一段距離；但是，就國內的大眾小說而言，侯文詠卻是跨出了一大步。

侯文詠，也許是明日台灣的克萊頓，關於這點，國內的讀者是可以期待的。

目錄

第一章

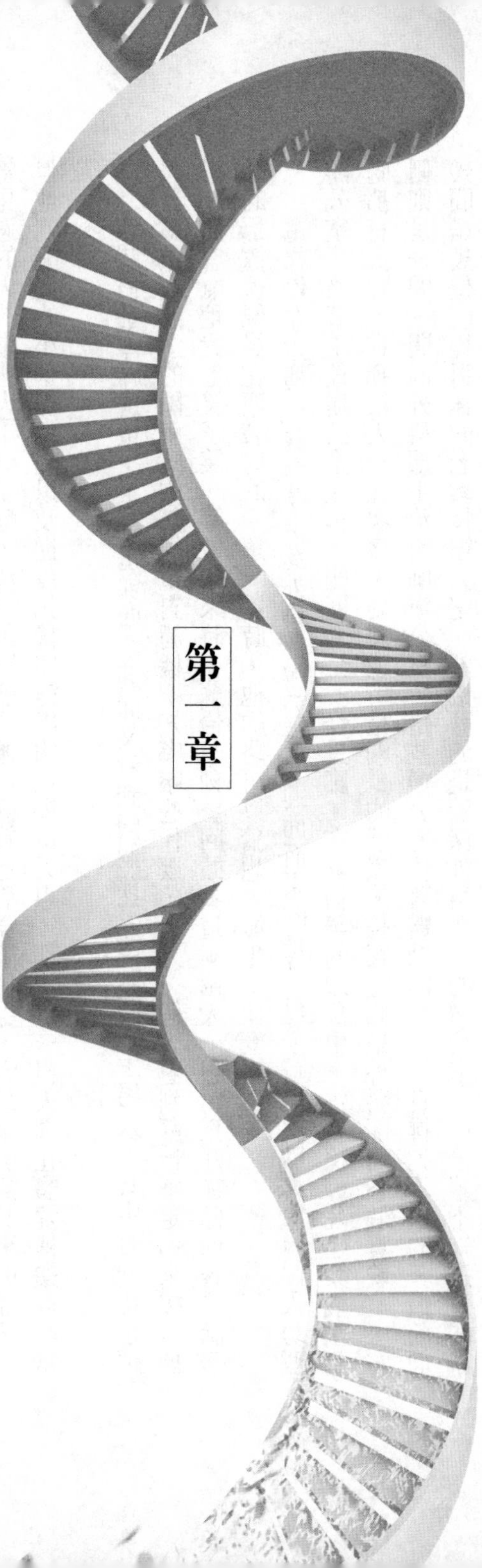

1

柵門打開，蘇怡華收回停車識別卡，他的汽車緩緩通過往地下停車場坡道。才駛進醫院停車場，蘇怡華就覺得氣氛非比尋常。一路上，所有轉角路口，都站著平時不曾見過的人。這些人十分年輕，清一色留著平頭。儘管他們穿著便服，看起來若無其事的樣子，但他們配備的小手提包，以及從皮包縫口露出的無線電天線，都使這一組人馬在醫院裡顯得非常突兀。

等蘇怡華停好汽車，走進電梯間，迎面又看到兩個穿著西裝的陌生男人。其中有一位正忙著對佩戴在頭上的隱藏式的無線電對講機不知嘟囔些什麼，另外一個人看到蘇怡華走過來按電梯鈕，還客氣地對他笑了笑。等電梯來時，蘇怡華刻意回頭看這兩個人一眼，正好從側面瞥見講著話的那傢伙佩掛在西裝底的手鎗。這時，他約略可以猜想，發生了什麼事。

電梯停在六樓，蘇怡華走進外科部辦公室。迎面而來的是外科部唐主任以及他的行政助理辦公室。沿著主任辦公室左轉，開展的是一條長廊。在蘇怡華的印象中，這整棟醫院建築幾乎到處都有長廊，長廊給人一種次序、倫理或者是漫長的感覺。長廊左側是外科部的各個實驗室，右側則是一間一間的外科部主治醫師辦公室。這些辦公室依著醫師的年資一直排列下去的。最前面幾間是幾位已經退休的老教授辦公室。緊接著的是資深外科教授的辦公室。蘇怡華不知道這些辦公室的排列次序是怎麼形成的，外科部的住院醫師們就曾戲稱，不管開會或者辦公室的位置、風水地理，權力的展示在外科部是以距廁所的遠近為準則的。蘇怡華笑了笑，廁所坐落在剛剛外科部辦公室入口的地方，他自己的辦公室還要往前走，顯然和廁所有一段距離。

蘇怡華走進辦公室時，他的研究助理正好把咖啡粉舀到濾紙上。

「蘇醫師，你今天晚到了，一大早內科部徐大明主任打過三通電話找你。」研究助理把過濾器放入咖啡機中，「你要不要也來一杯？」

蘇怡華點點頭。

「三通電話？」他想不出徐主任找他什麼事？他們彼此不熟，也沒有什麼醫療上的往來。

她打開開關，發出蒸氣通過濾紙滴滴答答的流水聲響。

「聽起來他找得很急，你最好先回個電話。」

助理小姐把咖啡遞給他，就逕自去打電話。過了不久，電話接通了，她把話筒傳給蘇怡華。

「徐教授早，我是外科蘇怡華醫師。」

「我看到在台灣醫學雜誌上有一篇你的作品：經皮膚穿刺內植式中央靜脈輸液管裝置及併發症處理：1000例病例報告分析，恭喜你，寫得很好。在台灣這方面你可以說最有經驗。你很年輕，不容易啊，不容易。」

「不敢當。徐主任過譽了。因為是小手術，別的外科醫師可能興致不高，所以我做得比較多。」

「你做得很好，我們都打聽過，不要客氣。」徐主任稍停了一下，「不曉得你方不方便過來一趟？有一些關於內植式中央靜脈輸液管手術的問題我想私下向你請教？」

蘇怡華放下拿在左手的咖啡，看了看錶說：

「當然可以，只是我和住院醫師約了去病房迴診，也約了幾個病人家屬要說明病情，所以如果晚一些的話……」

「蘇醫師，我知道這樣有些唐突，不過我希望你現在馬上直接過來，並且不要和別人多說什麼，」徐主任停了一會，「你剛剛進醫院時看到了很多安全人員，對不對？不瞞你說，總統先生現在就在病房裡。」

*

「你先看看這個。」徐教授一頭花白的頭髮，他挪動矮胖的身材，起身把一本病歷遞給蘇怡華。「你知道，總統就這麼一個寶貝女兒。」

蘇怡華坐在偌大的內科主任辦公室會客間，相對於外科主任辦公室，這個地方顯得空空盪盪。他大略翻了一下病歷。病人陳心愉是十七歲女性的急性白血病患者，做過第一次化學治療，正進入第二階段恢復期。目前她各項血球檢驗數目顯示治療情況還不錯。

「心愉這個孩子算是很乖，治療期間也一直很配合。嘔吐、掉頭髮對她都不是問題，可是就靜脈注射還有抽血這件事，簡直要她的命。」徐主任挪了身體靠過來對蘇怡華說，「你知道，總統府離這裡很近，總統一天到晚待在這裡，連辦公室王世堅主任都跟我們院長抱怨。凡是抽血打針，沒有一次心愉不是呼天搶地，簡直比兩岸會商還傷腦筋。每次總統皺眉頭，我們也要命。我們打算在第二次化學治療之前裝置內植式中央靜脈輸液管，你覺得如何？」

「時機是不錯，」蘇怡華考慮了一下，「但是目前內植式中央靜脈導管技術的發展還沒有到完全成熟的地步，尚無法完全排除併發症的可能性。」

「這個我了解，」徐主任稍停了一下，「依雜誌上的報告，你們的方法比傳統的辦法併發症少，是嗎？」

「經皮膚穿刺的植入法比傳統手術方式傷口比較小，恢復時間快，感染的機會也大大降低，」蘇怡華點點頭，「可是像中央靜脈栓塞、上腔靜脈症候群這類的問題恐怕仍然存在。」

「機會大不大？」

「我們的統計大約介於千分之二、三十之間，不過我相信最近發生併發症的機會應該更低。」

「為什麼？」

「因為那一千多個病人的緣故，我們的經驗多了。」

徐主任站起身來，支著手繞沙發踱來踱去。他一句話不說，幾乎忽略了蘇怡華的存在。

「就算千分之二、三十還是很高的機會，」徐主任喃喃唸著。

過了好久他抬起頭來問：

「東京，或者是紐約那邊的結果怎麼樣？總統府想知道，有沒有必要請國外的醫師過來幫忙？」

「他們最好的成績也不過是千分之六、七十之間的併發症，」蘇怡華搖搖頭，「而且大部分還用傳統的方法，病例數也沒這麼多。」

徐主任又來回踱了一會，意興十足地看著蘇怡華，問他：「你想，你要是我，會作什麼決定？」

「我不知道，因為我不是你，所以不知道你會作什麼決定，」蘇怡華搖搖頭，「不過我相信你請我來是要我幫忙解決你的問題，而不是作決定的。」

「好吧，既然如此，」徐主任笑了笑，「我們一起去看看病人！」

*

電梯螢幕上顯示十五樓。

一開門，迎面就看到和地下室電梯間一樣裝扮的安全人員。徐主任陪著蘇怡華走向總統專用的病房區，除了通過一道像搭飛機安全檢查時通過的窄門外，一路上他們並沒有受到任何的檢查。

在蘇怡華通過安檢門時，儀器發出嗶嗶的聲響。

「一定是聽診器，」徐主任笑了笑，「對不起，我忘了告訴你。如果沒有特殊必要的話，這些總統病房裡面都有。」

安全人員也跟著微笑。遞給他一個盤子。

「麻煩你了。我們會幫忙保管，等一下離開時還給你。」

通過檢查門，蘇怡華發現總統病房區的建築格局和底層的辦公室差不多。只不過是原來他們三十幾個主治醫師的辦公室、實驗室，現在變成了總統專用的病房區。沿著長廊往病房走，分別是警衛區、藥劑部、檢驗部門、放射線檢查部門、會客室，以及更內部的病房——一個完整的小型王國。病房就在長廊盡頭。門外，一條長辦公桌，坐著幾位總統的貼身侍衛。

蘇怡華認出了總統府辦公室王世堅主任。他在電視上見過王主任，從總統的國會助理、新聞發言人到現在的辦公室主任，他一直是總統最得力的左右手。

「總統和夫人都在裡面，」王世堅站起來招呼徐主任，「麻煩你們稍等一下，我進去通報。」

王主任逕自走入病房，不一會兒，立刻出來領他們進去。

「報告總統及夫人，徐主任來了。」

一進門，蘇怡華一眼就看到座上的總統、夫人以及醫院趙院長。

「徐主任，請坐。」既然總統站了起來招呼他們，屋子裡面所有人也只好跟著站著。

「我給總統及夫人介紹，這是外科蘇怡華醫師，他是國內內植式中央靜脈輸液管的權威，有一千多例的經驗。」徐主任說。

「蘇怡華醫師，」總統仔細地複誦名字，習慣性地伸出他的右手和蘇怡華握手，「辛苦你了！」

「辛苦你了。」夫人也伸出手和蘇怡華握手。

「蘇醫師看起來很年輕。」總統笑著說。

蘇怡華靦腆地笑著，不知該如何回答。他是總統的選民，可是只曾在比較遠的距離看過總統。這是蘇怡華未曾有過的經驗。總統的手很厚實，實際身材則比他從電視得來的印象來得矮小。

短短的沉默之後，辦公室王主任打破這小小的尷尬場面，「那麼，我們一起進去看看心愉。」

他領著蘇怡華、徐大明主任走進更裡面的病房。總統、夫人、趙院長則尾隨在後。

心愉躺在床上，很機警地坐起來。她的頭髮全掉光，長出薄薄的一層細毛，用一雙亮亮的大眼睛看著蘇醫師。

「心愉，王叔叔給妳介紹蘇醫師，他要幫妳動個手術，以後妳抽血、注射就不用挨針了。」

「哎呀，爸爸你不是答應我要去上班嗎？」一發現總統和夫人也走進來，心愉嬌嗔地嚷著，「原來你還在這裡，弄得大家緊張兮兮的。」

「好，好，等蘇醫師看過，我馬上就走。」總統有點招架不住似的退後一步。

一時之間，病房裡彷彿有了一些歡樂氣氛。

「妳好，我是外科蘇怡華醫師。」

「蘇醫師，」心愉打量什麼似的看著他，「他們說你要幫我裝一個插頭，以後抽血或打針就從那個插頭，像接自來水或者插電線那麼方便。」

「就是那麼方便。」蘇醫師點點頭。

「插頭安裝在哪裡？」她問。

蘇怡華指出她左胸鎖骨下方的位置，「插頭裝在這裡皮下，妳會摸得到一個小小的突出，」他沿著插頭的位置向內畫了一個弧形，終止在胸骨靠心臟的位置，「連接插頭有一條輸液管，我會把它放到中央靜脈靠近心臟的位置，妳完全摸不到。」

「以後我胸前會不會有一個難看的疤？」

「這麼小，」蘇醫師右手拇指、食指比劃出了大約兩公分的距離，「而且我會儘量把傷口的位置拉低。」

「多低？」

蘇怡華靠近她的耳朵。「低到妳可以穿低胸晚禮服的程度。」他喜歡這個女孩子，她身上有一種快樂的氣質。

「很好，今年春節晚宴，我就想那樣穿。」她刻意看著總統。

總統笑了笑，沒說什麼。

「手術時間大約一個小時。」蘇怡華補充。

「你們會不會讓我睡著？」

「我保證，」蘇醫師說，「我會請最好的麻醉醫師來幫忙。」

心愉點點頭，似乎不再有進一步的問題。

「怎麼樣？我的大小姐？」總統問心愉，「明天就請蘇醫師幫妳手術，這樣安排，妳還滿意嗎？」

心愉安靜了一下。過了一會她說：「爸爸，我跟你說，蘇醫師長得很像日本連續劇裡面那個織田裕二，他也演過一個醫師……」

「織田裕二是誰？」這回總統迷糊了。更糟糕的是一屋子裡沒有人能回答這個問題。

「爸爸都不看電視。」心愉怨怨地說。

「總統不喜歡看電視，」最後總算夫人出來解了圍，「他一打開電視就聽到有人罵他，心煩。」

看到總統歡歡喜喜的表情，大家知道那是個笑話，都笑了。

他們又討論了一會。起身告辭的時候，總統和夫人都站起來送客。送到門口的地方，總統說：

「蘇醫師請留步，我還有話想單獨和你談一下。」

等確定王世堅把其他醫師都送走，總統過來拉著蘇怡華的一隻手，他說：

「蘇醫師，你知道我們就這一個女兒，她是我們的開心果，這是她第一次開刀，不瞞你說，內人和我急得不曉得該怎麼辦才好？」

總統放開了蘇怡華的手，他拉著夫人過來，一起向他恭敬地鞠躬九十度。

「一切拜託你了。」總統說。

蘇醫師嚇了一跳，慌忙彎腰回禮。

「一切拜託你了。」夫人也複誦一遍。

在蘇醫師來不及抬起頭之前，總統夫婦一起又向他行了一次九十度的鞠躬禮。

2

開刀房護理長魏明珠搖擺著她那不算輕盈的體態，謹慎而小心地推開第三手術室的大門，拉住在裡面的流動護士，用小得不能再小的聲音問：

「腫瘤拿下來沒有？」

流動護士跟她搖搖頭。

護理長指了指手術檯上外科唐國泰主任，又比了比心的位置。

流動護士嘟著小嘴，頭搖得更厲害了。她低聲地說：

「他今天心情壞透了。」

手術檯上唐主任正把一隻大手伸到病人肚子裡去，他的住院醫師抓著抽吸器軟管，呼嚕呼嚕地正從腹腔裡吸出一堆血水。站在外圍的是刷手的開刀房護士，準備了彎鉗及止血絲線嚴陣以待。

「明珠，妳在那裡嘀咕嘀咕個不停，」唐主任側過來蒙著口罩的臉，露出兩個銳利的眼睛，「到底在說我什麼壞話？」

「誰敢說你的壞話？」護理長本來就是圓臉，現在笑得漾出了個滿月，「我特別來問候你心情好不好？」

「整天跟一群飯桶在一起，妳說我心情怎麼會好？」

終於那一大團軟軟黏黏的東西被完整地從病人的腹部切除了下來。厚厚重重地一大塊完整的腫瘤硬塊，血淋淋地放在一張綠色的無菌布單上。

「妳看，醫生飯桶也就算了，連病人也是飯桶。早叫他來開刀不聽話，去吃什麼中藥，弄成這樣，故意要折騰我。我早晚會被他們氣得中風。」唐主任拿起電燒，在腹腔裡燒出了一片煙，發出淡淡的烤焦氣味。他皺皺眉頭，往後退了一步，用電燒指著一位住院醫師說，「你，現在下去，把切下來的標本拿給病人家屬看，告訴他們如果再吃什麼亂七八糟的偏方，下次死掉我也不管了，不要再來找我。」

「主任，」住院醫師雙手抱著一大塊血淋淋的腫瘤，有點不知所措，「是不是只拿一小部分標本出去……」

「全部用中單包去，唉，我說你們這些飯桶，」唐主任做了個不耐煩的表情，「全部都拿去，告訴他們不要再來找我。死掉我也不管了。七個字，知不知道？死掉我也不管了。等一下我會去查，你有沒有跟病人家屬講。」等住院醫師抱著腫瘤走開，他又歎了一聲氣，「我打賭他不敢跟病人家屬這樣講。信不信？都是飯桶，沒有膽量，當什麼外科醫師呢！」

「哎喲，唐主任，」護理長笑咪咪地，「你不要火氣這麼大嘛，這台刀結束我請你喝咖啡。」

「我才不要喝什麼咖啡，你們開刀房那台機器沖的那種墨汁叫咖啡？」

「我特別給你準備了專用的咖啡機，特別伺候的咖啡豆，誰不知道唐主任是挑剔出了名？等一會我親自出馬給你泡咖啡。」

唐主任把腹部開張器從病人身上拿了下來，現在他可有一些興致了。

「Dexon線，快點，我要關肚子了。」他急促地喊著，「等一下可是妳們護理長要請我喝咖啡，別讓人家等太久。」

等唐主任接過針線，正好看見麻醉部賴成旭主任推門走進來。

「賴主任你來得正好，」唐國泰開始滿腹牢騷地抱怨著，「你到底懂不懂麻醉。麻成這個樣子，病人肚子硬邦邦地，叫我怎麼關？」

賴成旭主任挺著肥肥大大的肚子，他看了看監視器上的各種數據後，尷尬又無奈地笑著。

「唐主任，手術快結束了，現在再追加肌肉鬆弛劑怕會延遲病人甦醒……」他的口音帶著廣東腔。

「手術什麼時候結束是我的事。你到底會不會麻醉？麻成這個樣子我怎麼關肚子？」唐主任可不高興，「枉費去年你教授升等的時候我還投你一票，現在你當教授了，連麻醉都忘了？」

「可是……」

「快點，沒看我等一下有事嗎？」唐主任的聲音愈來愈大，「你們不是有什麼超短效的肌肉鬆弛劑嗎？貴得要死，你還拜託我一定要在藥事委員會通過，我幫你們說話了，我也不曉得你拿了多少好處，現在進藥通過，你給我麻成這樣，我一點好處都沒有。」

手術室靠近污走道的自動門嘩然打開，外勤護理人員推著推床，把下一台手術的病人推送進來。

這是關欣忙碌的麻醉醫師生涯中再也平常不過的一天。關欣瘦瘦小小的身軀，她的臉龐輪廓十分清秀，一頭清湯掛麵的髮型。

「早。」關欣跟病人打招呼、問好，請病人換床，貼上心電圖電極片、套上血壓袖套，以及食指上的動脈血氧監視夾。

「護士小姐，早。」病人客氣地對她回應。

「我是你的麻醉科主治醫師關醫師。」關欣更正他。等監視器都裝置妥當，關欣用目光迅速地掃描過所有監視器上顯示的數值，「昨天晚上睡得還好嗎？」關欣習慣站在病人左手側。

病人不好意思地點點頭，他有些困窘，竟然誤認自己的主治醫師是護士小姐。

「現在覺得很緊張嗎？」關欣又問。

病人又點點頭。關欣雖然是資深的麻醉醫師，可是個頭小，看起來很年輕，常被誤以為是護士小姐。事實上，她並不真正在乎病人回答的內容，可是她必須看到病人回答問題的樣子。無法說明為什麼是這樣，麻醉誘導就要開始了，她必須了解病人的狀況。可是除了昨天的訪視以及病歷上一堆數據外，她只能靠這個直覺。每天站在生死交關的第一線上，直覺教會她的事比儀器上的數值還要多。很多事情只是一種直覺。

站在病人頭部上方位置的是第一年的麻醉住院醫師，正檢查著手中的咽喉鏡，以及插管用的塑膠製氣管內管。等做完了常規檢查，他拾起從麻醉機延伸出來蛇形氣管上的面罩。

他看著關欣，點了點頭。

「面罩裡面的是氧氣，」關欣告訴病人，「我要你現在開始慢慢做深呼吸。」她旋開套在

1. 污走道：環繞在手術室外圍，用來連接無菌區域與外界，運送病人的走道。

點滴輸液導管上的注射用三插頭覆蓋，開始給病人注射嗎啡類止痛劑。

住院醫師緊張地扳動咽喉鏡，盤算著插管的每一個步驟，那是有時限性的。再過一會兒，關欣醫師即將開始麻醉誘導。在超短效巴比妥類藥物與短效性肌肉鬆弛劑讓病人失去意識之後，患者喪失呼吸能力，他的倒數計時就開始了：他必須在體內的血氧消耗殆盡之前完成插管——通常那不過一、二分鐘以內的事。

病人配合著指令做深呼吸，看起來有些昏沉。

「很好，」關欣指示著，「深呼吸，再來。」

住院醫師回頭調整麻醉機上的氧氣流量，並把面罩懸空在病人臉部上方約四、五十公分的位置，讓氧氣以每分鐘六公升的流速從面罩中流出。

「我現在要讓你睡著，」關欣對病人說著，緩緩地推入超短效巴比妥藥物，「你會覺得頭愈來愈昏，愈來愈昏……」不到幾秒鐘，病人失去了意識，她緊接著又推入短效性去極化肌肉鬆弛劑，引起病人全身肌肉群陣陣痙攣，終於癱軟無力。

計時開始。住院醫師很用力地扳開了咽喉鏡葉片，緊張地開始他的插管工作。

時間正一分一秒地過去。

儘管這是麻醉工作最關鍵的時刻之一，儘管在執行插管之前他已經在腦海中複習了幾百遍，可是工作並不如想像中的順利。他口裡喃喃地計時著，數到第一個二十秒時，他還沒有達到應有的進度，等他數到第二個二十秒時，咽喉鏡葉片仍然還在嘴裡和舌頭、口水奮鬥，四周一片模糊，什麼也看不見。

「我看不到聲帶，」終於他開始求救了，「到處都是舌頭。」

關欣站在病人左手側，不慌不忙地說：

「你別急，先放鬆咽喉鏡，重新用葉片把舌頭撥好。對，現在空間騰出來了，葉片再輕輕地往喉嚨深部前進，好，就是這裡，用力往上提。」關欣左手輕壓脖子的喉結，右手則去幫忙住院醫師提起咽喉鏡柄，「看到聲帶了嗎？」

「看到了。」

「趕快放氣管內管啊，」關欣喊著，「又不是郊遊欣賞風景。」

一會兒，關欣輕壓在喉結上的左手可以感覺到氣管內管通過了氣管，她看見住院醫師的咽喉鏡葉片退出了病人嘴巴，「氣管內管用膠帶固定在嘴角二十公分的位置。」她吩咐。

關欣迅速看了所有監視器上的數值一眼，一切情況還好。接上蛇形管之後，關欣看見病人的胸膛在氣囊的擠壓下對稱而均勻地起伏著。她掛上聽診器，聽見兩邊肺部傳來清楚明晰的呼吸音。

「Isoflurane維持1到1.5％之間，笑氣氧氣比1比1。我希望病人血壓收縮壓控制在140mmHg以下，舒張壓不要超出90mmHg。」關欣調整了麻醉機濃度。

住院醫師已經嚇得一身冷汗了。他收拾好咽喉鏡，拆開葉片及手柄，浸泡在消毒液裡，回頭用一種不解的表情問：

「關醫師，妳沒有看見喉嚨裡面的情況，怎麼會知道我的葉片位置太淺了呢？」

關欣想了想，似乎想不出答案，露出一個不好意思的笑容。

「等你做麻醉像我這麼久，自然就知道了。」

她拿起充滿藥劑的注射針筒，注射時效稍長的肌肉鬆弛劑。邊注射，想起什麼，興致地問她的住院醫師，「病人全身麻醉以後，打針注射，如果聽見叫『哇』的一聲，你想發生了什麼事？」

「叫『哇』的一聲？」住院醫師又開始緊張了，「是不是氣管內管插到食道去了？」

關欣搖了搖頭。「你再想想，病人已經全身麻醉，失去意識了，怎麼可能還發出聲音？」

「怎麼可能？」住院醫師抓頭抓了半天。

「扎到自己的手了。」關欣慧黠地笑了笑。

他們一邊說笑著，有個麻醉護士慌慌張張跑進來。

「關醫師，外科唐主任在第三手術室發飆，妳要不要過去救救我們賴主任？」

尾隨著麻醉護士走進第三手術室的關欣，她的聲音清亮，還沒走近手術檯，整個房間的人都聽到她的聲音了。

「聽說唐主任開刀開得肚子關不起來，在第三手術房發飆？」

唐主任斜眼瞪了關欣一眼。

「我還以為你們主任去討什麼救兵，搬出了個兇女人來對付我。」

「唐主任，你不要開刀不順，東牽拖，西牽拖，好像全世界都對不起你了。」

「我就說兇女人來了，」唐主任自我解嘲地說，「你看，罵起人來了。」

「別開玩笑，誰敢罵你？」

「問問你們主任啊，他不是標榜什麼服務導向嗎？」唐主任尖酸地說，「像我這樣一個可憐的外科醫師，卑微地希望順利開完刀，好好地下手術檯去休息室喝杯咖啡。妳看，現在這樣肌肉硬繃繃的，我怎麼關肚子？我又不是要求你們變魔術，這麼簡單的事都做不到，還談什麼服務導向呢？」

「好吧，唐主任。這是你要的肌肉鬆弛，」關欣高高舉起注射針筒，讓大家都看到，「別人注射十毫克可以打發一個小時，你是主任級的，我現在打四十毫克，你的肚子愛關多久，就關多久，這樣你滿意嗎？」

唐主任看了關欣一眼，低聲嘟囔著：

「我可沒叫妳打那麼多。」

關欣一下子把注射針筒內四十毫克的劑量義無反顧地注射完畢。

「所以我說殺人放火都沒關係，千萬不要去惹兇女人。」唐主任斜瞄了關欣一眼，終於閉嘴了。

手術房忽然變得格外安靜，靜得有點不太尋常，連心電圖監視器嘟嘟嘟的聲音都可以聽得清清楚楚。

「那我先走了，」護理長知趣地推開大門，「記得喔，唐主任，我在休息室等你喝咖啡。」

見風波平息，賴主任也無聲無息地走了。現在，這台手術似乎開始有了一些尾聲的感覺。手術房刷手護士開始清點紗布，流動護士也把房間內的音樂量放大，並去污走道把推床推進來，準備送走病人。

麻醉護士這時不安地問關欣：

「關醫師，肌肉鬆弛劑打那麼多，等一下甦醒的時候怎麼辦？」

「放心，」關欣笑了笑，低聲地告訴她，「剛剛打進去的四西西都是生理食鹽水，沒有什麼肌肉鬆弛劑。」

看著麻醉護士睜大了眼睛，關欣刻意提高了音量。「唐主任，現在肚子軟一點了嗎？」

唐主任埋著頭縫合腹部，彷彿賭著氣似的，決心不再說話。

「除了麻醉病人以外，」關欣附在麻醉小姐耳邊說，「有時我們也需要麻醉外科醫師。」

麻醉小姐幾乎笑了出來。

「關醫師，我覺得妳很特別，」她說，「大家都很怕唐主任，可是妳一點都不怕。」

「這不困難，」關欣拍拍麻醉小姐的肩膀，「我打定了主意不要升等，更沒有要求他進什麼新藥。」

*

唐主任坐在休息室，啜了一口熱騰騰的咖啡，不住地搖頭，歎著氣說：

「唉，苦楚啊，苦楚。」

「哥哥，我泡的咖啡不好喝？」

「每個人都有專長，明珠，但妳的專長絕不是泡咖啡，」唐主任頑皮地笑了笑，「不過話說回來，這個醫院誰對我好，我清清楚楚。」他啜了一口咖啡，又歎氣，「苦楚，人生苦楚啊。」

護理長嘟著嘴，裝出生氣的表情。「我說，你這個人就是挑剔。你的人生還苦楚，別人不都跳樓去了？」

「就說上個禮拜妳們開刀房那個小姐好了。我沒有摔手術刀已經很忍耐，她反倒一把鼻涕一把眼淚地，摔了器械就走。我被個年輕小姐欺負也就算了，結果妳們說好說歹去哄她，怕她離職了。我問妳，院長有沒有來問過我，怕過我鬧脾氣，也要離職？」

「醫院鬧護士荒你又不是不知道，那個小姐才來這裡幾個月，什麼都不懂，虧你是堂堂大主任，這種小事你也要和她計較？」護理長稍停了一會，「再說，我不是跟你保證過了嗎，只要我當一天護理長，她就不會在你的手術房裡面再出現。」

「真不知道現在的年輕人在想什麼，」唐主任又歎氣，「從前我要到美國進修時，老大還抱在我太太懷裡吃奶。老主任臨行前把我找去，本來以為他要給我一些勉勵。沒想到他什麼也沒說，只問我籠子裡面那些他實驗要用的老鼠我打算怎麼辦。我咬著牙回答，我會請我太太過來養。妳看，我們年輕的時候是那樣對老師的，我真不知道現在的年輕人在想什麼。那時候從美國打國際電話回台灣多貴啊。想起來很好笑，電話打回家裡，很少關心太太孩子，都在問老鼠養得好不好？」

唐主任一邊說著，看見外科邱慶成副主任要走進更衣室。

「主任，喝咖啡？」他特意地在更衣室門口回過頭來，笑咪咪地朝著唐主任打躬作揖，「上回我特地從牙買加給你帶回來那包咖啡喝了沒有，不曉得味道還合意嗎？我可以請人再帶一些。」

唐主任啜著他的咖啡，不置可否地點點頭，愛理不理的樣子。

「你的學生對你都很尊敬嘛，」護理長說，「你還抱怨。」

「這個邱慶成沒有用，我太了解了，」唐主任用食指繞著太陽穴轉圈，「他的問題就是太聰明了。信不信由妳，將來第一個騎到頭上欺負我的人就是他。」

唐主任又喝了一大口咖啡，看見蘇怡華正好和另外一位外科醫師陳寬一起經過。他們停了下來，匆匆忙忙跟他點個頭，又走進更衣室去了。

「這兩個呢？」護理長問。

「他們都是我拉拔長大，一個一個什麼德行我不知道？」唐主任指著蘇怡華的背影，「像這個，本事倒是有一些，麻煩的是不知天高地厚。將來一定會有人修理他。」唐主任尖酸地說著。

「說到蘇怡華，」護理長把身體挪了過來些，手指著頂樓，靠在唐主任耳朵旁低聲地說，「上面的那個寶貝女兒找他裝內植式靜脈輸液管你知不知道？」

唐主任愣了一下。「妳今天找我就是這件事？」

「哥哥啊，你一天到晚抱怨小事，人生苦楚啦，又是什麼的，放著大事不管？」

「我又不做那種小手術，他愛裝就去裝，干我什麼事？」

「內科徐大明是總統醫療團副召集人，你也是副召集人。你還是外科主任兼開刀房委員會主席。他支使你手下的人，把刀開到你的開刀房來了，你還說沒事？」

「妳又怎麼知道的？」

「我認識很多小鳥，」護理長神秘兮兮地說，「小鳥飛來告訴我的。」

唐主任沒有說什麼，撐著手托著下巴。

「哥哥，你怕老，怕別人騎到你頭上，就不知道要早一點作打算？」護理長提醒他，「誰不知道趙院長就退休了？難道等徐大明當了院長名正言順地來欺負你？」

護理長離開後，唐國泰坐在休息室，一通電話打到院長室去。

「院長室，你好，」接話的是院長室秘書清脆的聲音，「你稍候，我幫你轉接。」她按下了內線按鍵，「院長，二線唐主任電話找。」

趙院長坐在他那堆滿了公文的大辦公桌前，按下二線鍵，「老唐，什麼事？」

「趙院長，你和徐大明找蘇怡華給陳心愉開刀，搞什麼怕我知道？」

「老唐，這件事電話裡面不方便談，你要不要過來我辦公室？」

「我等一下還要進去開刀，沒那麼多時間。我只有三言兩語，隨便你愛聽不聽。」

「好吧，我在聽。」趙院長說。

「你找蘇怡華去給陳心愉開刀，別開玩笑了。你曉不曉得他的內植式中央靜脈輸液管手術根本是亂開。」

「亂開？」電話裡傳來趙院長訝異的聲音，「他不是有篇報告，結果還不錯嗎？併發症不超過千分之二、三十。」

「你會比我更了解他？」唐主任哼了一聲，「他那一千個病人，光是我知道出問題的就不只二、三十個，別的病人都沒事？」

「可是徐大明推薦過，況且，」趙院長的聲音有些猶豫，「總統也接見了他……」

「到底徐大明是外科主任，還是我是外科主任？」

「陳心愉再怎麼說是徐大明的病人，你和他協調協調好不好？」

「趙院長，這是徐大明不找我協調，我可沒說不願意和他協調，」唐主任接著又說，「話說回來，當年常憶如早期乳房攝影你們X光科沒有判讀出來，乳癌到了我手上，我還不是一手扛起來，幫你瞞著？我有沒有叫你去找她協調？我告訴你，她現在可是華視新聞的當家主播。昨天半個小時的總統專訪你看了沒有？」

「老唐，你這是威脅還是什麼？」

「我只是提醒你，院長，你別忘了到底是誰一直在幫著你解決問題。」唐主任換了較和緩的口氣，「你將來退休了，還是總統醫療小組召集人，大權在握，走進醫院大搖大擺的。可是現在你讓徐大明牽著鼻子走，萬一手術出事，我們外科可不擔待。再說你敢保證你這個召集人將來求不到我們外科部？到時候我看你這個醫療小組召集人怎麼當才好。」

一陣很長的沉默。趙院長歎了一口氣。

「那你說該怎麼辦？」

「徐大明的病人不開刀那我不管，如果一定要開刀，外科的家務事我自己會解決，不麻煩他插手。」

「老唐，你和徐大明弄成這樣不是一天兩天的事。老實說，我就要退休了。你們自己希望怎麼解決我也管不了。」他稍停一會，「反正開刀房是你的地方，你打算怎麼做我也不想知道。不過，就算是給我一個面子好了，不管你做什麼，陳心愉一定要平平安安開完刀下來，而且別給我鬧到總統府去。可以嗎？」

「放心，陳心愉平平安安，你的召集人也平平安安。」唐主任說。

「還有，我把話說在前面，當作你沒打過這通電話，我也不知道這件事，」院長又停了一下，「以後就算你一口咬定，我也不會承認的。」

唐主任掛斷電話，低低地罵了一聲：「死老趙。」

隨即他又撥通了開刀房內勤[2]。

「找邱慶成聽電話。」他說。

「對不起，副主任現在在手術檯上，請問哪邊找？」

「我是唐主任，我不管邱慶成在哪裡，妳叫他現在馬上給我過來聽電話。」

3

蘇怡華開完一整天的手術，回到辦公室，他的助理已經下班了，留給他一張便條紙，上面記載著一些零碎的事項以及幾個電腦檔案。便條紙下面是一堆信件、新到的科學期刊以及往來的公文、住院醫師待修改的論文初稿。

蘇怡華才打開電腦，電話鈴就響了。他心裡想著，希望不要是剛剛手術的病人有問題才好。

「我是蘇怡華。」他急忙接起電話。

「總算找到你了，」電話裡面傳來甜美的聲音，「還記得我嗎？馬懿芬，華視新聞記者。」

蘇怡華想起來這個女孩子，留著及肩的長頭髮，一副自由自在的作風。幾年前他開始做改良式的內植式中央靜脈輸液管時，她還曾做過一篇專門報導。那一次，果然有許多病人看了報導前來求診，幫上了忙。

2. 內勤：開刀房內部的護理勤務人員。

「聽說你要在大老闆的寶貝女兒身上裝內植式輸液管？」

「妳哪裡來的消息？」蘇怡華覺得很奇怪。

「我的消息千真萬確，不信問你自己就知道。」

蘇怡華笑了笑。他問：

「這種簡單的小手術，妳有興趣嗎？」

「那要看裝在誰的身上。」馬懿芬問，「所以你確定明天是你要主持手術？」

蘇怡華有點不解。

「你確定不是唐主任？」馬懿芬問。

「是內科徐主任直接找我的。怎麼樣？有什麼問題嗎？」

「沒什麼。」儘管馬懿芬知道蘇怡華一定覺得她的問題很愚蠢，她還是必須問，「陳心愉的治療預後[3]好不好？有沒有希望？」

蘇怡華在電話這頭沉默了一會。

「這個問題妳應該去問內科徐主任才對。」

*

「看來明天會很有趣，」馬懿芬放下電話，轉身對攝影記者說，「明天一早七點我們準時過來，好嗎？」

「手術的主治醫師不是蘇怡華醫師嗎？」攝影記者不解地問，「為什麼是唐主任通知我們參加明天的記者說明會，並且一口咬定和蘇怡華沒有關係呢？」

「是啊，所以我說會很有趣。」馬懿芬興致地說，「總統府辦公室王主任也告訴我是蘇怡華要主持這次手術。」

放下電話，又恢復了寂靜。蘇怡華的辦公室看起來空空盪盪，只剩下電腦的滑鼠記號，在螢幕上閃爍。

*

他看了看錶，六點多鐘，正是交通顛峰。他在辦公室的抽屜東翻西找，找出一些餅乾，湊和著沖泡的即溶咖啡，坐在電腦前吃將起來。一直到現在蘇怡華還很亢奮，他竟然和總統握手了，並且他們還向他鞠躬。那種感覺有點異樣，好像那些電視機裡面的人，忽然跳出來和你握手，產生了關聯。

蘇怡華搖搖頭，佩服這些記者神通廣大。想來好笑，徐主任神秘兮兮地要他保密，他也悶著頭開刀，一整天不說話，結果現在全世界都知道了。

蘇怡華想起明天的手術，他得再確認明天手術名單以及工作人員。他喝了一口略嫌太甜的即溶咖啡，敲下電腦鍵盤，螢幕出現了一個小小的沙漏指標，指示方格裡面寫著：

正在進入醫院網路，請稍候。

蘇怡華必須先確認麻醉醫師，請他特別關照。內植式中央靜脈輸液管是個簡單的手術，可是病人的滿意度往往決定於麻醉的方式。傳統的做法使用局部麻醉，能涵蓋的部分很有限，往往

3. 預後（prognosis）：病情康復的機會預測。

裝置不順利的時候病人呼天搶地，惡性循環地加深了手術的困難度以及病人的恐懼。新發展的靜脈麻醉技術，對於短時間的小手術，實在是很神奇的麻醉方法，它能夠使病人很快從麻醉中甦醒，恢復。蘇怡華就看過厲害的麻醉醫師，手術一結束，輕輕一拍病人就醒過來，像變魔術一樣。

不久，電腦進入了醫院網路。蘇怡華迅速跳進外科部門，找出了明日的常規手術預定表。他在第三手術房，找到了陳心愉的名字。那是第一台手術，預定時間早上八點。手術名稱是Port-A-Cath implantation（內植式中央靜脈輸液管裝置）。蘇怡華注意到了在手術者的欄位並沒有填上任何名字，也許只是輸入人員的疏忽，或者是徐主任可笑的保密理由……總之他想不出任何特別的原因。

他繼續沿著欄位往右看，是手術的住院醫師，開刀房刷手、巡迴護士以及麻醉護士的名字，最後他找到了麻醉主治醫師。

關欣

關欣是個令人放心的麻醉醫師，可是看到關欣的名字，蘇怡華的心情仍然隱約地波動了一下。就像每次在一堆文字裡看到，或者是人群中有人喊你的名字，不管聲音如何微弱，都讓你的情緒不自主地跳動。

他拿起電話，猶豫了一下，終於還是決定撥電話給關欣。

「你好，我是關欣，我現在不方便接你的電話，請你留言，我會儘快和你聯繫。」

在電話答錄的聲音之後，傳來一聲長音，嗶——

蘇怡華看了看錶，掛斷電話。六點多，也許關欣還塞車在回家的車潮中。他該再等一下。

掛斷電話，蘇怡華坐回可以前後搖晃的靠背椅，漫不經心地翻閱今天的信件、公文。

「關欣，」他嘴裡喃喃唸著。彷彿掉入某種回憶中。

不知不覺蘇怡華把螢幕上的滑鼠按到個人的相片檔案，打開有一個名稱叫關欣的檔案夾。

蘇怡華打開編號001的圖像檔。出現在螢幕上的是他們在海邊合照的一張相片。風很大的緣故，兩個人看起來都很狼狽。那是他們第一張合照的照片，都十幾年前的事了。那張照片是他們去東部偏遠地區做學童寄生蟲檢查，回程經過東北角海岸休息時，有個同學發現紀錄用的底片還剩著沒用完，提議替他們拍攝的。

蘇怡華不自覺地笑了笑，他打開編號002的照片。那張照片也是在海邊拍攝的。關欣戴個大大的太陽眼鏡。她從以前就瘦弱，但是近照時發現她的輪廓清晰，有一股說不出來的靈秀。

電腦螢幕又跳過好幾張相片，正好停在關欣去花蓮那次，他們在機場前面的合照。那時蘇怡華還在服役，他穿著一身天藍色空軍少尉制服，關欣一身艷紅連身裙。

蘇怡華坐臥在他可以前後搖擺的靠背搖椅裡，陷入層層回憶。那是夏天，陽光燦爛，他們比現在年輕很多。

打斷蘇怡華思緒的是電腦上的警示方格，配合著鈴鐺似的聲音：

你有新郵件，要不要閱讀？

蘇怡華按下「是」的按鍵之後，就出現了那封奇怪的電子郵件，短短地寫著：

陳心愉手術有重大變化，速聯絡關欣醫師。

從發電子郵件的地址看來那是一個名稱叫「小精靈」的商業網站上轉過來的郵件。任何電話線都可以撥進那個網站，只要有簡單的密碼或者從別的網站，很容易就把郵件投遞過來。

這是一封耐人尋味的電子郵件。蘇怡華反覆斟酌這封電子郵件，蘇怡華不知道手術發生了變化到底是什麼意思，也想不出這個「你的朋友」到底是誰。

等蘇怡華撥通關欣的電話時已經快八點了。

「關欣，我是蘇怡華。剛才是不是妳發E-mail給我？」

「我？」關欣笑了笑，「我一直忙到現在才進門。」

不是關欣。

「我今天晚上一直找妳，想請妳幫忙，」蘇怡華停了一下，接著又說，「明天一早第三手術室有一台Port-A-Cath implantation手術，是妳負責的病人……」

蘇怡華還沒說完，關欣就打斷他。

「是陳心愉，對不對？」

「妳怎麼知道？」

「我就是忙她的事，忙到現在。」

「妳去看過她？」

「我根本不曉得她是何方神聖，拿著麻醉照會單去看她，結果被警衛擋在十五樓大門口。」關欣有些氣急敗壞，「過了不久，你們邱慶成副主任又跑來拜託關照，說是多重要又多重要的病人，拖著我一定要去看她。」

「邱慶成湊什麼熱鬧？」蘇怡華停了一下，「不管如何，拜託，拜託。我答應過陳心愉，一定幫她找到最好的麻醉醫師。」

「你是找到了最好的麻醉醫師沒錯，」關欣笑著說，「只是，我負責麻醉的病人都一視同仁，你不用特別拜託，難道你不知道嗎？」

蘇怡華停了一下。

「妳見到總統本人了嗎？」

「唉，」關欣歎了一口氣，「你們外科也未免太現實了吧。平時有事找不到人，現在皇親國戚來了，大家搶著關照。」

認識關欣時，他們都還是學生。

當時很流行醫療服務性質的社團。學校教授找來一些研究經費，動員醫學院學生到偏遠地區做醫療服務，同時做一些公衛方面的學術調查。關欣在醫學院低蘇怡華二屆。他參加了訓練營才認識她。那次訓練營有一堂令人打瞌睡的課，他無聊地在筆記本上塗鴉：

這次我離開妳，便不再想見妳了。

妳笑了笑，我擺一擺手，

一條寂寞的路便展向兩頭了。

關欣正好坐在隔壁，頑皮地加進來接龍：

念此際，妳已回到濱河的家居。
想妳正在整理長髮或者是濕了的外衣。

他們玩得很開心，發現兩個人幾乎可以背誦大部分鄭愁予的新詩。說不清楚那時候為什麼很多照片的背景都是海。有一回他們騎著摩托車夜遊，騎到石門海邊看漁火時已經半夜了。他們並肩坐在海邊聽濤聲。或許是風吹起她的頭髮撩撥蘇怡華的緣故，他側過臉吻她。

那算是他的初吻。吻完以後他自己都不知道為什麼會這樣。關欣站起身來，在沙灘上走啊走地。蘇怡華心神不寧地跟在後頭。走了不曉得多久，關欣才回過頭，像唸詩一樣，輕描淡寫地說：

「如果你喜歡海喔，就不應該試圖靠她太近。」

蘇怡華一直記得那句話，可是弄不懂它的意思。那是他們唯一最靠近的一次。後來他們仍然像很要好的朋友，可是僅只是很要好的朋友。

畢業以後蘇怡華在花蓮服役，關欣正好開始在醫院見習。他遠遠地在花蓮的海邊聽說醫院有些別的醫師喜歡她，但也不曉得結果如何。有一次關欣跑去花蓮看他。臨別送關欣上飛機回台北，蘇怡華拉著關欣的手，她也不拒絕，反而緊緊抓住，對他說：

「寫信給我。」

那雙手在檢查門前抽離了，仍然還揮動著，蘇怡華聽見她用愉快而迫切的聲音說：

「再見，記得寫很多信給我。」

後來蘇怡華天天給關欣寫信，寫了快一年。有一天，關欣要好的女朋友汪淑賢忽然到花蓮來找他。

「她把這些整理好了，要我一定親手交給你。」

蘇怡華打開那個包裹，是幾年來他們共同的照片，以及蘇怡華寫給關欣所有的信件。

「她有喜歡的對象了？」蘇怡華問。

「不是你想的那樣，」淑賢搖搖頭，「她要我告訴你，她覺得自己不值得你這樣。」

蘇怡華不再有關欣的訊息。直到退伍回到醫院，才知道關欣也在醫院的麻醉部門。那時他們是醫院最資淺的住院醫師。兩人見面談一些醫療上的公事，也還是老朋友，沒什麼特別。

蘇怡華有時候會打開這些相片檔案，他想，要不是有這些照片，恐怕那些浪濤般的往事連他自己都要懷疑起來了。

4

唐國泰拖著疲憊的步伐，沿著醫院外的紅磚道，走回他靠近醫院附近的獨宅大院。幾十年來，他都走路上下班。

唐國泰記得去美國前，他才只是教學醫院裡的窮講師，和太太以及老大住在二十坪不到的公家宿舍。出國前他們特地跑去參觀同班同學在敦化南路買下的豪華百坪名宅。那時候他已經三十五歲了，看著自己的妻兒子女的寒酸，別人房子的富麗堂皇，想起自己還在為著某種不確定的理想拋家棄子遠赴重洋，內心不免有許多感觸。

副教授升等是美國回來以後的事。當時老主任在外面的私人醫院包攬手術，忙不過來的時候常找他過去幫忙。不管是白天或三更半夜，唐國泰一接到電話，立刻放下手邊的事，坐上計程車趕過去開刀。唐國泰從來沒聽過老主任表示過感激。直到他升副教授那年，老主任給他一個用平信信封裝著的一萬元鈔票。

「給太太和孩子買些禮物吧。」老主任用日文平淡地說著。

往後他總能拿到一些外快。老主任也讓他獨立掛名開刀，可以單獨地去訪視病人，收到大小為數不等的紅包。這棟宅院就是那之後好幾年買的。雖然現在已經價值不貲了，可是當時還不是這樣。

二十多年來，唐國泰在這棟宅院裡，生下了老二、在這棟宅院升了教授、變成了外科主任。每年過年他都在家裡辦聚餐，唐國泰的學生，不管現在是開業或是在哪裡擔任外科主任、醫院院長，都會回來家裡熱熱鬧鬧地吃上一頓。他喜歡看學生喝酒逞勇，聽他們吹牛在不同醫院修理對手的故事。那些曾在他面前膽小如鼠、唯唯諾諾的學生，現在一個一個變成了起鬨的高手，看著自己的學生各有不同的成就，老師長、老師短地歌頌師恩，真是他一生最美好的經驗。

那是幾年前的事了，自從老大赴美，妻子和老二也跟著去了美國之後，這座宅院變得冷清，很多有趣的事不再讓他覺得興致，唐國泰甚至把春節聚餐活動也停掉了。最近，他常常發現走在回家的路上是如此地疲憊。這座曾經讓他引以為人生夢想的獨門宅院對他而言竟顯得那麼地空曠。

有時候他會想，如果可以的話，他願意住回那座二十坪不到的公家宿舍，換取從那時候到現在他失去的一切。

當他到門口，正要掏出口袋的鑰匙時，為他打開大門的是歐巴桑阿蕊。

「咦？」唐國泰問，一點小小的驚喜，「妳怎麼今天來了？」

「太太好幾天找不到你，昨天三更半夜緊張兮兮地打電話到我那裡去，拜託我一定要過來看一下，」歐巴桑披著圍裙，捲著袖子，「我再不來，你這裡都變成垃圾堆了。」

「她有沒有說什麼？」唐國泰走進客廳，躺到長沙發上。

「她叫我要常常過來，交代這個，交代那個，還叫我一定要在你的每件外衣口袋裡面放錢。她說你堂堂一個外科主任，常常出去吃路邊攤，連錢都沒有帶。」

「喔。」唐國泰一張沒有表情的臉。

「不是我愛數落你，你開刀那麼厲害，肚子餓了煮個東西吃卻不會？你知道我今天在廚房清出多少東西？」歐巴桑拾起客廳的拖把，一邊拖地一邊說，「一大堆病人送的香腸、肉乾，都發霉了。還有滿櫃子的罐頭、洋酒，擺得沒地方擺，真不曉得病人送你這些東西幹什麼？」

「我也不曉得他們送我這些東西幹什麼？」唐國泰有氣無力地說，「阿蕊，拜託妳，擺不下的東西妳都拿回去吃。」

阿蕊插著手，沒好氣地看著唐國泰，問他：「你吃了晚飯沒有？」她一雙潮濕的手在圍裙上抹來抹去。

看見唐國泰毫無反應的表情，阿蕊歎了一口氣，走向廚房。

「真是不明白你們這些醫生到底在救誰？」她踮著腳打開流理台上的櫥櫃，取出裡面的罐頭。她煮滾了水，打開罐頭，把罐頭內容倒進鍋子裡，用杓子均勻攪拌。

「對了，太太還說小偉在美國想申請醫學院。」阿蕊說。

「讀什麼都好，就是不要讀醫學院。」

「可是太太好像很贊成。她說你有傳人了。」

「又不是她讀，贊成什麼？我現在就給她打電話。」

「你神經病？現在紐約清晨六點多，你打電話給誰？」阿蕊從冰箱抓了一把粉絲丟到鍋裡去，「我也不贊成小偉去學醫。像你這樣有什麼好？人家以為外科教授多麼了不起，誰知道妻兒子女在美國過好日子，留你孤獨老人一個在台灣拚死拚活，沒人照顧。比我這種沒讀書給人家掃地的還悽慘。」

唐國泰會意似的笑了起來，他附和著阿蕊的話喃喃地唸著：

「悽慘啊，悽慘。」

土城深耕醫院季院長，以及方總經理來拜訪唐國泰時，他正好盥洗完畢，頭髮都還沒完全吹乾。

「季院長，歡迎。」唐國泰為他們打開大門，「這麼客氣親自跑來。」

「不好意思，打攪了，」季院長指著身邊的男人，「我給你介紹，這是方總經理。」方總經理從口袋裡必恭必敬地遞出名片。他說：

「久仰唐主任的大名，真是幸會。」

「不敢當。」唐國泰看著那張名片，是一家叫做健輝藥品有限公司的總經理。

「我們主要代理一些美國原廠的抗生素以及醫療器材。」方總經理補充說明，「以後要拜託唐主任多多關照。」

「請進嘛，不要站在這裡，」唐主任招呼兩人進來，並請阿蕊幫忙倒茶。

等客人都坐定，也喝過茶之後，唐國泰笑著問：

「今天是什麼風把季院長專程吹來？」

季院長笑了笑，他說：

「今年北區醫師公會年會就快到了，主要是想邀請唐主任來擔任年會的主任委員。」說著他遞出一直拿在手上的牛皮紙袋，「唐主任知道，像我們這種地區醫師公會，要召開學術演講以及年會，非得大力依賴你的學術聲望來號召不可。這是一點心意，希望唐主任無論如何不要推辭。」

「都是自己人嘛，何必要這麼客氣呢？」那包牛皮紙袋非常厚實。唐國泰打開封口看了一眼，裡面是一紮一紮捆好的千元大鈔。

「唐主任若能答應是我們莫大的榮幸，」季院長笑著說，「這點心意是應該的，還希望唐主任不要嫌棄。」

「不會只有這點事吧？」唐國泰拿著牛皮紙袋在手上，靜靜地看著他們。

「真是什麼事都瞞不過唐主任。」季院長拍手大笑，打破沉默的場面，「實在是又要麻煩唐主任了。唐主任知道，這次年會又要選舉了。在我擔任這一任理事長期間，雖然對於地區開業醫師的福利爭取以及各項成績有目共睹，但仍有很多未完成的事情，因此希望能爭取連任，藉著這次的連任，把它完成。請唐主任一定要支持我。」

「原來如此。」唐國泰笑咪咪地問，「季理事長連任有什麼問題嗎？」

「這次的選舉競爭激烈，情況非常緊急，」季院長搓揉著雙手，「但是，如果能有唐主任的大力支持，那就沒有問題了。」

「我哪有那麼厲害？」

「唐主任太謙虛了，」方總經理說，「您的部門有五十四票，再加上各區域醫院主任都是您的學生，光是憑唐主任一句話，一百票是最保守的估計。」

「現在的學生哪會那麼乖聽話？你們高估我了，我可沒有那麼厲害。」唐國泰爽朗地笑開。他緩緩地把手上的牛皮紙袋放到桌上，「不過我看面相向來很準，季院長你不用擔心，我看你這個面相，今年保證絕對會當選連任。我說得不準，你回來找我。」

「有唐主任這麼金口一開，」方總經理雙手作揖，「我先恭喜季理事長了。」

「謝謝唐主任。」季院長笑咪咪的眼睛，幾乎看不到眼珠了，他也跟著作揖，「謝謝。」

等笑聲稍定，季院長又說：

「既然唐主任不把我們當外人，那麼我們也就有話直說，今天我們來，其實還有一件更重要的事。」

「喔？」

「趙院長就要退休了，大家都知道，不管在實力，或者聲望上，唐主任是最適合的繼任人選……」

「那個工作太忙了。」唐國泰擺擺手，做推辭的動作。

「但是這件事事關深耕醫院，以及整個北區醫師公會將來的生存與繁榮，所以我們誠懇地要求唐主任一定要爭取擔任院長的職務。深耕醫院、以及北區醫師公會願意作唐主任的後盾。任何差遣，只要唐主任交代一聲，我們絕對全力以赴。」季院長接著又說。

「我年紀也大了，又是一個人在台灣……」唐國泰若有似無地抱怨。

「我們也了解到這樣對主任的犧牲實在很大。可是現在擺明了北區醫師公會、深耕醫院是唐主任的人馬。我們地區公會或是地區醫院，不管在衛生署的審核、學術、人力上都要倚賴附設醫院。公會裡面大家都擔心，萬一將來徐大明接任附設醫院院長……」季院長靠近唐國泰，刻意壓低了聲音。

「你這樣說是沒錯，」唐國泰長長地歎了一口氣，「不過這件事可由不得我。」

「據我們所知，人事案的關鍵應該是醫學院徐凱元院長吧。」季院長表示。

方總經理慎重地從抱來的紙箱中拿出一包透明氣泡紙包裝的東西。他仔細地把包裝紙拆下來，露出一匹不顯眼，像是玩具似的彩色陶馬。

唐國泰沒說什麼，好奇地拿起那匹彩馬，前後端詳。

「這是唐三彩馬，唐代的古物，距今一千多年前的出土古物。」方總經理介紹著。

「你們想拿這匹馬去送給徐凱元？」

「俗語說：好的開始是成功的一半，」季院長笑了笑，「這只是一個開始而已。如果你不能證明你的資源將來會是他的資源，憑什麼要他提名你呢？」

唐國泰沉默了一下。

「唉，」他歎了一口氣說，「他是我醫學院時代的同學，這樣太奇怪了吧？」

「所以才送這匹馬呀。」季院長不慌不忙地說，「有件事唐主任可能不清楚，我向你補充說明。你可知道徐凱元太太在台北是出了名的古董收藏家？」

「喔？」

「唐主任別小看這匹馬，」方總經理緊接著又補充，「今年台北秋季拍賣會，就這匹唐三彩底價最高。徐太太為了這匹唐三彩馬和麗陽企業劉董事長競價，結果活生生讓劉董事長把唐三彩馬買走了，氣得當場跺腳，藝文版報紙都刊出來了。」

「就這一匹唐三彩？」唐國泰看著手中這一匹像玩具一樣的陶馬，怎麼樣也看不出什麼特別的價值。

方總經理點點頭。

「拍賣會喊價多少？」唐國泰問。

方總經理附到唐國泰耳邊說話，唐國泰一邊聽，一邊瞪大了眼睛，做出一臉不可思議的表情。

雖然唐國泰試了幾顆安眠藥，可是躺在床上的結果只讓他想起更多的事，輾轉反側。他走出客廳打開電視，正播著夜線新聞。畫面裡似乎有人正抗議、吶喊著，不知道為著什麼事情，看起來那麼地遙遠。唐國泰覺得有些厭倦，起身去廚房給自己倒一杯加冰塊的威士忌。經過客廳時，他看見了桌上還擺著那一大包牛皮紙袋，沒人收拾。他打開沙發椅旁的桌燈，一個人便坐在牛皮紙袋旁邊微微的光暈裡。他喝了一大口沁涼的威士忌，不曉得為什麼，覺得有點恍惚。

現在阿蕊走了，客人也離開了，整個房子又恢復空盪盪的氣氛。他順手拿起牛皮紙袋裡面一疊一疊的鈔票，愣神神地看著，不知想著什麼，又放了回去。

螢光畫面仍一下一下地閃爍著。不知還繼續報導什麼消息。他看了看手錶，隨手撥了通電話到美國去。一邊想著要告訴小偉一件什麼重要的事，可是又想不起來。過了不久，電話接通了，他聽到小偉流利的英文在電話那頭說著：

「Sorry, we are not home. Please leave your message, we will call you back as soon as possible.」

太多的事都讓唐國泰歎氣。

他還顧著掛在牆上一張又一張春節聚餐的合照，笑鬧的聲音彷彿還清晰可聞。沒多久，他又熄滅了身旁的桌燈。一個人獨自在黑暗中坐著。

5

清晨七點十分。距陳心愉預定開刀的時間只剩下不到一個小時了。

蘇怡華看了看手錶。平時他很少這麼早到醫院。乘上電梯，蘇怡華盤算著應該還來得及到十五樓，在手術前先跟陳心愉打聲招呼。

他在十五樓電梯口遇見那天見過的警官，似乎正要離開。

「大老闆還在裡面？」蘇怡華問他。

「剛剛走。」

蘇怡華不明白到底發生了什麼事，那位警官用一種很訝異的眼光看著他。

等蘇怡華走進總統病房區，氣氛更是奇怪了。整個病房出奇地冷清，他如入無人之境，一下子就走到護理站。

「咦，蘇醫師，你怎麼會還在這裡？」有個護士小姐驚訝地問。

「我來看陳心愉。」

「陳心愉六點半就送到開刀房去了。」

蘇怡華嚇了一跳。

「預定八點鐘的手術，怎麼會這麼早送病人？」

「不是改時間了嗎？」

「改時間？」

「六點左右開刀房護理長打電話過來，說是因為手術室調度的問題，手術預定時間改成七點鐘，要我們病房大清早六點半就送病人到開刀房去。」

「徐主任知不知道時間改了？」蘇怡華問。

「我們以為你們全都知道。」護士小姐訝異地說。

「趕快通知徐主任。」蘇怡華丟下這句話，飛也似的衝出病房。

蘇怡華匆匆忙忙換上無菌服，走進第三手術房，發現陳心愉已經躺在手術檯上了。幾位住院醫師正好消毒完她的前胸部位，準備鋪無菌單。

「陳心愉。陳心愉。」蘇怡華喊她。

她均勻地呼吸著，可是並沒有回答。蘇怡華看到陳心愉臉上蓋著面罩，她的身旁的心電圖監視器發出嘟嘟嘟的聲響，畫面顯示著一波又一波規律的曲線跳動。有台自動推進器發著一閃一閃微弱的綠光，把白色的麻醉劑乳液Diprivan沿著手上的輸液點滴慢慢地注射入體內。

蘇怡華氣急敗壞地問：

「為什麼手術提早了？」

「是這個時間沒錯，大家都被通知了。」關欣睜大眼睛問，「有什麼問題嗎？」

蘇怡華愣住了。

更不可思議的是他看見邱慶成在手術房外面洗手台消毒完，懸著沾滿消毒液的雙手，背對手術房，推開門，倒退著步伐走了進來。

「蘇醫師也來了？」邱慶成轉身拿起無菌毛巾，邊擦拭手上的消毒液，邊笑著說，「承蒙你這麼關心，真是感謝。」

「邱副主任，」蘇怡華覺得一切都不對勁，「我想這其中一定有些誤會。」

「誤會？」邱慶成提高聲調。他把雙手套進刷手護士為他預備的無菌手術衣。

「陳心愉是我的指定會診病人，」蘇怡華說，「我昨天去看過她。」

「喔？」邱慶成並沒有停下他的預備動作，他繼續穿無菌衣，戴無菌手套，轉身對手術室流動護士說，「有這回事？我們把病歷拿過來研究研究。」

護士小姐從推床底下找來陳心愉的病歷，放在手術推車台面上，開始逐頁翻閱。

「再往後翻，蘇醫師昨天接受指定會診，」邱慶成戴著無菌手套懸空在病歷上指指點點，「我們來看看，能不能找到蘇醫師的指定會診紀錄？」

指定會診紀錄？隨著護士小姐翻閱那一疊厚實的病歷，蘇怡華感到耳朵以及兩頰一陣紅熱。昨天根本沒有看到會診單，怎麼會有會診紀錄呢？

「就是這頁，」邱慶成指著夾在病歷中的會診紀錄單。

會診紀錄上密密麻麻寫著病歷紀錄。在主治醫師欄方正地戳印著鮮紅大印，蘇怡華遠遠地就可以看見唐國泰主任醫師那幾個熟悉又驚心動魄的篆體字。

「昨天是唐主任看的指定會診，這是紀錄，蘇醫師要不要過來看看？」

幾乎是同一個時間，徐大明接到病房護士的電話，氣急敗壞地趕到開刀房時，看見唐國泰正坐在休息室的沙發上，悠閒地喝著咖啡。

「老徐，過來喝杯咖啡吧，我有話跟你說。」

「現在沒空。」

徐大明看見扛著攝影機的電視記者已經在休息室裡等著發布新聞了。他暗暗地哼了一聲，頭也不回地走進更衣室，準備換上綠色手術服。

「這裡沒有給你換穿的衣服。」唐國泰跟在後頭慢條斯理地走過來，「你跟我到外面喝咖啡吧。」

走進更衣室，徐大明發現平時衣櫃架上一疊一疊的手術衣都已經不見了。

「我就說沒有給你換穿的無菌衣嘛！」唐國泰說。

「唐國泰，這就是你的待客之道嗎？」

「我可不指望你這個不速之客會有賓至如歸的感覺。」唐主任說。

「你要怎麼作秀我不管，」徐大明作勢要衝過去，「不要拿我的病人開玩笑。」

「我跟你老實說，你最好到外面去比較涼快，」唐主任張開雙手雙腳，站成一個大字形，擋住徐大明的去路，「這裡面不是你的地盤，也不歡迎你來干涉。」

「你，」徐大明頂著矮胖的身軀，推擠唐國泰，想越過防線，「卑鄙無恥！」

「你別想在我的地盤囂張。」唐國泰也不甘示弱。

兩個人一高一矮，一瘦一胖，當場扭成一團。

開刀房的工友遠遠看見，連忙跑過來勸架。他本來想用力拉開兩人，可是一不小心就把他們推倒在地上糾結扭打。

一時之間，他全亂了方寸。「有人打架！」工友衝到更衣室門口朝著休息室大喊，他得找個階級更高的人來處理這件事。

最先跑來的是攝影記者，扛著他的攝影機。接著是馬懿芬，她本能地覺得有新聞發生了。

「先cue更衣室全景，拉過來打架畫面，近距離特寫。快點！」

接著跑過來的是開刀房護理長，她試圖著拉開兩個主任，但被一股不平衡的蠻力甩開，撞上牆壁。等她回過神，從口袋裡掏出手帕擦臉，發現手帕上沾滿了從鼻子流出來的血漬。

「啊，流血了！」護理長大聲叫嚷著。

更可怕的是當她發現攝影機正轉動的時候，護理長歇斯底里地揮動著那條血手帕試圖遮掩鏡頭，用高八度的聲音尖叫著：

「記者！記者！」

正在第三手術室裡面進行的一切似乎並沒有受到外面的影響。

「蘇醫師還有什麼問題嗎？」邱慶成問。

蘇怡華無助地站在那裡，不知該說些什麼。驀然間，他了解了整個狀況。

有人把他的病人搶走了！

而現在所有參與手術的人員都就位了。第一手術者轉身過去，接過刷手護士傳過來的手術刀。

清晨七點四十五分。

邱慶成在陳心愉左胸前劃下了第一刀。

第二章

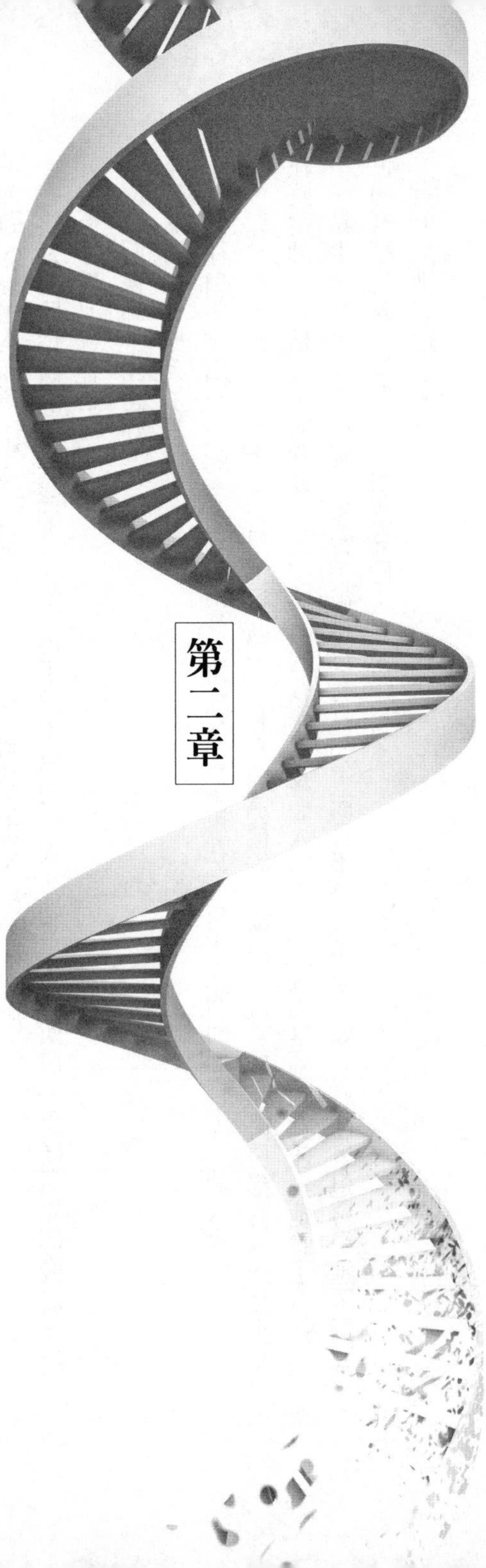

6

手術才結束，手術室裡散落了一地的是各種血壓、心電圖及動脈血氧監視器及麻醉機與病人的連接管線。這些監視器正閃動著各式紅色的警鈴訊號，並發出嘈雜的警告聲音。滿地是紅色的血跡、綠色的布單、零碎的線頭。開刀房的阿嫂正迅速地清掃房間。

這是關欣忙碌的麻醉醫師生涯中再平常不過的一天。她走出手術房，正好遇見邱慶成笑嘻嘻地走過來，對著她說：

「關醫師，謝謝妳。」

關欣也對他笑了笑。

她從口袋掏出今天的手術預定表，用紅色簽字筆在這台手術的前面打上一個大大的勾。第一、二、三、五、九、十開刀房，這區一共有六間這樣的手術房，每一個手術房都有麻醉護士和住院醫師，包括護士的管理、住院醫師的教學以及病人的生死安危都是她的責任。她看了看錶，十一點半，預定表上只剩下幾台手術還沒有打勾，而且不是大手術。關欣心想，這會是她單調繁忙的麻醉生涯中難得的一個快樂日。

但是她想錯了。

「關醫師，第九開刀房急找。」關欣聽到開刀房廣播時，並沒有意識到問題的急迫性。

第九開刀房進行的是子宮鏡手術。那是用來診斷或者治療各種子宮內膜病變的手術。手術的過程並不複雜，婦產科醫師沿著陰道，通過子宮頸把內視鏡伸入子宮，從外部灌入生理食鹽水後，子宮鏡就可以在飽脹的子宮內部進行觀察。有時從子宮鏡發現一些內膜沾黏，手術醫師還可以透過子宮鏡做簡單的分離、切除。事實上，接受子宮鏡的女性多半年輕，沒什麼慢性疾病。麻醉醫師不需要插管全身麻醉，只要給予簡單的靜脈麻醉就可以了。

關欣快步走向第九開刀房，然而她並不真正覺得緊張。讓她覺得安全的另一個理由是第九開刀房的手術醫師，徐凱元教授，目前的醫學院院長。他是個小心翼翼的婦產科醫師。自從擔任醫學院院長的職務以後，他幾乎不再進行危險的大手術。

等到關欣走近第九手術室了，正好該手術室負責的麻醉科住院醫師從手術房衝出來，用極高的分貝對她喊著：

「關醫師，快點，CPR（cardiopulmonary resuscitation，心肺復甦急救）！」

那是她意識到事態嚴重的開始。

「我和妳一起去。」邱慶成本來要走出開刀房，一聽到CPR之後立刻回頭，從後頭追了上來。

現在關欣的臉色已經不再那麼輕鬆，她幾乎是衝進第九手術室。

手術室裡，麻醉護士站在病人頭側，一手緊扣氧氣面罩，另一手正不斷地捏擠氣囊。手術檯周圍則圍滿了醫護人員，七手八腳地把病人側身過來，塞入心肺急救硬板。等硬板塞入之後，病人又被翻回正躺的位置。邱慶成一下子就跳上手術檯，跪在病人右側，準備開始心臟按摩。

關欣的目光很快掃過所有監視器顯示的數據，心電圖監視器上完全看不到正常心電圖規律的波形跳動，取代的是顫抖似的直線，關欣暗暗叫著：天啊，VF（ventricular fibrillation，心室顫動）。病人的平均血壓只剩下20 mmHg上下，監視器無法讀出任何收縮、或是舒張壓。除此之外，動脈血氧飽和監視器也因探測不到任何脈動，發出嗶嗶嗶的警告訊息。這一切都顯示病人正處於毫無心臟血液輸出的瀕死狀態。情勢又急又猛，惡劣得超乎想像。

邱慶成立刻跳上手術檯，他挺起腰桿，伸直手臂，雙掌交叉在病人胸前，開始心臟按摩。他每用力下壓，心電圖上就呈現一個山峰似的起伏。情況並不理想。血壓收縮壓雖然上升到70至80 mmHg之間，但舒張壓仍不超出10 mmHg。

「Bosmin 1cc（腎上腺素），xylocaine 100 mg（鈉離子通道阻斷劑，治療心室顫動用藥）注射，另外，sodium bicarbonate、calcium chloride全部幫我準備好。」關欣衝過去接替麻醉護士的位置，連珠炮似的發出一連串醫囑[4]，「給我咽喉鏡，準備插管。」她必須優先建立安全可靠的呼吸道，此外，她得把所有的人都找進來，「妳去通知這一區所有的住院醫師，以及沒有看手術房的護士小姐，請他們全部過來第九開刀房。」關欣吩咐麻醉護士。

關欣接過咽喉鏡，在幾秒鐘之內就把氣管內管插到正確的位置，「Suction（抽吸器）！」她叫著。

沿著插好的氣管內管，關欣把抽吸細管伸入肺部內，抽出許多粉紅色泡沫狀的液體。情況不妙，這是心臟無法壓縮輸出血液的後果。這些從左心室、左心房一路回堵到肺靜脈，肺微血管的血液撐破了微血管壁，充滿在肺泡裡，和其中的空氣混合成粉紅色的泡沫液體。現在肺水腫愈來愈嚴重，整個肺臟泡在一片粉紅色的汪洋裡，再也無法交換氣體。

關欣驚覺到她正在失去病人的肺臟，這使她覺得非常不舒服。光是病人心臟的問題已經教她頭痛萬分。她閉上眼睛整理了一下思緒，把氧氣氣囊交回給另一位麻醉護士，又開始發出一長串的指令：

「推心臟電擊器過來，愈快愈好，」她看見一位住院醫師，「你幫忙從股靜脈建立中央靜脈導管，另外，打條動脈導管，抽動脈血液氣體檢查，我要連續性的動脈血壓、中央靜脈壓監視。」

手術房裡擠進愈來愈多的人，忙碌不堪。關欣抓起藥品車上一大把貼好標籤的注射藥品一邊打、一邊唸出藥物的劑量，好讓麻醉小姐記錄：

「Bosmine 3cc，calcium chloride（鈣離子補充液）10cc，sodium bicarbonate（鹼性中和液）60cc。」

在急救藥注射約一分鐘之後，邱慶成的心臟按摩稍停了一下。他看見所有的監視器顯示又回到了急救前的樣子。病人對於所有急救幾乎完全沒有反應。

「怎麼可能？」關欣不可思議地搖著頭。

邱慶成沒說什麼，他又跳上手術檯，繼續心臟按摩。一個麻醉護士拿著充滿bosmine的5cc注射針筒站在一旁，她關心地問：「還要再注射嗎？」

關欣點點頭。她的目光一直沒有離開過監視器螢幕。她一臉不解的表情。

「見鬼了。」關欣用只有自己聽得到的聲音咒罵著。

「打幾cc，關醫師？」護士又再問了一次。一cc是一瓶bosmine注射液，大概就是一次急救的分量。

「全部。」關欣和邱慶成幾乎是異口同聲地回答。

4. 醫師所下達醫療處置的命令。

現在是第四次電擊了。關欣在正負極導電板上抹上導電軟膏，輕輕地把導電板分別貼接在病人胸前以及左腋下側胸，好讓電流能夠通過心臟。

「準備第四次電擊，調整電壓二百五十焦耳，所有人員離開。」

碰——電擊的聲響。

在場的人都全神貫注地注視著心電圖監視器螢幕上的變化。電擊之後，畫面上出現幾個怪異的大波動，持續了幾個畫面，令人失望地，又回復了顫抖的直線。

心臟按摩的位置已經換上了另一位住院醫師。關欣放下手上的電擊板，掩不住低沉到底的心情。

麻醉護士陸續把中央靜脈、動脈導管抽血的檢查報告交到關欣手中。然而，這些報告都只能反應出急救當時狀況的第二手資料，對於問題發生的原因幫助不大。

「到底怎麼回事？」關欣問原先的麻醉護士。

她一臉受過驚嚇的表情，她說：

「手術快結束時，一切都還正常，我看到徐院長的內視鏡才從子宮退出來，心電圖監視器螢幕忽然出現了幾個類似傳導性阻斷的心律不整。正要處理，心跳忽然變慢，從每分鐘四十幾跳、三十幾跳、二十幾跳，我急著要出去喊醫師，一回頭，變成了ventricular tachycardia(心室跳動過快)，然後是心室顫動。」

「在心律不整發生之前血壓、血氧、呼吸都正常？」關欣問。

「一切都很正常。」麻醉小姐點點頭，激動地說，「好可怕，一瞬之間，根本措手不及。」

靜下來，靜下來，關欣不斷地在內心告訴自己。怎麼可能會發生這樣的事？她也想不出來為什麼。

「關醫師，」一直靜坐在手術房內觀看急救過程的徐院長終於走了過來，他問，「到底發生了什麼事？」

「目前我們也搞不清楚，」關欣搖搖頭，「只知道是心臟先出了問題，我從來沒有碰過這樣的事。」

「現在怎麼辦？」

「我拜託邱慶成他們心臟外科醫師從頸靜脈裝設一條傳導線到右心房，暫時接上外部人工心律調節器，看看能不能起死回生，」關欣歎了一口氣，「我想目前最迫切的事應該是先讓心臟跳動起來吧。」

徐院長看著站在旁邊的邱慶成，他問：

「這樣做有多少把握？」

「這是最後的辦法，反正不會更壞了。」邱慶成聳了聳肩。他沉默了一會，忽然想到什麼似的，「倒是病人家屬。在心律調節器裝好之前，徐院長和關醫師要不要出去說明一下狀況，好讓他們有個心理準備。」

「什麼心理準備？」徐院長問。

邱慶成看了徐院長一眼，決定繼續去準備他的心律調節器導線，不再說話。

*

鄧念瑋並不喜歡坐在病人等候區，可是他別無選擇。朱慧瑛告訴他那只是很簡單的小手術，何況她並沒有告訴家人這件事。鄧念瑋做過很多不盡理想的事業與投資，欠下一屁股債務，是朱慧瑛解決了他的災難。在他做生意的期間，唯一值得稱道的就是在酒廊認識了朱慧瑛。朱慧瑛大他三歲，離過兩次婚。認識不久，朱慧瑛就決定結束酒廊的生涯，與他住在一起。朱慧瑛的家人並不贊成他們的婚姻，朱慧瑛擁有一棟房子和可觀的錢，他們認為鄧念瑋是為了錢和她在一起。習慣性流產的結果，使得兩次的婚姻裡朱慧瑛並沒有生育。鄧念瑋覺得這和她早期那些亂七八糟的酒廊生涯有關，可是他從來不和她提起往事。他們希望能夠擁有自己的孩子。只有未來才是重要的。

「朱慧瑛家屬。」

聽到醫護人員喊著朱慧瑛家屬時，他應聲走了過去。他並不習慣這樣的稱呼，可是他在手術同意書上面簽了名，也蓋了章，並且在關係欄填下丈夫兩個字。

「你是朱慧瑛家屬？」開刀房外勤護士再作確認之後，對他介紹穿著綠色無菌衣的兩位醫師，「這是婦產科徐院長，以及麻醉科關醫師，他們有事要跟你說。」

「鄧先生，」徐院長脫下口罩，他們見過一次面。「朱慧瑛手術的時候，麻醉上發生了一些問題，我請麻醉科關醫師跟你說明。」

「發生了問題？」

「我很遺憾，」關欣也脫下口罩，直接而明瞭地說，「朱慧瑛因為對麻醉藥物特殊的反應，造成了突發性的心臟麻痺，並且肺部併發積水，目前我們正在急救中。」

聽完這一連串的醫學名詞，鄧念瑋有點愣住了。他搞不清楚朱慧瑛到底發生了什麼事。

「她現在人怎麼樣？」鄧念瑋問。

「我們正在盡力搶救她的生命。」

搶救她的生命？朱慧瑛只告訴他是很簡單的手術。這個變化太大了，鄧念瑋只覺得心情好像被一隻巨大的手捏得透不過氣來。一時之間，他竟不知該如何反應。

「怎麼會這樣？」他喃喃地問。

「可能是特殊的反應，我們目前也不清楚。」

「你們下麻醉藥不是都有一定的劑量嗎？」

「不是麻醉藥劑量的問題。」

「那是什麼問題？」

「也許是她的體質特殊，」關欣停了一下，「現在我們還沒有辦法確定。」

「可是她是好好地走進這個醫院裡來的啊。」聽到那麼多的不清楚、不確定，讓鄧念瑋覺得心寒不已，事情完全不對勁。

「我們很遺憾，」徐院長拍他的肩膀，「但是我保證一定會盡全力急救朱慧瑛，有什麼進一步的消息，我們會立刻通知你。」

兩個醫護人員一下子消逝在開刀房的自動門之內，就像他們出現那麼地突然。鄧念瑋甚至懷疑剛才的對話是否發生過。他在開刀房門口踱來踱去，覺得忿怒無比。

怎麼會這樣？他們不是還有夢想沒有實現嗎？日子好不容易走到這裡來，是誰拿了一把大剪刀，忽然就要剪成一刀兩斷？

他並沒有時間生氣。急救的結果怎麼樣？要不要通知朱慧瑛的家人？怎麼交代那張手術同意書？還有最近到期的幾張支票怎麼辦？太多的問題澎湃洶湧地湧向他。

*

現在心臟按摩的位置又換成了另一位住院醫師，邱慶成正在調整心律調節器，看得出他們都已經滿頭大汗了。

「我已經把電壓調到最高，心臟一點反應也沒有，」他抬起頭，對著走進來的徐院長及關欣搖頭，「她的心肌完全壞死，像被原子彈炸過一樣，一點功能也不剩了。」

徐凱元皺了皺眉頭。

「瞳孔對光反應非常微弱，」關欣拿著手電筒照射病人雙眼瞳孔，「通常我們的做法是，讓病人在加護病房繼續接受急救之後在那裡宣布死亡。」

「沒有轉圜的餘地了嗎？」

關欣和邱慶成靜靜地看著徐凱元，臉上沒有任何表情。

徐凱元又在開刀房內踱了一圈。過了不久，他終於下定決心。

「好吧，那就通知加護病房，請他們接手吧。」他說。

邱慶成放下了手上的心律調節器，走過來關欣身旁，他低聲地說：

「妳最好趁現在把麻醉病歷重新整理一次，所有細節的地方都要再檢查一遍，有沒有醫療上應注意而未注意，或者處置不當的地方都要改過來。」

關欣點點頭。她走向麻醉機，發現麻醉護士並不在位置上，一位住院醫師正坐在麻醉護士的位置上，接替她記錄著監視器螢幕上不斷變化的數據。

「她人呢？」關欣問。

「剛剛說要出去透一下氣。」

關欣指示住院醫師重新謄寫那張亂七八糟的麻醉紀錄單，把所有的紀錄，心電圖變化、導管裝設、心臟電擊、心肺按摩、抽血檢驗數據，以及詳細用藥時間、劑量都清楚列記。並且把新舊紀錄一一比對。

「這份病歷你不用簽名，」關欣在新的病歷上大大地簽下自己的名字，「真要坐牢我一個人去，你有空來探訪我就好了，別忘了帶些好吃的東西給我。」

住院醫師沒說什麼，他在病歷上記錄著。寫著寫著，他忽然停了下來，抬頭看著關欣，語重心長地說：

「關醫師，謝謝妳。」

關欣發現那位麻醉小姐在控制室外面的污走道。玻璃窗戶外正好照射進來正午亮麗的陽光。她背著陽光，孤單地坐在裝滿點滴液瓶的紙箱上。

「我不要做麻醉了。忽然間，什麼都失控了。我不要做麻醉了。」

「別難過，麻醉有時候就是這樣，」關欣蹲下來，陰暗中，她可以看到麻醉小姐臉上的淚痕閃動著光，「這不是妳的錯。」

＊

現在關欣、邱慶成坐在徐院長室的辦公室裡，綠色無菌服都還來不及換下來。院長室黃志雄秘書正好打完電話走過來。黃志雄經歷了三任的醫學院院長，擔任院長室秘書已經十幾年了。

「加護病房那邊情況怎麼樣？」徐凱元問。

「他們把心律調節器又試了一下，還是沒有什麼反應。現在只能繼續做心臟按摩，看我們什麼時候過去宣布死亡。」

「病人家屬呢？」

「待在現場不肯離開。他好像有許多問題，逮住人就問，」黃秘書停了一下，「看起來，家屬可能無法接受結果。」

「你覺得家屬會採取什麼行動？」

「目前還不至於，」黃秘書面色凝重，他想起過去處理過不少的醫療糾紛，「不過宣布死亡以後，等其他的家屬到了，人多意見雜，那時候就很難說了。」

「你有沒有什麼建議？」

「現在當然是全力安撫病人家屬，協助處理善後問題，」黃秘書停了一下，「我們有一項特殊病例的教學研究經費，可以免除掉病人的全部醫療費用。」

「可是醫療費用不高。」徐院長表示。

「再來就看他們進一步的行動了。也許他們能夠接受這個結果，不過目前看起來機率不大，我們最好是作最壞的打算。我想，他們可能先提賠償要求，萬一談判破裂，再訴諸法律訴訟。」

「訴諸法律訴訟？」徐院長撫著下巴，思考著什麼似的，過了一會，他轉身過來看著關欣，「關醫師，妳想病人心臟是麻醉藥物的關係嗎？過去我好像沒有見過那種白色靜脈注射用的麻醉藥。」

「Diprivan。」關欣搖搖頭，「這種靜脈麻醉藥物是一種很安全的藥物，我們已經有數千例的經驗。何況全世界從來沒有類似心臟衰竭的報告。」

「朱慧瑛這個病例，有沒有任何可能……」徐凱元在遣詞用字，「像是對麻醉藥物的過敏？或是其他和麻醉相關的原因，導致病人的死亡？」

「我也曾經這樣想過，可是不管是對麻醉藥物的過敏，甚至是最棘手的惡性高熱症都不可能用這樣的方式表現，」關欣搖搖頭，「在心室顫動發生一、二分鐘之前，所有監視器上顯示的數據是正常的。」

「有沒有可能是急性心肌梗塞？」徐凱元看著邱慶成。

「從病人的心電圖檢查報告以及年齡來看，這樣的機率不高，」邱慶成也搖頭，「特別是急救的過程我全程參與，也在病人身上裝置了心律調節器，我不認為是急性心肌梗塞引起的。」

「看來要弄清楚原因只剩下病理解剖了。」徐凱元說。

他從座位上站了起來，在辦公室踱來踱去。

「有沒有可能是肺動脈氣體性栓塞呢？」邱慶成問。

「我們做子宮鏡並不灌空氣到子宮裡去。當然，你說在手術過程中從子宮內膜吸入空氣，導致肺動脈氣體性栓塞。這個可能也不能完全排除……」徐凱元評估了一下可能性，「如果是談判呢？」

「一般都是由醫師付出一筆雙方都同意的撫卹費用或喪葬費用。」黃秘書表示。

「撫卹費用大概是多少?」

「要看其中的是非曲直,還有醫師的過失程度,」黃秘書搖搖頭,「並沒有一定的行情。當然,如果價錢不高,幾個醫師共同負擔,加上醫院也許可以分攤一些費用,也不失為一個簡單的辦法。」

「我沒有什麼過失,」關欣搖著頭說,「我不贊成賠償。」

「關醫師不要把它想成賠償,應該說是道義性的補償。換成病人的角度想想,畢竟她是好好走進來的。」黃秘書說。

「我自然有我的道義,但不是給錢。」關欣的聲音有些激動。

「我想一時之間要得到共識可能不容易,好在目前只是交換意見,也許我們都該再去請教一些專家的意見。」徐凱元做出制止的手勢,「我覺得對家屬的醫療說明會愈快愈好。黃秘書,請你通知病人家屬及醫院警衛。我想,就訂在明天下午二點吧。如果沒有問題的話,我請大家一點鐘到這裡再開一次會前會,屆時,我們也許有病人家屬進一步的反應,那時候再確定說明會的內容,如何?」

顯然大家沒有更進一步的意見。徐凱元看了看錶,他對關欣及邱慶成說:

「時間差不多了,你們要不要先過去加護病房準備一下,我隨後就到。」

關欣及邱慶成正要離開院長室,被徐凱元叫住。

「記住,等一下我們過去只是宣布死亡。不管家屬有什麼問題,或我們自己有什麼意見,都明天下午一點鐘再說,好嗎?」徐凱元說。

關欣及邱慶成點點頭，離開了。

看著關欣以及邱慶成離開，黃秘書悄悄走近徐凱元，低聲地說：

「萬一病理解剖結果是肺部動脈氣體栓塞，對院長恐怕非常不利……」

「機率不高，但我不敢說，絕對不是肺部動脈氣體栓塞。」

「我覺得訴訟失敗的話代價太高了，能和解當然是比較簡單的方法，」他皺著眉頭，「萬一病理解剖結果是肺部動脈氣體栓塞，那就是手術時應注意而未注意的疏忽，足以構成法律上的過失致死。可以吊銷醫師執照，還得坐牢，更不用說院長、教授的職務……」

「不過關醫師好像很堅持她沒有過失，不肯讓步？」徐凱元說。

「這可以想想辦法。」黃秘書停了一下，「她不可能沒有過失，好比事情發生時她就沒有在現場，是護士叫她過去，她只是參與急救。」

「他們麻醉科一個主治醫師負責五、六間手術房，不可能每一次都在現場。」

「法律可不管這麼多。」黃秘書附到徐院長耳邊，「她總是有一些過失，我們可以給她一些壓力。」

他們走向電梯間，按電梯鈕，站在門口等候。關欣對邱慶成說：

「邱醫師，不好意思，把你牽扯進來，給你添麻煩了。」

邱慶成沒有回答，只是微笑。

「等一下妳記得等徐院長過來了，再一起去宣布死亡。」邱慶成說。

「當然。」

電梯來了，他們擠進擁擠的電梯裡，談話暫時中斷。隔著人頭，邱慶成對熟識的人打招呼。關欣則始終低著頭，想她自己的事。

從二樓升上四樓，電梯門再度打開。他們從電梯出來，走在轉往加護病房的路上。

「邱醫師，你是不是有什麼想法要告訴我？」關欣問。

「只是一種直覺。」邱慶成不安地笑了笑。

「你知道，我現在需要別人的意見。」

「好吧。」邱慶成停下了腳步，轉過來看著關欣，很鄭重地說，「我覺得，從現在開始，妳只能靠自己。不要輕易信任別人。」

關欣停下來定定地看著邱慶成，彷彿希望邱慶成多說些什麼似的，但是邱慶成沒有。

「我只是一種直覺，」他笑了笑，「妳知道，每個人都會有一些直覺。」

「我想我明白你的意思了。謝謝。」他們又並肩往前走，走了沒幾步，關欣淡淡地笑了起來，「你的勸告包括你自己我都不能信任嗎？」

「我只是幫忙，」他攤開雙手，「就像早上陳心愉的手術妳幫忙我一樣，人需要互相幫忙嘛，不是嗎？」

*

三點十分，他們在加護病房關掉呼吸器的電源開關。

鄧念瑋不再發出問題。他對著站在面前的徐院長、關欣、邱慶成醫師以及加護病房的醫護人員鎮定地說：

「可以讓我和她最後再單獨相處一會嗎？」

徐院長點點頭。他們起身離開朱慧瑛的病床，留著一個護理人員在他們身後把隔離布幕拉了起來。

闕欣和邱慶成還沒走遠，被巨大的聲響震懾住了。那是一陣淒厲的嘶喊，不尋常地持續了好久，轉化成為男人的嗚咽。

7

「早。」護士小姐甜甜地對心愉笑著，她取下懸在點滴架上的點滴，換上新的一瓶，「現在我們看看回血的速度，檢查Port-A-Cath的功能。」

護士小姐把點滴瓶放到幾乎接近地面的高度。過了半天，沒有看到任何血液回流到點滴輸液管。

心愉看見護士小姐的眉頭微微地蹙了一下。

「怎麼會這樣呢？」護士小姐把點滴瓶掛回架子上，調整輸液速度為全速。點滴的速度雖然變快了，可是並沒有變成直線似的水流。

「怎麼了？」陳心愉又瞪著大眼睛問。

「Port-A-Cath好像不太順暢，昨天才裝好的Port-A-Cath應該不會這樣才對？」她轉身在護理推車上取來無菌注射針筒，接上點滴輸液線上三方向注射插頭，抽出點滴瓶內的液體，轉動插頭方向，把注射針筒內的液體向中央靜脈方向用力推進。
心愉才不管護士小姐在忙什麼，她興致勃勃地問：
「護士姐姐，上次那個長得像織田裕二的醫師為什麼都沒有來看我？」
「妳是說蘇怡華醫師啊？」護士小姐重複著推抽注射針筒沖灌Port-A-Cath的動作。
陳心愉點點頭。
「妳問他做什麼？」
「妳可不可以跟他要張簽名照片，我要拿去給同學看。」
「早知道妳要他的簽名，開刀的時候乾脆請他直接繡在皮膚上就好了，」護士促狹地開她玩笑。
「人家是說真的嘛。」陳心愉嘟著嘴。
現在護士小姐停了下來，看著點滴的速度。
「好像還是有點慢。」她又把點滴瓶從架子上拿下來，放到地面上。過了好久，終於有一些回血沿著輸液管流了出來。
「到底怎麼樣？」心愉問。
「我不知道，也許只是一些血塊在Port-A-Cath。」
「哎喲，我是問蘇醫師可不可以來看我？」
「大小姐，妳整天躺在這裡，妳的Port-A-Cath又沒有什麼大問題。蘇醫師的病人那麼多，忙都忙不完，哪有空過來給妳簽名？」
「妳是說，要我胸前這個插頭出了問題，他才會來看我？」

「拜託，大小姐，總統下午要過來看妳，大家都緊張得不得了，妳讓我趕快把事情弄好，好不好？」

「又不能怪我，我早警告過他不要來，是他自己要來的，我有什麼辦法？」

護士小姐命令陳心愉把手抬高之後再放下來，觀察點滴的速度。一會兒，又要她側躺下來，再一次深呼吸。不管她用什麼姿勢，做什麼動作，點滴瓶內的滴液都以一定的速度滴著。等折騰得夠了，護士小姐拿出吊在點滴架旁的一本小紀錄冊，邊唸邊記載。「平躺，輸液正常。回血正常。端坐，輸液正常。回血正常。左手舉高……」她拿著小冊子一一打勾作記號，最後終於作出結論，「八月十六日，晨八點三十分，Port-A-Cath檢查，經灌沖之後可見回血，輸液速度稍慢。判定：功能正常。」

「哎喲，又是功能正常。」陳心愉嘴唇翹得半天高，「為什麼不出一點問題呢？」

*

現在燈光暗下來，會報開始進行。內科站在投影機前的是第一線照顧陳心愉的內科住院醫師，由他開始報告最新的檢驗數據。映在會議室斜側面的螢幕上是懸臂式投影機投射的檢驗數據。一旁的X光閱片架上掛滿了各式的放射線檢查片子。他的原子筆在透明膠片上指指點點，在螢幕上映出好大的陰影動來動去。

「這些數據我想大家都應該知道，」才報告到一個段落，趙院長就站起來打斷，他轉身問坐在旁邊的徐大明，「所以你們預定第二階段的化學治療從下午開始。」

「依照原定的計畫，下午二點開始給予水分灌注，第一個化學藥物劑量大概是下午六點多左右開始注射。」徐大明表示，「不過，目前因為病人持續有輕微的發燒……我們有些猶豫，想聽聽大家的意見。」

趙院長從口袋內拿出一枝雷射筆，指著螢幕上的數據問：

「三十八度左右的發燒到底怎麼回事？」

發燒當然要懷疑感染。特別是手術所造成的感染。站在投影機前住院醫師很想這樣回答，可是這裡輪不到他說話。他只是沉默地看著徐大明。而徐大明似乎也不打算說話。

「好了，內科醫師沒有什麼意見，唐主任，」趙院長轉了一個方向，「是不是你們外科的問題？」

唐國泰也沒說什麼，他只看了邱慶成一眼。邱慶成立刻會意似的從座位上站立起來。

「趙院長、各位師長、各位同仁，我很榮幸有機會向大家報告陳心愉的手術過程以及術後恢復情況。陳心愉手術的過程一共是二個小時，在這過程中，我們順利地把內植式中央靜脈輸液管裝設到上腔靜脈。目前回血正常、滴液正常、使用狀況良好……」

「大家知道的部分就不用再講了，」趙院長抬手做出制止的手勢，「你認為發燒到底是不是手術後感染所引起？」

「手術後的感染應該會見到白血球劇增，可是現在螢幕上的血液檢查報告並沒有這個情形，」他指著螢幕，「再說，我協助唐主任參與完成手術。我敢說，唐主任的手術過程乾淨俐落，技藝高超，不可能發生手術後的感染。」

「陳心愉是白血病的患者，白血球數目本來就很低，不容易升高。」徐大明不以為然地站了起來，他把麥克風從桌上的架子拆下來，拿在手上，抱怨著，「我問你，那你認為三十八度是怎麼回事？」

「也許徐主任經驗比較少，我們認為在手術後第二到第三天，因為組織癒合造成的手術後發熱是很常見的事情。」

「手術後發熱不是什麼大學問，你大可不必在這裡炫耀，」徐大明有點火氣大，「我問你，你可知道萬一是手術後感染還繼續做化學治療，血液裡面的免疫力一旦降低，後果會有多麼嚴重？」

「他已經告訴你了。不是感染就不是感染。」唐國泰拍著桌子，也加入戰局。他提高了聲音，「要不然你找他來開會做什麼？」

「難道還找你來開會？發生了問題一問三不知，誰都曉得陳心愉的手術不是你開的，全靠下面的人，」徐大明不甘示弱地反擊，「什麼乾淨俐落，技藝高超……還敢在電視上出風頭。」

幾乎同時唐國泰和徐大明都從座位上站了起來，怒目相對。

「拜託你們，都坐下來，坐下來，」趙院長做出制止的手勢，他皺了皺眉頭，「我的任期剩下沒幾天了，拜託拜託。以後你們要怎麼吵我也管不著。今天找你們來，就是希望大家能群策群力，我不是說過了嗎，有什麼問題都是我的錯，一切由我來承擔。」

唐國泰和徐大明不再說什麼，各自緩緩坐下。現場的氣氛凝肅而僵硬，沒有人多說一句話。

趙院長交抱著手在胸前，似乎沉思著。

「關於下午要開始的化學治療，還有沒有什麼別的意見？」趙院長問。

蘇怡華並沒有聽見會議的內容，他的注意力完全在閱片架上那張陳心愉手術後的胸部X光片。他直覺那張胸部X光片不太對勁。

蘇怡華坐直了身體，他幾乎看得出神。

「怎麼會這樣呢？」他喃喃自語。

掛在閱片架上的那張手術後X光片如果不仔細看，和普通的X光片沒有什麼差異。除了正常的胸部結構外，可以在左側胸前看到Port-A-Cath圓形的注射平台，平台連接著輸液管，往體內沿伸到鎖骨下靜脈，進入上腔靜脈，通常終點都幾乎接近右心房了。然而在陳心愉的X光片上，輸液管才進上腔靜脈就終止了，輸液管的尾端離心臟還有一段不算短的距離。

理想的輸液管終點位置應該在上腔靜脈深部靠近右心房，那個位置血流量大，注射液被稀釋的速度也相對增快，很少發生任何併發症。然而目前的位置正好位在鎖骨下靜脈進入上腔靜脈血液轉彎的地方。一方面血流流速較慢，容易在血管壁堆積血小板及其他凝血因子，另一方面，當刺激性很強的化學藥劑從輸液管出來，正好面對上腔靜脈血管壁，誘發血管壁產生許多凝固的因子，又加速血液的凝固。長期下來，血管栓塞就無法避免。

內植式中央靜脈輸液管裝置的歷史並不長，世界上的經驗有限。這些意見是這個月歐洲方面癌症雜誌才有的結論。有趣的是，蘇怡華看到這篇報告之後，立刻統計了自己手中的病例，發現國內輸液管位置不當竟占了併發症發生原因的百分之九十一。這和癌症雜誌上的報告相當一致。

「糟糕。」蘇怡華幾乎驚叫出聲。

「蘇醫師是不是有什麼意見？」趙院長看見了蘇醫師奇異的表情。

「我建議在化學治療前先拆除Port-A-Cath，重新裝設。如果貿然開始使用，將來一定會發生嚴重的併發症，」蘇怡華從座位上起身。

「什麼？」邱慶成幾乎跳了起來。

「蘇醫師在這方面的經驗不少，」趙院長站起來當和事老，「你是不是簡單扼要說明一下。」

等蘇怡華簡要說明了輸液管位置和血管栓塞的關係以及提出最新的期刊報告後，全場默然無聲。

「你的意思是說，照這樣下去，陳心愉一定會出現血管栓塞的併發症？」

「我不敢說百分之百，但是機率很高。」

「要多久才會發生併發症？」

「根據我統計國人Port-A-Cath的資料顯示，一般血管栓塞出現的時間介於一週到一個月之間。」

看著唐國泰。唐國泰撫著下巴，不說一句話，現場一片沉靜。

「唐主任，手術是你做的，」趙院長問，「你看怎麼樣？」

「蘇怡華要是這台刀沒有開到很不甘心，沒問題。你要是覺得自己技術很好，那也很好。你可以把陳心愉推到開刀房，拔掉我裝進去的導管，再重裝一條你自己的。如果那樣讓你很開心的話，我沒有問題。我會用外科部的名義給你召開記者會，也會恭喜你這麼厲害，」唐國泰有氣無力地說著，「只是你自己別忘記找個好理由去跟總統報告，我可不願意在這個會議上給你背書。」

情況又僵住了。蘇怡華眼巴巴地看著徐大明，大家的目光也都朝向徐大明。

「這是外科問題，我們尊重外科部的決定。我可不想再像上次挨打。」

會議室爆出一陣低沉的笑聲。徐大明接著說：

「外科醫師不想拆除導管，一定有很好的理由，只要將來他們肯負責任，我沒什麼可說。」

散會之後，蘇怡華上氣不接下氣地追上走在前面的徐大明主任。他們並肩走著，蘇怡華問他：

「徐主任，你找我來開會，又不堅持重新裝置內植式中央靜脈輸液導管，你明明知道這樣下去，陳心愉會出大問題的！」

「我知道。」徐主任點點頭。

「為什麼？」蘇怡華激動地問，「為什麼不堅持？」

「我跟你說一個故事，」徐大明總算停了下來，他回頭對蘇怡華笑著，「從前中國鄉下有種專門幫人家修補鍋子的工匠。做飯的人把鍋子打破了，請鍋匠來補。鍋匠一面用鐵片刮除鍋底的煤垢，一面趁主人不注意的時候，沿著裂痕把縫隙敲得更大。等煤垢刮除乾淨，主人驚見裂縫那麼大，感激地說：『今天要是沒有碰到你，這個鍋子不能用了。』等到鍋子補好了，主人高興，鍋匠也得到一個大紅包，皆大歡喜。你聽過這個故事嗎？這就是古人說的『補鍋法』。」

「補鍋法？」

「你有沒有想過，如果內植式靜脈導管使用得很好，沒有併發症產生，治療上也十分順利的話，那我們就恭喜陳心愉，恭喜總統，也恭喜大家。」

「萬一發生併發症呢？」蘇怡華問。

徐大明沒有回答，他意味深遠地笑了笑，轉身離去。留下蘇怡華張口結舌地站在那裡。

*

送走醫療人員後，總統走進陳心愉的病房，看見她仍然甜甜地睡著。

「要不要叫她？」特別護士輕聲地問。

總統做了一個禁止的動作。他不放心地看了看手錶，走到病房外去。除了警衛外，總統府辦公室王主任、侍衛長丁中將、國安局鐘局長都在病房外面等著。

「王主任，三點鐘有什麼事？」總統問。

「報告總統，和法務部柯部長以及立法院黃書記長開會。」

「四點鐘呢？」

「接見中小企業代表。」

「下午我留在病房，不回總統府了。你幫我改動行程，重新安排一下。」總統說，「晚上她要開始化學治療了，我想和心愉單獨相處。」

「是。」王主任點了點頭，「報告總統，你要不要先休息一下，等心愉睡醒，通知你過來？」

不知道是沒有聽到，或是沒有理會這個建議，總統又自顧地走進病房去了。

「妳到隔壁休息一下，我看著心愉，」總統吩咐特別護士，「有事我會請妳過來。」

總統單獨地坐在床前，看著心愉。午後的陽光斜斜地從十五樓的窗戶映射進來，陳心愉躺在病床上，輕輕地翻了一個身。總統起身幫心愉把手臂放入棉被中。他忽然感覺到經過化學治療後，她的手臂是變得如此地羸弱。看著孩子天真的臉龐，想起即將加諸於她的化學治療，痛苦的折磨，總統忽然覺得無比地內疚。

他從來不是一個好爸爸。

總統想起很久以前的一個晚上，孩子的媽負氣走了。心愉長著水痘併發細菌感染，半夜高燒到四十度，全身痙攣、抽搐。那晚下著大雨，他披起大衣，顧不了守候在外面的跟監人員，冒雨送心愉到醫院急診室。他濕答答地淋著雨，抱著孩子敲遍一家又一家醫院的急診室大門。當時的政治局勢，很多醫院聽說是他的孩子，都不願多惹麻煩。幸好是那個看不下去的跟監人員替他作了擔保。

那時候他坐在階梯上，跟監的調查人員遞給他一支香菸，警告他局勢緊迫，可能隨時都會入獄。他抽著香菸，想起自己的一生。也許是因孩子不願挨針的哭聲，讓他覺得活了一輩子，連自己的孩子都無法保護，毫無由來地，竟在雨中號啕大哭。

後來那個孩子成了他坐牢時唯一的牽念與心靈的依靠。

總統記得當時他在獄中的絕食抗議進入第二十二天，孩子的姑姑帶著心愉來獄中見他。時光把那個在他身上捉迷藏的娃娃變成了在學校受同學嘲笑、忸怩不安的國小女學生。她就坐在會客室的角落，用不解的眼神問爸爸：

「你為什麼要做那樣的事？」

他無法回答，只能問：

「妳愛爸爸嗎？」
小女孩點點頭。
「妳願意相信爸爸嗎？」
她又點點頭。
「爸爸向妳保證，爸爸做的事都是對的，以後妳長大就會知道。」
那時候，他常常夢見孩子發高燒、痙攣，半夜在獄中驚醒。醒來後開始一個人暗自啜泣，那個孩子是他心中最軟弱的部分。那一天之後，他忽然領悟到，他要為這個小女孩活下來，終有一天，他要向這個孩子證明一切。
亮澄澄的光線映著床邊的點滴滴漏，彷彿時光流轉。是護士小姐走進病房，打斷了總統的思緒。她先量了血壓，翻翻心愉的眼皮，再摸摸額頭，又用聽診器在胸前聽她的心跳。
在這麼安靜的時刻，心愉睜開了眼睛。
「一切都很好，」護士放下聽診器，換上了一瓶生理食鹽水，她看了看錶，「等這兩瓶生理食鹽水注射完，我們就要開始這次的化學治療了。」
總統點點頭，也對她笑了笑。看著她走出病房。
「睡醒了？」總統問心愉。
「嗯。」心愉點點頭，她一睜開眼睛就看見總統坐在病床前看著她。沒有記者，沒有隨從人員。一切像是一場美好的夢，「我睡了多久？」
「從我進來到現在。」
「你一直都在這裡？」

總統笑而不語。
「化學治療什麼時候開始？」
「今天晚上。」總統說。
心愉沉默了一下。
「不早了，你走吧。」
看著總統不放心的表情，心愉又投入爸爸的懷裡，強作微笑，堅強地說：「心愉已經長大了，知道怎麼照顧自己。」
「爸爸知道，」總統搓揉著心愉瘦弱的手，他忍住激動的情緒，「爸爸知道。」

*

「報告主任，何醫師已經在會客室了。」內科主任室秘書黃小姐敲門進辦公室。
「好。」徐大明對著辦公室內的人說，「你稍候，我馬上過來。」
徐主任走進會客室，招呼何醫師坐下。在黃小姐端來咖啡離開後，偌大的會客室裡只剩下徐大明和戰戰兢兢的何醫師。
徐大明一屁股坐在沙發椅上，慢條斯理地從公文信封裡拿出一疊文件，他說：
「你投稿的這篇學術文章我已經看過了，意思不錯，英文結構方面有待加強，不過我已經在審稿意見上建議刊登。編輯部應該會要求你修改英文，之後另外發給你接受通知才對。恭喜你，你要不要先看看修改的部分？」
「謝謝主任。」何醫師必恭必敬地站起來，接過了那疊文件。

「有了這篇學術著作發表之後，你今年就可以提出主治醫師的升等申請了。」

「要靠主任多提拔。」何醫師點點頭，不知道還該回答些什麼。

「很好，你很優秀，也很努力。不過你們今年一共有六個總醫師，申請兩個主治醫師的空缺，升等競爭非常激烈，你自己要多加油。」

何醫師又鞠了一個躬。

「就這樣。」徐大明對他揮了揮手，示意他離去。何醫師又行了一個禮，轉身正要走，被徐大明叫住。

「何醫師，你結婚了嗎？」

「還沒有。」何醫師謹慎地回答，目光中充滿了疑惑。

「有件事想麻煩你，不曉得方不方便？」

「主任請說。」

「我有一個朋友的女朋友在長安東路黃維明那裡才做完子宮內膜刮除手術[5]，你方便過去接她，送她回去嗎？」

「開救護車過去嗎？」

「不用，她的情況很好。你只要自稱是她的朋友，開著自己的車過去接她回家就行了。不曉得這樣對你會不會有些為難？」

「不會。不會。」他連說了兩次不會。

5. 子宮內膜刮除手術：流產手術。

「真的不會嗎？」

「真的。」

「我是幫一個朋友的忙。你記住，直接送她回家就可以了，不要多問。可以嗎？」

「我明白。」何醫師又深深地點了一個頭，像收到了一個貴重的禮物似的充滿了感激的神情。

走回辦公室，徐大明迎面看見王世堅用著急的眼神望著他。

「應該都沒有問題了，中午以後你就可以過去家裡看她。」徐大明說。

王世堅深深對徐大明一鞠躬。

「這回我真的欠你一個人情。」他說。

「沒什麼，都是自己人，這是應該的。」徐大明呵呵地笑著，「倒是那位施小姐，你要不要打個行動電話安慰她一下。」

「我們還有一些別的往來，」王世堅停了一會，「我相信她應該很懂事才對。」

徐大明走到辦公桌前把公文信封擺妥，順手打開抽屜，拿出一捲錄影帶。

「既然你在這裡，有件關於陳心愉的事，我想和你商量一下。你先看看錄影帶。這是那天早上心愉進開刀房的時候，新聞記者拍下來的。」

他邊說邊走向辦公桌前方的錄影機，把錄影帶塞了進去。很快，護理長的尖叫聲以及唐國泰和徐大明扭打的畫面出現在螢幕上。

王世堅沉默著臉，靜靜地看著畫面，從頭到尾沒有說一句話，直到畫面結束了，他才不解地問：

「怎麼會這樣呢？」

「雖然說這裡是醫院，但是我們也常常遇到政治問題。」

「政治問題？」

「外科蘇怡華醫師，你昨天見過，總統也見過。」

「是。」

「他在內植式輸液管手術絕對是國內的權威。但是，唐國泰受不了我推薦他底下的人，而且比他還要厲害，一定要把手術搶回自己的手上。問題是他手術的方式是傳統的做法，很容易發生併發症。蘇怡華醫師看了手術後的X光片就斷定陳心愉很可能會發生併發症。」

「你是說，手術不是蘇怡華醫師做的？」

「不是，昨天唐國泰還開了記者會。」徐大明沉默了一下，「你知道內植式輸液管手術做得不好，有些併發症是致命的？」

「致命？」

「全身性的菌血症、上腔靜脈栓塞，甚至治療這些併發症的過程中，全身出血而死，都有可能。」

「你為什麼不提出來？」

「所以我說是政治問題。唐國泰畢竟是外科醫師，開刀房都操在他們手上，而且現在併發症還沒有發生。我不明白他們是真的不曉得嚴重性，或者是衝著我存心想賭賭看。」

「你們怎麼賭無所謂，問題陳心愉是總統的寶貝女兒。」

「所以我說這是政治問題，王主任應該不難明白。」

「政治問題？」王世堅沉默了好久，忽然抬起頭來問，「最近趙院長要退休，你們醫院是不是要改派新院長，人選還沒有確定？」

徐大明點點頭。

「我懂了。」王世堅意味深長地說。

＊

他們把值班的住院醫師找進陳心愉病房時，輕輕地打開了床頭的日光燈。

「對不起，」住院醫師對著陳心愉抱歉，「我必須打開電燈，查看一下妳的點滴。」

陳心愉本能地伸手出來遮蔽搶眼的光線，瞇著眼睛看著住院醫師、走進來的值班護士小姐，以及她的特別護士。

「妳還好吧？」住院醫師問她。

心愉點點頭，可是她看起來非常虛弱。

「從晚上八點起，點滴就滴得不太順利，」護士小姐說，「我們擔心今天該打的化學藥物沒辦法打完，所以還是請你過來看看。」

點滴架上現在掛著瓶瓶罐罐的注射藥劑，零亂地接到點滴輸液管的三叉接頭上。

「看起來速度是比較慢。」住院醫師把生理食鹽水滴液控制轉開全速，看著點滴流速。他皺了皺眉頭，關掉所有注射藥劑，把生理食鹽水點滴瓶從架子上拿下來，放在地上，檢查回血。他們等了半天，沒有血液從Port-A-Cath接頭回流出來。

「沒有回血？」他想了一下，「查一下病歷，什麼時候開始發現沒有回血的？」

值班護士小姐快速地翻閱手上的病歷，她說：

「早上八點半是汝娟檢查的，上面記載：經灌沖之後可見回血，輸液速度稍慢，判定：功能正常。」

「可能是那麼多化學藥物進入Port-A-Cath之後的反應，發生了沉澱，」住院醫師把點滴掛回架子上，「妳去推醫療車過來，我們先灌沖看看，能不能把沉澱物沖走。」

值班護士小姐很快推來醫療車。住院醫師把注射針筒接上輸液管上的三叉接頭，開始用力灌沖。

護士小姐這時候有些緊張，她不放心地問值班住院醫師：

「要不要通知徐主任他們過來看看？」

住院醫師沒有說什麼，他一邊灌沖，一會兒停下來看看點滴流速，一會兒又把點滴拿下來，觀察回血。

「現在流速似乎是快了一些，」他終於宣布，「不過恐怕沒有回血了。幫我記載在病歷上。」

「要不要通知徐主任過來看看？」護士小姐又問了一次。

「點滴不順又不是什麼大事，我想不用了。」值班住院醫師看了看錶，「這個速度應該足夠在明天之前把化學藥劑打完才對。」

「萬一三更半夜點滴速度又慢下來，怎麼辦？」

「把輸液管接上電動輸液幫浦好了，給一點壓力，輸液會比較順利。」他說。

幾番折騰之後，值班住院醫師和值班護士小姐終於關了日光燈，推著醫療車離開病房。

陳心愉虛弱地翻了一個身，感覺到全身的不適。

「彎盆。」她無力地叫著。

守在身旁的特別看護立刻把一個大彎盆拿了過來。陳心愉接過彎盆，仰起身，開始大口大口地嘔吐。

特別看護有點手忙腳亂，輕輕地拍著她的背，一會兒彎盆都是滿滿的嘔吐物，她趕緊放下彎盆，又急急忙忙去找了一個。

陳心愉吐得涕淚交錯，眼眶、鼻子都已經紅腫，到最後吐無可吐，光是乾嘔。

「請把彎盆拿開，」心愉喘呼呼地說，「聞到又會想吐。」

看護小姐有些不放心，她問：

「妳要不要我通知妳爸爸，或者是王叔叔？他說過有什麼問題一定要通知他。」

「不用，」心愉說，「剛開始都會這樣，化學治療我有經驗。」

「妳真的不要爸爸來陪妳？」

心愉比了一個禁止的手勢。她說：

「幫我把床搖高，我睡不著。想看電視。」

特別看護幫她把床搖高，又打開了床前的電視。

「要不要打開日光燈？」看護問。

「不要，」心愉說，「太亮又會想吐。」

現在嘔吐的感覺似乎好了一些。電視上正在播放夜線新聞。看來總統似乎有個忙碌的一天，他回到總統府，接見了外賓，又出席了一場晚宴。

深夜的病房裡，只有電視機一閃一閃地發著幽微的光，照在小女孩淺淺的笑容，也映著懸在點滴架上的化學針劑，顯現出透明而詭譎的顏色。

8

邱慶成匆匆忙忙走到樓下速食餐廳拿了一份漢堡薯條外帶咖啡。他走進自己的辦公室，赫然發現馬懿芬正坐在裡面等他。

「邱副主任，」她一臉冶艷的笑容，「你何等的功勳啊，可憐沒有人獎賞你，讓你一個人關在辦公室裡吃薯條。」

邱慶成沒有回答，露出一臉苦笑。

「你看了你們唐老闆的新聞了嗎？」馬懿芬走向辦公室大門，悄悄地把門從內部反鎖，她一屁股坐到邱慶成的辦公桌上去，「老闆高不高興？」

「老闆開心就好，我無所謂。」邱慶成打開餐盒，拿出裡面的漢堡、薯條以及咖啡，「不是說好沒事不要跑到這裡來的嗎？」

「達—達—達—達—」馬懿芬以so-so-so-mi的音調模仿〈命運交響曲〉的開場。她從手提袋裡拿出一捲錄影帶，炫耀地揮動著，「要不要看？」

「什麼東西這麼好看？」邱慶成拿起漢堡，咬了一大口。

馬懿芬穿著緊身窄裙，跳下邱慶成的辦公桌，她踩著高跟鞋，咔達咔達地走向錄放影機。邱慶成又喝了一口咖啡，抬起頭看馬懿芬。她正背著邱慶成，彎下腰把錄影帶塞入機器裡。看不見馬懿芬的臉，只有一截長腿以及渾厚肥圓的臀部呼之欲出。

她打開電視，調整ＡＶ端輸入，很快螢光幕上就出現了影片畫面。影片開始，是一條沾血的手帕，接著是護理長尖叫的聲音。

「記者！記者！」

畫面很快進入唐國泰和徐大明扭打的鏡頭。

「天哪！」邱慶成又咬了一口漢堡，目不轉睛地盯著畫面看。那段打鬥的影片持續了三、四分鐘。邱慶成拿著半個漢堡在手上，不曾動過一下。直到影片結束，螢幕上一片雜訊，邱慶成才回過神來，「這就是我在裡面開刀時，外面發生的事？」

馬懿芬點點頭。她彎下腰去按停止鍵，把錄影帶從機器裡退了出來。

「妳剛剛說的新聞，」邱慶成用幾乎要失聲驚叫的表情，「就是這一段？」

「放心啦。你不要一副驚嚇過度的表情好不好？看在你的面子上，我不會斷送你們唐老闆的院長之路，」馬懿芬走近邱慶成，拿著錄影帶在他眼前晃動，「你說，這捲珍貴的新聞是不是值得換一頓燭光晚餐，或者是浪漫的消夜？」

「謝啦。」邱慶成展開了笑容，一把搶過那捲錄影帶。

「別謝得太快，」馬懿芬又把錄影帶搶了回去，「新聞部經理常憶如要跟唐國泰討個人情，記得要唐國泰去跟她說聲謝謝。」

邱慶成神奇地看著馬懿芬手中那捲黑色的ＶＨＳ錄影帶。他想起電視新聞攝影用的是β-Cam錄影帶，這麼快就轉拷成ＶＨＳ錄影帶，這是要刻意花工夫去做的事。他笑了笑，問馬懿芬：

「我猜想徐大明也得到妳們常姐的恩惠了，對不對？」

馬懿芬笑了笑，算是回答。

「我今天晚上七點半下班，過來接我。我有重要的消息宣布。」

「什麼消息？」

馬懿芬沒說什麼，她輕輕地坐上邱慶成的大腿，把嘴附到他的耳邊吹氣。

「喂，這裡是辦公室，」邱慶成作勢要阻止，他的臉被馬懿芬的嘴追得無處可逃，「喂。」

「都是你把我害成這個樣子的，」馬懿芬仍不肯停下來。她把邱慶成緊緊抱住，解開他的襯衫，雙手在他身上游移。

「喂，這裡不行。」

「我不管，晚上七點半，」馬懿芬噘著嘴，「你現在就打電話回家請假，否則我今天就不走。」

「我真是被妳打敗了。」邱慶成歎了一口氣，他身體前傾去抓電話聽筒。馬懿芬仍坐在他的腿上不肯離開，姿勢有些勉強，他只能把聽筒夾在右肩，用右手勉強去撥電話。過了一會，電話接通。

「美茜，是我。今天晚上有點事。」

馬懿芬聽不見電話裡面對方說些什麼，但她仍在邱慶成身上奮鬥不懈。

「開會。嗯，也許晚一點吧，」邱慶成強忍著癢，正經八百地對話筒說著，「我也不知道什麼時候。」

「告訴她，你永遠都不要回去。」同一時間，馬懿芬正輕輕地對著邱慶成的左耳吹氣，調皮地說著。

*

這個晚上，邱慶成和馬懿芬破例地去享用了法國餐，並且在侍者的慫恿下點了一瓶86年分的Chateau Haunt-Brion紅葡萄酒，所費不貲。堅持這樣一頓昂貴的燭光晚餐是馬懿芬的意思。馬懿芬的直屬老闆常憶如才發布升任新聞部經理，要她考慮接任晚間新聞主播。坐上主播台是每一個新聞記者一生的夢想，當然值得和在乎的人一起仔細地討論並且隆重地慶祝。

由於謹慎的緣故，他們總是避免一起出現在這樣的場合。因此，儘管餐廳的氣氛浪漫，可是席間邱慶成仍然習慣性地張望，生怕遇見熟人。

「遇見熟人就說是我採訪你。有什麼好怕？」馬懿芬說。

「我有什麼好採訪的？」

「採訪你們醫院的院長爭霸戰呀。內科系和外科系的世紀大對決！怎麼樣，夠聳動吧？你這個外科系的第一號戰將，任何一個有嗅覺的新聞專業從業人員，都不應該放過你。」

「我看妳才是新聞部的第一號超級戰將呢。」

「彼此，彼此。」

穿著燕尾服西裝的小提琴手來到他們的燭光桌前，拉起了《教父》的主題曲。在小提琴聲中，邱慶成想起《教父》電影裡面的情節。為了家族，艾爾帕西諾在命運的安排下，不得不殺掉紐約的黑社會老大，躲藏到西西里島去。那是他恩恩怨怨、砍砍殺殺的一生中，唯一的一段美好時光。他在那裡，遇見了他的妻子，也度過了最美好的日子。可不是嗎？最美好的時光。邱慶成想著。當它悄悄降臨時，總是那麼地令人不知不覺，貓似的躡著腳走來，在你都還來不及呼喚它，又躡著腳悄悄離開了。

琴聲在掌聲以及邱慶成豐厚的小費中結束。小提琴手又轉向他桌，應邀奏起快樂的旋律。

「我很高興在這個重要的時刻與妳一起慶祝。」邱慶成向馬懿芬舉杯祝賀，「恭喜妳。祝福全國最美麗的新聞主播。」

「我們說好，等你升外科主任那一天，我們也要像這樣，一起慶祝。」馬懿芬說。

邱慶成點點頭，兩人同時仰杯而盡。

「我期待那一天早日到來。」馬懿芬說。

在微醺的酒意之下，他們輪流講著笑話。吃完晚餐，兩個人一起走在往停車場的路上。馬懿芬的臉色看起來已經泛紅，可是精神仍然十分高亢。夜色透過飯店的窗口，映進來淡淡的藍，氣氛是嬉鬧式的，盛宴才正要開始。

走出室外，夜風迎面吹來。天空一彎弦月，隱隱約約地在雲間隱現。

「不知道為什麼，忽然好想跳舞。」馬懿芬走在前頭，踮起腳尖，在空地上陶醉地自轉著。等邱慶成從後面走近了，她才停了下來，感歎地說：

「真希望日子可以永遠是這樣。」

他們並肩走著。邱慶成的手一直插在口袋裡，沒有回答。

「你在想什麼？」馬懿芬問。

「倒也沒什麼，」邱慶成輕淡地說，「我只是想，妳接了晚間新聞主播以後，走在路上可招搖。以後我們像這樣的機會可能不多了。」

「那我就不要當什麼主播了。寧可跟你在一起。」馬懿芬走過來，拉著邱慶成的手。

他們走到了邱慶成的汽車旁，打開車門，坐進汽車裡。黑暗中，邱慶成還沒來得及插上鑰匙，發動汽車，馬懿芬溫溫婉婉地過來倚在他的胸前。

「告訴我，你不要我接晚間新聞主播。」

邱慶成把鑰匙插入發動鑰匙孔中，他可以聽見馬懿芬呼吸的聲音，感受到她的體溫。

「只要你說，我願意放棄。告訴我，現在還來得及。」

邱慶成腦海中響起的是剛才餐廳中《教父》的主題音樂。許多事情歷歷浮現。他不曉得應說什麼，或者是該說些什麼。他們兩人都沉默著。過了一會，彷彿那適合說話的時刻已經過去，再也不回來了似的。邱慶成下定決心，終於轉動了汽車鑰匙。

馬懿芬聽見汽車引擎發出轟轟的聲響，看著汽車大燈亮了起來，然後是汽車緩緩移動。她靜靜地離開邱慶成的胸膛，坐回自己的座位上。

邱慶成側著頭看她，發現她臉上已經掛著兩行眼淚了。

「喂，不是說好出來慶祝的嗎？」邱慶成問。

「對不起。」馬懿芬從前座抽屜抽出面紙，擦了擦眼淚，又擤了鼻涕，等汽車開出收費處，她問，「我們去陽明山，好不好？」

「陽明山？」

「不知道為什麼，今天晚上忽然好想去陽明山。」她露出一個溫婉的笑臉。

現在馬懿芬呻吟的聲音停了下來，邱慶成可以感受到她全身輕微的顫動持續著。

不知從什麼時候開始，靜靜的夜忽然下起雨來了，滴滴答答打在屋簷上，從旅館房間裡可以聽得非常清楚。

馬懿芬翻了一個身，靜靜趴在邱慶成赤裸的胸膛上。

邱慶成想起他們的第一次在箱根蘆之湖畔的旅舍，也是這麼安靜的夜晚。那次他到東京參加國際醫學會，正好馬懿芬也在附近採訪一個亞洲經貿會議。他們搭坐捷運，轉換登山火車，改乘纜車，才進到蘆之湖。入了夜，霧氣濕重，白天的旅客散去，只留下冷清的湖面以及靜靜的夜色。他們各自泡完溫泉，共同吃了一條湖裡的鮮魚，喝了幾瓶清酒，有幾分醉意。

走在湖畔，那種隔絕了一切的感覺十分強烈，天地之間彷彿只剩下他們兩個人了。偶爾經過幾個日本人，散落在黑夜中陌生而又熟悉的日本語，強化了那樣獨特的孤寂。

送馬懿芬回到旅店房間時，她忽然要求他：

「和我做愛。」

邱慶成記得很清楚，她是這樣說的。

他並沒有猶豫很久。那個晚上，也像這樣，靜靜的夜晚，忽然下起雨來了。陽明山上的旅舍，總是令人想起箱根之夜。邱慶成心裡想，如果不是蘆之湖，事情也許會完全不一樣。

「今天你回家，老婆會要求嗎？」馬懿芬抬起頭問他。她又輕輕地更換了一個姿勢。

「妳為什麼這樣問？」

「你不要笑我神經病喔，」馬懿芬笑了笑，「我一想到你的太太也像這樣抱著你，就無法忍受。」

邱慶成坐直身體，從床邊衣服口袋裡拿出香菸及打火機，點燃了一根香菸。他深吸一口，吐出一大片雲霧。馬懿芬坐直身體，從後面輕輕地抱住邱慶成，接過他手中的香菸，也吸了一大口。

「我知道我不該這麼想，可是我一點辦法都沒有。」馬懿芬吐出淡淡的輕煙，在他的耳朵旁邊輕輕地說，「今晚不要回家好不好？就今天晚上而已，我保證。」

邱慶成沒有說話。他從床上站起來，轉身在馬懿芬額頭輕吻，又拍拍她的頭頂，給她一個微笑。馬懿芬不喜歡他的沉默。有時候她不明白沉默的含意，除了同意不算外，沉默對邱慶成而言可以是許多不同的意思。

「你去哪裡？」馬懿芬問。

「我去沖洗。」他從她手中接過香菸，又深深地吸了一口。

馬懿芬從身後拉住他的手。

「不要走，我還要。」她嫵媚地笑著，「這一次不要戴保險套好不好？我不喜歡那種不真實的感覺。」

邱慶成側過頭，瞇著眼睛看馬懿芬，一臉奇怪的笑容。馬懿芬奪走他手上的香菸，順手摁熄在床頭櫃上的菸灰缸裡。

「今天很安全，你放心，」她用長腿勾邱慶成的腰，把他勾回床畔，「我知道你還可以。」

呼叫器響起來時，邱慶成正在浴室沖洗。他看著液晶螢幕上顯示的號碼，覺得十分陌生，想不出來可能是誰在找他。過了不久，呼叫器又響了第二次，他看著同樣的號碼，終於想起，那應該是醫學院院長辦公室的電話。

他用大毛巾擦拭著濕了的頭髮，一面拿起了浴室的電話，撥通那個號碼。

「我是外科邱副主任，請問是不是有人找我？」邱慶成問。
「邱副主任，我是院長室黃秘書，」聽筒中傳來笑嘻嘻的聲音，「你打來得正好，院長有些事想找你，不曉得方不方便過來一談？」
「院長辦公室？」
「是的。院長希望當面和你談談關於那天下午開刀房的意外事故。」
「現在？」
「很抱歉，時間上實在是有點急迫。」黃秘書說，
邱慶成看了看手錶，「我恐怕要晚點才能到，可以嗎？」
「你稍待，我去請示一下，」電話中傳來一陣單調的合成音樂。一會兒，又是黃秘書的聲音，「徐院長說他會一直在辦公室等你。」
掛上電話，邱慶成又看了看手錶。他擦乾了頭髮、全身，又用吹風機把頭髮整理妥貼，披著大毛巾走出浴室，開始穿起衣服來。
「你要去哪裡？」馬懿芬機警地問。
「醫學院院長臨時找我有急事，我得先離開。」
馬懿芬悶悶地坐在床上，不說一句話。
「怎麼，生氣了？」邱慶成轉過頭來。
「你想走，直接告訴我就可以了，不必麻煩找那麼多理由。」
「我幹嘛騙妳，真的是臨時有事，」邱慶成穿上西裝外套，「剛剛不是還說等我升上外科主任時要再慶祝嗎？我現在就得去打拚啊！」

見到馬懿芬還嘟著嘴，邱慶成走過去床畔，突然上下其手，捉弄她全身。

「別這樣嘛，笑一個！」

「討厭，」馬懿芬被弄得咯咯地笑，「今天回去不准抱你老婆，知不知道？」

＊

邱慶成匆匆忙忙走進徐院長辦公室，發現整個辦公室仍然燈火通明。在座除了徐院長及黃秘書外，還有公共關係室蔡清標主任。

「公共關係室蔡主任，邱副主任應該認識。」徐院長指著人，算是對邱慶成介紹，「我拜託蔡主任幫忙處理朱慧瑛的後事。他從下午忙到現在，非常辛苦，我們先請他報告一下。」

邱慶成對他點了點頭，他也向邱慶成致意。

「病患的死亡證明以及相關的離院手續都在我們的協助之下辦好了，目前屍體停放在太平間的冷凍庫裡面。她的情況符合我們的研究教學病例，因此在院長的批示之下，醫療費用大約五萬多元可以減免。另外，院長也以個人的名義，致贈了十萬元的慰問金，由病患的母親代表收下。」

「現場情況如何？」邱慶成問。

「由於朱慧瑛的父親已經過世了，只剩下母親可以作主，由妹妹陪同過來。」

「鄧念瑋呢？」

「他們怪罪鄧念瑋不該為了生小孩帶她來做這種手術。朱慧瑛的妹妹還和鄧念瑋大吵了一架，說她姐姐就是被他害死的。」

「你說說電話的事好了。」院長轉身對黃秘書說。

「今天晚上七點半左右，我們在院長室接到一通電話。打電話來的人自稱是朱慧瑛的朋友，要談賠償的問題。他表示十萬元就打發一個醫療過失，特別是醫學院院長的醫療過失，那未免太容易了。」

「他要多少錢？」蔡主任問。

「八百萬元。」

「八百萬元？」邱慶成問。

「價碼如果先開出來了，表示還有談判的空間。真要談的話，我們應該可以把這個價錢再殺低一點。」黃秘書表示。

「賠償的話，不就表示我們承認醫療過失了嗎？」徐院長問。

「不，」黃秘書表示，「在和解達成之前，我們當然不能承認錯誤。否則只會讓病人家屬予取予求，一點立場都沒有。」

「如果價錢合理，當然也不失為一個簡單的辦法。醫學院這麼多事，我實在沒有心力再弄這個……」徐院長在辦公室內兜了將近一圈，又想了一下，「不過目前看來，我們也只能繼續和他們周旋，弄清楚狀況。要是他真能代表全部家屬的話，當然也不見得是壞事。」

辦公室裡面有一段很短的沉默，沒有持續很久，邱慶成忽然抬起頭問：

「麻醉科關醫師會過來嗎？」

他這個問題之後，又是一陣沉默，沒有人回答。過了一會兒，徐院長終於說：

「我們覺得你比關醫師容易溝通。以你的立場以及角色，也許比較適合幫忙我們解決問題。」

「雖然我們提到在和解之前我們不會在醫療上認錯，」黃秘書接著說，「但是，如果一直強調病人死亡和手術息息相關，那就會是徐院長的問題。徐院長身為醫學院院長，承受了社會期望，不能犯錯，在談判上自然比較吃虧。但是如果把病患意外死亡暗示是麻醉意外所衍生出來，那麼徐院長將會有比較超然的立場，也比較使得上力量來解決問題。這是就事情考量，希望邱副主任能夠理解，也能夠代為委婉傳達，讓關醫師明白。」

「我懂了，」邱慶成點點頭，「你的意思是說，讓我去告訴關醫師，如果她能承擔醫療責任，事情會容易一些。」

「當然，」黃秘書笑了笑，「用很委婉的方式。」

走出院長室，邱慶成從醫院大廳的公用電話撥通電話給關欣，並且在她的電話答錄機裡留言，約定明天午餐碰面的事宜。留完了訊息，邱慶成看看錶，將近十二點鐘左右的夜。他開著汽車在市區繞來繞去。

這個時候回家，時間上實在有點尷尬，如果早一點，他也許還來得及哄女兒上床睡覺，再不然，就只好晚些等大家都睡著了。

汽車經過櫥窗、商店，霓虹燈像彩色的風景從汽車玻璃上流動了過去。他自我解嘲地笑了笑，總算是落得無家可歸了。

回到家時將近一點鐘。邱慶成掏出鑰匙，打開大門。正要經過陰暗的客廳，發現美茜在客廳沙發上坐著。

「妳還沒睡著？」邱慶成問。

「剛剛起來上廁所，正好你回來。」美茜淡淡地表示。

「幹嘛不開燈？」

黑暗中，沒有人去打開電燈開關，也沒有人回答邱慶成的問題。只聽見美茜的聲音淡淡地說：

「關欣醫師打電話來，說是回你的電話，她說她的事明天中午會找時間和你再商量。」

她把話說完，從沙發上站起來，無聲無息地走回臥房去了。

邱慶成把公事包丟在沙發上，一個人無可奈何地在黑暗裡坐了一會，終於決定走進臥房裡。

他一邊更衣，聽見了美茜趴在床上啜泣的聲音。

「幹嘛這樣？」邱慶成換好睡衣，爬上床鋪，伸手去拍她。

「你不要管我。」她的肩膀甩開邱慶成的手。

「小敏都睡了，妳不要這樣。」

美茜忽然翻身坐在床上，很正經地對著他說：

「如果你覺得小敏和我礙著你了，儘管讓我知道。」

「我今天很累，不想談這些事。」

邱慶成翻身下床。他對於這些每日上演的戲碼漸漸感到厭煩與不耐。

「你到哪裡去？」美茜問。

「我到小敏房間去陪她睡，」他靜靜地收拾棉被及枕頭，「妳也該睡了，我們改天再談。」

邱慶成躡手躡腳地走進兒童房。他知道美茜不至於過來吵鬧，這裡已經成了他最好的避難所。

微暗中，小敏躺在鋪著厚墊的地板上，睡得正熟，一隻胳臂、一條腿正好露在棉被外面。邱慶成輕輕地躺在小敏身旁，靜靜地替她把棉被蓋好。他翻了個身，發現書桌上那盞檯燈。雖然光線相當晦暗，但在黑夜裡仍顯得刺眼。邱慶成起了身，準備熄滅那盞檯燈。他發現桌上小敏一疊整齊的作文稿紙，稿紙上題目〈我的爸爸〉吸引了他。才國小一年級的學生，在稿紙上注音國字交雜，歪歪扭扭地寫著：

我的爸爸是一個醫生。每天他為了救人都要去醫院上班。他的工作很忙碌，常常忙到三更半夜，我在睡覺時才回家。早上我去上學時，他還在睡覺。媽媽說我的爸爸是世界上最辛苦的爸爸，我希望他不要這麼辛苦。

我愛我的爸爸，我長大了一定要好好孝順他。

邱慶成看著那篇作文好久，很多心情湧了上來。一點多的夜，隔壁彷彿還聽得見美茜的啜泣。小敏又輕輕地翻了一個身。

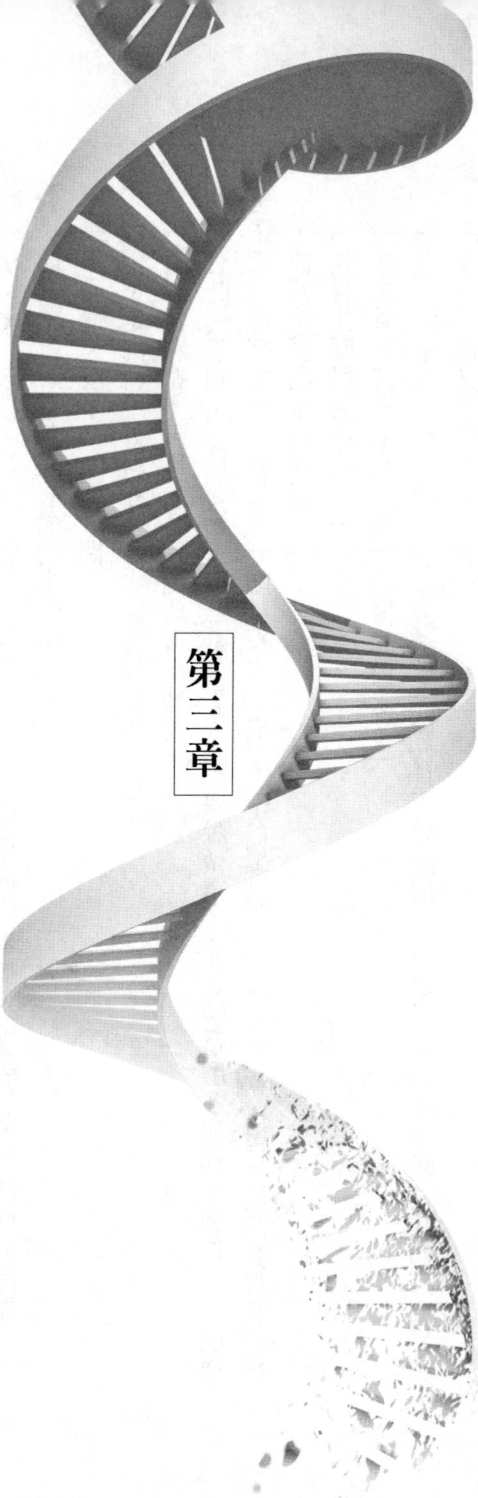

第三章

9

邱慶成和關欣在速食店點了份簡單的咖啡、漢堡、薯條，找到一個角落，坐了下來。儘管醫院為主治醫師特設了餐廳，然而在這裡談重要公事似乎是更好的選擇，你不用像在主治醫師餐廳一樣，擔心鄰座豎起的耳朵，也不會有人不識相地要求加入，說些莫名其妙的話題。

「最近開會，還為陳心愉的事吵架。」

「陳心愉怎麼了？」關欣問。

「還不是內科、外科在吵，大家意見都不一樣。」

「這個醫院哪一天不吵？」關欣淡淡地說。

「有時候想想，每個月領這麼一點薪水，不要說做事，光是吵這麼多架都不划算。」邱慶成笑了笑，他把奶精、糖都加到咖啡裡去，喝了一大口咖啡，「昨天深夜，醫學院院長找我去辦公室。他們希望我跟妳溝通。」

「我有什麼好溝通的？」

「妳知道對方提出八百萬元賠償的要求？」

「憑什麼要我賠償八百萬元？再說，就算真正要賠償，我也沒有那麼多錢。我們這個醫院薪水才多少，你又不是不知道！」

「就我所知，院長室的評估似乎比較偏向賠償。他們並不希望這件事情進入司法程序或者變成媒體的焦點。」

「那是他們的恐懼，我可不怕。」

「所以這是他們的提議：妳來承擔名義上的責任，實質上的談判，甚至將來賠償的金額，都由徐院長來想辦法。徐院長並且答應將來妳在醫學院的升等，他會照顧。」

關欣聽完並沒有回答，她只是笑著。

「妳笑什麼？」

「你真的相信他們的話？」

「什麼意思？」

「如果你因醫療糾紛被判處徒刑，你想，徐院長能代你去坐牢嗎？」

「妳別忘了，他們也不希望變成訴訟或鬧出新聞來，起碼這點雙方是一致的。」

關欣仍然笑著，她持續不斷地搖著頭。

「那不是重點，」她說，「如果你根本沒有做錯什麼，本來就不須賠償，為什麼急著和別人交換條件呢？」

「當然，這個提議只是大原則，做法以及細節都可以再詳談。就整體考量，醫學院院長的目標較顯著，容易受制。所以如果妳能多承擔一些責任，他可以站在比較客觀的立場和病人家屬溝通，對大家都是有利的。」

「這是對錯與是非的問題，又不是債務，怎麼能夠分配、交換？」

「當然，每個人的觀點不同。不過話說回來，就算幫幫別人的忙，反正妳又沒有什麼損失！」邱慶成說。

「我們這一行，只要盡了力，不管成功或失敗都問心無愧，畢竟醫生不是神。現在平白無故承認犯錯，就變成了過失殺人，哪怕賠了再多的錢，你還是過失殺人。從事醫療這個行業，如果心中沒有榮譽，那就不用做了。我問你，你的醫師生涯還要不要繼續下去？如果還要做下去，難道榮譽不要緊嗎？怎麼會說沒有損失呢？」

「畢竟徐院長答應妳將來在工作的升遷上幫忙，也算是夠意思的。人在附設醫院裡面工作，他是醫學院院長，妳何必去招惹他呢？」

「我在這裡安分守己做個臨床醫師不想升遷。我從來沒去招惹過他，是他請你來招惹我的。」

看著關欣咄咄逼人，邱慶成舉起了雙手，做投降狀。

「對不起，我知道你是好意，」關欣笑了笑，「謝謝你來告訴我這些，只是我太激動了。」

*

第一講堂外這時早已經排滿了各式的花籃、花圈，場面十分壯觀。講堂內進行的是趙院長榮退演講會。

「因此，創立一個以病人為本位的醫院，一直是我這幾年來最大的目標與心願……」前面兩位中央研究院院士已經講演完畢，現在正好進行趙院長最重要的榮退感言。

講堂上的螢幕放映著單調的一張幻燈片，久久才跳過下一張。

大部分被叫來充場面的醫學院學生都坐在後排的位置，等候在點名單上簽名。另外一些趙院長放射線科的同事則零散地分布在中間的座位區。孤零零坐在第一排的則是醫學院院長徐凱元和大學孫校長。徐凱元對這場演講沒有很大興趣，他心裡想著的是即將召開的醫療說明會。

他手裡捧著一面「功在杏林」的牌匾，等著演講會最後送給趙院長。當年醫學院院長遴選時趙院長是遴選委員，但他並沒有支持徐凱元。況且這幾年醫療環境改變，趙院長跟不上變化，醫院年年虧損。要不是顧慮到他在總統府方面的影響力，徐凱元很早就想把這面牌匾送給他了。

演講會持續進行，坐在徐凱元右手邊的孫校長忽然側過頭來問：

「趙院長的繼任人選確定了嗎？」

徐凱元搖搖頭。「韓副院長明年就退休了，他的意願不高。」

「其他人選呢？」

「大概就是內科徐主任和外科唐主任吧，他們都很優秀。」

「嗯，」校長想了想，「我看最近唐國泰好像很積極？」

「是啊，最近都是他的新聞報導，什麼心肺移植、內視鏡手術，」徐院長笑了笑，「前幾天，我才看了他給陳心愉裝內植式中央靜脈輸液管的新聞報導。」

「我也看到那個報導了。」校長交叉著手臂，「徐大明和唐國泰。嗯！你覺得他們兩個人怎麼樣？」

「我倒沒有什麼定見，」徐院長抓了抓頭，正要發議論，想起什麼，「不曉得校長有沒有什麼指示？」

「哈，我沒有那個意思。我畢竟不是學醫的。」校長意味深長地笑起來，「聽說兩個人都是你醫學院時代同班同學？」

徐院長點了點頭。

「所以說這個問題真是傷透腦筋。」

螢幕上又跳過一張幻燈片，現在是一張X光攝影片。趙院長開始總結他一生不怎麼燦爛的學術功績。

「聽說你有件醫療糾紛，到底怎麼一回事？」校長換了一個話題。

「我最近就是被這件事弄得心浮氣躁。」徐院長側過身，一手遮掩著嘴，一五一十地把情況向校長說明。

校長很認真地聽著，並不時地點頭。

「嗯，病人過世。那的確比較麻煩，」校長撫著下巴，「你想這件事處置的過程有沒有什麼瑕疵？」

「醫學院法律顧問鄭律師認為我們在法律上應該是站得住腳，除非家屬要求進行病理解剖。」徐院長表示，「不過他們似乎已經透過關係要求我們賠償和解。」

「和家屬說明過嗎？」

「我們找了心臟科醫師、麻醉科醫師，準備一起給家屬開說明會。」

「嗯，」校長點著頭，似乎在想著什麼，過了一會他說，「也許我多慮了，不過你身為醫學院院長，處理這件事一定要小心，凡事以低調為原則。我這個校長，不管在行政或者各方面，不能沒有醫學院的支持。所以這件事在一定的程度之內，我一定全力支持你。不過，現在是民主時代，輿論和學生、老師的力量都很大，萬一事件鬧得太大了就比較麻煩，你知道我的意思？」

「我明白。」徐院長點點頭，「時代不一樣了。」

他們的談話再度被台下響起的掌聲打斷。看得出來，榮退演講會幾乎接近了尾聲。那掌聲持續不斷，好像精采的節目結束，觀眾要求再演奏一段似的。

「應該會很順利的，」校長笑了笑，拍拍徐院長的肩膀，「你好久沒有來一起爬山了，下次一起來如何？地點和時間我會請秘書再通知你。我一方面可以知道這件事的後續，一方面你規劃一下附設醫院繼任院長的人選，到時候我們也可以好好談一談。」

*

關欣趕到事務所時遲到了十五分鐘，幸好洪律師仍在等她。她一再道歉，並且對於中午休息時間還來叨擾表示過意不去。

「有時候，我們也像醫師一樣，會碰上一些急診。」洪律師笑了笑，他請關欣坐在會客室沙發上，為她倒上一杯隨身包沖泡的熱茶，「不好意思，我們事務所的小姐休息了，我不太會泡茶。」滿頭花白的頭髮，使他比實際上五十多歲的年齡更加成熟穩重。

關欣從另一位麻醉同行那裡得到洪律師的電話。她第一眼看到洪應欽，立刻知道他為什麼得到那麼多的好評。他讓人覺得信任感。他的動作端莊儒雅，談吐善體人意，特別是笑起來的時候，臉上散發出一種歲月累積出來的迷人智慧。

洪應欽自顧走進辦公室。過了一會，他拿著一疊記事紙、鉛筆以及黑邊粗框的老花眼鏡回到會客室，慢條斯理地坐下來，把記事紙、鉛筆整整齊齊擺置妥當。

「現在，」他戴上老花眼鏡，抬起頭看關欣，鏡框正好懸在鼻梁與眼睛之間，「妳準備好要告訴我妳的故事了嗎？」

關欣吸了一大口氣，開始敘述。這幾天，對她來講發生了太多的事。

關欣一邊敘述，洪律師一邊仔細地用鉛筆在記事紙上記下重點。其間，他不時提出一些細節問題打斷關欣。等關欣把情節敘述完畢，他又拿起記事紙，自己重新對關欣敘述一遍情節，以作確認。

「我有沒有遺漏什麼？或者是妳還想再補充的事？」洪應欽問。

「大概就是這些吧，」關欣搖搖頭，她急切地問，「我想知道，我有沒有什麼刑事責任？」

「我們等一下會談到那個部分，現在，我想先把關鍵的地方提示一次。妳再仔細想一想，妳在這些部分是否有任何疏忽或問題？」洪應欽把他的記事紙翻回第一頁，「首先，妳是否明確告知過病人麻醉是有危險性的？」

「有。開刀前一天訪視病人時，在病房曾經告訴過她本人。同意書上也說明得很清楚，由於體質特殊或各種醫學無法預測或預防的因素，麻醉有一定的危險性，目前在台灣麻醉平均死亡率是十萬分之四。」

「光是麻醉，十萬分之四，這麼高？」洪應欽顯然覺得有點意外，「這部分有沒有任何麻醉醫療意外保險可以承擔？」

「上次有個保險公司精算過，如果對每個病人投保八百萬元的麻醉意外死亡賠償，一個醫師每年必須繳交近百萬元保險費用，」關欣苦笑，「有些住院醫師甚至全部的薪水都不夠負擔保險費。保險公司也覺得不划算，因而興趣缺缺。」

「為什麼不划算？」

「因為在美國麻醉致死的機會只有十萬分之零點五。」

「相差八倍？」洪律師低下頭，他的目光越過懸在鼻梁的鏡框上方，正好和關欣的目光接觸，「所以病人是在完全沒有保障之下，進入開刀房？」

「醫師也冒著失去執照、被判刑，或賠償巨額償金的危險，」關欣點點頭，「他們一樣沒有保障。」

「我懂了。這和建築、交通、飛航等公共安全的問題一模一樣。不過妳說機率是十萬分之四？看來麻醉比坐飛機風險還大。」洪應欽笑了笑，不敢置信地搖搖頭。他看著記事紙上的紀錄，思考著什麼似的，「不管如何，妳的病人還是簽了同意書？」

「她別無選擇，否則就進不了開刀房。」

「妳在場說明的時候，有沒有其他證人？」

「有，」關欣說，「病人的先生在場，也簽了同意書。」

「妳確定是病人的先生？」

「他在同意書的關係欄是這樣填寫的，況且病人也沒有反對。」

「嗯。」洪應欽沒說什麼，在記事紙上打了一個問號，「告知、說明、同意，」他喃喃地唸著，沉默了一會。「根據妳剛剛的說法，整個手術進行中，病人情況都很正常，意外是突然發生的？」

關欣點點頭。

「妳確定急救的過程沒有瑕疵？」

「急救的部分應該是沒有問題，現場有麻醉專科醫師、心臟外科專科醫師，我們還裝了心律調節器。」關欣表示。

「所以你們保有完整的病歷，證明整個意外過程所發生的事和妳剛剛說的一致？」

關欣又點點頭。

「現在妳自己確定了意外發生的原因了嗎？」

「我們不知道，」關欣說，「醫學上常常會發生一些狀況，就算是最好的醫師也不明白。」

「我這樣說好了，」洪律師想了想，「有沒有可能，這次意外是因為任何妳應注意而未注意的原因，導致的結果？」

「我不覺得是這樣。」她的語氣忽然有點高亢。

「關醫師，妳放輕鬆，這裡不是審判庭，」洪律師笑著說，「我只是想了解，依現有的數據與報告，就算請任何醫療單位鑑定，都無法證實你們在醫療的過程中有任何的過失或疏忽？」

「目前是不可能。」

「『目前』是什麼意思？」

「萬一做病理解剖，可能會有進一步的發現。」

「你們打算進行病理解剖嗎？」

「如果家屬沒有提起，我們是不會主動要求的。」

「家屬會要求嗎？」

「除非情況特殊，一般家屬很少主動要求。因為在台灣，保存全屍的觀念仍很普遍。」

「那你們用什麼死因開立死亡證明？」

「心肺衰竭，」關欣笑了笑，「那幾乎是大部分自然死亡最後共同的原因。」

洪律師又停下來思考，他在記事紙上寫下了「病理解剖」四個字，並且重複地在那四個字外圍畫圈圈。

「洪律師，」關欣有點焦急地問，「我想聽聽你的建議，你想我應該怎麼處理？我到底有沒有法律刑責？」

「目前看來，妳並不需要委託律師。」

「為什麼？」關欣問他。

「妳的情況和紀志宏醫師的情況很不一樣，除非將來病理解剖有新的證據，否則我實在找不出任何可以起訴妳過失致死的理由，」洪應欽拿下了他懸在鼻梁上的老花眼鏡問，「萬一將來做病理解剖，妳覺得解剖結果是因妳的過失而導致死亡的機率有多高？」

關欣想了想，開始慢慢地左右搖晃自己的頭，她說：

「幾乎等於零。」

「那我擔任妳的委託律師的機率也就很低，」洪律師笑著說，「我說過，妳的情況並不需要我。」

＊

關欣從律師事務所趕回來，又跑回辦公室拿她的投影片，到達說明會現場時有些遲了。雖然只是一個醫療說明會，但是在會議室附近以及入口處很不尋常地站著醫院的警衛，關欣很清楚院方這次是有備而來的。

說明會正在進行著，站在螢幕前的是徐院長，他拿著麥克風，對著螢幕上的數據指指點點，說明著關於朱慧瑛的病情以及手術進行的過程。會議桌前一盆冒著枝芽的蝴蝶蘭，開著淡淡的白色花朵。

關欣挑了會議室後排的座位坐了下來，還沒坐定，院長室黃秘書就移動過來她的座位旁，著急地問：

「妳總算過來了。」

「對不起，我剛剛去向律師請教問題，耽誤了時間。」

「律師怎麼說？」

「法律上我們站得住腳。」

「我們醫學院的律師看法也差不多。」

「希望說明會之後，這場風波就可以平息。」

「不過妳還是要小心，昨天對方在電話中提出巨額賠償的要求。」

「我知道。他要告就去告，我沒有犯錯，也沒有能力賠償他的要求。」

這時會議室前方徐院長的說明似乎告了一個段落。公關室蔡主任接過他的麥克風，對著台下徵詢意見。

「關於徐院長剛剛的報告，不知道有沒有什麼問題？」

從座位上站起來的是鄧念瑋。

「這個醫療說明會對我們實在太過專業了。你們老是圍著這些細節打轉，我們心情很沮喪，根本聽不進去。更好笑的是，從剛剛的報告聽起來，手術是成功了，可是，人為什麼會死了呢？難道說我們家屬還得向你們磕頭，說謝謝嗎？」

「鄧先生，朱女士過世了，我們也和你一樣覺得難過，我們感到非常遺憾，發生了這樣的事……」

「這幾天，我已經聽了太多的遺憾、難過這樣的話，你們可不可以停止這些敷衍的話？」鄧念瑋打斷徐院長的話，「你們難道沒有一個人可以告訴我，為什麼手術成功，人卻死了？到底問題出在什麼地方？」

「我理解你的心情，鄧先生，」徐院長安撫他，「事實上你提出來的問題我們也一直在追查，但是手術、麻醉牽涉的範圍很廣泛，我們是不是請負責麻醉以及整個急救過程的關欣醫師來說明一下，看看她能不能回答你的問題？」

「妳能回答我剛剛的問題嗎？」鄧念瑋指著關欣問，「是妳要負一切的責任嗎？」

「你願意聽我報告完畢，再提出你的問題嗎？」

「妳能負一切的責任嗎？妳回答我。」

「如果這就是你的問題，很抱歉，我無法回答。」

「那妳憑什麼浪費我們的時間？」

「我只能試著說明真相，讓大家理解當時發生了什麼事情。如果你覺得這種理解並不重要，」關欣看她的手錶，「那我就離開了，我也不想浪費時間。我必須去看別的病人。」

「妳這是什麼態度！」

在鄧念瑋幾乎要破口大罵時，朱慧瑛的母親站了起來。

「如果鄧先生不想聽請他走開，」她用很平穩的語氣說，「讓關醫師把話說完，我想知道發生了什麼事。」

會議室裡這時站著三個人，關欣的目光定定地看著鄧念瑋，朱慧瑛的母親也看著鄧念瑋。差不多有一、二分鐘那麼久，直到鄧念瑋坐回座椅上，朱慧瑛的母親才坐了下來。

起初，關欣只是低著頭，默默地在台上，雖然只有短短的一分鐘，可是卻覺得時間過去了好久。

「做為一個麻醉醫師，這並不是第一次我不能挽回消失在我手中的生命。」她緩緩地抬起頭，「有時候我也懷疑，每次的默哀到底能挽回什麼？就像下一次，我同樣無法阻止死神從我手中奪走生命一樣。可是，是不是從此不要再從事醫療這個行業了呢？請原諒我用沉默浪費了大家的時間。這樣的默哀與其說是為了死去的病人，還不如說是為了我自己。默哀讓我體認到自己的無能以及感受死亡的哀痛。也唯有那樣，我才能繼續在這個行業奮鬥下去。」

關欣只用了一張記載著麻醉紀錄的投影片，她詳細地說明了麻醉紀錄上的每一項處置，藥物的作用以及處置之後的生理變化。她的說明有一種簡潔的魅力，使得在場的人幾乎都感受到了當時現場的氣氛，並了解發生了什麼事情。在關欣扼要的說明之後，會議室顯得格外安靜。

「我對關醫師唱作俱佳的演出印象深刻，」鄧念瑋有氣無力地拍著手，「可是紀錄是妳自己記的，說法也由妳自己說，我們怎麼相信妳說的是不是真的呢？」

「你必須相信我，」關欣很誠懇地說，「因為我當著所有的人公開地這樣說，並且以我專業的信譽在病歷紀錄上簽下名字。」

「我從來沒有覺得我應該相信妳。」

「你說什麼？」關欣問。

「我說，我從不曾相信過妳、你們以及這整個醫院。」

關欣走下會議桌，從前方座椅上拿來朱慧瑛的病歷，快速翻閱。

「這裡有一張手術麻醉同意書，」關欣指著病歷其中的一頁，「除了朱慧瑛女士外，還有你的簽名。你是不是把同意書的內容唸給大家聽？並且看一看簽名是不是你的親手筆跡？」關欣把病歷傳給鄧念瑋，「如果你從來不曾相信我們醫院其中的任何一個人，為什麼要把她的生命交給我們呢？」

鄧念瑋接過病歷，激動得把病歷摔在地上。

「妳一張伶牙俐嘴，我們都說不過妳。妳是麻醉醫師，只會伶牙俐嘴，有什麼用？」他大聲咆哮。

關欣從地上把病歷撿起來，走到鄧念瑋面前。

「朱小姐過世了，我們都很難過，」她很冷靜地說，「如果我說了什麼讓你覺得更加難過，我很對不起。我只是想讓你知道，你必須相信我，就如同我也願意用同樣誠懇的態度來面對這件事情一樣。」

「我相信妳，關醫師。」關欣回過頭，發現是朱慧瑛的母親，「我今天要來開會之前人家就告訴過我，醫學的道理非常複雜，如果醫師存心想騙我們，我們一點辦法也沒有。就算不甘心去告醫師，醫療鑑定官官相護，我們一點機會也沒有。今天在這裡我願意相信關醫師，可是，是不是請關醫師說句良心話，你們到底盡力了沒有？」

「我想我了解妳的意思。」

關欣走到前座去搬出一大盒紙箱。她把紙箱內的許多藥品一瓶一罐拿出來，對照著螢幕上的麻醉紀錄，在會議桌上擺開。過了不久，上百罐五顏六色、大小不等的藥品以及注射針筒把會議桌擠得一點空間都不剩，還有一些瓶瓶罐罐不得不擺到地上去。

「這些是在急救的過程中，我們打進朱小姐體內所有的藥品。」關欣拿起其中的幾罐藥，又放了下來，她說，「我不知道我們還能再多打些什麼藥。」

看到那麼多的藥劑，朱慧瑛的母親不知不覺流下了眼淚。

「我來這裡，並非要報復或者賠償，」她擦了擦眼淚，「可是，我失去了一個女兒。是不是有誰能告訴我，到底什麼地方出了問題？」

會議桌上的徐院長緩緩拿起另一支麥克風，他說：

「很多時候，病人會發生一些醫學上無法預測的狀況，像是對麻醉藥物的過敏、或者是其他突發性的心臟麻痺，醫學上無法解釋的意外情況……」

「那不是我想聽的答案，」她轉身向關欣，「關醫師，妳告訴我，到底什麼地方出了問題？」

「我從事麻醉工作這些年，從來沒有遇見像這樣的狀況。」

「到底什麼地方出了問題？」朱慧瑛母親看著關欣，彷彿一眼就要把她望穿似的。

關欣也看著朱慧瑛的母親，好久，她終於說：

「沒有人知道到底什麼地方出了問題。」

「妳是說，到現在你們還不知道到底發生了什麼問題？」

關欣點點頭，「是的，如果妳要我誠實地回答。」

會議室內冒出了一陣低沉譁然的聲音。

「如果你們同我們家屬一樣茫然，那麼今天為什麼還要開這場醫療說明會呢？你們又想對我們說明什麼呢？」朱媽媽問。

*

徐院長一會兒坐在他的椅子上，一會兒又從椅子上站了起來。

「邱慶成到底和她溝通過了嗎？」

「報告主任，」黃秘書說，「據我所知，邱副主任和關醫師的溝通好像不太成功，關醫師很堅持她沒有出什麼差錯。」

「我想不出來這樣說對她有什麼好處？」徐院長問，「她到底要什麼？」

「也許關醫師嫌邱慶成醫師的層級太低，」黃秘書稍停了一下，「如果是這樣，找麻醉科賴主任去和她溝通，或許是更適當的人選。」

「哎，那個賴主任滿口廣東國語，呼嚕嚕地，我和他說不上幾句話。」徐院長搖著頭。

「賴成旭從教授升等到擔任麻醉部主任都是外科唐國泰主任一手張羅的。我想，你只要透過唐國泰傳話就可以了。」

「唐國泰？」

「他最近不是有很多爭取附設醫院院長的動作嗎？我相信你拜託他的事情，他一定會全力以赴。」

「說到唐國泰，」徐院長想起什麼似的，欲言又止，「我會約他過來談談。」他走回辦公桌前，在行事曆上寫著備忘錄，「那家屬那邊怎麼辦？」

電話像是回應徐院長的問題似的響了起來。

「請徐凱元有空到大廳走走，」電話裡面的聲音冷笑著，「一點小小的禮物，謝謝你們今天的說明會。」

「又是那個人打進來的？」黃秘書劈頭就問。

徐院長點點頭，著急地問：

「大廳到底發生了什麼事？」

黃秘書急忙撥通了大廳警衛室的電話，可是沒有人接聽電話。

黃秘書對著徐院長搖搖頭。

「情況可能很緊急，大廳警衛室忙得無法過來接電話。」

「我過去看看情況，」徐凱元三步併成兩步跨出院長室，邊走邊回頭交代黃秘書，「你打電話過去警衛大隊找江隊長，請他們加派人員過去，必要時聯絡市警局，請他們人力支援。」

徐院長才走出院長室，迎面就見到公關室蔡主任匆匆忙忙走過來。

「報告院長，我剛剛打電話過去，可是你辦公室一直是電話中。」蔡主任上氣不接下氣地說。

「你要不要一起過去大廳？」

「我就是要過來跟院長報告，」蔡主任說，「我建議你先找個地方，擬好如何對外發言，否則，你這種情況之下出現，我擔心很容易出差錯。」

「大廳到底發生了什麼事？」

「他們家屬拿著遺像、招魂幡以及白布條，披麻帶孝地跑到大廳示威抗議了。」

蔡主任的電梯停在一樓，走出電梯，轉個彎，就到了大廳。

一場混亂似乎暫時平息了下來。醫院的警衛人員，把遺像以及披麻帶孝的人圍在中央，讓行人從外圍通過。

蔡主任認出了鄧念瑋。在他身後，一群披麻帶孝的人坐在地上，正發出低沉的嗚咽聲。兩邊拉開的白布條、招魂幡以及幾盆素花，使得整個醫院大廳看起來像個靈堂。包圍圈裡，面對著這一群抗議人士的是聞風而來的採訪記者。鄧念瑋正架式十足地對著攝影機以及照相機，回答著馬懿芬剛剛提出來的問題。

由於距離的緣故，蔡主任聽不清楚他發言的內容。但憑著新聞本科出身的本能，他嗅得出來這是一個再熱門不過的題材。他當了幾年的公關部主任，每次醫院要發表什麼新的研究成果時，都得三請四求，記者先生、小姐們才會姍姍來遲。現在可好，通通不請自來了。蔡主任心裡想，也許醫院哪一天真有人得了諾貝爾醫學獎都不可能這麼大出風頭。

*

關欣坐在開刀房休息室，吃著她的便當，可是幾乎有一、兩分鐘那麼久，她眼睛不曾眨動一下。她定定地站在電視機前看著晚間新聞，簡直不敢相信自己看到的事實。

鏡頭帶過了醫院大廳、朱慧瑛的遺像、披麻帶孝的病人家屬以及包圍在外圍的警衛，很快地切換到醫療大樓的門口。馬懿芬穿著正式的套裝，站在鏡頭前方作結論：

「從醫院發言人蔡清標主任以及被害人家屬各說各話的情況看來，這場醫療紛爭恐怕仍有待雙方進一步的溝通。醫生，向來是人們心目中的守護神，然而隨著社會的變遷，醫生的角色似乎面臨著前所未有的挑戰。醫、病的關係何去何從？這應該是在這場抗爭之中，值得我們深思的一個重要課題。以上是由記者馬懿芬、游中仁，在現場為您所作的報導。」

等到這條新聞播報完畢，又出現了一些高速公路車禍、搶劫商店的社會新聞報導，圍在電視機前面的人才低聲地議論紛紛，逐漸散去。

關欣閉上眼睛，緩慢地左右搖晃她的頭，愈來愈劇烈。

「不可能是這樣……」不曉得為什麼，關欣再也說不出話，不顧一切地奔出休息室去。

關欣死命地往前跑，飛掠過開刀房前等待家屬好奇的眼光，穿越過樓梯間的防火門，她沿著四樓跑下三樓，轉彎，往二樓急馳。樓梯間的扶梯與關欣的身影交錯而過，牆壁上標示的樓層數字也和關欣交錯而過，她跑過二樓，又轉一個彎，急速地飛奔一樓，直向大廳。

映入她眼裡的是朱慧瑛那似笑非笑的遺像，以及兩旁拉開的白布條，用黑色的大字寫著：

徐凱元草菅人命！

另一條布單是白底鮮紅大字，寫著：

關欣血債血還！

關欣就在眾人的目光之中停了下來。她聽見了自己急速的喘息聲。

「害死朱慧瑛的麻醉醫師就是她。」

與其說是鄧念瑋的叫喝聲，不如說是眼前的畫面震懾住了關欣。

「抓住她，不要讓她跑掉！」有人從抗議的人群中站起來激動地叫嚷著。

不。不應該是這樣。關欣心裡想著。

「殺人兇手！」他們激動地對關欣叫囂著。

幾個抗議人士試圖衝向關欣。站在其間的警衛連忙手臂交勾，形成一道緊密的人牆。人牆內，警衛又和不斷衝撞的抗議人士發生了糾結、扭打似的肢體衝突。情況愈演愈烈。

「妳快走吧！」忙亂中，兩個警衛試圖把關欣拖離現場。

關欣被警衛拖著離開大廳。一路上，她頻頻回頭看著那些和警衛糾纏的人、握著拳頭抗議的人、抱著手冷冷地笑著的人。

「不。我不是。」她大聲叫嚷著，可是沒有人聽得見她的聲音。

10

徐大明利用兩個下午會議行程之間的空檔撥了一通電話給蘇怡華。他鼓勵蘇怡華不要洩氣，年輕人做事情要扎實，不必急著出風頭。以後內科還有許多病例，要請他幫忙。

「今天晚上在家裡準備了些簡單的飯菜，」徐大明沉默了一下，「你何不過來我家裡簡單地用個餐，正好我有一些問題想請教你。」

「今天晚上恐怕不行。」

「喔？」

「下午有院長盃網球賽的複賽和準決賽，我和陳寬醫師雙人組要和唐主任他們對決。」

「唐國泰？我懂了。」徐大明呵呵地笑了起來，「那就改天吧。記得代我好好地修理唐國泰。」

徐大明放下電話，立刻撥了一通電話回家，取消晚餐。

接電話的人是徐大明的太太胡睿倩。他們的女兒徐翠鳳緊張兮兮地貼著媽媽的話筒，直到胡睿倩掛上電話，還拉著媽媽的胳臂問：

「怎麼樣？」

「蘇醫師有事，取消了。」

「真的？」徐翠鳳高興地又叫又跳，她的長頭髮波浪似的在她身後漲落，「我自由了。」

「妳別高興，聽說這個蘇醫師長得很帥，學問又好。」

「我不要相親。」她嬌滴滴地說。

「妳爸爸他們科裡那些內科醫師妳沒一個看得上，」胡睿倩告訴女兒，「這回可是個外科醫師，不一樣。」

「不管，我就是不要嫁醫師。」她的嘴嘛得半天高。

＊

第三盤球賽在一個精采的網前截擊中結束，觀眾報以熱烈的掌聲。比數是二比一，蘇怡華迫不及待的願望並沒有實現。

這時蘇怡華和陳寬並肩坐在場邊的矮凳上，只能眼睜睜看著唐國泰雙人組在場上繼續和婦產科醫師對抗。蘇怡華又喝了一大口礦泉水。到現在他仍然無法相信，他和陳寬竟然被唐國泰的網球雙人組淘汰掉了。鬱悶的感覺排山倒海而來，絲毫無法阻擋。他才輸掉一個病人，現在又輸掉一場雙打賽。他搞不清楚到底發生了什麼問題，讓他兩次都自信滿滿地輸給相同的對象。

靠網球場的內側是一大面牆壁，這回牆面的廣告換成了一個坐在路上哭泣的非洲小男孩。那是由一個熱心公益的藥商所發起響應募款救助非洲飢民的廣告。事實上，任何一個人都看得出那面牆的廣告效益有限，但許多教授及主治醫師在這裡打球，廣告又採取輪流的方式，大部分出錢的藥廠並沒有什麼特別的怨言。

看著球場上黃綠色的網球一來一往，蘇怡華想起山普拉斯。他喜歡山普拉斯。他總是那麼專注地處理他的每一個球，不管比數是輸是贏，山普拉斯的臉上沒有表情，任何一個球，任何一個時刻，他總是那麼專注。彷彿內心不曾有過任何畏懼。蘇怡華需要打網球，網球幫助他專注，讓他忘卻這個難捱的一天。可是就在這天快結束前，他又再度被唐國泰和邱慶成打敗，提醒了他所有不愉快的記憶。

「你在想什麼？」陳寬忽然轉過頭來問他。

「其實我們差一點就會贏的，」蘇怡華放下手上的礦泉水，轉過頭來，「你最後那幾個殺球為什麼處理得那麼差，完全走樣？」

陳寬沒有說什麼。一會兒，蘇怡華恍然大悟。

「你是故意的？」他指著陳寬。

陳寬笑了笑。「從兩年前外科輸了院長盃網球賽以後，唐主任就下定決心今年一定要拿回冠軍。你想，要進入外科部當住院醫師那麼困難，可是只要是網球校隊，一律優先錄取，唐主任根本不在乎他們的成績。」陳寬稍停了一會，「現在幾乎所有想申請進外科當住院醫師的學生都知道勤練網球比成績重要，你想，他為的是什麼？他那麼處心積慮地想贏，你現在把他打敗了，對你有什麼好處？」

「難道輸贏對你一點意義都沒有嗎？」蘇怡華問他。

「我是外科醫師，又不是網球選手，」陳寛搖搖頭，「我的輸贏不在網球場上。」

蘇怡華緩緩地左右擺動他的頭，彷彿他聽到了全世界最令人不敢相信的事一般。

「這幾天對你而言一定很糟，對不對？」陳寛問。

「你聽說了？」蘇怡華問他。

「其實你應該覺得高興，」陳寛拍拍他的肩膀，「我告訴你，輸了對你未嘗不是件好事。」

蘇怡華看著漸漸暗下來的天空，自我解嘲似的苦笑。

「也許我太單純，把事情想得太容易了吧。」

「你看那個非洲孩子，」陳寛指著被探照燈照得亮晃晃的牆壁，「你說他為什麼要哭？」

蘇怡華看著牆壁的畫面，想了想。「他餓了。」

陳寛搖搖頭。「那並不是造成他坐在那裡哭的最主要理由。」

「那是什麼？」

「因為他莫名其妙地掉到別人的戰爭裡去了，」陳寛又強調了一次，「別人的戰爭，你懂嗎？」

場上爆出一陣叫聲與掌聲，似乎又有人打出了一記漂亮的好球。蘇怡華想起徐大明、唐國泰、即將下台的趙院長以及種種恩怨，意味深遠地對陳寛點點頭。

「為什麼這些戰爭永不止息呢？」

「我要是知道答案就好了，」陳寬聳了聳肩，「不過如果一定要戰爭，至少我願意為自己而戰，戰死了也勝過莫名其妙地坐在路上哭泣。」

「為自己而戰？」

「你每天處在這些戰局裡，可是你從來不曾仔細地想一想，像個隨風擺盪的浮萍。你的位置愈爬愈高，可是你卻像個孤魂野鬼似的，在科裡面連一個可以倚賴的朋友都沒有。」

「難道你不是我的朋友嗎？」蘇怡華問。

陳寬轉身過來，對蘇怡華搖搖頭。

「我們只能算是在一起打球的朋友。」

「打球的朋友？」

「你有沒有聽過《三國演義》裡面龐德的故事？」

蘇怡華搖頭。

龐德是馬超手下的猛將，屬於曹操陣營。在曹操南征樊城襄陽時，為了爭取在曹營的政治生命，他自願和于禁共同擔任先發部隊的統帥對抗劉備的部隊。不幸地，他的舊長官馬超已經投降劉備，同時哥哥又在劉備陣營擔任文官。因此，曹操對他產生質疑。為了表示清白，龐德在曹操面前把馬超以及哥哥大罵了一番，宣告從此恩斷義絕，並且為自己量身訂作了一個棺櫬，扶櫬出戰，以示必死的決心。

「在戰亂時，兄弟、舊識，甚至朋友關係都是薄弱的。沒有任何一種關係比政治上的結合更加迫切。只有政治利害值得真正倚賴，也只有派系的力量，能讓別人為你扶著棺材出戰。」

「我不喜歡搞派系。」蘇怡華笑了笑。
「沒有人喜歡搞派系。是派系搞人。」
「唉，」蘇怡華歎了一口氣，「為什麼事情非搞得這麼複雜不可？」
「這不複雜，」陳寬笑了笑，「但是，你得先準備好才行。」
「準備好什麼？」
「準備好為自己而戰。這樣，我才可能當你的政治盟友，和你並肩作戰。」
「朋友和政治盟友這有什麼差別？」
「當然有差別。至少政治的盟友不會在共同的利害上放水，像打網球一樣，故意輸給唐國泰。」
蘇怡華愣了一下。
「我得走了，」陳寬看了看錶，「後天晚上有沒有空，一起吃頓飯如何？」
「後天晚上？」蘇怡華想了一下，「也好。」
「地點和時間我會寫電子郵件給你，記住，我是『你的朋友』。」
「你的朋友？」蘇怡華睜大眼睛，他忽然想起「你的朋友」曾經在陳心愉開刀之前寫過一封電子郵件給他，「你曾經寫過一封電子郵件給我？」
陳寬沒有說話，只是笑著。

11

走出網球場的淋浴室時，天色暗了下來。遠處的燈光一片濕濛濛地，到處落著傾盆大雨。蘇怡華深呼了一口氣，決心奔回醫院辦公室拿把傘再走。

他濕答答地跑進醫院大廳，正好遇見一陣紛亂，警衛正和一群人推拉、扭打著。蘇怡華的好奇心不大，刻意繞過發生衝突以及圍觀的人群，光是自己的麻煩已經夠多了，他一點也沒有看熱鬧的心情。

「殺人兇手！」有人叫喊著。

身後不曉得又發生了什麼事情，蘇怡華感覺到警衛正拖拉著一個人，往他的方向過來。他正打算讓開路，聽見被警衛拖拉住的女孩子疾厲地喊著：

「不！我不是！」

蘇怡華連忙轉過身去，那是一個他熟悉的聲音。天哪！關欣。他顧不得雨水正沿著髮梢流進眼睛裡，衝了過去，大喊她的名字。

兩個警衛停了下來，其中一位從腰間拿出警棍。

「你要做什麼？」

「我是外科蘇怡華醫師。」

持警棍的警衛疑惑地看著關欣。關欣也轉過頭來盯著蘇怡華看，像看著陌生人似的。蘇怡華覺得那種眼神非常陌生，卻又帶著迫切，像要抓住什麼一樣。

過了一會，關欣點點頭，她說：

「蘇醫師。」

警衛放鬆了嚴肅的表情，慢慢地把警棍收回腰間，同時也鬆開了緊抓在關欣肩膀的手。

蘇怡華有種被認得的喜悅。她像是個精神渙散的病人，終於認得他了。

「關欣。」他看著她，又喊了一次。

「今天醫院很亂，你們最好不要在這裡逗留。」警衛交代。

「我知道。」蘇怡華對著他們一再道謝，「我會送她回家。」

關欣拉了拉被弄亂了的衣服，自顧地往急診室方向走。

「不用送我，我自己到急診室門口招呼計程車就好，」她回頭告訴蘇怡華，「我沒事，謝謝。」

不知道為什麼，只在一瞬之間，蘇怡華忽然覺得剛剛呼喊她時，她眼睛裡那種迫切的神情已經消失了。

「關欣，我開車送妳……」

看關欣沒有停下來的意思，蘇怡華正準備追上去，有個警衛拍了他肩膀一下，提醒他：

「一定要送她到家。」

蘇怡華點點頭，匆匆忙忙跑去追趕關欣。關欣走在前面，又快又急。蘇怡華幾乎到了急診室門口才趕上關欣。

「我很好，真的。」關欣伸手招呼計程車，並且回過身來向蘇怡華行禮，「謝謝你。」

「關欣，妳聽我說，」蘇怡華走到關欣面前，雙手輕搭在她的肩膀上，「我覺得妳不太好。」

一部計程車應關欣的招呼開過來急診室門口，才停妥，就被後方疾駛而來的救護車，逼到屋簷前方車道去。救護車停下來，擁上許多醫護人員，從後方掀開的車門抬出來掛著點滴的重症病人。

關欣冒著雨追到屋簷外，打開計程車右後座車門，坐進計程車內，正要關門時，蘇怡華也衝了過來，頂著車門不讓關欣關閉。

「我真的可以自己回去。」關欣說。

「我只送妳到門口，看妳進門，我就走。」

現在計程車已經停到屋簷外頭來了，大雨肆無忌憚地打濕蘇怡華的頭髮，以及身上的衣服、運動旅行袋。

「妳一進門，我就走，」蘇怡華重複著，「我保證。」

關欣側著臉，默默地看著蘇怡華。雨勢那麼大，連計程車司機都回頭過來，用另一種表情望著他。情況沒有僵持很久，直到後方的救護車點交完病人，準備離開，對著他們的計程車大按喇叭。

關欣輕輕地歎了一口氣。她往左挪動，騰出右方的空位。

透過雨刷刷出來的扇形視野，蘇怡華看見路口32路公車站牌。背景是雨夜的街市，在霓虹燈閃動中，孤零零的站牌站立在那裡，像守候著什麼似的。

關欣簡短地回答蘇怡華的問題以及交代醫院大廳的事，之後彼此又恢復了沉默。

計程車轉入從前蘇怡華和關欣慣走的長巷內。透過稀疏的路燈以及潮濕地面上倒映的光影，蘇怡華依稀可以辨認那些紅磚牆，以及聽見枝幹上的葉片隨風起舞的聲音。說不上來為什麼，那讓他覺得安心。整個台北市天翻地覆地在敲敲打打，可是這裡還有一條記憶中的長巷。

從前他送關欣坐公車回家，走的就是這條長巷。每次要分手總是那麼依依不捨。蘇怡華記得有次關欣還提議他們再坐一趟32路公車，由她送蘇怡華回家。那個晚上他們就一直在32路公車上往往返返，直到最後一班車。

他的電腦照片檔案中就有一張關欣送他的照片，照片中的背景就是路口的32路公車站牌。那張關欣送給他的照片後面就寫著：

送給蘇怡華：

我相信生命中總有些美好是不會改變的。假如十年以後你經過了同樣的32路公車站牌，想起了一些什麼。那時，時光終將對你證明我所相信的事。

關欣

年輕的時候常常為了一些像是時間、永恆不變這類的抽象問題爭辯得面紅耳赤。十多年後大雨滂沱，現在他們相對無言地坐在計程車內，經過了那支應該向他們證明一些什麼的32路公車站牌。

很多感覺說不清楚了。他們曾經那麼年輕地去相信一些永恆不變的什麼，那麼不知天高地厚地以為十年永遠不會過去，或者以為只要十年，他們就能證明一些什麼。有時候想想，活著也不過就是一些想窺見未來美麗容顏的意志拼拼湊湊。不堪的是，隨著生命流逝，底牌一一掀起，答案卻盡教人啼笑皆非。

計程車停在關欣家門口，關欣搶著付帳。蘇怡華先從計程車內跳了出來。

「你搭這部車回去吧，雨下那麼大。」關欣也跳了下來。

「不急，」蘇怡華示意計程車離開，「送妳進門，我再走。」

他們衝向關欣住的地方，一棟雙併的舊式五樓公寓大廈。

「我拿把傘給你，」關欣掏出口袋裡的鑰匙開啟入口大門，「拿了傘再走。」

打開大門之後，蘇怡華隨著關欣爬上三樓。

「稍等一下，我馬上回來。」關欣又打開了住家鐵門，消失在虛掩的大鐵門後。

蘇怡華在門口站立了一會。不久，屋子裡忽然出乎意料地傳來關欣激動又明亮的尖叫。

「關欣。」他慌忙地叫著，可是沒有任何回應。蘇怡華決定進去看個究竟。

「天啊！」

等蘇怡華衝進屋裡，不由自主地叫了出來。他所看到的客廳簡直是浩劫餘生。到處是翻倒的桌椅、壁櫃、栽在地面上的電視機。滿地是破碎的玻璃以及壁櫃裡掉出來的飾物。

蘇怡華衝進客廳、浴室、廚房，到處都看到慘不忍睹的相同景象。

「關欣！」他著急地叫喊著，「關欣！」

他走向關欣的臥室，輕輕地推開房間大門。

關欣側對著蘇怡華坐在床前，整個人愣神神地，完全無視蘇怡華走進來。淚痕爬滿了她的臉頰。

「關欣？」

關欣沒有回答，安靜地用衣袖撫拭臉頰的淚水，她的兩眼無神，呆滯地望著正前方。

沿著關欣的視線是梳妝台，梳妝台上的大面鏡子被人用紅色的唇膏大大地寫著：

血債血還！

「天啊，又是那票人，」蘇怡華大叫一驚，「我去報警。」

「不用了，」關欣回過神來，淡淡地說，「我知道他們要什麼。」

蘇怡華幫著關欣立直翻倒的櫃子，並且收拾掉在地上的電視機。關欣拿出掃把，被蘇怡華搶了過去。

「妳去收拾房間裡面，這邊玻璃碎片我來對付。」

蘇怡華搶過掃把，在客廳清掃玻璃。關欣走進房間，又走了出來拿抹布，正好看見蘇怡華趴在客廳的沙發前，側著頭把掃帚伸入沙發底下去清潔玻璃碎片，沒有掃出什麼玻璃碎片，倒掃出一陣灰塵。

「對不起，這陣子太忙，太久沒有清掃客廳了。」

關欣連忙衝向浴室，擰了一條濕毛巾，過來客廳。等她看到蘇怡華一張黑黑髒髒的臉時，不禁笑了出來。

蘇怡華莫名其妙地拿著濕毛巾擦臉，得意地說：

「總算妳還笑得出來。」

「唉，想想實在很好笑，」關欣搖搖頭，「都說是行醫救人，結果救人救成這副德行。」

蘇怡華抹完臉，等他看到毛巾上髒兮兮的灰塵時，跟著會意地笑了。

「出去找點東西吃吧，」關欣提議，「我請客。」

「現在？」蘇怡華望向窗外，「雨這麼大！」

關欣點點頭。「你不餓嗎？」

「這裡怎麼辦？」

「也許等一下回來放把火燒掉房子，誣賴那些人蓄意縱火吧。」

蘇怡華不知道該笑還是不該笑。不過聽到她開始講起這種「關欣風格」的笑話時，覺得放心多了。

下雨的緣故，pub裡面只有稀稀落落的顧客，落地窗戶外面閃動著「Italian Food」的霓虹，他們就坐在靠窗的位置。關欣舉起了她的啤酒杯，現在那一杯大啤酒已經被她喝得差不多。

「陳心愉的事我感到非常抱歉，我事先不曉得是那樣，一直沒有機會對你說。」

「無所謂，那件事和妳沒有關係。」蘇怡華拿著他的叉子捲通心粉，把捲好的通心粉放入嘴巴，細嚼慢嚥，「現在妳打算怎麼辦？」

「我大概沒那麼容易被嚇壞吧，」關欣舉起杯子，把剩餘的啤酒一仰而盡，「今天夠淒涼的了，我們不要再談這些。」

餐廳的侍者過來收拾酒杯，客氣地問：

「還要再來一杯嗎？」

關欣點點頭。

「妳今天喝了不少。」

「陪我喝一杯吧，」關欣望著蘇怡華，說完她逕作主張對侍者說，「再來兩杯。」

「記不記得我們去東部做寄生蟲檢查住在花蓮，那次妳喝醉了酒？」

「烏梅酒，我記得。」關欣淺淺地笑了起來，「那是我第一次喝酒，只知道烏梅酒甜甜的很好喝，不曉得後座力那麼可怕。」

「妳連走路都走不穩，他們要我送妳回房間休息，妳知道妳一路上跟我說什麼嗎？」

「我真的不記得了，」關欣眼睛迸發光芒，「我到底說了些什麼？」

「妳一直對我行禮，不斷地說，謝謝。謝謝。」

「我真的那麼蠢？」

「不會啊，我一點都不覺得，剛才妳在急診室門口也是那個樣子。」

「哈！」關欣大笑出來，「我剛剛一定看起來很蠢。」

侍者端上來兩杯啤酒，又拿起桌上的帳單，記載了新的項目。等侍者離開之後，關欣豪氣地拿起酒杯，和蘇怡華的酒杯碰得鏗鏘作響。

「乾杯！」

他們咕嚕咕嚕灌下了將近半杯的啤酒，把酒杯放在桌上，相視而笑。沉默了一會，關欣對蘇怡華說：

「謝謝你。真的。」

蘇怡華很想說沒什麼，可是他竟一句話都沒說出來，只是把頭低了下去。

一個披著長髮的女孩走上了表演台，在鋼琴前坐下來。過了不久，琤琮的琴聲彷彿流動出來似的。琴聲中，那個女孩用低沉的嗓音唱著：

化我的思念，為白雲片片，
飄過原野，飄過山林，飄到你的門口窗前，
默默地傳給你，我那愛的詩篇。
一千遍，一萬遍……[6]

那是一個年輕的女孩子，不曉得為什麼唱起了他們在學校時期的老歌。蘇怡華又啜飲了一大口啤酒，把自己舒服地靠在椅背上。

他輕輕地跟著旋律哼唱，發現關欣也同時附和著。

整個晚上他們不知道喝了多少酒。蘇怡華走出pub時已經有些輕飄飄的感覺。他察覺關欣說話有些舌頭打結，堅持要送她回家。夜雨仍然一陣一陣地下著，沒有減緩的趨勢。他們坐著計程車，回到有32路公車站牌的長巷巷口，關欣嚷著：

「停車。」她從突然煞車的計程車跳了下來，「我想散步回家。」

蘇怡華匆匆忙忙付完車錢，從後面撐了傘，搖搖晃晃地追上來。

化我的思念，為白雲片片，

6. 這首歌的歌名為〈我的思念〉，鄧禹平作詞。

雨都把她打濕了，關欣仍然興匆匆地唱著歌。

「蘇怡華，陪我用力地唱。別擔心，雨下得這麼大，沒有人會聽見的。」

蘇怡華撐著傘，歪七扭八地走在他曾經熟悉的長巷，32路公車站牌還隱隱約約地可以看見。不曉得是雨水、濺起的水花或者是血液中的酒精把他的思緒打散得支離破碎。終於他也決定放聲跟著關欣唱和。

飄過原野，飄過山林，飄到你的門口窗前，

默默地傳給你，我那愛的詩篇。

一千遍，一萬遍……

*

關欣記得自己進了浴室洗完澡，換上了睡衣，之後的事情變得有些模模糊糊。昨天晚上真的是喝多了。

她伸了伸懶腰，走出房間，映眼的陽光照得她有些張不開眼睛。她走進客廳，發現沙發上整整齊齊摺疊著枕頭與薄毯。毯子上留著一張簡單的字條：

關欣：

今晨陽光照得亮晃晃的，我多麼不願意從沙發上爬起來，承認昨夜就這樣過去了。妳知道，如果可以，我願意用任何代價去留住那些美好時光的。

謝謝妳以及這個美麗的夜晚。妳總是教我感受到生命的甘美，那些幾乎被遺忘了的滋味。

蘇怡華 晨5:30 留

關欣放下紙條，環顧客廳，發現蘇怡華已經體貼地收拾好了滿地的玻璃碎片。白花花的陽光照著電視機、家具、櫥櫃，現在這些都回到了它們原來的位置。

關欣重新拿起那張紙條一讀再讀，彷彿再過一會那張紙就會化成灰燼似的。讀著讀著，似乎有一些色彩鮮明的記憶像魚一般沿著時光輕盈地游了過來。它們無聲無息地幻化成各式艷麗的色彩，在光暈中舞動著動人的姿態。

不曉得為什麼，紙條上的字跡愈來愈不清楚，關欣的視野便莫名地模糊了一片。

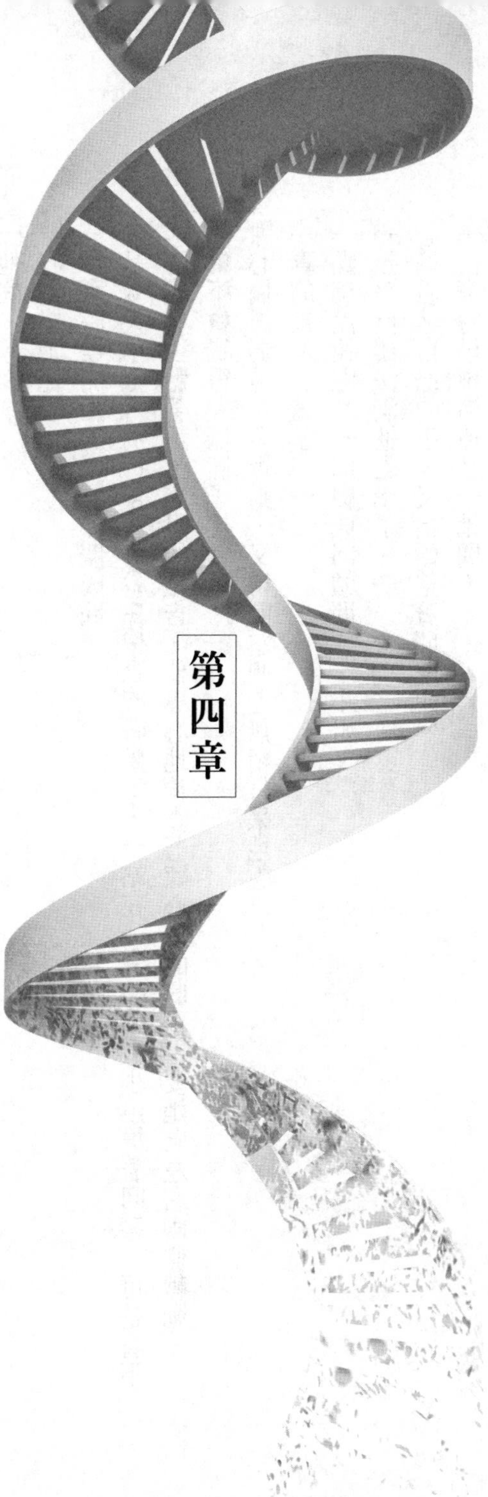

第四章

12

邱慶成站在陳心愉的病床邊。他彎下腰，抓住陳心愉的雙手，仔細地看了左手，又看右手。

「的確是比較腫，」邱慶成壓了壓心愉的左手臂，指壓的地方立刻出現了凹陷，「會不會痛？」他問。

陳心愉搖了搖頭。

「什麼時候開始的？」邱慶成問。

「是今天早上，例行Port-A-Cath檢查的時候……」站在一旁的護士小姐搶著回答。可是看不出來邱慶成是否聽著護士小姐的報告。他專心地檢查著陳心愉的脖子，要她向左右兩側轉動。

「會不會覺得左側脖子比較緊？」

陳心愉虛弱地左右轉動，又轉回右側，無精打采地說：

「真的被你說對了。」

「點滴流速呢？」邱慶成回頭問護士小姐。

「幾乎沒辦法滴進點滴了。」

心愉看著自己的手，又抬頭望著邱慶成。

「什麼時候會消掉？」她問。

「應該會很快吧。」

老實說，陳心愉開始有點擔心了。她發現這個醫師雖然這樣回答，可是他的目光仍看著她頭上的點滴瓶，有點心不在焉。

「會不會是Port-A-Cath出了問題？」護士小姐問。

邱慶成看了護士一眼。雖然她不明白那一眼確切的意思，可是卻被邱慶成的氣勢震懾住了。接著是一段為時不短的沉默。似乎每個人都有很多問題，可是不知從哪裡開始說起。

邱慶成有些不耐煩似的作著結論：

「我會安排一些檢查。」

才說完，就匆匆忙忙地帶著住院醫師離開了。看著他的背影離去，陳心愉問：

「這個醫生看起來好像很神氣。」

「他是外科副主任邱慶成醫師。」

「副主任很大嗎？」

「就像吳副總統一樣。」護士小姐點點頭。

「可是吳伯伯不會看起來很神氣，不太理人的樣子。」心愉想了想，「那蘇怡華醫師呢？他也是主任嗎？」

「他不是，」護士小姐搖搖頭，「邱慶成醫師比他的職位還要高。」

「是不是職位比較高，醫術就比較高明？」

「或許吧。」護士小姐無可奈何地笑了笑。

「可是我喜歡蘇醫師來看我，妳不是說過，我的這個插頭有問題他就會來看我？」心愉看著自己的雙手，歎氣說，「看來這次麻煩大了。」

一走出病房，住院醫師阮明濱跟在邱慶成的屁股後面，緊張地問：

「是左鎖骨下靜脈的血管栓塞阻礙了血液回流？」

邱慶成噘著嘴，沒有回答。阮醫師知道那表示他的心情不好，很識趣地不敢再多問。他們走到護理站，邱慶成自顧坐到電腦螢幕前去打檢查單子。

「幫我做血液凝固時間、凝血時間、PT、PPT，更重要的是馬上聯絡X光科作緊急靜脈血管攝影，」等到印表機把那些檢驗單據列印出來之後，邱慶成把一疊檢驗單交給阮醫師，「你記得提醒他們注意顯影劑要從左手周邊靜脈血管，不是從Port-A-Cath注射，否則照出來什麼都看不到，知道嗎？」看著阮醫師點點頭，邱慶成又不放心地交代著，「靜脈血管攝影一有結果你立刻呼叫我，並且把X光片借出來。我必須是第一個知道結果的人，懂嗎？」

「了解。」

邱慶成左右張望了一下，確定沒有人之後，又倚過來阮醫師身邊說：

「我要你從現在開始盯住陳心愉，推著她到處去做檢查，在報告出來之前，我不要誰再來會診或是提供什麼亂七八糟的主意。」

阮醫師這次不再點頭，只是睜大眼睛瞪著邱慶成看。

「我知道這件事有點棘手，可是不管有什麼困難，你都不擇手段給我解決。懂嗎？」

兩年外科住院醫師的基本訓練使他知道事態嚴重，他只是沒有想到事態竟然這麼嚴重。

等阮醫師拿了檢驗單據急著去打電話聯絡時，邱慶成還站在護理站的櫃台前面，交抱著雙手。阮醫師聽見他低聲地說：

「這回麻煩大了。」

「我不要聽。」唐國泰坐在他的辦公椅裡，側斜著頭。他的一隻手肘撐在辦公桌上，手掌覆蓋了半邊臉，只露出幾乎皺成一團的另外半張臉。

「報告主任，如果不即早處理的話，鎖骨下靜脈栓塞可能延伸擴大，變成上腔靜脈症候群，到時壓迫呼吸道，可就棘手了。」邱慶成低著頭報告。

「還等到那時候才知道棘手？現在都已經不可收拾了。你以為她是誰？是實驗室裡面的貓或狗？」唐國泰放下了手，愁眉苦臉地說，「她是總統的寶貝女兒，你知不知道？」

邱慶成沒有回答。

「唉，」唐國泰歎了一口氣，「我自己的事都還搞不定，你又給我捅這麼大一個樓子！你們存心要把我搞死了，才會高興是不是？」

「事至如今，我們趁早把陳心愉身上的Port-A-Cath拆掉算了。」

「你說得簡單，陳心愉是你隨便可以亂動的？說要開刀，就推進開刀房？」

「可是，現在不拆，將來只會更麻煩……」

「我記得上次開會，蘇怡華就說要把Port-A-Cath拆除。早知道你也贊成，我幹嘛拍桌子挺著你？讓別人看我神經病是不是？」

「陳心愉化學治療才做完沒多久，體內的凝血機制只會愈來愈差。現在不做，只怕夜長夢多，將來想動手術都沒有機會了。」

「聽著，陳心愉的問題是血癌，她的問題是抗癌，不是Port-A-Cath手術。護理站說點滴不通，你就幫她打上新的靜脈點滴，讓她們注射藥物。大小姐很煩惱，你就再三強調一切都沒有問題，讓她不要擔心。」

「可是手腫怎麼辦？」

「你不會注射抗凝血劑，拖一拖時間？」

「現在她才做完化學治療，又打抗凝血劑，副作用恐怕很難預期。」

「所以才需要你這個外科教授來處理啊。」唐國泰說。

「問題是這樣能拖到什麼時候？」

「我也不曉得要拖上多久，算是我求求你們好不好？等人事任命發布之後，隨便你要怎麼處理我都不管。這個期間，不要再給我出任何狀況了。」

邱慶成終於閉上了嘴巴。

「拜託，拜託！我自己的煩惱已經夠多了。」唐國泰不耐煩地點點頭，擺著手示意邱慶成離去。

陳心愉躺在冰涼的檢驗檯上。不久前他們才用很粗的十八號針頭打在她的手背上，痛得差點哭了出來。更糟糕的是他們打算把那瓶顯影劑打進她的身上，她怎麼樣也無法相信看起來那麼黏稠的東西竟也可以打到體內。

懸掛在她正上方是一台可以旋轉的X光機，正不時地發出幫浦轉動的聲音，調整著機器的角度。似乎所有的人都離開了房間，躲在隔壁的控制室裡，透過麥克風和她對話。

等一下這裡一定會有什麼很可怕的東西，否則所有的人為什麼都逃得遠遠的呢？

「顯影劑從靜脈注射進去的時候會覺得全身熱熱的，沒關係，那是正常現象。」有個冰冷的聲音透過麥克風說著。

她沒有聽清楚麥克風在說什麼，只覺得又害怕、又孤單。

「我要妳現在深呼吸。憋氣。不要動。」

機器發出前所未有的粗嘎聲響。

心愉可以感受到那罐討厭的黏稠液正注射入她的體內。之後是全身燥熱，喘不過氣來的感覺，無可脫逃。終於，她再也無法忍受，啜泣了起來。

「大小姐，拜託。不是教妳不要動嗎？妳這樣哭，照出來的照片亂七八糟的，怎麼能看？」控制室與攝影室相通的大門嘩然打開，走出來一個技術人員。收拾了還沒有注射完畢的顯影劑關了起來，換上全新的一瓶。

心愉巴答巴答地望著她，只是一直哭。

「我知道妳是總統的女兒。可是不是只有總統的女兒會生病啊，拜託妳合作好不好？妳已經插隊了，後面還有別人等著做檢查呢。」

邱慶成交抱著手站在護理站的閱片架前，面無表情地看著整齊地掛在上面的一排靜脈血管X光攝影底片。

沿著前臂靜脈、腋靜脈、鎖骨下靜脈、上腔靜脈到右心房追蹤顯影劑出現的時間以及位置，他發現這一系列的X光攝影顯現了幾個不尋常的地方：首先，顯影劑停留在鎖骨下靜脈之前的時間太長了，其次，在鎖骨下靜脈之前長出許多不規則的新生血管。這些症候表示血流在鎖骨下靜脈進入上腔靜脈的位置有不正常的阻塞，並且身體正長出一些新生的血管，試圖把這些阻塞的血液利用別的管道送進上腔靜脈內。

從X光片上可以很清楚地看見Port-A-Cath的注射平台以及埋入鎖骨下靜脈的輸液管。可是鎖骨下靜脈進入上腔靜脈的位置，看起來像是鳥的頭部，延伸出細長的鳥嘴——這個景象是從血管壁開始往血管內淤積的血管栓塞，阻塞了血流，所形成的特殊症候。

「怎麼會這麼厲害？」邱慶成皺著眉頭，又嘛了嘛嘴。血管栓塞來勢洶洶，猛烈的程度遠超過他的預期。

「邱醫師，」護士小姐打斷他的思緒，「你過去看看陳心愉好不好？她好像不太對勁？」

邱慶成趕過去陳心愉病房，看見她虛弱地坐在床上，一臉不舒服的表情。很明顯地便可以察覺到腫脹變得愈來愈厲害，整個臉、脖子、手臂都脹得鼓鼓的。

「怎麼了？」邱慶成問。

陳心愉搖搖頭，一手撫著胸口，用微弱的聲音說：

「我喘不過氣來。」

邱慶成掛上聽診器仔細在心愉的胸前聽診，上吸呼道阻塞的呼吸音從聽診器明顯傳來。邱慶成愈聽眉毛皺得愈緊。他放下聽診器，問護士小姐：

「抗凝劑給過了嗎？」

「從早上到現在，差不多已經滴進去五百萬單位了。」

他要心愉側身，果然身體受壓力面已經有幾處瘀血。

「先給氧氣面罩，氧氣流量設定每分鐘六公升。」他轉身對護士小姐吩咐醫囑。

現在邱慶成面臨了進退兩難的局面。顯然抗凝血劑治療的成效有限，不但如此，栓塞以及腫脹已經產生了呼吸道壓迫。時間非常迫切，再耗下去恐怕非進行氣管插管，或氣管切開，靠呼吸器輔助不可。眼前這樣的低劑量，都已經造成了皮下瘀血，他不敢想像再增加抗凝血劑劑量的後果。

如果拆除掉Port-A-Cath呢？Port-A-Cath拆除後，血流阻塞恢復通暢，腫脹消除，呼吸壓迫當然可望獲得解決。更大的好處是這樣的處置發生流血不止併發症的機會不像給抗凝血劑治療那麼大。他大可停止抗凝血劑，邊手術邊補充新鮮冷凍血清及血小板濃縮液並儘量弄小傷口、仔細地止血，之後再以彈性繃帶強迫壓迫傷口。至少這樣邱慶成不見得全無勝算。

可以想像的是，唐國泰一定暴跳如雷。問題是暴跳如雷又如何呢？唐國泰有權利表達他的情緒，但是邱慶成別無選擇。

「心愉早上幾點吃的？」

「她人不舒服，早上只喝了一杯果汁，一直到現在。」

「禁食時間應該是夠。」邱慶成看了看錶，「好，現在開始停止抗凝血劑注射，到血庫中請她的血小板濃縮液、新鮮冷凍血清。替她做全套術前準備，通知值班的住院醫師以及開刀房，安排緊急拆除Port-A-Cath手術。」

邱慶成交代完畢，護士小姐連忙衝回護理站去通知其他護士小姐，辦理必要的手續以及準備。過了不久，護理長走進來病房，拉住邱慶成的手，把他拖到門外，悄悄地說：

「邱副主任，陳心愉要動手術茲事體大，包括趙院長、徐主任、唐主任，還有總統府那邊的人，甚至是總統以及夫人，你都得通知。」

「那就通知啊。」

「問題是剛剛通知趙院長，他說要開個會再決定。」

「這是緊急手術，又不是寫公文。」

「是。」護理長停了一下，「可是趙院長是召集人，現在這樣，我們什麼事都不能做。」

護士小姐和病房的技佐搬著氧氣筒，正好從他們面前經過，走進病房。

「妳沒看到小孩子喘成這樣？」

「我知道。可是……」

「唉，」邱慶成歎了一口氣，「我來打電話給趙院長。」

他心裡想，這個孩子已經夠可憐了，偏偏還是總統的女兒。

13

呼叫器響起來時，唐國泰正好坐在徐凱元辦公室外的等候室。他看了看顯示幕上的號碼，是辦公室打過來傳呼。唐國泰決定暫時關掉呼叫器，他等候這次的會面已經好久了。在這個時刻，沒有什麼事比這件事更優先。

等候沒有多久，黃秘書就來請他進辦公室。

「唐主任，不好意思，讓你久等了。」

「哪裡，哪裡。黃秘書，不要客氣。」

一進辦公室是玄關似的展示空間，站著兩尊喜氣洋洋的牡丹彩繪花瓶，正對門牆壁上高掛著巨幅仿蘇東坡〈赤壁賦〉名家書法，配合著底下一組仿古太師椅，以及案上小巧玲瓏翠玉獅子，一切古色古香。唐國泰想想覺得很可笑，他來過這裡好幾次了，可是過去這些陳設對他而言好像不曾存在過似的。

往左轉個彎才進入辦公室，徐凱元就坐在辦公桌前招呼他：

「唐主任，請坐。」

唐國泰也客氣地向徐院長點頭致意，唐國泰一眼就看到了立在辦公桌上那匹唐三彩陶馬。他在徐凱元的辦公桌前面坐定。

黃秘書隨後端進來一杯熱茶。

「好茶。」他掀起杯蓋，喝了一口熱騰騰的龍井。

徐凱元並不說話。他只是笑盈盈地看著唐國泰。

唐國泰望著那匹唐三彩馬，他想說些什麼，可是又覺得那樣反而有些自討無趣，便決定安靜下來，等徐院長說話。

「你知道麻醉科關欣醫師？」徐院長問。

「那個女生？」唐國泰有些訝異，怎麼是這樣的開場白？順口便回答，「兇巴巴的，到現在都還沒有男朋友，嫁不出去。」

「喔？」徐院長笑了笑，引身向前，「我最近在開刀房有件醫療糾紛，就是她負責麻醉的。」

「那件事我聽說了。」

「你知道對方獅子大開口，要八百萬的賠償金嗎？」

「八百萬？」唐國泰撫了撫下巴，「對方抓到了你什麼把柄？」

「倒是沒有，」徐院長說，「只是你知道，我這邊很忙，實在沒有時間耗在這件事情上。

再說，家屬也很可憐，如果能早一點解決，我當然不排斥給他們一些錢，當然這筆錢的數目還有待商榷。」

「當然。」

「不過我有點擔心關欣醫師會去慫恿家屬讓病人接受病理解剖。」

「她為什麼這樣做？」

「我也不知道，」徐院長又說，「只是，病理報告上白紙黑字，這又是何必呢？」

「嗯。」

「我知道貴科邱慶成副主任和關醫師交情好，曾經拜託他去關心過。可是，似乎沒有什麼回應。」

「拜託那個傢伙沒有用啦，他不來求你給他收拾善後就已經很好了。」

「所以我想請你去要求麻醉科賴主任關照一下，看看是不是能夠說得動她，請她那邊暫時不要有任何動作。等我把事情處理完，會給她一個交代的。」

「賴主任那邊沒有問題，」唐國泰稍停了一下，「不過，關醫師這個人有時候滿固執的。」

「這件事我已經想不出什麼好辦法，才會跟你討救兵。」

唐國泰沉思了一會，淡淡地說：

「我想錢是很重要的問題。」

「細節你希望怎麼做我不過問，我想這樣你也有比較大的空間發揮。」徐院長引身向前，一手抓住唐國泰的手，他定定地看著唐國泰，「這件事我要特別拜託你。」

唐國泰也定定地看著徐院長，過了一會，他乾脆俐落地說：

「好，我懂了，我會盡力去辦就是。」

「那我就先跟你道謝了。」

「應該的，院長交代的事，就是我的事。」

緊接著是一段短暫的沉默。徐凱元沒說什麼，他把目光移向辦公桌上那匹唐三彩馬，唐國泰也看著那匹馬俑。

「你看過這尊唐三彩馬俑嗎？」徐凱元把辦公桌上的陶俑輕輕向前推移。

唐國泰放下手中的茶杯，拿起唐三彩來仔細端詳，過了一會又謹慎地把唐三彩放回桌上，對徐凱元點點頭。

「我們都老同學了，我就開門見山，」徐凱元問，「到底怎麼回事？」

「我想是深耕醫院的季院長要送給你的禮物吧。」唐國泰說。

「我和季院長沒有什麼淵源，他送我這麼貴重的禮物做什麼？」

「他們北區醫師公會辦年會，請我擔任主任委員，我特別推薦徐院長給他們演講。」

「只是為了請我去演講？」

「季院長是代表北區醫師公會送給你的，這應該是他們的誠意。」

「沒有別的意思了？」

「我不方便替他回答，」氣氛有些僵硬，唐國泰沉默了一會，「恐怕你要問季院長吧。」

「北區醫師公會的年會演講我會參加沒問題，」徐凱元拿起了桌上的唐三彩陶馬，端詳、把玩了一會兒，他抬起頭來問，「你知道這東西很貴重？」

「這種東西要碰上識貨的人才有價值。」唐國泰笑了笑。

「不瞞你說，內人對唐三彩很有研究，她也很喜歡收集唐三彩。」

唐國泰笑而不語。

「老唐，你應該了解我的個性才對。」徐凱元把陶俑放回桌上，推向唐國泰，「這樣吧，你幫我拿回去退給季院長。」

「這麼貴重的東西，我可承擔不起責任，」唐國泰又把唐三彩向徐院長的方向推移，「我看你還是暫時留著吧，我會把你的意思向季院長轉達。」

「好吧，既然你這麼說，我就暫時保管，」徐凱元笑了笑，「事先聲明，我只是暫時保管。你轉告季院長，請他來拿回去。」

唐國泰也笑了笑，拱手告辭。徐凱元也起身送客，走到門口時，他對唐國泰說：

「很多事情，我不方便多說。我的事情就麻煩你了。」

唐國泰會意地點點頭，沒再說什麼。徐凱元也拍拍他的肩膀。

*

「記得代我向你們董事長說聲謝謝。」唐國泰站了起來準備送健輝藥品方總經理走出辦公室。

「哪裡，唐主任不要客氣，我們做生意的人，就怕沒有花錢的地方，使不上力。我們千方百計送東西就怕對方不肯收，何況是他自己開口？」方總經理附到唐主任耳邊，「董事長特別交代，這段時間他準備了許多現金，隨時可以應急，只要有需要，你千萬不要客氣。」

「真是感激不盡。」

唐國泰把方總經理送到門口，他還頻頻回首致意：

「請隨時保持聯絡，你有我的行動電話，董事長交代，這段關鍵期間，要我二十四小時待命。」

唐國泰也鞠躬向方總經理告別，直到方總經理消失在走廊盡頭。

他走進辦公室，坐在背著光的大辦公椅裡。唐國泰低沉著臉凝視辦公桌上的那包公文信封袋，看不清楚他的表情。過了好久，他終於拿起電話，撥通他的秘書。

「麻煩妳找麻醉科賴主任過來一下。」

*

現在那包公文大信封袋安安靜靜地躺在麻醉科賴旭成主任的辦公桌上。賴主任坐在辦公桌前，下意識在桌面上敲打手指頭。

過了不久，聽到劉秘書的敲門聲。

「關醫師過來了。」

賴主任謹慎地打開辦公室大門，招呼關醫師進來坐在辦公桌前會客的沙發椅上。等關醫師坐定，他又刻意支開劉秘書，小心翼翼地再確定大門上鎖。

「關醫師，麻煩妳過來，不好意思。這次出現了麻醉意外事故，我身為主任一直十分關心這件事，總覺得有責任與義務應該盡點力，」他神秘兮兮地把公文紙袋從辦公桌拿過來放在會客桌上，並推向關欣的面前，「這是一點點心意。」

關欣接過那包公文袋，打開封口，看見裡頭一疊一疊的千元鈔票。

「這是什麼意思？」

「這裡面一共有二百萬元，希望能對這個事故有點幫忙，」賴主任特別說明，「妳不用填收據，或簽章。」

「為什麼會有這筆錢？」

「這是一些廠商的捐助，我會負責報銷，和妳無關。」

「賴主任，謝謝你的好意，」關欣搖著頭，「可是我不能接受。」

「不能接受？」

「我並沒有過失，也不需要賠錢。」

「從來沒有人說妳有過失。再說，這筆錢並不是要妳承認有過失。」

「那為什麼需要這筆錢？」

「對方提出了賠償的要求，妳想，如果你們和解，就沒有人會去計較過失與否。」

關欣看著賴主任，沒有說話。

「當然，」賴主任笑了笑，「也許妳考慮到萬一和解的費用遠高於兩百萬元怎麼辦？這點妳可以放心，院方不會讓妳吃虧的。一方面，他們有信心壓低這個價碼，另一方面，院方甚至願意在私底下幫妳承擔不足的餘額。」

「你說的院方是指徐凱元，還是哪一個院方？」

「如果妳希望和徐院長見面，我甚至可以安排。要是妳還有別的要求也可以直接對他提出來。其實徐院長一直希望和妳好好溝通的。」

關欣笑了笑，無奈地搖著頭。

「賴主任，不曉得你有沒有想過，如果連這種情況都要賠錢，以後我們全科的麻醉醫師怎麼做得下去？再說，誰又能保證每次出事，手術醫師正好都是有錢的院方？」

「所以妳打算勸家屬接受病理解剖？」賴主任笑了笑，「我看不出來那樣會對誰有什麼好處？」

「難道你不希望知道問題所在，好在下次發生同樣的問題時我們可以避免這種災難？在教學醫院裡，這些難道不是我們的責任？」

「關醫師，」賴主任身體向前傾，「也許妳從小活在安穩的環境裡，不像我這樣漂洋過海，歷經人間辛酸。我覺得這樣的條件是很難得的，妳不妨再考慮看看。也許妳有妳的想法，可是我跟妳說句真心話，這個世界上是沒有真理與正義這回事的。」

「賴主任，我不相信這個世界沒有真理與正義，」關欣嚴肅地說，「除非我們自己心裡先把它拋棄了。」

14

邱慶成終於把整條Port-A-Cath輸液管從陳心愉體內拉了出來。看得見白色的矽膠管在無影燈下閃動著光澤，幾絲血液仍留在上面。為了防止呼吸道的阻塞，採行了全身麻醉。現在心電圖發出的心律跳動聲響以及呼吸器規律的推動可以很清楚地聽到。在麻醉醫師的照顧下，陳心愉睡著，掛在無菌單上方的是黃褐色的冷凍新鮮血清，正沿著點滴輸液導管一滴一滴地輸入體內。

緊接著的程序是挖出埋在皮下的注射底座，包圍住注射底座的這些新生結締組織十分脆弱，加上化學治療後凝血時間延長，都使得手術困難重重。邱慶成很清楚他必須爭取時間，最好在所有的人都來不及趕到開刀房之前把Port-A-Cath拆除，讓陳心愉甦醒，若無其事地回到病房去。

「紗布。」他右手調整無影燈的位置，左手把一條沾血的紗布丟到刷手護士小姐的推車桌面。等他接過新的紗布，把紗布伸入傷口內，右手又拾起了電燒，「燒灼。」從傷口冒出了一陣嗆人的煙。

情況似乎比預期還要困難，現在皮下的這些組織到處滲血。許多出血點藏在深處，器械不易到達，加上視線不清楚，根本無從下手。從傷口不斷有黝黑色的血液像油井一樣從底下冒出來。沒多久，刷手護士的推車上已經排列了好幾排沾了血的紗布——通常這種出血狀況是大手術才有的景象。

「邱副主任。」

邱慶成回過頭，發現開刀房護理長正打開手術室的門，探進來一個頭說話。

「唐主任現在在外面休息室，要你馬上過去見他。」

「妳看血流成這個樣子，我走不開。」

「你最好去一趟，趙院長、徐主任、總統府王主任，還有唐主任現在都在外面休息室，總統一會兒就會到了。」

護理長話還沒說完，唐國泰的電話打了進來。

「邱慶成在不在？」他的聲音透過手術室的喇叭傳進來，聲音又大又急。

「報告主任，我在手術檯上。」

「你到底在給我搞什麼飛機？」

「剛剛找不到你。我已經跟趙院長報告過，他也同意了。」

「我說不行，就算總統同意也沒有用。你立刻給我下手術檯，把病人送回病房去。」

「報告主任，病人上了全身麻醉，我已經把Port-A-Cath拆除下來，現在正在止血。」

「你做了什麼？」

「報告主任，我已經把Port-A-Cath拆除下來。」

擴音器中忽然發出砰然巨響，接著是一片沙沙沙的空白，不再聽到說話的聲音，可以確定電話並沒有掛斷，線路還在。沒幾秒鐘，面向污走道的自動門嘩然打開，走道上站著火冒三丈的唐國泰，破口大罵：

「邱慶成，你把陳心愉的Port-A-Cath裝得亂七八糟，現在又給我亂搞，你休想我會再替你擦屁股了。」

手術檯上又起了一陣一陣電燒的焦灼氣味，手術檯上仍冒著血。邱慶成側著頭看了唐國泰一眼，不曉得該說些什麼。難道當初陳心愉的手術不是唐國泰的意思嗎？現在到底又是誰在亂搞？

「你是不是弄死陳心愉還不夠，連我也一起要拖下水？」

從隔壁手術室，湧進來更多看熱鬧的人，有麻醉科醫師、外科醫師，還有開刀房小姐。邱慶成站在手術檯上，覺得百味雜陳。他低下了頭，決定專心地止血，不再理會唐國泰的咆哮。

看邱慶成沉默著臉，沒有回應，唐國泰愈發火大。叫罵著：

「你說話啊？邱慶成。男子漢大丈夫敢作敢當，別像個死人一樣。」

過了不久，砰的一聲巨響。有一隻皮鞋飛過手術室的上空，越過邱慶成的頭頂，打破了懸著的X光閱片架，以及裡面的燈泡。頓時間，破璃碎片碎了滿地。

邱慶成蹙著眉，一臉不可思議的表情搖頭，他對刷手小姐說：

「給我一塊無菌中單。」他接過中單，覆蓋住了陳心愉前胸消毒過的手術部位，雙手壓住傷口，轉過頭來定定地看著唐國泰。唐國泰也看著他，兩個人的目光對峙似的。

「唐主任，現在在開刀，」開刀房護理長從污走道拉扯著唐國泰，「再怎麼說他也是你的學生嘛，要罵等他開完刀下來再罵。」

「我沒有這樣的學生，我宣布和他斷絕師生關係。」

唐國泰只穿著一隻皮鞋，被護理長拉扯在污走道上，邊走邊罵，沒有一點停下來的意思。

＊

「唉，」邱慶成歎口氣，高舉他的咖啡和關欣的可樂互敬，「敬我們那些可惡的長官們。」

仍然是漢堡、薯條，同樣的角落。雖然只是一個小小的角落，可是邱慶成和關欣純粹是不期而遇。他們邊吃邊聊，沒有想到竟有那麼接近的遭遇。這時陳心愉仍躺在恢復室，還沒回到病房。邱慶成好不容易逃了出來，與其說是出去外帶午餐，還不如說想透一口氣。

邱慶成沒有太多時間吃飯。一會兒他得回去。他必須知道手術後呼吸壓迫是否解除？手部、頭部是否消腫？邱慶成很清楚，他已經完全沒有退路了。除非陳心愉的問題都解決了，否則唐國泰鐵定會把所有責任都丟到他的身上。

「我覺得妳的情況比我幸運多了。」邱慶成苦笑著。
「喔？」
「至少徐凱元不是妳的老師。」
「我惹到比老師還要權高位重的人，他是醫學院院長，看來我比你更慘。」
「不，」邱慶成搖著頭，「在我們的醫學倫理裡，老師是至高無上的權威。特別是外科醫師學徒制，哪一個人不是老師牽著手，從縫線開始教起的？」
「哈。那正好，」關欣拍手，「是他先說不承認你這個學生，把你拋棄的。」
「妳別糗我了。」
「往好處想嘛，你看看，再怎麼樣唐國泰只是砸破一個看片櫃而已，不像我，全家被砸得稀爛。」
「妳和我不一樣，」邱慶成說，「妳有機會說清楚，至少妳可以提出病理解剖，誰是誰非，總要還給妳一個清清楚楚的公道是非。反觀我的處境，不管做得是對是錯，都只能當替死的羔羊。」
「咦？你原本還好意地勸我接受賠償，不要去招惹徐院長他們。現在反倒勸我提出病理解剖，這麼快改變主意了？」
「是啊，」邱慶成無可奈何地笑了笑，「以前學生時代聽徐凱元、唐國泰上課，看他們穿著白色長袍，意氣風發，多麼崇拜那種醫者風範。那時候心裡想，有一天，我要是能像他們那樣就好了。可是，妳看，花了十幾年終於恍然大悟，這些人都一個樣子。」
「別這麼悲觀嘛。」

「倒也不是悲觀，」邱慶成沉重地點點頭，「我只是很感歎，活到這把年紀才認清楚這些事，實在是可悲。」

「你記不記得我的病人出事那天，從徐凱元辦公室走出來，你告訴我，『從現在開始，妳只能靠自己，不要輕易信任別人。』後來我遇到許多事，愈發覺得你的話有道理。我一直以為你看得比我還要清楚。」

「或許吧，看別人的事情總是比較清楚。」邱慶成笑了笑。

關欣的嘴唇依附在吸管上，吸吮著可樂。她的目光凝視著櫃台方向，似乎在思考著什麼。直到她把可樂吸光，吸管發出嘶嘶的空氣聲。

「或許吧。」關欣說。

「妳要聽我的衷心建議嗎？」

「什麼？」

「趁現在還有機會，去說服病人家屬提出病理解剖申請。只有事實才能支持妳。不要拿徐凱元他們的錢或者是和他們瞎攪和。不要相信任何人，他們憑什麼要對妳好？天下沒有白吃的午餐的。這些人一旦付出代價，就會要求妳加倍回報。」

「是啊。」關欣歎了一口氣。

「我得走了。」邱慶成笑了笑，看著錶。他拿著托盤起身，走向垃圾桶。

還沒走到垃圾桶，關欣在身後叫住他：

「喂，你也想聽聽我最衷心的建議嗎？」

邱慶成轉身過來，對著關欣點點頭。

「照顧好陳心愉，你別無選擇。」

「我知道。」邱慶成揚起右手拇指，對關欣露出一個燦爛的笑容。

15

午后，鄧念瑋把所有遺產繼承以及相關的稅務文件都帶來了。朱慧瑛並沒有留下子女以及任何遺囑，依照規定，她的遺產依法必須由丈夫與母親各繼承一半。

「你去哪裡找來那一群人在大廳哭哭啼啼的？」朱媽媽戴著老花眼鏡，邊翻閱手上的文件，邊問鄧念瑋。

「我只是想給她一點威脅，沒有別的用意。」

「包括你去砸關醫師家，也沒有別的用意？」

鄧念瑋低下頭，沉默不回答。

「我不喜歡那樣，我們是被害人家屬，不是黑道。」

「你沒看過那些人當時的嘴臉，不曉得他們有多可惡，」鄧念瑋冷笑，「這些人沒血沒淚，哪一個人不是趁人之危發的不義之財？」

「所以你也跟著沒血沒淚？」

「我只是爭一口氣，沒有什麼不對。」鄧念瑋強調著，「你沒看到他們公關室主任來的時候那種阿諛的模樣？電視新聞才一報導，就把他們嚇得屁滾尿流。我敢保證他們熬不過明天的。」

「慧瑛你打算怎麼辦？」

「明天一早我們把慧瑛領出去，」抬著棺材到大廳去，鄧念瑋激動地說著，「明天棺材抬出去，我保證他們一定乖乖賠錢。」

「我不想去，」朱媽媽放下手上的文件，「你已經繼承了不少財產，還真的覺得那些錢很重要嗎？」

「那不只是錢的問題。」鄧念瑋說。

「你平白無故繼承了這麼多錢，難道還不能滿足嗎？」

「我們不要再談繼承的事好不好，每次談到妳就激動。我保證，最遲就是明天，只要過了明天，一切都解決了。」

朱媽媽沉默著臉，沒說什麼。

「慧瑛的棺材我已經預訂好了，明天一早我會請廟裡的和尚一起過來，把慧瑛領走。」他從手提袋裡拿出一張醫院太平間的屍體領回同意書，「對了，這裡還有一個章要蓋。」

朱媽媽接過那張同意書。

「我再考慮一下。」

「我給妳這些文件都是比較急的。妳是不是先蓋了章再說？」

「我說過，」朱媽媽閉上雙眼，「我想再考慮一下。」

儘管朱媽媽滿懷敵意，關欣仍站在朱慧瑛的靈位前合掌敬拜並且獻上百合花。

「請妳把花拿回去，現在她已經死了，不需要這些花了。」守候在太平間朱慧瑛的母親板著臉孔走上前來。
關欣站在那裡，窘困地交搓著雙手，沒有說什麼。
「妳到底想要什麼？」她問。
「我想請妳同意讓朱慧瑛接受病理解剖。」
「這樣對妳有什麼好處？」
「對我沒有任何好處，」關欣搖搖頭，「可是，你們把她的遺像、招魂幡拿到大廳示威、抗議，讓別人當笑話看，這樣對你們又有什麼好處？你們有沒有想過，如果朱慧瑛地下有知，這樣做，她不會難過嗎？」
「我們別無選擇。」朱媽媽平靜地說。
「包括昨天你們教人侵入我家，把家具砸得亂七八糟，在我的化妝鏡上面寫著：血債血還，這也是別無選擇嗎？」
朱媽媽低下頭，沒有說什麼。
「你們這是勒索，不是抗議，」關欣停了一下，「朱媽媽，我不知道妳心裡怎麼想，可是我敢憑著良心發誓，我沒有對不起過朱慧瑛，是你們先對不起我的。」
「朱慧瑛現在無辜地躺在這個冷冰冰的地方，到底是誰先對不起誰了呢？」
「所以你們抬著她的遺像，到處去勒索、要錢，難道這樣就對得起她了？」
朱媽媽沉默了下來，她靜靜地看著關欣，彷彿陷入了沉思中。
「朱媽媽，我並沒有要求你們不要追究，只要求病理解剖。解剖之後，誰是誰非，清清楚楚，要怎麼賠償我沒有意見。」

「我不會讓慧瑛這樣平白無故地死了。」她轉過身去，自顧地搖著頭，「請妳回去，我們沒有什麼好再談的了。」

「朱媽媽，妳聽我說，」關欣跑過去看著朱媽媽，「如果你們真的莫名其妙拿了賠償，讓這件事和稀泥草草了結，朱慧瑛才真正是平白無故地死了。沒有人曉得到底發生了什麼事？下一次，同樣的意外很可能會再發生。」

「朱慧瑛已經死了，我不在乎。」

「我知道妳不需要在乎。可是，妳忍心將來再看著另一位母親為著同樣的理由在這裡哭泣？」

「難道妳在乎嗎？」

「我當然在乎。」關欣說。

「妳怎麼那麼自信病理解剖的結果對妳是有利的？」

「我只是要求一個機會而已，一個對朱慧瑛、對你們家屬、對醫師，甚至對以後的病人公平的機會。」

「關醫師，妳結婚了嗎？妳有沒有過自己的女兒？」

關欣注意到了朱媽媽臉上的淚水。過了一會兒，朱媽媽停下來，擦乾眼淚，抬起頭來望著關欣。關欣搖了搖頭，淡淡地說：

「幾年前我的姐姐過世。她的癌症拖了很久，我的母親傷痛得不能自已。我記得是在姐姐過世之後的某一天，她忽然告訴我：『妳姐姐已經死了，我們必須放手讓她走。』她邀請我去東部走了一趟。那真是一趟美好的旅行，我們在那次旅行說了許多過去沒有說過的話，開了很多過去沒有開過的玩笑。想想很可笑，我們曾經以為彼此了解，卻像陌生人似的在一起生活了那麼久。那一次以後，我的母親抱著我，告訴我，她並沒有失去任何東西，她的女兒永遠在她的內心不會失去。不曉得為什麼，從那趟旅行之後，我可以真的感覺到，她放手讓我姐姐走了。」

「我很羨慕妳的母親。」

「朱媽媽，妳必須先承認朱慧瑛已經死了，才能放開她。朱慧瑛已死了。無論妳天天守在這裡，再怎麼去示威抗議，或是拿到多少錢，都不能改變她已經離開妳了這個事實。無論如何，妳先必須放手讓她走，這樣，她才能在妳的心裡永遠活著……」

「我知道，可是……」朱媽媽臉上又爬滿了淚水。

辦好手續之後，有位工作人員領著朱媽媽走進停屍間，為她打開了朱慧瑛的屍體冷藏櫃。迎面撲來冷冽的寒氣，朱慧瑛就躺在冷凍櫃裡，看起來彷彿只是睡著了。朱媽媽看著靜躺著的女兒，也許是冷凍的緣故，這張臉顯得光滑又帶著慘白。她有些訝異，分不清楚到底是女兒長大了，或者是因為過世，這張臉，已經不再是她記憶中的那個女兒了。

「妳還好嗎？」工作人員問她。

朱媽媽點點頭。

「妳想要單獨在這裡待一會嗎？」

「夠了。」朱媽媽搖搖頭。

他們把朱慧瑛緩緩地推入冷凍櫃。

不知道為什麼，關欣離開之後，朱媽媽迫切地想再看朱慧瑛一眼。可是這時候，她忽然覺得，冰櫃裡面躲著的人根本不是她女兒。朱媽媽愣神神地走出太平間。她覺得朱慧瑛和她正淘氣地玩著捉迷藏的遊戲。她穿越過了長廊、福利社、門診掛號處、階梯，像是穿越時空一般，連自己也搞不清楚在尋找什麼。

走著走著，不知不覺地走向地下室的百貨部門。市集裡，到處走動著張望、挑選、討價還價的人，一切是那麼地生意盎然。朱媽媽走到成衣門市部，不曉得為什麼，被模特兒身上一襲美麗的洋裝吸引住了。

她看了好久，猛然回過神來。

她想起朱慧瑛再也無法穿上這件衣服，抑遏不住這幾天累積的情緒，山洪爆發似的開始號啕大哭。

走過去好心的行人關心地問她：

「妳還好吧？」

她癱坐在地面上，只能自顧地哭著。

「要我打電話找誰過來幫忙嗎？」成衣店的小姐跑出來問她。

「不要管我，」朱媽媽哽咽著，「讓我好好哭一下。」

她一生從來沒有那麼激烈地哭過。

不知道哭了多久。直到她覺得自己哭夠了，才擦了擦臉上的淚痕，站了起來。

關欣訝異地在她的辦公室裡接到朱媽媽的電話。

「妳說得沒有錯，就算我天天守在這裡，也無法改變朱慧瑛已經離開我了這件事實，」電話裡面是她沉穩的聲音，「我想清楚了，她已經死了，我們必須放手讓她走。」

「讓她走？」

「關醫師，」那聲音顯得異常堅定，「妳什麼時候把病理解剖同意書帶來，讓我簽章？」

16

「來，我敬闕教授，」陳寬舉起酒杯，「闕教授是家父醫學院時代的同班同學，當年我能進外科全靠闕教授大力推薦，這幾年更是承蒙闕教授照顧。」

「哪裡，」闕教授也舉起酒杯，「我們老了，以後是你們年輕人的天下。」

「是啊，我們都老了，以後全靠你們年輕的一代了。來，我們一起來，敬你們年輕的這一代。」

「乾杯。」蘇怡華也高舉了他的酒杯。

他們都乾脆地把泡著冰塊的三十年Ballantine's威士忌一仰而盡。酒杯才放下來，陳寬又替每一個人的杯子盛滿了酒。

陳庭舉起酒杯，對著闕教授說：

「老闕，我以三十多年老同學的交情拜託你。這次陳寬副教授的升等，無論如何，你在外科的教評會裡一定要支持他。來，為了表示我的誠意，我乾杯，你隨意。」陳庭一口氣把酒喝完。

「哪裡，哪裡，我們老交情了，我也該乾杯。」闕教授也拿起酒杯一口氣喝完。他若有感觸地說，「老陳，還是你這樣好。你看你是個成功的開業醫師，賺了這麼多錢，還是醫學系校友會會長，學校為了募款，哪怕是校長都得看你的臉色。不但如此，你還有這麼優秀的孩子。」

「你說得是不錯。錢我的確是賺了不少，可是你問我滿足嗎？」陳庭搖搖頭，「開業醫師再怎麼說也只是開業醫師。哪像你們，坐在學術殿堂上，受人敬重。唉，想當年，要不是唐國泰靠他勤拍馬屁、幫老主任跑外快賺錢，老主任憑什麼留他下來，把我趕走？我當時實在太年輕氣盛，以為憑著實力可以走遍天下，不懂得社會複雜。我可不希望陳寬再吃我當年的虧。」

「沒問題啦，陳寬很優秀，做人做事都很注意，文武雙全。」

「不敢，都是老師們的指導。」陳寬立刻起身敬酒。

闕教授也舉起酒杯回敬，啜飲了一口。

「唉，」他若有感觸地歎了一口氣，「老陳，還是你好。你看像我這樣，到老了還得巴望著醫院的薪水。你看，想延退還得看別人的臉色，讓別人投票決定。」

「所以我才要拜託你，務必把陳寬推上去。他今年副教授升等通過了，明年你的延退案在外科教評會上就多出一名委員支持你。」

「我就是擔心這件事情，」闕教授稍停了一下，「外科裡教評會由副教授級以上的醫師組成，目前一共五位，幾乎主控在唐國泰的手裡。這個委員會投票的結果，決定了外科所有重要的人事升等、任命。先不說陳寬的背景唐國泰不喜歡，將來任何一位委員再進入教評會，都很容易撼動唐國泰主控的局勢。我擔心投票的時候，唐國泰會抵制陳寬的升等。」

「我這輩子吃夠了唐國泰的虧，但是我敢說，唐國泰不會、也不可能一輩子都贏的。」陳庭笑了笑，「投票這件事我很清楚，每一票有每一票的代價，這個道理我不會不明白。」

「當然，當然。」

「爸爸，我跟你介紹蘇怡華教授，他是我的好朋友，同時也是我們外科新一代非常優秀的醫師。」

「是啊，非常優秀。」闕教授也笑著附和。

「不敢，」蘇怡華舉起酒杯，「我敬陳醫師、闕教授。」

「蘇教授先不要喝，」陳庭伸手作勢阻止蘇怡華喝酒，「初次見面，就有事情要拜託你，這是我不好意思。為了表示誠意，我先喝三杯。」

陳庭說完，舉起酒杯，一杯接續一杯猛喝。

正好酒店經理Judy走過來，嬌滴滴地嚷著：

「哎喲，陳董什麼事這麼好心情，自己在這裡灌酒？」

蘇怡華抬起頭看了Judy一眼。她穿著一襲黑色低胸細肩帶的連身裙，身材十足高䠷，及肩的長髮正好落在裸露的肩膀上。

「Judy，妳來得正好，我給妳介紹，這幾位全都是學術界的菁英，他們可不像我這麼俗氣。」陳庭硬扯著她坐下來，「這位是闕教授、蘇教授，還有這位，這位要特別介紹一下，他是我兒子。你看我多麼夠意思，連我兒子都找來給妳們捧場。他今年也要升教授了。」

Judy也不客氣，一屁股坐在陳庭與蘇怡華之間，笑嘻嘻地對著陳庭說：

「是啊，哪有人會像你這麼俗氣。」

說完她側過身來，對著每一個人鞠躬，發名片。蘇怡華隱約地聞到一種香水的氣息。雖然氣味隱約，卻十分地具侵略性。Judy滿臉自信的笑容說：

「我是Judy，這家酒店的經理，請多多指教。」

「Judy，妳們酒店太對不起我了，虧我今天帶來這麼多貴賓。剛剛Cindy答應我去找幾個有趣的妹妹過來，結果搞了半天。妳看，我正在賠罪罰酒。現在都喝了三杯，妳打算怎麼辦？」

「怎麼可以這樣呢？」她滿臉笑容，連忙起身要走，「真是對不起，我去看看。」

「我都喝三杯酒了，怎麼可以這樣拍拍屁股就走人呢？虧妳公關界都混這麼久了。」陳庭拉住她，「這樣好了，妳給在場的這幾位帥哥獻吻好了，一個吻算是一杯酒，剛好有三位。」

Judy看著蘇怡華，嫣然一笑。

「哎喲，獻吻有什麼問題，只怕這幾位老闆不習慣，嫌我太老了，還是妹妹比較來電。」她給自己斟酒，「這樣好了，我先乾一杯。等我幫大家把妹妹的事搞定，再過來陪各位喝剩下的兩杯酒。」

Judy喝完酒，從陳庭與蘇怡華之間起身。

陳庭拍了一下她豐潤的屁股，對她說：

「等一下別忘了回來，我就喜歡像妳這樣的，最夠味。」

Judy故作嬌嗔狀，拍了一下陳庭伸出去的手。

「才在說沒有人像你這麼俗氣。」

Judy走了幾步，蘇怡華聞見她惹起的一陣香氣騷動，不曉得為什麼，那隱約的騷動變得刺激得不得了。

邊看著她的身影離去，陳庭又招呼大家：

「來，不要客氣，今天盡情地喝酒。」

大家又敬酒、乾杯，胡鬧了一會，陳寬忽然問：

「爸爸，闕教授在問，教評會升等投票，至少要有三票，現在那張決定性的第三票在哪裡？」

陳庭神秘兮兮地笑了笑。

「放心啦。老闕，如果你不相信，我現在請他打電話過來證明好不好？」他示意陳寬，「你去call他回電。」

陳寬點點頭，起身走向櫃台，去打電話。

「老陳，佩服，佩服，你果然是好大的本事。」闕教授拱手。

「客氣，客氣，我哪有那麼大的本事，純粹是運氣好。你知道，我是康和醫院的大股東。最近剛好發現我們一位委員常把門診的病人帶到那裡去開刀，兼差，跑外快，賺了不少錢。我特別提高了他開刀分紅的成數。」

「你是說邱慶成？」蘇怡華問。

陳庭又是一臉神秘兮兮的笑容。

「邱慶成和唐國泰走得太近，這一票，恐怕靠不住。」闕教授表示，「我勸你要小心這個人。」

「當然，你說得沒錯。我們一番好意，不曉得他能不能體會？不過，根據我看康和醫院的帳目，他在那裡領到的分紅是附設醫院薪水的四倍。所以我們相信他一定會尊重那份工作的。」

一邊說著，陳寬皺著眉頭從櫃台那邊走回來。

「辦公室、家裡都聯絡不上，打呼叫器也沒有回電。」

「那怎麼辦呢？」闕教授問。

「安心啦，」陳庭又舉起酒杯，「來，我們喝酒，我陳庭一定會給大家一個交代的。」

一邊喝著，Judy熱熱鬧鬧帶著一群女孩子走過來，她們清一色穿著象牙白低胸連身短裙，絲綢的質料使那些衣服看起來更像是居家的內衣。

「你看，陳董，你的面子多大。」Judy將她們一一安排入座。

坐在蘇怡華身邊的女孩挺直上半身，交叉雙腿，露出白皙的一截大腿。蘇怡華可以肯定，她絕對不超過十八歲。她捧起酒杯，老練地對蘇怡華自我介紹：

「我是Lisa，請多多指教。」

蘇怡華數不清楚到底喝了多少酒，只覺得迷迷糊糊，全身不勝酒力。加入了幾位妹妹之後，氣氛更熱絡了。大家仍然胡鬧著，為著各種不同的理由乾杯。

「蘇教授，」這回是個叫Anna的女孩敬他，「來，再乾杯。」

「我不能再喝。」蘇怡華努力地張著眼睛，「再喝下去眼睛都張不開了。」

「不行啦，人家這輩子考不上大學，有機會能跟教授喝酒，總算死也瞑目了。Lisa比我不愛讀書啊，怎麼她敬酒你喝，人家的酒你就不管？」

「真的不行了。」蘇怡華一副求饒的表情。

「這杯我來替蘇教授喝，」總算陳庭出面替他解圍，「不行的話就不要勉強，免得下次再請蘇教授時，他不敢來。」他轉身示意陳寬，「你帶蘇教授去按摩按摩，鬆弛一下筋骨。」

「不，不麻煩。」蘇怡華雖然覺得腦筋還很清醒，可是說話已經有點語無倫次。

「走啦，我們一起過去，」陳寬站起來拉著他，「你不知道，喝完酒全身按摩，滋味多棒。」

「真的不用這麼麻煩。」

「一點都不麻煩，我爸爸已經安排好的。」

「安排好的？」

「你不用問那麼多，走啦，」陳寬又拉著他，「總之，我父親這個人就是這樣，這是他的一番心意。」

他們搖搖晃晃走著，蘇怡華拉住陳寬，他問：

「陳寬，闞教授喝酒時好像很放不開，他是不習慣嗎？」

「他會不習慣？哈，他可是此道中人，」陳寬很尖酸地笑了一聲，「我想他還在擔心著第三票的事吧。」

「你爸爸都不擔心，他擔心什麼？」

「哎呀，這是個膽小鬼，」陳寬笑了笑，「他必須確保他的票投給主流。」

「投給主流？」

「如果我們沒有三票，會變成非主流。他承擔不起站錯邊。」

「站錯邊？」

「是啊，你的票投給誰根本沒有秘密。站錯邊明年就會有人來修理他，他也別想延退了。你別擔心，投票的事我會照規矩來，不會對不起你的。到時候我請第三票打電話給你，等你確定了哪邊是主流，再投票，好不好？」

蘇怡華搖著手，他說：

「不用這麼麻煩，我答應了你，就會投票給你。」

他們經過幾道特別的門，每一道門打開都有穿著制服的服務生必恭必敬地向他們行禮。

「請跟我來。」有一位服務生帶領著蘇怡華又穿過一道門。

等蘇怡華轉過身來，發現陳寬已經不見了。

「我的朋友呢？」蘇怡華問。

「他在別的地方，等一下結束了我會帶你過去。」

服務生帶領他進到一個房間，客氣地向他行禮，「請稍待一下。」說完逕自退出了房間。

蘇怡華環顧四周，那是一個不算大的房間。房間兩側是落地的大鏡面。正中央擺著一台按摩床。正對著房門是浴室入口，浴室門旁邊的牆壁釘著可以吊掛衣服的掛鉤。

過了不久，有人敲門，蘇怡華打開房門，站在門前竟然是滿臉笑容的酒店經理Judy。

「不請我進去？」她問。

「請進。」蘇怡華顯得有些錯愕。

「我心裡還在納悶，到底是何方神聖讓陳董拜託成這個樣子？他千交代萬交代，無論如何一定要讓你滿意。」Judy踩進房間裡，把手上的大浴巾以及浴袍遞給他，「剛剛我就猜到一定是你。先進去洗個澡吧，洗好之後我在這裡等你。」

蘇怡華接過浴巾、浴袍，進到浴室裡面去沖洗。

等蘇怡華沖洗完畢，穿著浴袍走出來，看見Judy已經把那襲黑色低胸細肩帶連身裙褪去，只穿著黑色的蕾絲花邊胸罩以及內褲。她走過來幫蘇怡華把浴袍脫掉。

「謝謝你對我無言的讚美，」她嘖嘖地說著，像讚歎什麼似的。

蘇怡華覺得非常尷尬，他完全無法控制自己男性那一部分的生理反應，浴袍脫下來之後，那些慾望的表徵就毫無遮掩地裸露在Judy的面前。

Judy似乎頗為自在，指著按摩床說：

「來，放輕鬆，趴在這裡。」

趴上按摩床之後，Judy就從身後趴坐在蘇怡華身上。蘇怡華可以感受到她全身的重量。

「這樣會不會不舒服？」她雙手用力在蘇怡華的背脊上按壓。

蘇怡華搖搖頭。他又聞到了那熟悉而渴望的氣味。

「不舒服一定要說喔。我今天可是被人家拜託，使盡渾身解數來讓你舒服的喲。」

Judy在他的頸背輕輕地吹氣，把雙手沿著背脊往臀部的方向按壓。做完了一次脊背按壓之後，蘇怡華感覺到熱騰騰的油液塗抹在他的背部。Judy輕聲呻吟著，從頸項到背脊、臀部，一雙又黏又滑的手時而撫摸，時而擠壓地挑逗著。她的手配合著熱熱的油液，很快地跨越過界限，沿著臀部、大腿、大腿內側，來回地搓揉。酒酣耳熱，蘇怡華只覺得全身燥熱，一波高似一波的熱浪襲來，整個人幾乎可以輕飄飄地騰空飛翔。過了一會，更多溫熱的油液又倒在蘇怡華背部。他可以感覺到Judy脫下了胸罩，豐滿的一對乳房正壓在他身上，有彈性地起伏、滑動，甚至連挺硬的乳頭都感受得到。各種不同的重量以及衝擊就這樣時而柔軟細膩，時而飽實綿密，忽然在背脊、一會兒又游移到臀部，恣意地發動攻擊，讓蘇怡華毫無防備的能力。在不規律的呻吟聲中，他們彷彿置身在濕熱、黏稠的泥漿中，難分難解，不可自拔。

等Judy把蘇怡華翻過來，爬上他的身上，準備做正面按摩時，蘇怡華飽脹的慾望再也無法承受。他伸手去拉扯Judy的蕾絲邊內褲，要把她內褲脫下來。

「剛剛我還在想著你們教授應該比較斯文。」Judy笑著拍打蘇怡華不規矩的手。

蘇怡華毫無悔意，像個溺水的人似的拉扯她的內褲。

「你這麼急，我最精采的本事都還沒開始表演呢。」

雖然Judy罵著，卻嬌媚地配合著蘇怡華的動作褪下內褲。她像排練熟悉的舞蹈動作似的，拿出準備好的保險套，熟稔地套上蘇怡華血脈僨張的性器。

配合著蘇怡華前後的衝動，Judy叫著誇張又淫蕩的聲音。蘇怡華下意識地覺得她叫床的聲音極其不自然，然而更強烈的慾望像狂風巨浪般的席捲一切，讓他毫無思辨的能力。

蘇怡華不顧一切地衝刺著，不知過了多久，只覺得全身一陣酥麻，再也無法控制自己。

不久，Judy的呻吟停了下來，她讓蘇怡華從她體內退了出來，抓住取下來充滿液體的保險套，展示在蘇怡華眼前。

「你這個人，好激動喔。」她嬌滴滴地抱怨著。

蘇怡華記得好像是Judy讓他躺在床上休息一下。他不知道自己到底在按摩床上休息了多久，直到有位服務生進來搖醒他，問他：

「先生，你的朋友還在外面等你，你要出去，還是要讓他們先走？」

蘇怡華走出房間，被領進一個包廂裡去。包廂裡面只剩下陳庭、陳寬父子，笑咪咪地看著他。

服務生給他端來一碗熱騰騰的烏龍茶。

「喝茶，」陳庭招呼他，又看了看錶，「蘇教授，你們年輕人，果然就是不一樣。」

「不好意思，讓你破費，」蘇怡華停了一下，「陳寬的事我一定會支持到底的。」

「別客氣，」陳庭含蓄地笑著，「這是我們應該做的。」

「蘇醫師，我看你有點醉，」陳寬問他，「我開車送你回去好了。」

「真的不用麻煩。」

「讓他開車送你回去好了，」陳庭說，「這樣比較安全，別忘了，過兩天我們還要靠你投票呢。」

大家都笑了。在笑聲中，蘇怡華瞇著眼睛看這對父子，他覺得有點茫然。不曉得為什麼，剛剛大夥在一起喝了那麼多酒，而他們卻還是那麼地清醒。

17

有很多理由都可以把陳心愉移到加護病房去，其中，省掉麻煩是很重要的考量。在加護病房的好處之一是醫師們可以把陳心愉和與醫療無關的一切暫時隔絕，省掉許多記者進進出出、拍攝鏡頭的麻煩、省掉總統一天到晚待在那裡的麻煩。當然，省麻煩是總統醫療小組最不願意承認的原因。他們一點都不缺乏有說服力的好理由，諸如加強陳心愉手術後的照護、監視她的恢復狀況等等。只要有人需要，隨時可以提供。

邱慶成交抱著手，站在陳心愉的床前。他時而看看陳心愉的手臂、按按她的脖子，時而調整心電圖的電極，或是氧氣流量閥，之後又交抱雙手，一臉非常不放心的神色，注視著儀器顯示出來的數值變化。

陳心愉已經從麻醉中甦醒過來，她罩著氧氣罩，沒有辦法躺下來，只能坐臥在加護病床上，從臉部到脖子都是嚴重的水腫。她費力地呼吸著，呼吸頻率有些急促，特別是吸氣時在胸骨中央明顯可見的凹陷。其間，還不時夾雜著咳嗽，並且咳出一些痰來。

「妳還是覺得不舒服嗎？」邱慶成問。

陳心愉只是搖搖頭，不能回答。

邱慶成走回加護病房的護理站，喝下了他今天的第八杯咖啡。他拿起電話聽筒，撥通了家裡的電話。接電話的是小敏。

「小敏乖，爸爸今天晚上醫院有事，不能回家陪妳們吃飯。」

「可是今天是我的生日，你答應過我要陪我去玩具反斗城買玩具。」小女孩的聲音裡充滿了驚訝與不滿。

「今天醫院裡面有一個和妳一樣可愛的姐姐也生病了，爸爸必須照顧她，」邱慶成停了一下，「下一次，爸爸一定買一個最大的玩具給妳，好不好？」

「嗯。」

電話裡，他可以明顯地聽出女兒的失望與無可奈何。

「妳找媽媽來聽電話。」

「喔。」電話雖然被放下來，仍聽得見小敏跑去喊媽媽的聲音，「媽媽，媽媽，爸爸說他不能回來，說醫院有一個可憐的姐姐……」

邱慶成拿著話筒，等了一會，終於有人拾起話筒，仍然是小敏的聲音。

「媽媽在哭，她說不要接你的電話。」

邱慶成愣了一下，他跟女兒說了生日快樂，鬱鬱地掛上了電話。他交抱著手，在加護病房裡踱著步。

「你要不要考慮給陳心愉血栓溶解劑？」加護病房沈主任走過來問他。

「什麼？」他差點沒有回過神來。

「我也這樣想過，可是她的凝血時間那麼長，副作用實在教人擔心。」

「要不要考慮給陳心愉血栓溶解劑？」

「我看她身上的血栓來勢洶洶，拆除內植式輸液導管的幫忙好像很有限，」沈主任一手撫著下巴，「恐怕導管拔除後留下來的血流通道很快又會被新的血栓填滿。」

「看來目前我們沒有別的選擇了，」邱慶成問，「你要不要打個電話跟趙院長報告？畢竟他是老闆。」

「也好。」沈主任點點頭。

呼叫器在沈主任離開時響了起來，邱慶成看了一眼螢幕上顯示的號碼，按停了呼叫器的聲響。才按停，又響起了第二通，再按停，立刻響起了第三通呼叫。

「唉，」邱慶成走過去護理站，沈主任正講著電話。他拾起另一支電話的話筒，撥通了電話，「請找馬懿芬小姐。」

「我已經把晚間新聞主播的機會辭掉了，」聽筒裡傳來她迫切的聲音，「我有件很重要的事，必須馬上和你談一談。」

「就是這件事嗎？」

「不是，比這個還要重要的事，你今天晚上有空嗎？」

「今天晚上不行，」邱慶成壓低了聲音，「陳心愉的事情搞得很麻煩，我現在正在加護病房，恐怕整個晚上都必須待在這裡。」

「那什麼時候有空？」

邱慶成正思考著，忽然聽見陳心愉病床前的護士高聲喊著：

「邱醫師，快點過來！」

「妳稍等一下。」邱慶成丟下電話，飛也似的奔向病床。

病床上，只見到陳心愉眼睛上吊，臉色翻黑，喉嚨裡不斷地發出喀喀喀的奇怪聲音。血氧飽和儀的指數從99%快速地往下滑落到20～30%之間，血壓也呈現休克狀態。

「面罩、擠壓氣囊，」邱慶成立刻站到病床頭側，把病床往外推，並且拿掉床頭板，「準備咽喉鏡，全套插管器材。」

加護病房的護士小姐七手八腳地準備推車，遞上急救器材。邱慶成接過咽喉鏡，試著打開陳心愉嘴巴，發現她的下巴緊咬，並且從裡面冒出黏稠的液體。好不容易清除了液體，扳開嘴巴，發現口中到處都是腫脹的組織。

邱慶成聽見沈主任在護理站緊緊張張地高喊著：

「趙院長問現在情況怎麼樣了？」

邱慶成沒有時間回答這個問題。他一手抓著咽喉鏡，挑起會厭軟骨，另一手抓住氣管內管，費盡力氣，終於把氣管內管插入陳心愉的氣管中。

護士小姐把固定好的氣管內管接上呼吸器。邱慶成很快地掃過所有的儀表一眼，顯示著陳心愉的血壓、血氧濃度正慢慢恢復平穩。

「呼吸道壓迫，」他大聲地朝沈主任喊，「插上管子，暫時穩定。」

沈主任對他點點頭，表示聽到了。過了不久，他掛上電話，從護理站走過來，憂心戚戚地說：

「趙院長一聽到插了管子，差點沒有昏倒，急急忙忙說要過來。」

「他過來也好，」邱慶成稍停了一下，「你跟他報告過了血栓溶解劑的事？」

沈主任點點頭。

「我覺得怪怪的，說不定呼吸道壓迫不只來自血栓造成的阻塞以及腫脹。」

「你是說……」邱慶成睜著大眼睛，同時會意到了更壞的可能，「腫瘤壓迫？」

沈主任對著他點點頭。

「唉，」邱慶成轉過身去看陳心愉，拍著她的肩膀，大聲喊著，「陳心愉，陳心愉。」

陳心愉迷迷糊糊地睜開眼睛，又睡著了。

「還是先把血栓溶解劑掛上去吧。」沈主任提議。

邱慶成沒有表示異議。

等護士小姐準備好了醫囑，開始在掛血栓溶解劑時，他忽然想到他還有一通電話在線上，連忙跑過去護理站，拾起還擺在桌上的話筒。

「喂。」

電話線不知道從什麼時候已經被切斷了，只留下嘟嘟嘟的聲音。

邱慶成還來不及歎一口氣，他的呼叫器又響了起來。邱慶成看了看顯示螢幕上的電話號碼，又有人在呼叫他。

第五章

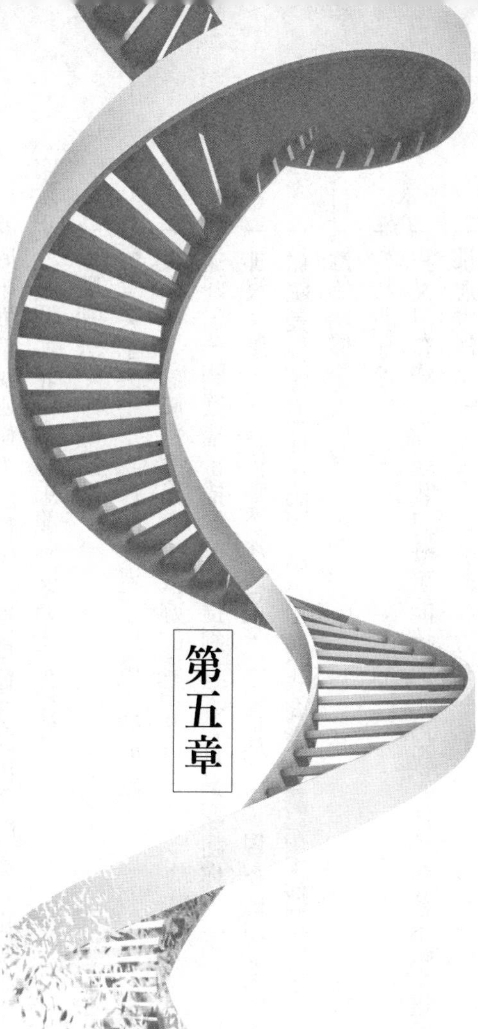

18

關欣脫掉無菌服，換上一襲洋裝，走出了開刀房，搭乘電梯來到醫院底層。她看了看手錶，走出大門，蘇怡華的汽車已經搖下了車窗，在門口等她了。

關欣坐進駕駛座側方的位置，汽車緩緩開出了院區。正好是下班時間，夕陽映得地面上紅塵萬丈。整個台北市車水馬龍，交通走走停停。

「到哪裡去？」關欣問。

蘇怡華笑了笑，不說什麼。過了一會，問關欣：

「後來病人家屬還有沒有來找妳的麻煩？」

「還好，」關欣搖了搖頭，「提到那天，真是謝謝你。」

「那沒什麼，」蘇怡華淡淡地說，「妳那件事，現在情況怎麼樣了？」

「徐院長找賴主任送兩百萬來，要我向家屬認錯，他還暗示，如果可以的話，他會想辦法支付其餘的賠償金。」

「妳接受了？」

「我又沒有錯。你說我怎麼可能接受？再說，他那些錢不曉得從哪裡弄來的，誰敢要？」

「那怎麼辦？」

「我愈想愈不甘心，跑去找朱慧瑛的媽媽談。」

「妳自己跑去找家屬談，沒有其他人的支援？」蘇怡華邊笑邊搖頭，「這未免太瘋狂了吧？」

「我只是勸她接受病理解剖，把事情搞清楚，沒有別的目的。」

「那只是妳自己想搞清楚。」蘇怡華不以為然地說，「如果家屬要的是錢，妳怎麼說都沒有用。」

「說的也是，」關欣露出疑惑的表情，過了一會，她說，「可是，後來朱慧瑛的媽媽竟打電話給我，她同意接受解剖。」

「這沒有道理。」蘇怡華皺了皺眉頭，「如果他們想要的是錢，在談判沒有破裂之前，為什麼要接受病理解剖？」

「我也不知道。」

「什麼時候病理解剖？」

「預定明天早上。」

蘇怡華手指頭在方向盤上推敲，憂慮地說：

「現在他們願意解剖，表示還有比錢更重要的事，事情恐怕不太妙，我想，他們很可能想尋求法律訴訟，置醫師於死地。」

「反正總得有人負責。如果是我錯，我就去坐牢。」關欣說，「坐牢一樣也是在看守所裡面當醫生。」

「妳這樣做，徐凱元豈不跳腳。」

「他無緣無故要我向家屬認錯，有沒有想過我會不會跳腳？」

他們的汽車停在松江路上的路邊停車場。

「到了。」

「到底去哪裡？」關欣好奇地問。

「馬上妳就知道了。」

他們走出汽車，蘇怡華帶著關欣穿越松江路地下道。地下道的燈光微暗，沿著道路，照著一格一格的相命攤、挽面的地攤、水果供品攤以及林林總總擺在地上批發的家用百貨，不曉得怎地，透著一股蒼涼的氣息。

走出地下道，立刻圍過來許多兜售清香以及供品的小販。

關欣看著眼前香煙裊裊的行天宮，露出不敢置信的表情問蘇怡華：

「啊？你要去行天宮拜拜？」

蘇怡華沒有說什麼，停下來跟小販買了一束清香、簡單的供品。

「你真的要帶我去行天宮拜拜？」關欣又問了一次。

蘇怡華一臉窘困的表情，急忙表示：

「如果妳不喜歡的話……」

「我不是這個意思。」關欣笑著看蘇怡華，「你真的覺得我必須來拜拜？」

「其實是我自己想走一趟，」蘇怡華吞吞吐吐地說，「上上個禮拜，我有個病人在開刀房裡面CPR（心肺復甦急救），當時，我什麼都做了，電擊器也用了三次，感覺這個病人大概救不回來了。很奇怪，那一剎那，腦海中忽然閃過從前小時候，媽媽帶我去行天宮燒香的畫面，我當時在內心就開始祈禱……」

「你是醫師，病人完全信賴你，把生命交到你的手上……」

「可是當時我什麼都做了。祈禱完後，我心裡想，再試最後一次吧。其實最後一次和前幾次也沒有兩樣……」

關欣沒有回答，只是笑著。

「病人心跳竟然恢復了。今天我到病房去，看到他們全家在幸福地吃著水果的樣子，忽然想起來這件事。所以……」

「我只是想知道，你真的相信這個？」

「我也不知道，」蘇怡華淡淡地說，「妳會不會覺得，常常妳搞不清楚，為什麼到最後這些人死了？而那些人活了？儘管大家對妳期望深重，儘管妳每次都竭盡全力，可是最後發現，往往妳能控制的部分很有限……」

他們穿越側門，並肩走在正殿前方的觀音石路面。黃昏的餘暉在他們身後悄悄地變換著色彩。

關欣望著高高聳立的寺廟屋瓦，若有所思地說：

「或許你說的有道理吧。」

參拜完畢，關欣把燃燒著輕煙的香束交給蘇怡華，問他：

「我看你口中唸唸有辭，到底在祈求什麼？」

蘇怡華接過香束，連同他自己的，一併插到香爐之中。

「我在為妳祈福，」他回過頭來慢條斯理地說，「我總覺得妳好像過得不太開心，我希望妳活得很好……」

「你先是說我倒楣，」關欣笑了笑，「現在又嫌我不開心。」

「我不是這個意思，」蘇怡華忙著分辯，「我一直覺得妳應該是個海闊天空的人，可是好像一直有些什麼讓妳放不開來……」

「這個時代，有誰又真的活得很好呢？」關欣淡淡地問，「你呢？你覺得自己活得好嗎？」

「我倒沒想那麼多，」蘇怡華笑了笑，真摯地說，「我只是希望看到妳像從前一樣，露出那種燦爛的笑容。」

關欣刻意避開了蘇怡華的目光。沉默持續了一會，她指著大殿前方的籤筒，興奮地說：

「我要抽籤。」

「抽籤？」蘇怡華抓抓頭，「剛才還在笑我迷信。」

「光是倒楣已經不得了了，還加上不開心，當然要問問神明，到底是什麼道理？」

蘇怡華跟著關欣，看她拿了一對擲筊，對著諸神明唸唸有辭，拜了又拜，擲了又擲。過了半天，終於抽出一支籤來。

蘇怡華陪著她走到服務處去換取籤詩。

一位老先生對照號碼，拿出了一張籤詩來。他托了托厚重的眼鏡，看了半天，終於抬起頭，對他們搖頭晃腦地說：

「離而又合，去而復返，凡事機兆已動，現有好音。」

關欣接過籤詩，蘇怡華也好奇地湊過頭來，搶著要看。

凡事須經畫，求謀且待時，當年悲鏡破……

蘇怡華還沒唸完，關欣早看完內容，急著把籤詩收起來。

「喂，」他抗議，「我還沒看完。」

「又不是給你看的。」

「看看有什麼關係？」

「你要看，自己不會去抽籤，又沒有人擋著你。」

關欣轉身走出服務處，蘇怡華立刻從後面追了上來。

「剛剛妳問神明什麼事？」

關欣看著蘇怡華，她只是笑了笑，沒說什麼。

「剛剛那位老先生說離而又合什麼的，到底是什麼意思？」他笑著問。

「我怎麼知道？」關欣一臉頑皮的笑容，「我又沒有問這個。」

「那妳到底問什麼？」

「喂，你這個人。」關欣作嗔怒狀。

「對不起。」蘇怡華在關欣面前倒退著走，他滿臉笑容，高舉雙手做求饒狀。

關欣沒有說什麼。在蘇怡華的背後，是裊裊的輕煙，滿桌的供品，虔誠的信徒，以及雕梁畫棟的寺廟建築。

忽然間，親切而溫暖的感覺像是一首珍愛的老歌，在不經意之中緩緩流動出來。對關欣而言，那種遙遠而熟悉的呼喚是這麼地生動，使人情不自禁要癡癡地駐足聆聽。

他們走出行天宮，天色已暗。路燈暗淡地照著行人，在紅磚道上拉出長長的光影。關欣回頭去看，寺廟的燈光已經有點遠了。

「不去吃晚餐嗎？」蘇怡華問。

「我想走走。」

不曉得為什麼，關欣很喜歡這樣安穩地走著，彷彿即使這樣無止無盡地走下去，也覺得心甘情願似的。

夜風輕輕地吹拂著。他們沿著民權東路往前走，經過市立殯儀館。關欣看見裡面正進行著的喪禮，忽然勾起許多回憶。

「你知道？我曾經在這裡哭得好難過。」

「是妳姐姐的事？」他問。

關欣沒有回答。有時候，回憶像是一長串相連的鞭炮，不能輕易點燃引信，否則便惹得到處砰砰碰碰，根本無法自制，直到煙霧彌漫為止。

「怎麼了？」蘇怡華問。

關欣沒說什麼。過了一會，她緩緩地抬起頭來。

「我們去看海好不好？我忽然很渴望聽到海浪的聲音。」

夏夜的星空下，蘇怡華和關欣坐在八里海邊的堤防上，不知喝了多少啤酒。一整個晚上，他們都在談著自己的故事。浪濤一波一波地拍打著岸邊，除了遠方閃爍的漁火以及背後濱海公路上偶爾急馳而過的汽車燈光外，周遭一片黑暗。

「從小我就很喜歡靜靜地坐著聽我姐姐彈鋼琴，印象中，她比我聰明，比我漂亮，走到哪裡人人都稱讚她。她生病以後，我忽然發現，原來我這一生不知不覺都以她為競爭的對象，我學琴、學醫，我好強的個性……都只是為了證明一些我不明白的什麼。她過世了以後，我忽然覺得很空虛，不知道為什麼，我不知不覺地變成了這個樣子……」

「妳很好啊。」蘇怡華說。

「你不知道……」關欣搖搖頭，低下頭去。

「也許最近發生太多事情，妳只是累了，」蘇怡華喝光了最後一口啤酒，側過臉來說，「明天還有許多事情，我送妳回去，早一點休息。」

關欣搖搖頭。

「我想再坐一會兒。」

夜風吹得有些涼意。風夾著浪濤拍打岸邊的礁石，漲落之間，發出澎湃與細膩的聲響，亙古不息地交替著。

關欣記得第一次見到莊哲銘是姐姐剛開完手術時的事。他們才把姐姐送到加護病房去。關欣守候在開刀房外面，一看到莊哲銘，立刻著急地上前去問：

「莊醫師，請問我姐姐關愉手術的情況如何？」

莊哲銘拉下口罩，露出一個稜角分明的臉龐。

「妳是六年級的學生？」他第一句話就問。

關欣才點頭完畢，他緊接著又問：

「我問妳，左肺、右肺各有幾葉？」

「左二，右三葉。」

「很好，」他笑了笑，「妳姐姐的腫瘤大約有五公分直徑，長在右肺上葉。妳告訴我，右肺上葉各有哪些分枝？」

「Apical（肺尖葉）……」

「很好，然後呢？」

「……」關欣有點慌亂。雖然這些是醫學院曾經教過的課程，但她完全沒想到當場會被質詢。

「沒關係，」大概看出了她的窘境，莊哲銘笑了笑，「妳姐姐的腫瘤位在肺尖葉與後葉支氣管附近，我已經把右肺上葉完全切除了，情況應該還算樂觀，」他拿起外勤護理站的紙筆，在紙上畫了簡單的說明圖，「就這樣，從現在開始，麻煩妳替我向妳的母親以及其他的家人解釋，好嗎？」

關欣輪到胸腔外科實習時，莊哲銘正好是指導她的主治醫師。那時候，他近四十歲，正好處在經驗以及體力的顛峰，對自己的技術充滿信心。

「沒有人像我一樣，能把每一條血管、組織剝離得比解剖圖譜還要漂亮。」莊哲銘會用止血鉗沾病人胸腔中的血在無菌中單上畫解剖圖，「這是肺動脈，這是支氣管，看到沒有？」他指著打開的胸腔，「是不是和教科書上畫的圖一模一樣？」

有一次，廣播系統正好播出約翰史特勞斯基的圓舞曲，他停下了手術，興致地邀請關欣，繞著手術檯大跳華爾滋。

「關醫師，」跳到一半，莊哲銘忽然問，「妳為什麼活著？」

「嗯？」

「每個人都為了一些理由活著，不管妳自己喜不喜歡。」

關欣被這突如其來的問題搞得莫名其妙。

「優雅，」他轉了一個花式，自顧地說，「每天有人慌慌張張地在這裡躺下，胸部被剖開，而我，就是為了他們而活著的。像這樣，睥睨地抬頭挺胸，優雅地在死神面前跳舞，懂嗎？」

護士小姐吃味地說：

「關醫師，莊醫師對妳特別好喔。」

關欣只是笑了笑。

那時候，關愉的肺部的腫瘤復發，再度住到病房裡面去。莊哲銘把關愉分配給關欣照顧。胸腔外科的工作很繁重，他們的手術往往進行到很晚才結束。莊哲銘總是陪著關欣，特別去關愉的病房迴診。

關欣記得那天看完關愉，她的心情不好，走出病房，眼淚撲簌簌地流了下來。莊哲銘遞給她手帕，對她說：

「妳現在不可以哭，因為妳已經是關愉的醫師了。沒有人會相信自己的醫師竟然哭哭啼啼的。」

和莊哲銘的親密關係，就是從那個晚上開始的。他們一起去吃消夜，喝了一點酒，說是去散步，兜風，順便醒醒酒，卻不知不覺走進飯店裡去。

或許整天手術下來有點累，喝了幾杯啤酒之後有些醉意。可是硬要說是酒醉的緣故也不盡然。那天他們總共喝了三瓶罐裝啤酒，儘管走路有些飄飄然，可是心裡清清楚楚卻是不能否認的。

關欣記得他要脫下她的內衣之前，曾經說：

「妳姐姐的病，不管怎樣，我會照顧她。這件事和她沒有關係……」

「這件事和她沒有關係……」關欣也重複著。

仔細想一想，除了走進飯店時有幾分膽怯外，從喝酒到上床擁抱、做愛，都那麼自然而然。事情變成這樣，雖然有點戲劇化，可是，那或許正是關欣自己所期待的吧。

「妳是第一次吧？」要進入她的身體之前，莊哲銘猶豫了一下。

關欣不以為然，很想問：如果是處女，是不是就停下來，不再繼續了呢？可是她沒有說話。

那一次，莊哲銘給她相當溫柔的感覺，儘管隔天關欣站在莊哲銘旁邊進行手術時，都還覺得下體飽脹，塞滿了他的東西似的。

大概是從那時候開始，她就開始渴盼開刀的日子。一整天，他們可以並肩站在手術檯上。儘管彼此交談溝通的機會很少，關欣卻仍感覺得到在他們之間有種說不出來的默契。她喜歡看著他乾淨俐落地開刀，特別是想起他說過，在死神面前跳著舞時，那種優雅的感覺。

手術結束前，總是實習醫師先下手術檯整理切除組織，做標本處理。莊哲銘常常過來檢視病理標本，若無其事地在她耳邊說：

「我在Poison等妳。」

Poison是家小小的pub。離醫院約二十分鐘的車程。那個距離剛好，不至於太遠，又兼顧了隱密感的需求。

回想起來，他們約會的過程和方式幾乎是千篇一律。微醺地走入飯店，熱氣騰騰的沖洗，飢渴地接吻，赤裸地擁抱，撫摸，做愛，呻吟，在虛脫中沉沉睡去……然而，這一切都是如此地美好，令人無可抗拒地想要一試再試。

變成了這樣，恐怕連關欣自己都覺得無法想像。

可是，太多事突然發生了，快得叫人措手不及。

而那些被喚醒的感覺像是冒出地面的嫩芽，甚至你都還來不及辨認它們的品種，已經不停地吸吮著生命的養分，自顧成長茁壯了。

「會冷嗎？」蘇怡華的問話把關欣從過去的迷思中喚醒。

「還好。」關欣雙手交抱，身體蜷縮著。

蘇怡華脫掉身上的薄夾克，披在關欣身上。

關欣靜默地看著遠方的漁火。黑暗中，她感受到蘇怡華把手搭在她的肩上。

這樣的溫暖與安全的感覺，是不是就是她這幾年所一直期待的呢？

她想起那天早上蘇怡華從她的住處離開，她自己坐在沙發上看著他留下來的字條，眼淚竟無法克制地往下直流。這些年來她為自己辛苦建立起來的堅強堡壘，竟如此地不堪一擊。那種忽然被空虛密不透氣地包圍的感覺，連她自己都嚇了一跳，說不上來為什麼。似乎是蘇怡華的溫柔，刺破了什麼，提醒她察覺到自己情感的放逐與孤獨。

「你記得嗎？」關欣問，「那次我去花蓮找你，你帶我去看海。」

蘇怡華笑了。怎麼會不記得呢？

「如果不是你，真不敢想像自己會變成怎麼樣？」

「那時候只覺得妳好像不太開心，不希望被打攪，……」

「當時我姐姐病重，我自己又有一些事情，忽然覺得無止無盡的生活再也過不下去……」

關欣意味深遠地笑了笑，「很多事，連我自己也不太懂。不過，從花蓮回來以後，忽然覺得好多了，好像又有力量可以活下去。我一直很想跟你說謝謝，只是……」關欣欲言又止。

「什麼都不用多說。」蘇怡華輕輕地撫著她的頭髮。

風在暗夜裡呼呼地吹著。往事重現，歷歷在目，是那麼地真實，彷彿那些已經消逝的只是風而已。蘇怡華感觸良深地說：

「真想不到，我們已經認識十多年了……」

「十多年了……」關欣也歎息似的附和著。

「那天離開妳家後，我常常想起過去我們之間的種種。想起第一次我們見面時的新詩接力，想起在石門的海邊，想起妳送給我有32路公車背景的照片，以及那天妳喝醉酒在雨夜的長巷裡唱著歌的樣子……」

不曉得為什麼，這些往事浪潮般的一波接著一波湧現。

關欣靜靜地聽著，輕輕地把頭靠上蘇怡華的肩膀。

蘇怡華想起生命中最青春美好的十多年已經擦身而過，忽然有種勇氣，不想再錯過什麼。他輕輕扶起關欣的臉，定定地望著她。

一輛沙石車沿著海岸公路急駛過來，發出叭叭的喇叭聲。車燈亮晃晃地映著關欣的臉龐。蘇怡華看見關欣那雙閃爍不定的大眼睛，搜尋什麼似的望著蘇怡華。

隨著沙石車揚長而去，所有光影迅速地隱沒在無邊無際的天地之間。亙古不變的風鼓動著浪，像是夢幻無邊無際地拍打著現實的海岸。

蘇怡華試探地輕吻關欣的嘴唇。

黑暗中，他感受到關欣前所未有的回應。

激烈的擁抱，濕熱的舌頭，甚至是關欣在他耳畔喘息的聲音。

19

截至目前為止，朱慧瑛的病理解剖進行得還算順利。

除了張技術員，以及負責照相的劉先生以外，陪同病理科裘教授在解剖室內進行病理解剖的，還有關欣以及院長室黃秘書。張技術員和裘教授分別對立在屍體的左右側，其餘的人則站在他們的後方。他們清一色穿著全套解剖衣、無菌帽，配備口罩，並穿戴手套。一股淡淡的生腥氣味強烈地籠罩著解剖室裡，也許本行不是醫學的緣故，黃秘書看起來有些不太舒服，他皺著眉頭，不時地發問一些問題。

「於Y型切除之後，分離軟組織、打開腹腔。病人外觀看起來良好，唯在第二、三胸肋骨交界及左側第十肋骨外側上方有皮膚燒灼現象，推測可能由電擊器電擊導致。此外胸骨劍突位置發現皮下血腫，可能來自心肺按摩急救。」

解剖進行中，裘教授不斷地以聲控式的錄音機錄下現場的發現。張技術員則持著解剖刀，很熟練地繼續整理肌肉、各種組織，並且剪開腹膜，將腹腔以及內臟器官暴露出來。

「大體上，腹腔內所見器官位置大致正常，」裘教授把手伸進腹管內探索了一會，又伸了出來，「腹腔內並無積水、發炎、血腫血塊等現象發現。」

張技術員拿著厚重的大剪，沿著兩側肋骨中線外緣一一剪開肋骨，並仔細地分離胸肋骨與胸縱膈、橫膈膜、肋膜連結的軟組織，游離前胸壁之後，底下的胸縱膈腔以及肋膜腔便顯露出來了。

「前胸壁大致完整，並無骨折現象。」裘教授接過游離的前胸壁端詳了一會兒。

張技術員則繼續熟練地清理胸縱膈腔內的血管、組織，很快地暴露出完整的心包膜。他左手持鑷子輕輕地夾起心包膜，右手持剪刀輕輕地剪開心包膜，露出了暗赭紅色的心臟，他發出了驚歎的聲音：

「嘖嘖嘖……」

「什麼事？」裘教授這一側看不見心包膜內的狀況，向前傾身過來。

張技術員調整了頭上的工作燈，對著裘教授說：

「你看。」

裘教授繞過來張技術員這側，站在他的身邊。關欣以及黃秘書也都好奇靠過來裘教授身後，踮起了腳跟，試圖看出一點端倪。

「嘖嘖嘖……」裘教授跟著發出驚歎的聲音，他轉身過來，「老劉，麻煩你拿把尺過來，順便照張相。」

拿著相機站在一旁顯得不甚熱心的劉先生這時總算有了事情，他急急忙忙去抽屜內拿來一把短尺以及凳子，跑回來擠進人群裡，嚷著：

「讓一下，照相囉。」

他們讓出位置，讓劉先生擺好凳子。他把短尺交給裘教授，爬上凳子上，拿著相機對焦。

「這是心包膜，看到沒有？」裘教授把尺擺在胸腔上，一手比劃著，「心臟，以及整個胸縱膈，都要拍進去。」

「就是這一帶，對不對？」劉先生也跟著比劃。

喀嚓！照了一張相片。

「等一下，」裘教授拿著解剖用小鑷，伸進心包膜內把心臟輕輕地捧起。短尺刻意地擺在心臟旁邊，「這樣，再照一張。」

「怎麼樣？」似乎只有黃秘書看不出個所以然，他急著問，「到底發現了什麼？」

再度按下快門之後，劉先生從凳子上爬了下來。

他側過臉看著黃秘書，用著幾分神氣的表情說：

「這個心臟太大了，平常只有一個拳頭大，現在你看，差不多有三個拳頭那麼大。」

「為什麼會這樣？」黃秘書問。

「在右心室發現不正常的心室擴張，」裘教授手掐心臟，感覺心肌厚薄，「右心室肌肉並沒有肥厚現象，應屬於急性的右心室擴張。通常這是肺動脈壓力急劇增高，以致右心室無法將血液壓縮輸送出去的結果。」

「為什麼肺動脈壓力會急劇增高？」

「準備抽取血液細菌培養。」裘教授沒有時間回答黃秘書所有的疑問。

劉先生放下了相機，又跑去抽屜內找來二十西西的空針筒，拆開包裝交給裘教授。

裘教授把空針刺入右心房，緩緩地抽取心臟中的血液。看著抽取出來是粉紅色的泡沫，裘教授皺了皺眉頭。正準備拔出針筒時，他想起什麼似的，忽然停了下來。

「老劉，麻煩你幫我準備一桶水。」

「水？」劉先生一臉疑問，這不是常規做法。

「對，生理食鹽水，大約二、三千西西左右。」

過了一會，劉先生準備來一大盆生理食鹽水，裘教授接過那桶生理食鹽水。

「你拿著相機站到凳子上去，等我的口令，」裘教授又側過臉看著張技術員，「老張，現在注意，我要倒水進去。」

生理食鹽水被緩緩地倒入胸腔裡，等整個心臟都淹沒在水中時，裘教授旋轉接頭，從水中拔出了抽血針筒，只留下針頭還插在右心房上。奇異地，插在右心房上的針頭，不斷地從水底冒出泡泡，浮到水面上來。

「好，」裘教授高聲地喊著，「現在拍照。心臟、血管，最重要的是水中的泡泡，都要拍進去。」

劉先生猛按快門，按了幾張之後才停了下來，不解地問：

「那些泡泡到底是什麼東西？」

「空氣。」

「心臟血管裡面怎麼會有空氣跑出來？」黃秘書更疑惑了。

病理解剖仍然繼續進行著。對黃秘書而言，他必須等待工作的空檔問清楚到底怎麼回事，可是對站在解剖台旁的關欣而言，這一場病理解剖幾乎已經結束了。

再明確不過的診斷浮上她的腦海。

空氣性肺動脈栓塞。

關欣閉上眼睛，她幾乎可以想像，當天在手術檯上當子宮內視鏡手術進行時，那些混合在水裡面的空氣是如何進入了子宮內膜，被血管吸收，經由下腔靜脈，進入右心房，右心室，肺動脈。它們匯聚在肺部微血管，愈聚愈多，阻塞了血流，接著發生了代償性的右心室急性擴張，無可避免地導致了心臟衰竭。

那些空氣走進錯誤的地方，在眾人的錯愕之中奪走了朱慧瑛的生命。

從朱慧瑛的屍體推進解剖室之後，朱媽媽就一直坐在長椅上等待著。她的一生有過各種不同的等待，等待信件、等待親人手術、等待孩子回家……可是從來沒有一次像這樣。她甚至說不上來自己到底在等待什麼。儘管鄧念瑋和朱慧雯的反對，朱媽媽仍然執意到底。她總覺得，為了某些她無法明白或說明的理由，朱慧瑛還需要她的陪伴。

相連著三個強化塑膠製成的座位，靜靜地坐著兩個等待的母親。相鄰的那個女人長得非常清秀，看起來比朱媽媽還要年輕。由於等待的時間實在太久了，兩位母親便隔著一個空座位交談了起來。

「妳的親人也在裡面接受解剖？」朱媽媽問。

「我的孩子。」她點點頭。

「妳的孩子多大年紀？」

「十四歲。」

朱媽媽很快知道那個十四歲的孩子是得了血癌，才病發三個月就過世了。

「妳為什麼要讓他去做病理解剖？」朱媽媽問她。

「因為他的病很特別，醫生說如果做了病理解剖，將來也許可以幫忙別的發生同樣問題的孩子。」

「可是，」朱媽媽問，「孩子死了，不能保留全屍，妳會不會覺得很心痛？」

「我知道我的孩子一定很樂意這樣。」

「很樂意？」

「說來因緣很奇妙，也許妳不會相信。」她淡淡地笑了笑，「幾個禮拜前，他剛做完化學治療，頭髮掉光了。他哭著問我，媽媽，我該怎麼辦？我該怎麼辦？我一點辦法也沒有，只能抱著他一直哭。後來，來了位尼姑，說是兒童癌症基金會的義工。那位比丘尼一來，脫下了她的毛線帽就問：怎麼回事？說也奇怪，我兒子一抬頭，還來不及說話，一看到她發亮的頭頂，立刻破涕為笑。有趣的是，不久他們班上又來了十幾個同學看他，聽說了比丘尼的故事，都哈哈大笑，一起發願，決定全班理成光頭陪他對抗病魔。」

她從皮包裡拿出一張照片，傳給朱媽媽。

「這是他們拍的照片。」

朱媽媽移動了一個位置，緊依著孩子的母親看那張照片。照片裡擠滿了十幾個光亮的頭顱，爭先恐後地對著鏡頭擠眉毛弄眼睛。朱媽媽看著照片，淺淺地，露出了難得的笑。

「可惜化學治療之後他的情況並沒有好轉，他生病的時候最掛念的就是今年全國美術比賽。為了能夠完成今年的參展作品，我們甚至把畫具都帶到病房來。可是他只能躺在病床上對著畫架感歎。那時候我很難過，為什麼是我的孩子？我好恨，他是那麼乖巧，那麼貼心的孩子，從來沒有對不起過誰，為什麼會是他？」

朱媽媽沉重地點著頭。

「有一天，比丘尼說要帶我們去見她的師父，也許師父會有一些辦法。我心想，也只能這樣了。請了救護車，和先生帶著孩子去見師父。師父見了孩子，只是輕輕地摸著他的頭，完了之後告訴我，這個孩子是趁願而來的菩薩，心願一旦完成就要離開的。我當時並不太了解師父的意思。奇怪的是，見過師父以後，一個禮拜左右，孩子精神變得極好，他把今年參展作品畫完了，還開開心心地一一和同學道別。連醫師都覺得奇怪。大概是一個多禮拜之後有一天，他跟我和他父親說要走了。跟我們說再見那天，我們還覺得莫名其妙，要他別胡思亂想。沒想到當夜他陷入昏迷，沒再醒過來了。」

朱媽媽發出了輕輕的喟歎，又看了一眼照片，把照片還給孩子的母親。

「孩子過世後，我去向師父道謝，順便聯絡誦經超度的事宜，忽然想起師父說過的話，心裡還是不明白，便問師父：他這麼可愛的孩子，生命這麼短暫，又得了那麼痛苦的病，如果他是趁願而來的菩薩，他到底是什麼心願呢？師父想了一下，告訴我他是用自己的苦痛向有緣眾生示現生命的無常相。」孩子的媽媽停了一下，「聽完師父開示，回想起孩子出生到他過世，整件事情的來龍去脈，我忽然徹底地覺悟了。原來生命是這麼地無常，又這麼地莊嚴，可是我們平時只會斤斤計較那些不重要的事。我好感謝這個孩子給了我那麼多美好時光，教導我認識生命。妳看，這麼多年來，事情是這麼地明顯，而我卻懵懵懂懂，一點都不願去感受。」孩子的母親看著手中的照片，眼眶中閃動著晶瑩的淚光，「他們一個一個是不是好可愛？有時候，我甚至覺得他們都是我的孩子，我根本分不清楚哪一個是我真正的孩子。」

朱媽媽感受到一股悸動，坐過來孩子母親的身邊，緊緊地握住她的手。

孩子的母親輕輕地抹拭眼眶中的淚水，露出溫婉的笑容，她說：

「經過孩子的事情之後，我把工作也辭掉了，專心擔任這個醫院裡面兒童癌症基金會的義工。我心裡想，夠了，我從前賺的錢已經夠我活了，生命那麼無常，我為什麼不及時做一些該做的事，還要賺那麼多錢呢？」

「妳在基金會都做些什麼事？」

「那位比丘尼就是基金會的義工啊，我心裡想，她們給了我的生命這麼多的堅強與美好，我也要用我的生命去給別人一些幫助。」

「我沒有妳那麼偉大，」朱媽媽猶豫了一下，「醫生把我的孩子害死了，不肯承認。我送她做病理解剖，就是要弄清楚是非黑白。」

孩子的母親體諒地看著朱媽媽。

「我們做母親的把孩子養這麼大，不甘心總是難免。可是生死無常，有時候人要走了，別說醫生，連菩薩都無可奈何。」

朱媽媽沒說什麼，若有所思地點頭。

不久，解剖室的方向起了一陣騷動，吸引住她的注意。從解剖室門口，有部推車被推了出來。朱媽媽認出了推車旁的關欣醫師，連忙迎了上去。

「慧瑛。」她動手翻開覆蓋在她屍身上的油紙。

油紙翻開，露出朱慧瑛屍身的上半部。朱媽媽忽然感受到一陣噁心湧上心頭。她可以察覺到屍身內部已經被完全掏空，在頸項後方以及胸肩露著明顯的騎馬式縫線，使她看起來更像是縫上人皮的填充式娃娃。

朱媽媽還記得關醫師過來牽著她的手，彷彿聽見她說著：

「空氣跑進了她的心臟血管，我們沒能阻止。」

一個不留神，朱媽媽便昏厥了過去。

＊

徐凱元坐在辦公室的靠背迴旋椅上。他拿著病理解剖報告，像隻打敗仗、垂頭喪氣的鬥雞，邊看邊皺眉頭。

黃秘書正翻閱著一本《醫療糾紛裁判選集》，翻到〈醫療過失之否定〉這一章，他忽然叫了起來。

「這裡有一個判例，也是個婦產科醫師，她的產婦突患羊水栓塞症，急救無效死亡，法院的看法是無治療不當，判決無罪。」

徐凱元抬起頭來。

「你聽聽這判例的評析，」黃秘書托了托他的眼鏡，興奮地又往下翻了一頁，「近代醫學雖已相當發達，但並非對一切之疾病，皆可以有效予以治療。今日仍有不少之疾病無法依近代醫學予以治療之情形。對於依近代醫學無法有效治療之疾病，即使事先予以妥善之檢查，仍不能予以防止或避免其不幸結果之發生，故其發生在法律上應視為不可抗力，此非醫師所能予以防止其發生。」

「空氣栓塞和羊水栓塞還是不太一樣。」徐凱元放下手中的病理報告。

「子宮內視鏡引起的空氣栓塞，目前有可靠的預防辦法嗎？」

「子宮內視鏡是很新的技術，」徐凱元搖了搖頭，「這種意外很少，更不用說有什麼確定的預防辦法。」

「所以儘管病理報告出來了，我們也不見得站不住腳啊。」

「法院會送醫療鑑定委員會鑑定，這必須視他們鑑定的結果而定。」

「醫療鑑定送來送去就這幾家醫學中心婦產部，誰和我們附設醫院沒有合作關係？除非他們真的存心想把你整垮……」

「好了，別再說下去了。」

「院長，我的意思是，今年婦產科年會輪到我們醫院主辦，要不要趁這個名義請各位主任吃飯，順便……」

「算了。我心意已定，不想再搞了。你去聯絡鄧念瑋，請律師寫和解書，他們要八百萬就八百萬，錢我會去想辦法。」

「我的意思不是不和解。只是，情勢還沒有到這麼悲觀的地步，」黃秘書說，「這不像院長向來做事的風格。」

「人在我的手上活生生地死了。你不是醫師，很難了解我的感受。」徐凱元嘆了一口氣。

20

時候不早，外科全科討論會已經進入了尾聲，儘管有兩位外科主治醫師仍對最後這個病例的治療方式有些不同的堅持，可以看得出來坐在大教室最前方，拿著病歷翻來翻去的唐國泰主任已經有些不耐煩。禮拜五召開的全科討論會向來是外科的大事，每次洋洋灑灑總近百個穿著白色制服的醫師坐在大教室裡，從科主任、主治醫師、總醫師到實習、見習醫師都必須出席，所有的醫療問題通常都必須在這裡提出、討論並獲得解決，因此，相互質疑、或者指責的場面可以說屢見不鮮。對主治醫師而言，這幾乎是學術競爭上第一線的角力場。對住院、實習醫師來說，這個場合更可以說是揮之不去的夢魘。

「就這樣了。」唐國泰看了看手錶。

兩位主治醫師立刻識趣地坐下來，安靜了。

唐國泰看著主持會議的總住院醫師，總醫師也會意地搖頭回應，表示沒有其他的事。於是唐國泰沒說什麼，放下病歷，收起掛在臉上的老花眼鏡，面無表情地離開了。

幾年來，這樣的不告而別似乎成了會議結束的宣告。大教室立刻起了一陣小小的騷動。

「先別急著離開，今天只有兩件事，我很快會宣布完畢。」總醫師叫住大家，好不容易全科的人都聚在一起，他必須鎮壓騷動，趁全體人員還沒散去前，宣布一些行政事務。

「第一件事，奉主任命令，今年北區醫學會年會，如果沒有特別意見的話，由科內統一替大家報名，到時候理事長選舉委託書請大家交出來，唐主任說他會慎重地替大家作最好的選擇。為了感謝大家的合作，科內一律補助每位醫師一千元年費。」

「如果有人有意見呢？」有個住院醫師起鬨。

「有意見的人請向我登記，唐主任會親自接見，聽取您寶貴的意見。」

說完台下一陣哄堂大笑。總醫師彷彿對這個笑話很得意似的，露出了笑容。

「另外，提醒屬於本科教評會的諸位老師及委員：十一點鐘將在會議室召開今年的教師升等評議委員會，請務必出席。好，現在散會。」

一陣混亂中，陳寬慌慌張張地過來抓住蘇怡華的手。
「你有沒有看到邱慶成醫師？」
蘇怡華搖搖頭，昨天晚上到現在宿醉還有幾分殘餘。
「糟糕，從昨天晚上到現在我不知道打了多少電話，都聯絡不到人，call他也不回電。」
「你有沒有打到他家去問？」
「他太太不曉得他的行蹤。」
「會不會還在加護病房裡？」昨天陪著陳心愉去照X光的阮醫師回過頭來問。
「加護病房也說不知道。」
「他會不會出席等一下的教師升等評議會議？」蘇怡華著急地看了看錶，意識到事態嚴重。
「我本以為全科討論會會見到他，再和他確認一次。可是……現在麻煩大了。」陳寬看了看錶，又無奈地看了看蘇怡華，「看來我只能盡力再去找看看，這麼重要的事，他應該不會這麼迷糊才對……」

＊

「加護病房，你好。」接電話是加護病房護理長的聲音，「請問是哪位找邱慶成醫師？喔，陳寬醫師。我現在看不到他。你有什麼事，要不要留言，萬一我見到他時可以幫忙傳話。是，開會。十一點鐘。好，我明白，沒問題。一見到他我立刻轉告。好，再見。」
在護理長背後的大白板記事欄上，潦草的字跡寫著：

我在值班室床上。除非天塌下來，或者陳心愉情況發生變化，請不要叫醒我。(六親不認)

邱慶成 清晨5:30 留

在這排字跡的後面清楚地記著：家裡找7:30am，電視台馬小姐找7:45am，外科陳寬醫師，尾隨在後面的油墨似乎被擦了又擦，最後變成×5代表打來五次。

「哎，他昨天也夠忙的了，」護理長對著護理站的另一個護士小姐歎了一口氣，「讓他再多睡一會兒。」

她拿起板擦，擦掉了白板上的×5，重新畫上了一個大大的×6。

*

會議室的大掛鐘指著十一點五分，唐國泰一走進來，看見了會議桌前的闕教授、李教授、蘇怡華，皺了皺眉頭。

「邱慶成呢？」他回過頭去喊主任辦公室的秘書小姐，「妳再聯絡邱慶成看看？叫他馬上過來開會。」

「報告主任，」秘書小姐表示，「剛剛已經call他好幾次都沒有回電。」

「妳不會打電話到處去追？」

「家裡、病房、門診、開刀房、加護病房，到處都問了，」秘書小姐沒好氣地說，「請示主任，還有什麼地方我可以去追？」

「妳是秘書，我是主任，找人是妳的工作。妳問我，我問誰？」唐國泰沒耐性地揮了揮手，示意她離開，「我不管妳想什麼辦法，會議結束前把邱慶成給我找來。」看著秘書小姐離去，唐國泰轉身走回會議室，不停地搖著頭，「唉，什麼時代嘛，一個秘書這樣硬嘴硬舌。」

唐國泰仍皺著眉頭，走到會議桌前，又抬頭看了看大掛鐘。

「五位委員出席四位了，」他坐了下來，「不管邱慶成了，隨便他愛來不來，我們的會議就開始吧。」

唐國泰緩緩地拿起桌面上的資料袋，看了看諸位委員。

「依照慣例，這個會議的結果將呈送醫學院教評會。本會議只呈送結果，不會留下任何會議紀錄，所以有什麼意見大家可以儘管發表……」他從袋子裡面抽出一疊資料，又皺了一下眉頭，「看來今年提出申請的只有陳寬。」

「我們是要就申請書逐頁審核，或者是直接表決？」闕教授看著手中資料，抬起頭來問。

本來唐國泰要回答，被蘇怡華打斷。

「我這幾天看了一下陳醫師提的升等論文，刊登在全世界外科排名前七分之一的醫學期刊上，從內容看滿有創意的。我們是不是先討論一下，之後再決定是否通過提出他的升等？」

「唉，這個陳寬，刀都不會開，提什麼升等？他開一台盲腸炎的時間我三台肝癌都開下來了。」唐國泰露出一臉不悅的表情，「他跟他的老子一樣，根本不是外科的料，全靠一張嘴巴。只會作研究、作秀有什麼用？我要不是怕人家說我這個主任獨裁，連升等申請都不讓他提，免得浪費大家的時間。」

「這五年來，陳寬一共發表了二十八篇論文，其中第一作者就有八篇之多，加成分數早超過了副教授升等所需要的總分，作這些研究很不容易，花費的心血也很多。再說，他在教學方面又曾被實習醫師選為優良教師。實在沒有道理不通過他的申請。」蘇怡華補充。

「那種上課會巴結學生，考試又會放水的老師，誰比得上？」唐國泰沒好氣地說著。他側過臉，示意李教授，「你的意見呢？」

李教授翻著陳寬的申請資料，慢條斯理地問：

「陳醫師是第一次提副教授升等嗎？」

唐國泰想了一下，被蘇怡華搶先。

「第一次。」

「嗯，」李教授想了一下，「如果第一次申請就通過，未免太順利了吧？」

「升等應該考量的是資歷和成績吧？你看美國哈佛大學醫學院，就有二十八歲的教授。」蘇怡華表示。

「如果我沒有記錯，當年我的副教授升等是提了三次之後才通過的。」李教授表示。

「年輕人升等那麼快，一下子就升到教授了，以後我還叫得動誰做事？」唐國泰若有感觸地附和著。沉寂了一會兒，他望著闕教授，「怎麼了，闕教授，你今天好像都沒有意見？」

闕教授硬從思緒中被拉回來。他看了看唐國泰，又環顧李教授、蘇怡華。

「我在想，從前我們教評會有五個人開會，因此表決很少出現問題。今天情況特殊，萬一出現二比二的情況，不知道應該如何裁決？」

「不會吧？陳寬程度那麼差，我連申請都不想讓他提出來。你說二比二？不可能，」唐國泰目光逼視著闕教授，「真的搞到二比二，結果就由我裁決。不服氣的人大可來搶我主任這個位置。我可把話說在前頭，今天要是無法把陳寬逼掉，我這個主任不要幹了。」

一時之間，會議室一片沉靜。只看見秘書小姐打開會議室大門，探頭進來。

「對不起，主任。我有沒有妨礙到你們開會？」

「邱慶成找到了嗎？」唐國泰問。

秘書小姐走到唐國泰身旁，對著他耳語。只見唐國泰臉色脹得通紅，愈聽情緒愈激昂。等秘書小姐離開之後，他猛拍桌子。

「邱慶成什麼東西！」

「什麼事？」李教授問。

「邱慶成這個混帳，偷偷摸摸把總統的女兒搞得進了加護病房，又插了管子靠呼吸器維持，現在可好，總統再過十分鐘就到了。」唐國泰不耐煩地說，「好了，陳寬的事就討論到這裡，如果沒有別的意見，我們進行表決。」

「今天時間很匆促，況且邱副主任也沒到場。升等茲事體大，我們是不是改天再開一次會，另行討論？」蘇怡華問。

「再開十次會陳寬還是陳寬，會變成孫悟空嗎？我可沒有那種美國時間，」唐國泰看了看錶，「好了，現在舉手，我看看，覺得陳寬那種水準可以通過的舉手。」

蘇怡華緩緩地舉起了他的手。

「就蘇怡華這一票，還有沒有？」唐國泰問。

蘇怡華幾乎是睜大眼睛盯著闕教授看，直到唐國泰問：

「反對的呢？」

蘇怡華終於看到闕教授舉起了手。

「好吧，三比一。」唐國泰收拾桌面上的資料，「就這樣了。」

他站了起來，如同每一次他主持會議的結束一樣，面無表情地離開了。

*

陳庭在他私人的門診接過闕教授打來的電話時，他才看到八十幾號，後面還有二十幾個病人沒看完。

「陳庭，你的心血白費了。邱慶成根本沒有出現。三比一，你不要怪我，我有自己的苦衷。」闕教授幾乎是對著話筒嚷著，「我早說過邱慶成是唐國泰的人馬，靠不住，你不相信。他拿了你的好處，還來這一套。你看，現在剩下個不知死活的蘇怡華，差點連我都拖下水了。」

陳庭心裡一沉，可是仍然裝出虛心的樣子，在電話中連賠不是。

「唐國泰故意在會議上演雙簧，大罵邱慶成混帳。唉，這傢伙奸詐得很，一輩子都在玩這種把戲，你搞不過他的。」

掛上電話，陳庭坐在診療桌前，面對著桌上的電腦發愣。他想起自己應該是在醫學中心裡面前呼後擁的，可是卻被唐國泰擠到這個角落。他忽然有些自憐自艾，感歎自己的一生大部分的歲月都在這方小小的診療桌前度過。一時之間，他彷彿看見了唐國泰那一臉猙獰又得意的笑容。

「不看了。」陳庭從椅子上站起來。

「可是，」門診護士小姐訝異地問，「還有二十多個病人已經掛號了。」

陳庭沒說什麼，沉默地往外走。才走出診療室，就聽見診療室的護士小姐叫住他。

「院長，電話，是陳寬醫師打來的，你要不要接？」

陳庭看了護士小姐一眼，走回診療室，從她手上接過話筒。

「我都知道了，你不用再多說，我這輩子也許對付不了唐國泰，可是邱慶成別以為我也拿他沒有辦法。」陳庭臉色愈來愈不對勁，他的呼吸加快，聲音愈來愈大，「你替我傳話給邱慶成，就算傾家蕩產，我也會要他好看！」

陳庭幾乎是在咆哮聲中摔掉了電話。睜大眼睛的護士小姐從來沒有見過院長這麼激動。診療室內一片寂靜，只在等候室外有幾個病人探頭過來，好奇地想知道到底發生了什麼事？

21

總統的車隊剛駛進醫院地下三樓，遠遠地就看見王世堅以及兩位頭戴耳機，身著西裝的安全人員鵠立在停車位旁等候。

等車隊停妥，安全人員立刻出來為總統開門，有四個隨扈人員前前後後簇擁著總統走出黑色座車。

一走出車門，總統不悅地問王世堅：

「什麼時候發生的事？」

「報告總統，是昨天晚上。」

總統的步伐很快，王世堅和兩位安全人員亦步亦趨，小心翼翼地跟在往電梯間的路上。

「為什麼現在才告訴我？」總統問。

「報告總統，」王世堅說，「我擔心今天早上你在國民大會的國情咨文。」

「國情咨文報告是我的工作，」總統沒好氣地說，「不用你擔心。」

「是。」

一大組總統的人馬繼續向電梯間移動，沒有人發出任何聲音。氣氛非常低迷。

「總統好！」守在電梯前的警官立正向總統致敬。一反常態，總統毫無心思地揮了揮手，算是回禮。一共八個人擠進了電梯。電梯關門，往上爬升。

「王主任，你聽好，」總統語氣嚴肅地說，「不管發生了什麼事，不管我在忙什麼，醫院的狀況我要你隨時向我報告。我不只是國家的總統，同時也是心愉的爸爸。如果你再自作主張不告訴我狀況，這件事我請別人來做。我這樣說，你懂嗎？」

「是，我懂。」王世堅低下了頭。

「好好的一個女孩子，」總統不悅地喃喃自語著，「變成這樣……」

電梯在四樓停了下來，大門打開。迎面就看到趙院長、徐大明、唐國泰以及好幾位醫護人員，穿著白衣服，站成一列，在門口恭候。

「總統好。」趙院長帶著大家齊聲問好。所有的人像百貨公司開門時站在門口的專櫃小姐似的，一致彎腰鞠躬，向總統敬禮。

總統走出電梯，簡單地揮手致意。

「心愉情況怎麼樣？」他忍不住問趙院長。

「報告總統，」趙院長表示，「昨天深夜給心愉插上了氣管內管，以呼吸器來輔助呼吸。目前我們使用抗凝血劑來溶解血管中的栓塞，情況看起來比昨天穩定。」

「為什麼呼吸會發生困難呢？」

「報告總統，初步的判斷可能是血管中的栓塞阻礙了頸部以上的靜脈血液回流，造成脖子局部腫脹，因而壓迫了呼吸道。」趙院長往急診室的方向伸直右手，「總統，請這邊走。」

「化學治療為什麼發生血管栓塞？」總統皺著眉頭。

「血管栓塞，嗯，」趙院長猶豫了一下，「我們準備好了簡單的病情說明，等一下會向總統報告。」

正經過加護病房門口時，守候在加護病房外的家屬引起一陣小小的騷動，都擠上前來看熱鬧，被警衛阻擋在一定的距離外。

「有攝影機。」王世堅很機警地靠近總統身邊。

總統想起什麼似的，沉思表情很快地變換成一張生動而有笑容的臉。

「總統好。」有人向他問好。

他上前去與民眾握手。

「總統來看女兒？」和他握手的民眾問。

「是，」總統右手握著民眾的手，左手加強語氣似的去扶著對方的手臂，「你是來看護……？」

「內人，」民眾回答，「得了敗血症，已經住了一個多禮拜了。」

「治療有沒有進展？」

「他們換了好幾種抗生素，這幾天比較穩定。」

「那就好，」總統做出感歎的表情，「你一定很辛苦。」

「哪裡，總統才辛苦。」
「碰上了這種事也只好振作一點。」
「總統加油。」真摯的表情在民眾的臉上顯露無遺。
「謝謝你，」緊握的手不斷地搖撼著，總統可以感覺到攝影機逼進到他的左前方來，「我們彼此打氣、加油。」
加護病房的自動門打開。走進加護病房前，總統還不忘回頭過來和民眾以及攝影機打招呼。
等加護病房的自動門關閤上，他的臉也沉了下來。
「報告總統，是不是先到討論室聽取報告？」趙院長取了隔離衣、帽以及口罩，幫總統穿戴。
「我要去看心愉。」總統的臉色沉得更低。
「可是……」
「帶我去看心愉。」
王世堅聽得出總統的語氣裡帶著不耐，輕輕地推了趙院長一下。
「我們先去看心愉，」他笑著打圓場，「報告在病床邊聽。」
「是，去看心愉，」趙院長也跟著訕訕地笑，回頭告訴徐大明，「你請沈主任跟邱慶成過來病床邊。」
一行人走進加護病房，沿途都是一台又一台的呼吸器，一床又一床病危的加護病人，有頭部包紮著紗布的病人、全身浮腫的病人、昏迷不醒的病人，到處所見，觸目驚心。總統的目光飄忽地尋找著心愉，隨著他們一行人走過，每張床前的護士小姐們全站了起來。

還沒靠近，總統先聽見機器的警訊聲嗶嗶嗶地叫個不停，他看見幾個護士小姐正安撫掙扎著的心愉，有的人抓著手、有的人按住身體。

「心愉，心愉，妳不要動，總統來看妳了。」有個護士小姐抬頭看了總統一眼。她的表情相當困窘。

心愉一張沒有頭髮的臉現在腫脹得厲害，儘管她看起來非常虛弱，可是仍極力地掙扎著。

「可能知道爸爸要來了，心情比較激動。」趙院長委婉地解釋著。

總統不理會趙院長，著急地跑到床邊，喊著：

「心愉，爸爸來看妳了。」

「報告總統，心愉現在插上管子，沒有辦法說話。」趙院長表示。

有個護士小姐拿著抽吸管，解開氣管內管接頭，從裡面抽出又濃又稠的痰，還帶著血塊。抽完痰，護士小姐又把氣管內管連接上呼吸器延伸出來的蛇形管。

「心愉，心愉。」總統緊緊地抓著心愉的手，總算讓她漸漸平靜下來。

心愉瞪著大眼睛，哀怨地看著總統，彷彿有無限的話要說似的。定定地看著，淚水從她紅腫的眼眶不停地滑落下來。

總統接過了衛生紙，替她擦淚。淚水很快沾濕了總統手上的衛生紙。心愉的情緒愈來愈激動，雖然聽不到哭泣的聲音，可是急促的呼吸弄得呼吸器的警訊哇哇大響。

「心愉不要哭。」

總統驚訝地發現那張濕透的衛生紙已經染成淡淡的粉紅色。浸染在衛生紙上的淚水顏色愈來愈明顯。

他訝異地抬起頭來問：

「她在流血？」

醫師、護士、王主任以及安全人員全都沉寂無語，沒有人知道該怎麼回答總統的問題。只剩下呼吸器的警訊慌亂地叫著。

「心愉不要哭，」總統看著心愉，口裡喃喃地唸著，「心愉不要哭。」

心愉臉上的淚水愈流愈多，總統的聲音也愈來愈模糊。他歇斯底里地拿著一張濕透了的衛生紙擦著心愉臉上的淚水。

「報告總統……」王世堅遞過來一張新的衛生紙。可是總統完全無法回應。

心愉臉上的淚水愈流愈多，顏色愈來愈深。總統拿著一張濕透的衛生紙歇斯底里地擦拭著，竟塗抹得心愉臉上血跡一片。

*

總統座車經過醫院地下室停車場坡道正要往上時，忽然停了下來。王世堅看著前方座車上匆匆忙忙下來一位侍衛人員，往後方幕僚廂型車跑了過來。他立刻把車窗搖落下來。侍衛人員隔著窗口對他說：

「王主任，大老闆請你過去他那一車。」

王世堅連忙走出廂型車，讓侍衛人員登車。匆匆忙忙趕到前方去。

坐進總統座車，總統板著臉孔。王世堅也不敢多說話。

「走吧。」總統淡淡地說著。

車隊繼續前進。出了醫院，往陽明山的方向前進。過了一會，總統終於開口。

「王主任，我問你。出了那麼多問題，到底怎麼回事？」

「報告總統，是那個內植式的靜脈注射裝置，發生的併發症。」

「那個手術不是找了最好的人，叫蘇，蘇什麼，的醫師不是嗎？」

「蘇怡華醫師。」王世堅停了一下，「報告總統，手術不是蘇怡華醫師做的。」

「不是蘇怡華醫師做的？」

「是唐國泰醫師做的。」

「唐主任？」

「是的。只是這種裝置是很先進的手術，唐主任固然資深，在這些方面的經驗卻很有限。」

「誰授意他做的？」

王世堅搖了搖頭。

「趙院長最近退休了，他和徐大明主任都想爭取院長的缺，蘇怡華醫師算來是徐大明的人馬，所以他利用行政力量，搶走了心愉的手術。」

「沒想到醫界也有這種事。」總統露出不解的表情。

「或許都一樣是人的世界吧。」王世堅看向車窗外，也跟著感慨。

「我對這個醫院的關注以及培植不能算少。」總統左右大幅地搖動他的頭。

車隊上了仰德大道，交通管制的緣故，它們車行的速度飛快。總統似乎陷入了某種沉思。他雙手抱頭，整個臉幾乎埋入兩膝之間。

過了好久，總算抬起頭來。

「不行，」他喃喃地自言自語，「如果連我的女兒都受到這樣的待遇，那人民該怎麼辦？」

他側過頭看著王世堅，看了好久，終於問：

「決定這個醫院院長任命，相關的人有哪些？」

22

朱媽媽愣愣地站在那邊，看見焚化車從停柩大廳載著她的女兒開進了焚化爐所在的那棟建築。室內的陽光照得亮晃晃的，幾乎教人睜不開眼睛。樂隊正吹奏著〈魂斷藍橋〉的曲目。不曉得是焚化爐或者只是夏天的緣故，總覺得溫度太高了。空氣裡四處彌漫著淡淡的氣味，像是烤焦的食物。

鄧念瑋從口袋裡頭拿出一份文件出來。

「這是和解書，」他把文件遞給朱媽媽，「我昨天下午和徐院長他們談過，他們答應我們全部的要求，賠償和解。」

朱媽媽接過和解書，從口袋裡拿出老花眼鏡。拿著文件端詳半天。廣場上五顏六色的樂隊制服，荒腔走板的各式音樂，無可逃脫的熱浪，黏答答的感覺都教人覺得錯亂。

「這上面寫得很清楚，」他指著文件向朱媽媽說明，「妳在這裡簽名，就表示同意。他們將給付我們八百萬元的慰勞金，這筆費用由我們兩位法定繼承人平分。」

「你已經同意了？」朱媽媽抬起頭看鄧念瑋。

「徐院長和我都已經蓋好章，現在只等妳蓋章就可以生效。」
「是不是我蓋了章，拿了錢，這個徐院長就沒有錯了？」
「當然有錯。如果沒有錯，他們為什麼要賠錢？」
「他親口向你認錯了嗎？」
鄧念瑋搖搖頭。他說：
「難道妳要去法院告他？就算告下去，地方法院、高等法院、最高法院，要拖多久，花多少錢，我們真的有這個能力和精神？再說，案子送醫療鑑定委員會，他們都是醫生。彼此官官相護，我們不一定占得到便宜。」
「我不在乎。」
「好，就算妳真的不計代價，告到最後贏了，法院也不見得會判決更多的賠償金。」
「不是錢的問題。」
「那是什麼問題？好，徐凱元錯了，妳把他告到監獄去坐牢。他學了一輩子醫學，甚至當到醫學院院長，從此以後蹲在監牢裡，不能再看診、開刀，不能替別人治病，這樣妳就滿意了嗎？」
朱媽媽盯著鄧念瑋，沒有說話。
「不管怎樣，徐凱元也曾救活過很多人。人難免有過失，為什麼妳一定非置他於死地不可？」
「徐凱元從什麼時候開始變成一個好醫師了？」朱媽媽說，「我問你，當初是誰去醫院大廳抬棺抗議的？又是誰指使人去關欣醫師家翻箱倒櫃？」

一段不算短的沉默。

「到底你還有多少債務？」朱媽媽問鄧念瑋。

鄧念瑋沉默了一下。

「最近慧瑛的事花了不少錢，加上原來的債務……」

「如果我蓋了章，是不是你的債務就能解決？」

鄧念瑋快速眨動眼皮，歎息似的深呼吸。

「慧瑛過世了，我何嘗不難過？我何嘗不生氣？在我生意失敗，生命潦倒的時候，只有慧瑛，不但沒有瞧不起我，還願意幫助我。我很清楚，慧瑛和我都不算父母心目中那種好孩子，可是我們也有我們自己的希望啊。認識慧瑛以後，我就決心脫離從前那種生活，也發誓要把慧瑛從那些亂七八糟的環境拉出來。我們互相鼓勵，彼此打氣，」淚水溢滿鄧念瑋的眼眶，沿著臉頰悄悄地滑落下來，「若不是決心安定下來，我們也不會想要一個孩子，如果不要孩子，也就不會來動這個手術……」

「慧瑛從來沒有跟我講過你們的事。」

鄧念瑋自顧哭著，竟激動得抽啜起來，不能自已。

朱媽媽看見牆上貼著一張布告，寫著：

焚化費用一千兩百元。隨到隨辦，依序焚化，請勿給予任何額外費用。

一時之間，她覺得感慨萬千。

朱媽媽靜靜地看著他，看了一會，終於別過了臉。

翌日，當徐凱元聽見門診的推門被拉開的聲音，抬起頭來準備招呼下一位應診的病人時，他赫然發現站在門口的朱媽媽，差點愣住了。

門診護士小姐警覺氣氛不對，正要說話，被朱媽媽打斷。

「你請護士小姐暫時離開，不關她的事。」

徐凱元想了一下，轉頭示意護士小姐離去。

「我來告訴你，朱慧瑛昨天已經火化了。」朱媽媽尾隨著護士小姐，從推門內側上了鎖。

「有一份協議書，不曉得妳的女婿是否給妳過目了？」徐凱元敏銳地直覺他必須緩和情勢，拖延局面。

「你以為一張和解書就可以推託責任嗎？」

「朱太太，妳的女兒這次的意外，我個人也非常痛心……」徐凱元尷尬地說。

門外起了一陣騷動。聽見剛才離開的門診護士大驚小怪地叫嚷著：

「那個女病人忽然跑進來，威脅著院長，現在就在裡面。」

一會兒，門診的推門發出隆隆的聲音，顯然有人試圖進入門診，發現門從裡面被鎖死了。

「院長，我們是醫院警衛，裡面發生了什麼事？」急迫的敲門聲。

徐院長看著朱媽媽，沒有回答警衛的問題。

「叫他們不要進來。」朱媽媽一雙銳利的眼神盯著徐院長，「我只想把話說完。」

「報告院長，你再不說話，我們要破門而入了。」
徐院長回頭看著推門，又看著朱媽媽。他深吸了一口氣。
「我說過，這個意外我個人也感到很難過，況且在善後以及撫卹上我們都很有誠意……」
碰！碰！一陣衝撞的聲音從門外響起。朱媽媽警覺地回過頭去看推門。
「你叫他們不要衝進來。」她說。
徐凱元也回頭看了看門，露出躊躇的表情。
「叫他們不要衝進來，」朱媽媽從外套口袋裡拿出和解書來，「否則我就當著你的面把和解書撕得粉碎，這件事永遠沒完沒了……」
碰，碰，碰。碰撞的聲響愈來愈大，頻率愈來愈急促。
朱媽媽高高地拿著和解書，作勢要撕裂。
徐院長伸手作出阻止的手勢，回過頭，對著門外說：
「我是徐院長，你們暫時不要進來。」
衝撞的聲音停了下來。一時之間，門診室變得格外安靜。
「妳和妳的女婿三番兩次來醫院，每次都有不同的要求，每個人都有不同的意見。妳的女婿才跟我談好賠償，現在妳又來了，妳到底要什麼？」徐院長沉重地表示。
朱媽媽走到徐凱元面前，冷冷地看著他。
「你們到底要什麼？你們要我怎麼樣？」徐凱元問，「妳說啊！」
朱媽媽按捺不住激動的情緒，一個巴掌打在徐凱元的臉上。
徐凱元有點愣住了。他撫著熱燙的臉頰，定定地望著朱媽媽。

「這就是妳要的嗎？」他問。

朱媽媽壓抑著急促的呼吸，顫抖著說：

「你難道從來不覺得內疚嗎？」

「內疚？」徐凱元無奈地笑了笑，「妳知道我第一次感到內疚是什麼時候？那時候我是實習醫生，有個心肌梗塞的病人，抓住我的手，告訴我：醫生，救我，我不要死。我不斷地安慰他：我會救你，你不會死。然而，他終究還是死了，死的時候他還緊緊地抓著我的手。當我把他的手拿開時，我第一次明白內疚是什麼。所以妳問我會不會覺得內疚？」他深深地吸了一口氣，「老實說，從那時候起，三十多年了，我已經數不清到底有多少事情讓我內疚了。」

「包括我女兒的死，你也感到內疚嗎？」朱媽媽露出疑惑的眼神。

「醫師是一個令人內疚的行業。」徐凱元說，「它承受了太多不可能的期望。」

「我不想聽你抱怨醫生怎麼樣，我只想要你真正的感受。」

「如果我感到內疚，對妳的痛苦會有幫助嗎？」徐凱元問。

朱媽媽搖搖頭。

「我覺得累了，」徐凱元攤開雙手，「我只是個平凡的醫生，我不是神。不管妳決定要殺我、告我或者是要我賠償，如果會讓妳覺得舒服一點，我的內疚也許會少一點。」

沉默持續了一會。

「你說得容易，就算我殺了你，你賠償得再多，或者你受到法律制裁，我的痛苦能夠少一點嗎？」朱媽媽閉上眼睛，左右搖晃著頭，「這個孩子從小早產，我把她帶到這麼大，你們有沒有一個人問過我的感覺？有沒有一個人在乎過？」

徐凱元深深地歎了一口氣，他本來伸手打算拍朱媽媽的肩膀，可是又縮了回來。

「對不起。」他認真地說，「我很抱歉。」

朱媽媽仰著頭，兩行淚水溢滿了緊閉的眼眶，沿著臉頰滑落下來。

「對不起，我對不起妳們。」徐凱元激動地重複著，終於把手搭上她的肩膀。

朱媽媽也伸出手去抓住他的手，彷彿經過了一生一世那麼久。

她緩緩地睜開了眼睛。

「印章我已經蓋好。」她擦了擦淚水，平靜地把手上的和解書交給徐凱元，「我的女婿也許需要錢，可是這筆錢對我也沒有什麼用處了，我的四百萬元部分麻煩你幫我捐給貴院兒童癌症基金會帳戶。」

在眾人的目光中，朱媽媽跨出了婦產科門診。

「讓她離開。」徐凱元追了出來，對虎視眈眈的警衛示意著。

她幾乎是頭也不回地往前走。沿著醫院的長廊走著，陽光穿越玻璃窗櫺，照映出一格一格的光影，錯落在她的臉龐上。不知怎地，那樣的感覺，像是無聲電影，一幕一幕從她的眼前跳動過去。她彷彿看見了慧瑛在保溫箱裡手腳舞動、牙牙學語的呢喃、背著書包上學的笑容、穿著婚紗照相的神態……她還看見了慧瑛躺在冰櫃、從病理解剖室出來的模樣，甚至昨天吃完午飯，他們回到火葬場撿拾骨灰的畫面也都栩栩如生。不曉得為什麼，許多生命中的辛酸苦楚一旦化為一格一格的記憶之後，便開始醞釀出不同的氣氛。

從來不曾這樣，她強烈地感受到生命的滋味。這一次，她意識到女兒真正要和她遠離了。

她下意識伸手去擦拭臉上的淚水，訝異地發現淚痕早就乾涸凝逝。

沒有什麼是強留得住的。

走出醫院大門，門外的陽光顯得格外刺眼。她伸出右手去遮掩陽光，幾乎是不捨地回首再望了這個醫院一眼。

這個曾經教她魂牽夢斷，傷心欲絕的地方。

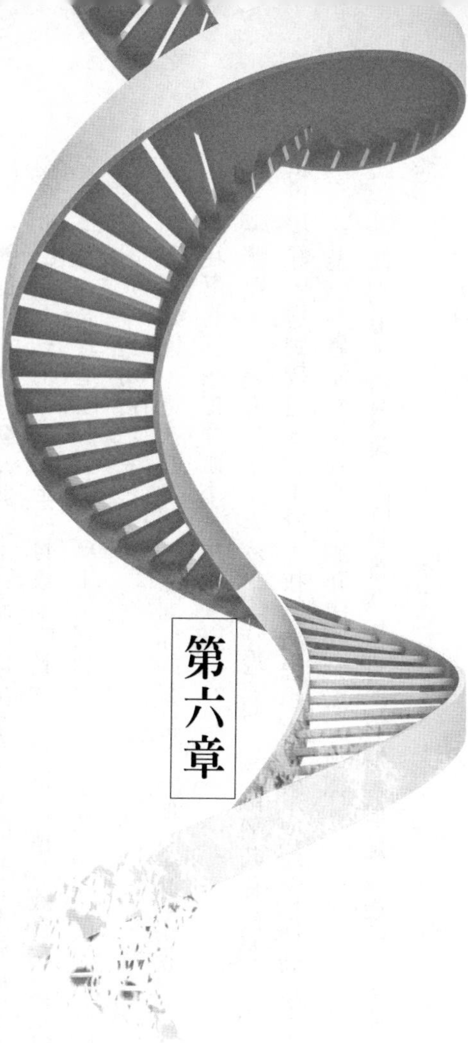

第六章

23

坐在徐凱元辦公室的唐國泰雙肘撐著辦公桌，下巴正好輕靠在交握的雙拳之上。他聽著徐凱元的敘述，時而皺眉，時而臉色舒展。

「錢從你左邊急難互助基金這個口袋出去，又回到右邊兒童癌症基金這個口袋回來。」唐國泰歎口氣，「唉，人真是沒有效率的動物，又是抬棺、威脅，又是病理解剖的，一定要繞上這麼大半圈，浪費這麼多資源，結果又回到原點，說穿了還不就是賠錢嘛，可是非得這樣。」

徐凱元不置可否地笑了笑。

「不管如何，這次的事還是謝謝你的幫忙。」他對唐國泰說。

「我幫的那些忙都派不上用場。」

「哪裡，你太客氣了，」徐凱元接著說，「關於新任院長遴選任命的事，最近公文應該就可以擬好，送到校方去。不過，我忽然想起一件事，必須找你商量……」

「是。」專注而銳利的眼神在唐國泰臉上流露。

「你知道，附設醫院院長雖然我有提名權，但是最後的同意以及任命仍必須由校長來決定。」

「我明白。」

「現在的校長辦學校很困難。一個學年度全校的費用支出二、三十億元，可是學雜費再加上其他收入十億元不到，不足經費全部要靠教育部補助。這幾年教育部改變補助政策，要求各校要自籌經費。因此當校長的人可以說苦得不得了，不得不對外開辦很多額外的收費課程，放下身段到處磕頭，想盡辦法籌募經費……我在想，以你關係這麼好，如果能來幫忙學校，校長一定很高興。」

「籌募經費的話……」唐國泰撫著下巴，「不曉得大概需要多少錢？」

「我先聲明，這只是我的建議，因此也沒有額度的問題。」

「當然，」唐國泰很理解地表示，「院長的好意我非常感激。只是，這件事不曉得該怎麼著手進行才好？」

「時間上有點趕，」徐凱元看著桌曆，「這個禮拜天和校長約了要爬山，如果趕得及在那之前……」

「的確是有點趕，」唐國泰掐著手指，想了一想，「我得馬上聯絡這件事。」

「你用這個電話，」徐凱元隨手比了比電話，他忽然想起什麼似的，「我去洗手間，馬上回來。」

徐凱元慢條斯理走出辦公室，轉進隔壁的秘書室，支開秘書小姐。他拿起電話，撥通了校總區。幾番轉接之後，電話裡傳來孫校長的聲音。

「徐院長你打來得正好，」校長抱歉的聲音，「禮拜天早上十點半我必須參加前理學院湯院長的公祭。一方面通知得很倉卒，可是又不能不去，所以關於爬山的事……」

「十點半，」徐凱元抓著電話猶豫了一下，「校長有沒有可能把爬山的時間往前提早一些？我想跟校長介紹個企業界的朋友。他對於校務經費的捐款很有興趣。」

「企業界的朋友？」

「外科唐國泰主任介紹的。」
「唐主任？不是你附設醫院院長的提名候選人嗎？」
「是。」
電話那頭校長沉思了一會兒，乾脆地說：
「好吧，既然是你介紹的人。我們就把時間挪到早上六點鐘，老地方見面吧。」
徐凱元掛上電話，下意識地敲著桌子，不曉得想著些什麼。過了一會，他悄然無聲地走回辦公室。
「是，是，」唐國泰背著徐凱元，仍在打著電話，「我個人可以說感激不盡，我相信醫學院院長以及校長也都會非常感謝。」
過了一會，唐國泰打完電話，回過頭看見徐凱元，謹慎地問：
「五百萬元會不會不好意思？對校長不好交代？」
「校長應該會很高興才對，」徐凱元用讚許的表情望著唐國泰，「你介紹的這位朋友……」
「健輝藥品廖董事長。」
「這位廖董事長，是不是請他禮拜天早上六點鐘和校長一起去爬山，大家順便見個面，聯誼聯誼？」
「當然，當然。」唐國泰說完，自顧搖頭笑了起來，他一臉不可思議的表情，嘖嘖地說，「這麼早，六點鐘？」

*

禮拜天清晨，整個市區還沒有完全睡醒，往木柵貓空的山區早充滿了戴著斗笠、拄著手杖登山、健行的人。

六點半不到，一輛顯眼的朋馳500汽車沿著山區道路徐徐往上行駛，汽車在半山腰處正要通過一群約莫十個人左右的登山團體時停了下來。從汽車裡面走出來兩個西裝筆挺的人，客氣地邀請其中兩位登山者一起上車。汽車駛往山頂，在一家飲茶店前停了下來。他們四個人步下汽車，走進飲茶店，留下司機發動著引擎在門外等候。

差不多二十分鐘之後，兩位身著運動服的登山者必恭必敬地送兩位西裝筆挺的人走出飲茶店，登上汽車，並且向他們揮手告別。

兩個身著運動服的登山者站在飲食店門前看著手錶，彼此不知還嘀咕著些什麼。他們望向來時路，顯然還在等著原來那一群登山的朋友。

七點鐘左右，一陣惱人的電話鈴聲把唐國泰從睡夢中吵醒。

「唐主任，我是健輝方總經理，我跟你報告，今天早上我和董事長已經在山上和孫校長以及徐院長見過面，彼此也談得很愉快，您交代的事情已經辦妥了。」

「是，真是感謝，」雖然唐國泰仍然睡眼惺忪，立刻反應過來，「董事長在不在，我想要親自和他說聲謝謝。」

「董事長現在不在，」方總經理的笑聲，「他一直喊著這麼早受不了，已經回家睡回籠覺了。」

掛上電話，唐國泰又在床上躺了一會，可是無論如何都睡不著覺。他從床上起身，搖搖晃晃走向窗前，瞇著眼睛拉開窗帘，才發現天色已經變得這麼亮了。

24

徐凱元從山上回來立刻接到黃秘書的電話，急急忙忙跟他報告今晚總統的晚宴通知。由於時間非常緊迫，徐凱元一直想不透為什麼有這場晚宴。他撥了一通電話到加護病房詢問陳心愉的病情進展，得知目前呼吸窘迫的症狀已經獲得改善，並且凝血時間回復正常範圍。

徐凱元心裡盤算著，或許總統為這件事感到很高興，宴請相關的醫師吧？可是等到他穿著正式服裝，進到位於二十三樓的聯誼俱樂部時，才發現事情非比尋常。在總統的餐宴上，除了校長以及趙院長外，包括行政院施院長、教育部宋部長、高教司李司長、人事行政局邱局長以及審計處余主計長全都出席了。

十五分鐘之後，總統由王世堅主任以及侍衛長丁中將陪同，來到晚宴現場。他和每人握手致意，並且招呼彼此認識，請大家一一入席。

「這次小女住院，承蒙趙院長、徐院長以及孫校長多方關照，」總統高舉酒杯，大家都從座位上站了起來，「我邀請大家來聚餐，除了表達對醫院的感激之外，同時也要感謝各相關部會的配合。」

一飲而盡之後，每位賓客身後的服務人員很快為每個人盛上新的紅酒。行政院施院長也帶領著大家舉杯。

「我們恭祝總統政躬康泰，也預祝心愉早日康復。」

幾番勸敬之後，大家終於坐了下來，晚宴正式開始。宴會的方式屬於中菜西吃，總統熱絡地招呼大家用菜，並且在席間談起一些振興國內經濟景氣的方案以及國家經濟發展的大方向問題。這些方案，在報紙的頭條以及社論上，早不知看過幾回了，可是總統仍然像個傳教士，興致勃勃地宣揚著。包括財經出身的行政院施院長、余主計長以及其他人也都唯唯諾諾地點頭稱是。

徐凱元靜靜地聽著大家的談話，幾乎插不上一句話。他記得陳心愉第一次做化學治療時，總統宴請醫療人員是她順利出院之後的事。他覺得有些納悶。目前陳心愉還插著管子在加護病房裡面，再怎麼說也不是宴請醫療人員的好時機。如果為了心愉的病情特別請託的話，席間幾乎不曾聽他提起心愉的病況，或者任何關於治療方式的討論。可是如果宴席和心愉的治療無關，大費周章地找來這些人，在這裡談些無趣又老掉牙的財經政策宣導，又不像是總統該做的事情。

「徐院長，」忽然總統注意到他，「看你都不太說話，是不是有什麼心事？」

「報告總統，徐院長最近有個病人治療不太順利，和病人家屬有一些醫療糾紛。」孫校長表示。

「喔？」

「承蒙總統關心，」受到這般注目，徐凱元有些慌亂，「最近和家屬溝通過，一些誤會已經達成共識，問題順利解決了。」

「那就好，」總統笑了笑，「這個時代醫生愈來愈不好當了。來，我們一起敬徐院長。」

徐凱元連忙舉起酒杯，把杯中的紅酒一仰而盡。

酒杯才放下來，服務生又端著紅燒大排翅上桌。菜色一道緊接著一道。宴會的話題不知道從什麼開始，從財經宣導轉到了個人就醫經驗以及種種醫療趣譚。

徐凱元離座去上洗手間時才發現總統正好尾隨在他的身後。和總統並肩站在便盆前實在是很尷尬的事，他不曉得該打招呼或者不打招呼。正這樣想著時，徐凱元忽然聽到總統的聲音，問他：

「附設醫院最近是不是要重新任命院長？」

總統出乎意料的問題讓站在便盆前的徐凱元有點手足無措，一陣忙亂之後才來得及回答：

「是。」

總統整理好褲襠，走到洗手台前面，從鏡面看著走過來的徐凱元。

「徐院長，謝謝你今天晚上的光臨，」總統邊洗手邊看著鏡面，「你知道今晚的宴會你是我最重要的客人？」

徐凱元站在洗手台前洗手，看著鏡面裡的總統。

「不敢，不敢。」他謙讓地說。

「今天稍早我也曾和宋部長以及孫校長通過電話，就新任命院長的事，簡單地了解了一下，」總統拿出梳子整理頭髮，「我的意見並沒有逾越權責或是別的意思，單純是我個人的建議。」

「是。」

總統整理好了儀容，轉過身來，用著嚴肅的語氣說：

「我不曉得你的判斷或者是考量怎麼樣，不過以我個人的接觸和觀察，我覺得外科唐國泰醫師不管在醫德或人品上都有不少缺失。無論如何，他不適合擔任貴院的院長。」

「是。」
「希望你能明白我對這個醫院的期許很深。」
在餐廳外圍安全人員的注目下，徐凱元和總統一起走回宴客室。
有了總統回到席間，進行中的宴會氣氛更加熱鬧了。大家又為了不同的理由敬酒、乾杯。
席間，校長悄悄地附到徐凱元耳邊，低聲地問：
「總統都跟你說過了？」
徐凱元的眼角餘光注意到斜對面教育部宋部長正朝他們這邊看來。
他沒有說話，沉重地點著頭。

25

儘管黃昏已近，六福村的南太平洋主題遊樂區仍然到處是節慶假期的歡樂氣氛。
海盜船的鈴聲啟動之後，座位前方的安全欄杆自動扣壓上來。海盜船開始以前進後退的方式做鐘擺運動。
邱慶成坐在正要開動的海盜船船頭的座位上，略微不安地對著坐在身旁的馬懿芬笑了笑。
隨著擺動，他們慢慢地往後升高，之後又往前掉落。
邱慶成雙手緊緊地抓著前方安全欄杆，皺著眉頭說：
「我實在不明白，為什麼非坐這個不可。」

「我覺得很有趣啊。」馬懿芬撥了撥她的長髮。

漸漸，海盜船的擺幅愈來愈大，船身一下子擺晃到四、五層樓的高度，然後疾速地往水平面俯衝。

「啊——」高低起伏的驚叫聲不約而同從乘客間發出來。

叫聲還沒停止，船頭座位又從地面上倒退著晃回來，不斷地升高，直到擺軸超越一百八十度水平線，幾乎把乘客倒懸在半空中。

船身往前擺盪，又是一陣失控的尖叫。

隨著船身起落愈急劇，乘客猛爆的情緒就愈發激動。馬懿芬側身看見邱慶成死抓著欄杆，全身肌肉緊張。

「這簡直是虐待，」邱慶成的臉色蒼白，「我不覺得這樣很有趣。」

「你可以學我啊。」

「學妳怎麼樣？」

「學我尖叫。」

忽然船身又一個急劇拉升，高度前所未有，把他們倒吊在五、六層樓的空中。邱慶成閉上眼睛，隱約覺得胃部有些痙攣。

船身迅速俯衝，彷彿失足墜樓。

又是此起彼落的叫聲以及馬懿芬高八度的音調從耳際傳來。

馬懿芬興奮地伸手過來抓著他，大聲地叫著：

「你要叫出來啊，不要悶著，這樣才會過癮。」

如果可以選擇的話，邱慶成寧可跳船落水。

經過那個晚上加護病房的電話事件之後，他以為這次見面少不了又是一陣歇斯底里。這些戒慎恐懼的心情，使得邱慶成不得不小心翼翼地侍候著。

可是，整個下午，馬懿芬顯得既興奮又快樂，簡直有些異常。

船身又一個大迴盪，邱慶成感覺到胃部的痙攣加劇。這幾天下來，他早被摧折得剩不到幾絲游息苟延殘喘，沒有想到遊樂園這麼花費力氣。

正要嘔吐時，神蹟降臨似的，擺幅忽然變小。

前後再幾個軟弱無力的擺動之後，船身終於停了下來。

邱慶成步下海盜船，不可思議地看著等候線後頭蜿蜒的排列隊伍。馬懿芬過來牽著他的手，嚷著：

「天哪，你的手怎麼這麼冰冷？」

邱慶成無可奈何地笑了笑。

一群大溪地土著裝扮的男男女女拿著火把，隨著鼓聲節奏，在園區奔跑，熱熱鬧鬧地點燃了四處的火炬。火炬映著水面的倒影，妝點出特殊的異國風味。

隔著水面，島嶼似的舞台已經準備就緒。黃昏的序幕就在南太平洋熱情的歌舞聲中揭開。

「休息一下吧？」邱慶成餘悸猶存。

他們在水榭旁的石頭上坐了下來，遠遠地欣賞著精采的歌舞表演。

吉他樂聲伴著溫柔的合聲透過擴音器緩緩飄揚。晚風吹拂中，身著草裙的歌舞女郎配合著節奏款款扭擺腰肢。

馬懿芬甩甩頭，撥弄了一番她的長髮。

「你女兒呢？」她問。

「美茜帶她回外公外婆家了。」

「我真希望有一天和你帶著我們的小孩來這裡玩。」

「這裡本來就不是大人玩的地方。」

夏日的艷陽餘暉染紅了天邊的彩霞。從舞台側斜方高高的人工火山口，吞吐出陡直的軌道延伸入水。不時有獨木舟從軌道頂端，挾帶著整船的尖叫、呼喊，俯衝水面，濺起水花無數。更遠的地方是高聳入天的自由落體、三度空間旋轉大章魚以及飛翔的大海鳥。此起彼落的歌聲、笑鬧以及尖叫，建構出一幅美麗的歡樂世界。

「你知道我現在的感覺嗎？」馬懿芬問。

「嗯？」

「忽然有種想哭的衝動。」

「好好的，怎麼感傷起來了？」

「也許是太幸福了吧，竟覺得那麼不真實，」馬懿芬淡淡地說，「畢竟只是遊樂場。」

「妳想太多了，」邱慶成做出羅丹雕像沉思者的姿勢逗她，「最偉大的遊樂場哲學家。」

「或許吧。」馬懿芬笑了笑，「我只是想到人世間有那麼多的恩怨、痛苦，忽然就有想哭的衝動。」

邱慶成沒有說話，他們沉默地坐了一會。

「陪我去坐自由落體。」馬懿芬提議。

「自由落體？」邱慶成皺眉頭看著遠方高達幾十公尺的高塔。懸空的座位從塔頂載著乘客，以自由落體的方式直落而下，直到逼近地面，才緊急煞車，「會不會有點危險？」

「危險才好啊，」馬懿芬認真地點點頭，「萬一墜毀了，我們死在一起，你想，那會多麼美麗？」

「一定要這樣嗎？」

「我可不想一個人孤零零地摔死在那裡。」

邱慶成露出為難的神情。

「陪我去坐自由落體嘛，」馬懿芬展開撒嬌攻勢，「是你叫我不要亂想的，現在我需要刺激。」

天色愈發暗淡下來，邱慶成幾乎被馬懿芬半拖半拉到自由落體的高塔下排隊。遊樂設施的中心是一座四面型的高塔，每面有五個相連的懸空座位，以機械動力控制上下。由於等待的人數有限，順著迴旋樓梯往地下二樓基地，他們並沒有等候很久。

坐上懸空的椅子，安全欄杆扣定之後，座位便緩緩上升。

邱慶成和馬懿芬並肩坐在緊鄰的位置，隨著高度增加，整個遊樂場在眼前慢慢浮現，落到他們的腳下，變得好小。視野很快地擴及周遭空曠的腹地、遠處的山川、道路以及聚落的燈光。

還沒有升到塔頂，邱慶成就有點後悔了。無論如何，剛才實在不應該答應馬懿芬陪她上來的。現在兩隻懸空的腳不知怎麼回事，冰冰涼涼的，似乎不太聽從使喚。他俯首望去，心裡想著如果是大白天或許情況會好一點，可是在昏暗的燈光下，地面只顯得更加遙遠、無盡。

機械拉升的力量到了頂端停了下來，他們的座位就懸在塔頂上。風空盪盪地吹著，除了座位前面一小方安全欄杆外，整個人無依無靠地被懸在夜空之中，靜默以及等待把恐怖的感覺推到了最高點。

邱慶成的心臟怦怦地跳著，手心直冒冷汗，彷彿全身都不受控制了。他感覺到馬懿芬伸手過來抓著他，用再平淡不過的語氣說：

「我懷孕了。」

「什麼？」夜風呼呼地在腳底下呼嘯著。

「我懷了你的孩子。」

邱慶成清清楚楚地聽見了每一個字。可是一切都發生得太快了，在他來不及意會之前，只聽見轟的一聲，整個人便措手不及地墜向無邊無際的深淵。

26

週一的開刀房顯得有些沉悶。蘇怡華踩進開刀房，他看了看牆壁上的時鐘，十點半左右。由於手術安排在第七手術室第二台刀，因此這個時間進開刀房應該差不多。

蘇怡華走進第七手術室，發現手術室不但沒有空出來，手術檯上還躺著一個麻醉中的病人。整個手術室，除了看守著監視器的麻醉護士以外，空盪盪地看不到其他人。

「怎麼回事？」蘇怡華問。

「唐主任的病人，」她抬頭看了一下蘇怡華，「剛剛第一台手術結束，總醫師就急急忙忙把唐主任的刀插了進來。」
「他們人呢？」
「在第五手術室。」
「病人怎麼辦？」蘇怡華看著手術檯上的病人。
「剛剛做了乳房的冷凍病理切片，要等病理部的報告才能決定是不是要進一步做乳房根除手術。」
「還要等多久？」
「不知道，」護士搖搖頭，「要看病理報告什麼時候出來。」
蘇怡華氣急敗壞地走出第七手術室，看見外科總醫師正坐在內勤事務桌旁，抱著電話，焦頭爛額地聯絡著事情。
「是，是，對不起，唐主任臨時有急事，對不起……」
他掛上電話，看見蘇怡華，又忙著起身道歉：
「蘇醫師，對不起，唐主任今天不曉得在急什麼，搞得雞飛狗跳……」
「他喔，一早就被唐主任罵，」內勤護士指著總醫師，「現在又被所有的人罵，我看他已經快要神智不清了。」
「不能說只有唐主任的病人是人，別人的病人都不是人啊，」蘇怡華無奈地翻著桌上的手術預定表，喃喃地說，「到底他今天有幾台手術，那麼趕？」
蘇怡華邊說著，看見關欣走過來。她全身無力地往旋轉椅上一躺，又好氣又好笑地說：
「好了，今天還有一大堆病人等著開刀，現在三、五、七手術室都是他的病人，一大早這一區通通停擺了。我們二、三十個人全部坐在這裡休息，陪他等病理切片的結果……」

總醫師看著關欣，不停地點頭表示歉意，手裡仍忙著撥電話。

「8C第五床病人，是良性纖維瘤。是，8B第三床，惡性腺腫瘤，8A第二床，惡性濾泡腺腫瘤。」

總醫師在紙上記載電話中的口頭報告。掛上電話，他抓抓頭，拿著紙條走到第三手術室門口，嚷著：

「8C第五床，好了，沒事了，讓病人醒過來。」又走到第七手術室，「這個病人是惡性腺腫瘤，要做乳房根除術，備血一千西西，全部叫過來待命。」

他看著手上的紙條走回內勤事務桌，很沒把握地拿起電話，和病理部再作確認。等掛斷電話之後，急急忙忙又飛奔至第三手術室，慌忙地喊著：

「不對，不對，這個病人是惡性腺腫瘤，先不要讓她醒來，備血一千，先叫過來。」說完，匆匆忙忙跑到第七手術室，「剛剛講錯了，這個病人沒有事，讓她醒過來。」

他全無頭緒地衝來衝去，又急急忙忙跑進第五手術室去向唐國泰報告。

蘇怡華皺眉頭看著這一切，側過臉，看見關欣正在搖頭。他們彼此會心地交換了一個十分無奈的笑。

總醫師一進到第五手術室，聽見咻咻咻抽吸器的聲音，只見地面上抽吸瓶裡血液很快地滿了上來。唐國泰正破口大罵著：

「你們全部都是死人是不是？只會站著看？現在哪裡在流血？」他一雙銳利的眼睛盯著身

旁的住院醫師，那位住院醫師拿著抽吸管，頭低得不能再低，「這裡在流血，你在吸哪裡？」

總醫師站在那裡正好被唐國泰瞧見。還來不及報告，立刻被罵得狗血淋頭。

「總醫師，我求求你可不可以？你明明知道我的刀開不完，派一些蝦兵蝦將給我。你把我當成什麼？新兵訓練中心是不是？我鄭重地告訴你，從現在開始，第三年以下的住院醫師不准跟我的刀。」

「是，」總醫師機警地說，「報告主任，我馬上刷手上來幫忙。」

總醫師迅速地刷手消毒，更換無菌衣。好不容易抓到一個空檔，邊穿衣服戴手套，邊向唐國泰報告隔壁手術室病人的病理結果。話還沒說完，被神色緊張衝進來的開刀房魏護理長打斷。

「唐主任，醫學院徐院長親自打過來的電話，你要不要接？」她興奮地說。

儘管手術檯上的病人流著血，隔壁手術房兩個病人還在麻醉中，唐國泰仍從手術檯走下來。他把一雙沾著鮮血的手套在衣服上抹來抹去，沒任何交代，著了魔似的跟著護理長走出手術室。

總醫師上了手術檯，接過抽吸管，積極地進行止血以及手術。

「唐老闆到底在發什麼神經？」他淡淡地問住院醫師。

住院醫師搖搖頭，反倒是刷手的護士小姐說：

「你們唐主任要升醫院院長了，你不知道？」

「真的？妳聽誰說的？」

「聽護理長說的。」

總醫師一邊進行手術，自己忍不住笑了起來。

「你在笑什麼？」刷手護士問。

「上一屆總醫師交班的時候曾經跟我說過，唐老闆罵人表示他的心情很好，根本不用擔心。萬一他安靜不講話，那才是麻煩，」他搖了搖頭，又自我解嘲似的笑了笑，「我今天總算體會到了。」

他一邊說著，看見唐國泰接完電話回來，站在門外刷手，和魏明珠窸窸窣窣不知討論著些什麼，情況看來有些怪異。

等唐國泰換好無菌衣、穿戴手套完畢重新站上手術檯，氣氛立刻和先前大不相同。

隨著時間一分一秒過去，總醫師開始覺得毛骨悚然。

不曉得為什麼，從頭到尾唐國泰不說一句話，旁若無人地進行著手術。他從來沒有見過唐國泰這麼安靜過。沒有人敢多說一句話，整個手術室像放映默片似的。

沉悶的氣氛排山倒海而來。他的心中有種說不出來的恐懼，總覺得一定有什麼驚天動地的壞事就要發生了。

沉默持續了差不多半個多小時。等到乳房切除完成，縫合皮下組織的時候，唐國泰很怪異地動了動自己的左手，又動了動右手，像測試什麼似的。等到測試完畢，他平靜地把手上的器械交給總醫師。

「拿著我的手術刀。」

那是半個多小時來總醫師聽到唐國泰說的第一句話。

唐國泰又動了動左手以及右手，喃喃地說：

「我中風了。」

他試圖著後退，一個不小心，整個人往後倒栽在地上，口吐白沫。

總醫師了解到事態嚴重，匆匆忙忙跑下手術檯，翻了翻唐國泰的左眼皮，又翻了翻他的右眼皮。他慌亂地跑到手術室門外大喊：

「誰來幫忙，唐主任中風了！」

魏明珠第一個跑來，搞不清楚狀況地問著：

「唐主任需要什麼？」

「唐主任中風了。」總醫師一字一句地重複著。

魏明珠衝進開刀房，一看到躺在地上的唐國泰，立刻驚慌失措地衝了出來。

由於這個發現是如此地震驚，有一刻，她簡直不知該如何反應，只是愣在那裡。過了一會，像是清醒過來似的，她用盡最大的力氣，歇斯底里地尖叫著：

「快點來幫忙，唐主任中風了！」

開刀房的內勤工友拿著新送到的公文走進鞋套間，把公文張貼到布告欄上。正當他把公文貼到一半時，發現開刀房內起了一陣很大的混亂。按捺不住滿心的好奇，他跑去站在門口觀看。

「老吳，快點，」一個開刀房護士看到他，「你去外勤推一部推床過來。」

「可是，」他指著布告欄上的公文。

「唐主任中風了。你趕快去推過來，什麼都不要管了。」

內勤工友顧不得還沒有張貼好的公文，緊緊張張地衝到外勤去找推床。一時之間，唐主任中風的事傳遍整個開刀房，許多人都跑過來關心，混亂有愈來愈大的趨勢。

那張被冷落在一旁的公文，顯得有些搖搖欲墜。公文上落著醫學院徐院長和校長的簽章，以及學校的大紅關防。上頭工整地寫著：

茲敦聘徐大明教授為本院附設醫院院長，自即日起生效。

特此公告

這個消息延遲了一會兒。直到混亂稍微平息，才有人看到這張翻飛著的公文，驚天動地地到處去宣揚。

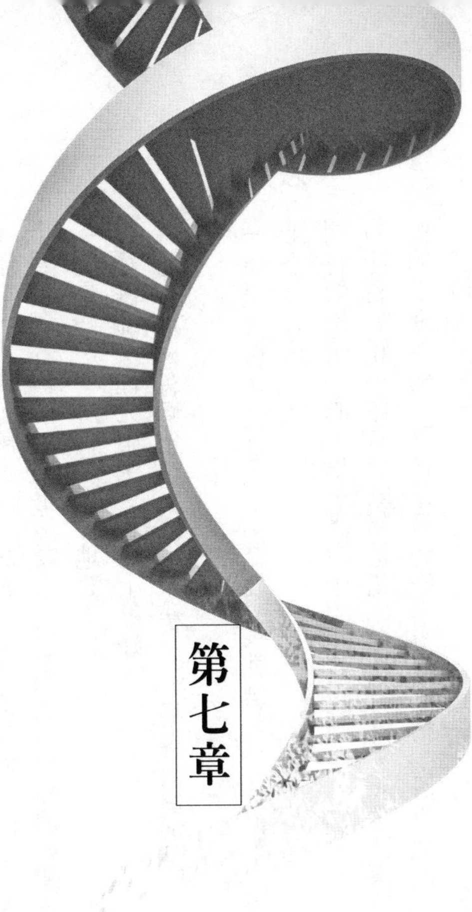

第七章

27

蘇怡華敲門的時候，徐大明正在廚房裡面大事張羅料理，來開門的是徐太太胡睿倩。

「師母好，」蘇怡華規規矩矩地站在門口，「不好意思，來得太早了。」

「不會，不會，請進，」胡睿倩忙著招呼他，回頭喊著，「大明，蘇醫師來了。」

徐大明穿著圍裙，從廚房露出一個頭。廚房裡煙霧瀰漫。

「院長好。」蘇怡華遠遠地對著他點頭。

「蘇醫師，你先請坐。我馬上就好。」

「他一年只有過年那天做一次菜，」胡睿倩笑著說，「今天也不曉得發了什麼神經，親自下廚。」

「這是我帶來的紅酒，慶賀院長就職。」蘇怡華困窘地看著自己帶來的禮物，「不好意思，來不及訂花。」

胡睿倩接過紅酒，指著滿屋子的花籃說：

「紅酒很好。你看到處都是花，沒地方擺，我還得送給鄰居呢。真是傷腦筋。」

他們走進客廳。蘇怡華看到空盪盪的座椅，訝異地問：

「其他人呢？」

「本來還約了內科新任的主任游教授，不巧他的學生替他辦了慶功宴，臨時決定不能來。」胡睿倩笑著說，「沒關係，你來了院長很高興，我們幾個人一起慶祝。」

胡睿倩請蘇怡華坐下來。還沒坐定，她就忙著對樓上呼喊：

「妹妹，蘇醫師來了。妳下來幫忙招呼客人好不好？」

徐翠鳳新剪了削薄的短髮，穿著貼身短袖絲質上衣，復古式喇叭褲，有一搭沒一搭地從迴旋樓梯踱下來。

她旁若無人地穿越客廳，走到廚房，過了不久，端著一杯柳橙汁走出來，放在蘇怡華面前的桌面上。

「妹妹，」胡睿倩催促她，「妳要招呼客人啊。」

「蘇醫師，請喝果汁。」

她意思意思地點了點頭，之後像完成了什麼應盡的義務似的，一屁股坐到沙發上，嘛著嘴，無趣地玩弄自己的手指頭。

「這個孩子就是這樣，」胡睿倩不好意思地側過臉對蘇怡華說，「被她爸爸慣壞了。」

蘇怡華看了徐翠鳳一眼，發現她正偷偷地打量著他。他們的目光交會了一下，立刻各自怯縮。

沉默慢慢擴散。終於，胡睿倩率先打破了沉默：

「院長常稱讚蘇醫師是很優秀的外科醫師。」

「哪裡。」蘇怡華顯得有些不安。

「聽說外科醫師非常忙碌？」

「還好。」

由於對話實在太無聊，沉默很快又回來了。

「徐小姐學的是什麼？」現在輪到蘇怡華另起爐灶。

「室內設計。」徐翠鳳低著頭。

蘇怡華環顧四周，客氣地問：

「這裡的裝潢是徐小姐設計的？」

「他們兩個人才不敢住我設計的裝潢呢。」徐翠鳳沒好氣地說。

「妹妹畫的那種房子，」胡睿倩連忙分辯，「像是給外星人住的。」

「你看，」徐翠鳳指著媽媽，「又來了。」

好不容易氣氛有點起色，一不小心，又掉進沉默的水溝裡去，沾惹得到處都是尷尬的氣味。

不久，總算徐大明奮戰完畢，從廚房端著一盤川醬牛腩走出來。

「開飯了。」他喊著。

「我去幫忙。」徐翠鳳如魚得水，立刻從沙發上跳起來，飛也似的逃離現場。

「我也去。」蘇怡華連忙跟著起身。

他們同時往餐廳移動，幫忙端盤子、擺定餐具、酒杯。徐大明陸續從廚房又端出了脆爆鵝掌、荷香排骨、香煎鱈魚、西湖牛肉羹……並且一一介紹。很快，餐桌上擺滿了熱騰騰的新出爐佳餚。

餐宴就在各式烹調評論以及徐大明的沾沾自喜中展開。蘇怡華高舉新開的冰涼香檳酒，向徐大明致敬。

「祝賀院長就任新職，步步高升。」

「彼此，彼此。」徐大明招呼大家舉杯，「我這次就任新職，蘇醫師幫了很大的忙。」

在愉快的氣氛中，大家把杯內的香檳一仰而盡。徐大明放下酒杯，淡淡地問：

「唐國泰目前情況如何？」

「左側腦豆狀核與尾狀核之間的血管破裂，血塊壓迫到側腦室。」

「有生命危險嗎？」

「現在應該已經脫離生命危險了。」

「你說，他是左側深部腦出血，那麼應該是右側行動不便……」

「我想，他將來不可能再上手術檯開刀了。」

「外科目前內部的情況怎麼樣？」

「現在外科主任由邱慶成暫時代理。」

「唐國泰也該下來了。至於外科主任的話……」徐大明沉思了一下，想到什麼似的，「你和邱慶成誰比較資深？」

「邱慶成比我資深兩年。」

「看來天時、地利都在他那邊……」徐大明若有所思地說，「依你的觀點，你覺得邱慶成是好人，還是壞人？」

徐大明冷不防這樣問，蘇怡華有點愣住了，簡直不知該從何答起。幸好胡睿倩及時制止他們的討論。

「兩位大醫師，拜託你們，我們好不容易有一頓大餐，之後還要去趕國家音樂廳聽胡乃元的小提琴獨奏。你們有什麼重要的公事到醫院再談好不好？」

「胡乃元？」蘇怡華的疑問更多了。

「胡乃元不錯喔，他的父親也是一位眼科醫師，」胡睿倩笑著說，「正好我手上有四張票，在國家音樂廳，我們大家一起去。」

徐翠鳳作了個鬼臉，沒說什麼。她率先吃了一口蒲燒，臉上露出嫌惡的表情。

「怎麼了，」徐大明關心地看著她，「妹妹？」

「沒有檸檬味。」

胡睿倩也夾了一口蒲燒，放到嘴裡，她說：

「還好啊，我覺得。」

徐翠鳳眉心緊蹙，一雙眼睛巴答巴答地望著徐大明。

「妹妹，今天慶祝爸爸就任院長，可不是妳過生日。」胡睿倩嚴肅地說。

徐翠鳳仍翹著嘴，沉默地僵持著。

「檸檬，我怎麼忘記了？真是的。」徐大明笑著打圓場，「你們先吃。我出去買幾個檸檬，馬上回來。」他慢條斯理地起身離開餐廳，走向玄關。

蘇怡華詫異地看著徐大明拉開了大門。

才幾秒鐘以前，那個深思熟慮的權謀家不曉得消失到哪裡去了，現在只剩下一個有求必應的老爸爸，慈祥和藹地消失在門的那一端。

八點四十五分，國家音樂廳的中場休息時間。徐大明夫婦站在演奏廳外川流的人潮中，向蘇怡華抱歉地鞠躬。

「不好意思，臨時有急事，必須先走。」

「哪裡。」蘇怡華沒有別的選擇，只能禮貌地陪著鞠躬。

「今天晚上我把女兒交給你了，」徐大明拍拍蘇怡華的肩膀，語重情深地說，「請你好好照顧她，好嗎？」

蘇怡華慎重地點頭答應。

他們彼此揮手告別。臨走前，胡睿倩還不忘叮嚀徐翠鳳：

「音樂會結束不用急著回家，你們可以到處去走走，有蘇醫師陪妳我很放心。知道嗎？」

「喔。」

「記得，」徐大明也指著蘇怡華，「晚上送她回家。」

「一定。」蘇怡華又點了點頭。

看著院長賢伉儷翩翩地消失在音樂廳的玻璃門外，蘇怡華仍僵硬地揮著手，一臉都是無辜的微笑。

「你的手不會痠嗎？」徐翠鳳忽然問蘇怡華。

「嗯？」

「他們已經走了，」徐翠鳳提醒他，「你的手可以放下來了。」

蘇怡華總算停止了揮動，把右手放下來。他看著徐翠鳳，手足無措地問：

「現在怎麼辦？」

「我想喝咖啡。」

兩個人排隊買了附贈點心的罐裝咖啡，並坐在音樂廳外面的長椅子上。徐翠鳳用吸管意興闌珊地把咖啡吸得嘶嘶作響。蘇怡華則靜靜地看著川流過往的人。不久，廣播系統傳來工作人員的聲音。

「各位觀眾，今晚下半場的節目即將在三分鐘之後開始，請儘快入座，謝謝您的合作。」

「我們進去吧。」蘇怡華連忙起身，回頭看見徐翠鳳還坐在長椅上。

「要聽你自己進去聽，」徐翠鳳托著臉頰，「我可不想浪費一個晚上，看人家肩膀扛個木箱子，鋸出怪異的聲音，他不累我可累死了……」

「可是，」蘇怡華猶豫了一下，「我答應過妳爸爸，必須送妳回家。」

「你走好了，我不會告訴爸爸的。」

場外的觀眾們都加緊了腳步，紛紛從各個出入口進入大廳。廣播又傳來第二次催促。

「不聽無所謂，」蘇怡華有點手足無措地說，「但我是不會走的。」

眼看著觀眾一一走入大廳，工作人員關閉各出入口。

「是你自己說要跟著我的。」徐翠鳳從皮包裡拿出手機，撥通了電話，「我是翠鳳。對。哎，別提了，還在音樂廳。」

蘇怡華傻愣愣地看著她對行動電話有說有笑，彷彿變了一個人似的。

「對，我馬上過來，我帶一個人，」她皺了皺眉頭，「沒辦法啊，甩不掉。」

掛上了行動電話，她打量著蘇怡華，思考著什麼似的，終於歎了一口氣說：

「走吧。」

「什麼？」蘇怡華有如丈二金剛，摸不著腦袋。

「走啊！」徐翠鳳大剌剌地說，「你不是打算整個晚上跟著我嗎？」

一家叫Chicago的pub，查理．派克的爵士曲調，吧檯上滿桌500cc的啤酒以及稀稀落落的笑聲。

「再說一個，Allen。」徐翠鳳滿臉鼓舞的表情。

叫Allen的男孩子摩拳擦掌，躍躍欲試地又說了一個笑話。

笑聲之中，蘇怡華淡淡地啜飲了一口啤酒。他看了看錶，十一點左右，這個晚上對他來講實在有些冗長。「翠鳳，妳跟我們介紹一下這位西裝筆挺的帥哥嘛，」忽然Allen的流彈波及到蘇怡華身上，「又是妳爸爸的手下？」

「蘇怡華，他是個外科醫師。」徐翠鳳再三強調，「不是我爸爸的手下。」

看到蘇怡華有些不自在，徐翠鳳轉身說：

「蘇醫師，你不要理會Allen，他就是這個樣子，瘋瘋癲癲的。他老爸有一個上市公司要他接總經理，嚇壞他了。寧可跑來這邊整天廝混，當個攝影小弟，存心把他老爸氣個半死。」

「我老爸？饒了我吧！」Allen皺著臉，模仿猩猩的動作，用正經八百的台灣國語腔調說，「企業最重要的是良心，我們要對社會奉獻、對工作付出、對員工關懷。企業就像一個大家庭，我們應該要有愛心、信心、耐心……」

Allen的模仿秀還沒有表演完，被一陣急促的催促聲打斷：

「渴死了，啤酒趕快上來，出人命了。」

蘇怡華回過頭，看見一個高高壯壯、蓄著長髮、滿臉絡腮鬍的年輕男子從門外走進來，他一身破舊的牛仔褲以及無袖汗衫，鍛鍊過的肌肉線條格外明顯，一走進門，像管區巡警似的到處打招呼。

Allen回頭看了一眼，促狹地說：

「這個死Stephen。」

Stephen熟門熟路地走過來吧檯，坐上高腳椅，拍了一下Allen的頭。

「輕一點好不好？」Allen摸了摸被拍痛的頭，「會拍壞的。」

「本來就是壞的。」Stephen作勢還要再打，嚇得Allen抱頭求饒。

酒保快手快腳地推過來大杯500cc啤酒，Stephen一手抓住酒杯，咕嚕咕嚕就灌掉了三分之二。他看著徐翠鳳，笑著問她：

「怎麼樣？徐大小姐今天玩得開不開心？」

徐翠鳳溫順地靠到Stephen身旁，伸手攬著他的腰。Stephen不但不介意，反而順勢搭著徐翠鳳的肩膀，揉揉捏捏。

「這是Stephen，廣告片導演。」徐翠鳳對著蘇怡華介紹，稍微猶豫了一下，「他是我的男朋友。」

接著，她又介紹蘇怡華。

「蘇怡華，外科醫師。」

蘇怡華向Stephen點點頭。

「喔，今天的男主角？」Stephen揚起了眉毛，主動伸手和蘇怡華握手，「辛苦你了。」

握完手，蘇怡華有些茫茫然，不知道該說些什麼。

Stephen舉起酒杯，他們各自把杯內剩餘的啤酒同時喝光。

蘇怡華開車載著徐翠鳳在回家的路上。

近一點鐘的深夜，市區裡大部分的商店都已經關門。道路上偶爾可以見到臨檢的警察，攔下深夜的車輛盤查。

「我希望警察不會攔我們的車。」蘇怡華淡淡地說。

「怕什麼？」

「他們一定聞得到我們一身的酒味。」

「拿你的證件給他們看啊，告訴他們你是外科醫師，你正在宴會，可是病人臨時發生狀況，一定得趕到醫院去。」

「那妳呢？」蘇怡華問。

「我是護士小姐啊！」

蘇怡華搖了搖頭說：

「不只警察，妳爸爸也會聞到。」

「那有什麼關係，」徐翠鳳笑嘻嘻地說，「是你帶我去喝酒的。」

「我真是冤枉，」蘇怡華無可奈何地笑了笑，「第一次約會，就把院長的女兒灌得醉醺醺的。」

「你不會告訴爸爸真相吧？」

「妳害怕了嗎？」

「不是害怕，只是不想讓他覺得難過而已。」

「他不喜歡妳的男朋友？」

「他只希望我依照他的安排過生活，嫁一個像你這樣的醫生。」徐翠鳳搖搖頭。

蘇怡華開著車，沒有說什麼。

「那你呢？」徐翠鳳問他。

「嗯？」

「你有沒有女朋友？」

「女朋友？該怎麼說呢……」

徐翠鳳笑著看蘇怡華。沉默了一會，她忽然肅穆地說：

「對不起，我今天這個樣子，不是針對你。」

「沒關係，」蘇怡華笑了笑，「到妳家吃飯前，我一直以為是一般的慶功宴，會有很多人參加。根本沒有想到會是這個樣子。」

「你一定覺得委屈吧？」

「委屈？我也有一個笑話，」蘇怡華抓了抓頭，「從前我有一個朋友和一個研究所的女孩子相親，約會結束後送那個女孩子回宿舍，我的朋友問她：這個禮拜什麼時候我們一起再去看電影？對方回答：最近課業比較忙，恐怕不行。他又問：下個禮拜呢？女孩子回答：下個禮拜還在考試。我的朋友仍不死心，窮追不捨：那妳們什麼時候考完試？後來那個女孩子乾脆直接告訴他：我們的課業很重，一直都會考試，永遠考不完的。」

徐翠鳳差點撞上前面玻璃車窗。她摀著嘴巴，笑了半天。

「至少我不像他，」蘇怡華說，「我不用再問妳，什麼時候我們一起再去看電影？這類愚蠢的問題。」

「你是不用再問了。」她一臉詭譎的表情，「不過我會約你出來。」

「呵？」蘇怡華滿臉驚訝。

「拜託啦，你是最好的藉口，」徐翠鳳拉著蘇怡華的袖角，「我不找你，找誰？」

汽車駛近徐大明的住宅前面時，已經是一點多鐘的深夜。蘇怡華熄掉汽車引擎，正準備下車送徐翠鳳進門，發現住宅客廳的燈全亮了起來。

一會兒，住宅大門自動打開，徐大明穿著睡衣，從門內探出頭來，關心地問：

「妹妹，你們回來了？」

28

邱慶成開完週五的全科討論會，回到辦公室，坐在辦公桌前翻閱著今天的手術預定表。他忽然想起坐在外科主任的位置上，俯視著近百名穿著白色制服的大小醫師一起開會的畫面，莫名其妙地笑了。

「邱主任，對不起，我看門沒有關……」主任辦公室的秘書小姐捧著禮盒出現在他的辦公室，「剛剛有兩個病人家屬，把你的禮盒送到外科主任辦公室，我幫你拿了過來。」

「怎麼會送到主任辦公室呢？」

「你現在代理主任，病人根本搞不清楚……」秘書小姐笑著說。

邱慶成尷尬地接過兩大盒禮盒，有點為難。當著秘書小姐面前，不曉得該收下來，還是退回去好。

「唐主任都怎麼處理這類的禮物？」

「當然是自己處理啊，」秘書小姐神秘地笑了笑，「不過唐主任多半會留著水果請大家吃。」

她說完之後，識趣地離開了邱慶成的辦公室，並且輕輕把門帶上。

邱慶成坐在辦公桌前，動手拆開其中一個禮盒，發現裡面裝著十二個晶瑩剔透的日本富士蘋果，以及一封厚實的紅包。紅包上還寫著病人姓名、床號。仔細比對了這病患姓名與手術預定表，正是今天要開刀的病人。

他愣愣地看著紅包一會，終於決定打開封袋，取出裡面的千元大鈔。數了數，共有六萬六千元。他好奇地再拆開另一盒禮盒，仍然是同樣的格式以及六萬六千元的現金。

六萬六千元？邱慶成疑惑地尋思著。

平時，他的病人總是在出院當天經由護理站轉交禮盒，很少直接送到他的辦公室來。就算有病人趁回診時在他的口袋塞入紅包，金錢的數額也從來沒有像現在這麼高……？

他翻弄手上的水果禮盒，看著撕下來水果禮盒的包裝紙，發現這些禮盒都來自樓下相同的水果店。

同樣的水果店，同樣的手術，同樣的現金？

忽然邱慶成恍然大悟，這一定就是外科主任公訂的紅包行情了。從上個禮拜開始，邱慶成的門診小姐熱心地替他掛起了外科主任的稱謂，因此收進來的病人理所當然把他當成了正式的外科主任。

他自顧地搖頭笑著，覺得有些不可思議，沒想到外科主任的身價這麼高。曾有人開玩笑說：如果你不明白請各個醫師開刀的紅包分別是什麼行情，只要去問醫院樓下水果店的老闆就知道了。當初聽了還覺得好笑，現在他知道那不只是一個笑話。

邱慶成靠回椅背上，興致勃勃地替唐國泰概略估計每個月的營收。外科的手術日分別是週一、三、五，幾乎每個手術日唐國泰都排了三、四台以上的手術，優先地占滿所有的手術室。如果每台手術可以有六萬六千元的收入，還不用報稅……邱慶成邊計算邊伸出了舌頭，嘖嘖稱奇。

邊推敲著，邱慶成聽見電話鈴聲響了起來。他接起電話，傳來總醫師焦急的聲音：

「報告主任，我現在人在開刀房。早上李教授把他的病人，跳到你手術室去開刀了，你的手術被迫要等他的手術結束後才能開始……」

「李教授？」邱慶成差點從位置上跳了起來，「現在我是外科主任，慣例上優先，他憑什麼把病人跳到我的房間？」

「可是，手術預定表上掛的主治醫師是唐主任，李教授推說他只是幫忙，你要是在優先次序上有意見可以找唐主任理論去。」

「拜託，唐主任現在躺在神經內科病房，掛名什麼主治醫師？他要真有本事，你叫他自己來開刀！」

「可是李教授硬把病人推進去，現在也上了麻醉……」

「我今天有兩台大手術，到現在還沒有開始，」他暴跳如雷地對著電話嚷著，「你傳話給他，就說他不把我邱某人當作是外科主任，我將來也不會當他是外科教授。我就在這裡等他，看他打算開到什麼時候結束，把手術室還給我。」

掛上電話，邱慶成氣得在辦公室踱來踱去，口裡喃喃地唸著：

「這些卑鄙的傢伙……」

過了一會，又坐回辦公桌前愣愣地看著散落的鈔票和滿桌的蘋果。

沒多久，電話又響了，他沒好氣地接起電話。

「喂，我邱慶成。」

「我是徐大明，正好批閱到外科主任任命的公文……」電話裡傳來徐大明一貫客氣的聲音，「可不可以麻煩你過來院長室一趟，我想和你討論討論。」

「是，我馬上過去。」

掛上電話，他所有焦躁不安的情緒忽然煙消雲散，取而代之的是另一種緊張而興奮的心情。

邱慶成不自覺地哼著歌，手忙腳亂地收拾滿桌的蘋果和鈔票。

走進徐大明的院長辦公室，邱慶成必恭必敬地朝著坐在辦公桌前的徐大明鞠了一個躬，並且說：

「恭喜院長就任新職。」

他側過身，訝異地發現蘇怡華早已經坐在院長室裡面了。他有些尷尬，不過現實的直覺很快地超越了尷尬，邱慶成敏銳地露出和善的笑容說：

「蘇醫師，早。」

蘇怡華也對他點頭，微笑致意。

坐定之後，徐大明從桌上拿出一份卷宗，慢條斯理地說：

「我正好在批閱外科主任的任命公文，」他抬頭望著邱慶成，「你目前職稱還是副主任，沒有經過醫院任命為主任，對不對？」

「是。」邱慶成謹慎地點頭。

「我和蘇怡華醫師也針對這個問題討論了一下，」徐大明看著蘇怡華，「他對你個人可以說是推崇備至，認為你是目前外科中最適合擔任主任的人選。」

「不敢。」邱慶成對著蘇怡華輕輕頷首。

「雖然我想任命你為外科主任，但唐國泰還躺在病床上……情況並不明朗。因此，我想先行文任命你為代理主任。雖然名稱是代理主任，但是總比副主任暫行職權強很多……」

「是。」

「至於你原來副主任的餘缺……」徐大明沉默了一下，「我請蘇怡華醫師來遞補。」

邱慶成覺得有點訝異，他看了蘇怡華一眼，可是仍謹慎地壓抑情緒，並沒有表現出來。

「過去你們跟隨不同的老師，對事情也許有一些不同的看法。可是那已經過去了。兩位都是外科優秀的人才，我希望你們能夠同心協力，一起把外科帶向不同的境界，」徐大明從座位上站起來，盯著他們兩人，「對於這樣的安排，不知道你們有沒有什麼意見？」

邱慶成訕訕地笑著，似乎說什麼都是多餘的。沉默了一會，他想起什麼似的，忽然問：

「不曉得代理主任的任期是多久，或者，到什麼時候我才能真除成為正式的主任？」

「這恐怕要視唐國泰的情況而定，」徐大明意味深遠地笑了笑，「不過，唐國泰和我什麼關係我想大家都知道……主觀上，我當然願意支持你真除外科主任。」

「是。」

徐大明轉身，背著手走了幾步。

「過去我是內科主任，和唐國泰是平行關係，吵吵鬧鬧當然無所謂。問題是現在我擔任院長，必須觀照全局。你知道，成為正式的外科主任需要通過院務會議。這件事，如果做得太急或太絕，只怕會引起其他教授強烈的反彈。因此，我希望你好好利用外科代理主任的資源，為自己創造一些有利的客觀條件。」

「客觀條件？」邱慶成機鋒地揚起眉毛，「請院長指示。」

「你應該向醫院同仁以及社會大眾證明，你比唐國泰更適合擔任這個外科主任的職位。」

「我不是很明白……？」

「在爭取總統女兒的Port-A-Cath手術上，你就曾給我很深刻的印象。」

「對不起，那件事……」

「我說過，過去的事已經過去了，」徐大明阻止邱慶成再說下去，「我相信你一定很明白該怎麼做。」

「是……」

「好，」徐大明看了看手錶，「這件任命我就決定這樣裁定了。你先回去吧，公文應該在下午就會到你們科裡去。」

邱慶成離開辦公室後，蘇怡華吞吞吐吐地說：

「我從來沒有推薦過他……」

徐大明背著手，沒有說什麼。蘇怡華又說：

「報告院長，我的能力恐怕不足以擔任副主任這個職位。」

「雖然你只是副主任，但這是個正式的職位，你不妨先卡位。」

「可是，」蘇怡華迷惑地問，「你希望我怎麼協助邱慶成？」

「你什麼都不用做。」

「什麼都不用做？」

「目前你們外科正值權力交接之際，情勢太混亂了……，」徐大明若有所思地說，「你最好記住，遠離暴風圈。」

蘇怡華聽得一頭霧水。正要發問時，看見徐大明輕撫著下巴。

「我讓邱慶成先替你鏟除掉一些障礙……」他自言自語地說，「邱慶成失去副主任這個位置，也只能往前衝了。他別無選擇。」

*

下午四點半，護士小姐交班的時候到了。而邱慶成才在進行第一台胃癌手術。邱慶成看了看手術室牆上的鐘，他還有一台手術還沒有開始，時間有點緊迫。

「你先下去看看，有沒有別的房間可以跳刀，」他吩咐在手術檯上擔任開刀助手的總醫師，「幫我準備下一台病人。」

總醫師很快地離開手術室，到處去張羅。過了不久，他從外面奔走回來。

「報告主任，」總醫師面有難色地說，「下一台手術調度有些困難。」

「什麼意思有些困難？」

「開刀房護理長在手術室外面，我請她直接對你說。」

邱慶成把器械交給手術檯上的住院醫師，自己交抱著手走下手術檯。總醫師急急忙忙跑在邱慶成前面，打開手術室大門讓邱慶成通過。

邱慶成走出手術室，護理長魏明珠站在洗手台旁朝著邱慶成點頭，滿臉歉意地說：

「邱主任，現在已過了白班的下班時間，我只剩下小夜班的護士。你看白天很多刀還沒有開完，根本排不出多餘的人力再開新的房間。」

「妳是要我取消下一台手術？」

「實在很抱歉……」

「這樣不行啊，」邱慶成一下子臉色變得很難看，「病人從昨天十二點開始禁食，餓到現在就為了等開刀，現在忽然不能開刀了，病人那麼可憐，你們有沒有替他們想過？再說，現在手術取消了，他還要再等二天才有開刀日，我怎麼跟病人以及家屬交代？」

「對不起，」她又連連鞠躬，「我實在也很傷腦筋。我們的護士時間到了就要下班，我一點辦法也沒有……」護理長又連連鞠躬，逕自離去了。

邱慶成交抱著手在開刀房的中央走廊踱來踱去，對著總醫師破口大罵：

「你去給我想辦法把房間弄出來。這個病人今天一定要開刀，否則大家都耗在這裡，不要下班。」

總醫師面有難色地說：

「報告主任，事情不是護理長講的那樣，他們存心抵制你的手術，你在這裡就算罵破了嘴也沒有用……」

「什麼意思？」

「依照規定，我們外科的手術室配額一共四間，扣除目前你的胃癌手術以及另外兩台唐主任掛名主治醫師的肝癌手術，不過用掉了三間手術室。」

「另外還有一間呢？」

「這就是問題所在了。麻醉科主任硬要把唐主任的另外一台病人推進手術室裡。」總醫師引邱慶成到內勤辦公桌前，指著手術預定表，「到了晚上八點鐘大小夜班護士交接，人力更少，那時我們外科只剩兩間開刀房的配額。你算算看，屆時，唐主任的肝癌手術以及現在剛開始的直腸癌肯定都還在手術檯上，你的病人一點機會都沒有。」

邱慶成皺了皺眉頭，看著手術預定表問：

「到底今天唐主任掛名主治醫師的手術有幾台？」

「七台。」總醫師在預定表上數了數。

「這七台手術全都是他自己的門診病人？」

「他已經兩、三個禮拜沒有看門診了，怎麼可能？」總醫師笑了笑，無奈地說，「整個開刀房都是唐主任的人馬，他不樂見到你的勢力擴張，你一點辦法都沒有。」

「豈有此理？唐主任中風躺在病床，動了七台大手術。我整天人在這裡，連兩台手術都開不完，」邱慶成戴著沾血手套猛拍桌面，「我算什麼外科主任呢？」

他怒氣沖沖地走進第九手術室，對著正在插管的麻醉科主任怒罵：

「賴主任，我今天要你跟我說清楚。病人從昨天晚上十二點開始禁食餓到現在，你不讓他上麻醉，你叫我跟病人和家屬怎麼交代？」

等待著進行手術的李教授站在賴主任身邊，本來還有說有笑，看到邱慶成進來，立刻變了臉色，尷尬地往外走。

賴主任沒說什麼，他慢條斯理地插好氣管內管，轉過身來不以為然地看了邱慶成一眼。

「醫院就是給我這麼多人力，」他攤開手，漠然地說，「現在過了下班時間，我也無可奈何。」

「從早上到現在，你一直把病人塞到我的房間來，到現在唐主任掛名的刀開了七台，我連一台都還沒有開完，你這算什麼無可奈何？」

「我不明白你在說什麼，」賴主任面無表情地冷笑著，「過去，我們不一直都是這樣進行的嗎？」

「問題是唐主任現在中風了，躺在神經內科病房裡。」

「我只是依循慣例，至於什麼優先次序是你們外科自己的倫理，不關我的事。」

「我現在是外科代理主任，」邱慶成激動地說，「外科什麼倫理由我來決定。」

賴成旭走到邱慶成身旁，冷冷地笑著。

「邱醫師，我勸你別太得意忘形，」他半帶威脅地說，「你以為你這個主任真能代理多久？」

邱慶成脫下罩袍，走出手術室，正好遇見病人家屬在休息室門口探頭探腦，憂心忡忡地走過來問他：

「邱主任，我父親的手術不曉得什麼時候開始？」

「馬上會開始，嗯……只是，目前麻醉科人力有些問題，」邱慶成閃爍地說，「我正努力在和他們溝通，請他們調度……」

「是的，我們明白，」家屬神秘兮兮地在邱慶成的上衣口袋塞東西，「這是一點意思，不曉得可不可以麻煩邱主任轉交給麻醉醫師……」

「不需要這樣吧。」邱慶成拿出了那包摺疊過的白色信封紙袋。

「昨天我們一直在等麻醉醫師，可是他沒有過來病房，又不曉得是哪一位，」家屬又鞠躬連連，「是我們太不周到了，麻煩邱主任，拜託拜託……」

邱慶成還要推辭時，病人家屬已經消失了，留下他茫然無措地站在休息室。正好關欣換好了便服要離開開刀房，笑著對他打招呼：

「邱主任，你怎麼一副喪家之犬的模樣……」

「唉。」邱慶成歎了一口氣。他見到關欣，宛如大旱之望雲霓，哇啦哇啦地跟她抱怨連連。

關欣還沒有聽邱慶成說完，立刻表示願意留下來幫忙，並且替他找人來加班。

「不好意思，」邱慶成簡直破涕為笑，「妳都準備要下班了。」

「我只是幫忙，再說，病人也很可憐，」關欣攤開雙手，乾脆地說，「這是你說的，人需要互相幫忙嘛，不是嗎？」

邱慶成拿著信封紙袋，本來還想說些什麼，可是轉眼之間，關欣就走進開刀房裡，俐落地消失了。

外科代理主任的任命公文已經在休息室的公布欄張貼出來。零零落落幾個看到公文的人都對他道喜，邱慶成也微笑回應著。

他安靜地坐在沙發上喝水，心事重重地凝視著散落在桌面的空紙杯。短短的一整天，實在發生太多事了，他必須好好地想想。

沒多久，總醫師從開刀房跑出來說：

「報告主任，關醫師已經把病人麻醉好了。」

邱慶成才猛然回過神來。他打量著總醫師，指著身旁的沙發說：

「你先坐下來，我有事問你。」

「是。」

「大家都怕唐主任的勢力，可是你今天這樣替我東奔西走，難道不怕得罪他們，將來落得被群起圍剿？」

「怕也沒有用啊，」總醫師對著邱慶成無奈地笑了笑，「反正唐主任不喜歡我，我在他底下也不可能有什麼出路。」

「是啊，怕也沒有用啊，」邱慶成會意似的對他笑了笑，過了一會想起什麼似的，「後天他們又排了幾台唐國泰掛名的手術？」

總醫師抓出了口袋裡的一疊記事小卡片，數了數，抓著頭說：

「至少有六個病人。」

邱慶成思索了一下，興味十足地看著總醫師。

「我問你，你敢不敢跟我？」

「我？」總醫師問。

「我不知道我這個主任能代理多久，或者會不會變成正式的主任，可是只要我在這個位置上一天，我就不容許我的人馬吃虧。」

總醫師低下了頭，沉默不語。

「你要是不敢，我也不會怪你的……」

總醫師又看著邱慶成，終於點頭，他無奈地說：

「反正我沒得選。」

「很好，」邱慶成笑著拍他的肩膀，「靠過來一點，我有話跟你說……」

總醫師往邱慶成的方向挪近了一點。

「等一下你別急著進開刀房，我要你先去辦一件事……」邱慶成一手遮掩著嘴巴，附在總醫師的耳朵旁，開始悄聲地說話。

關欣麻醉好了邱慶成的病人，從手術室走出來。一走出手術室，就看見賴成旭站在門口，皺著一張臉對她說：

「關醫師，沒有想到妳竟會做這種事！」

「什麼事？」關欣莫名其妙地問。

「妳為什麼要搶我的病人？」

「我犧牲自己的時間，留下來加班，」關欣提高了聲調，「請問這樣有什麼不對嗎？」

「妳說得那麼冠冕堂皇，真正的目的大概只有天知地知，」賴成旭氣勢咄咄逼人，「我提醒妳，妳剛剛麻醉的是我的病人！如果我無法麻醉，妳竟然可以，那我這個主任的立場是什麼？我說的話算什麼？」

「賴主任，請你先搞清楚，我沒有搶你的病人，我麻醉的可是你不要的病人！」關欣嚴正地說，「在你要求別人尊重你這個主任的立場以前，請你先尊重自己作為一個醫師的職責，可以嗎？」

*

外科總醫師從第九病房作完了例行的病情與檢驗結果說明，正要走出來，家屬們都站在他的身後鞠躬。

「關於後天的手術，」他走到大門前，忽然回過頭來，「有件事我想我們有義務讓你們知道。」

「是。」

「你們知道唐國泰主任中風的事嗎？」

「唐主任中風了？」

「他將不能親自動手術。」

「那會是誰來動手術呢？」

「這很難說，要看後天外科人力的狀況來決定。有時候會碰到經驗熟練的醫師，但也有可能遇到沒有經驗的醫師。」

家屬面面相覷，面有難色地說：

「可是我們當初指定了唐主任。」

「唐主任中風了，」總醫師說，「這也是無可奈何的事……」

「有沒有可能，或者是透過什麼方式去拜託比較有經驗的醫師……」家屬焦急地問。

「就我所知，目前在一般外科的手術，邱慶成主任應該是最適合的人選。只是，他們兩位都是主任級的醫師。現在你們的主治醫師掛的是唐主任的名字，依照醫院的規定，程序上恐怕比較麻煩……」

「無論如何，請總醫師幫忙。」家屬急得連連鞠躬。

「你們今天願意辦理退院手續嗎？」總醫師問。

「什麼？」

「我個人很不願意這麼麻煩，不過如果你們今天辦理出院，明天我可以用邱慶成主任的名義開床給你們。如此一來，邱主任是你們程序上的主治醫師，開刀就比較方便。」

家屬相互對望，猶豫不定。

「醫院這樣規定，我也很無奈。不過，這恐怕是我能想到唯一的辦法了。」總醫師說完，作勢要離開。

「對不起，醫師，」家屬急忙叫住總醫師，「你是說，現在我們如果退院，明天確定可以住進來？」

「我會開床給你們。」

他們不放心地又看了看總醫師制服上的名牌。

「一樣是後天開刀？」

總醫師點了點頭。

「好，」病人家屬總算下定決心，「那我們就今天辦理退院。」

「我現在還有一些別的事，」總醫師看了看手錶，「等一下五點半你們到護理站找我辦退院手續。」

「謝謝。」又是深深一鞠躬。

總醫師終於打開了病房大門，走出第九病房。他站在走廊上，拿出口袋裡面的名單，用紅筆在其中一個名字打上一個叉。

29

餐會正進行著。大部分外科的醫護人員都出席了。

邱慶成坐的那桌筵席旁，圍滿了敬酒的住院醫師、恭喜的主治醫師，還有在其間穿梭的廠商，熱鬧得不得了。闕欣就坐在邱慶成旁邊，喜孜孜地笑著。

蘇怡華記得幾年前唐國泰就職時，也曾有過這樣的場面。不過，在這種敏感的時刻，這樣的餐會總是讓人覺得不舒服。特別是邱慶成這種看似禮貌的邀請，迫使每個人都必須用出席與否，表態支持唐國泰或者邱慶成，無可倖免。而那些過度誇張的敬酒、恭維，理所當然地又變成了另一種宣示、造勢的儀式。

餐會在徐大明到達現場時達到了高潮。他舉杯恭賀邱慶成就任代理主任，邱慶成也和大家一起祝福徐院長政躬康泰。

隨著徐大明簡短的致辭，台下又響起一片掌聲。

「來，我們再一起來敬我們的大家長。」邱慶成再度鼓動大家舉起酒杯向徐大明敬酒。

徐大明眼尖地看到蘇怡華，對他笑盈盈地招著手：

「來，蘇副主任，一起來。」

「趁這個機會，我要特別感謝蘇副主任的支持，」邱慶成機伶地過來拍著蘇怡華的肩膀，「同時也恭喜蘇副主任就任新職，相信我們一定會合作愉快。」

蘇怡華覺得恍恍惚惚地，局勢實在變化得太快也太荒謬了，簡直讓他不知所措，啼笑皆非。他想起沒多久以前，才為了陳心愉的手術和邱慶成弄得劍拔弩張，現在他們竟要在這裡同心協力，為著徐大明自己都講不清楚的什麼目的一起努力奮鬥……

蘇怡華輕輕地歎了一口氣。遠遠地，他看見關欣瞥過來淡淡的眼神。說不上來為什麼，熱熱鬧鬧的場合裡，忽然有種孤寂淒涼的感覺……

餐會快結束時，蘇怡華悄悄地離開了地下室，回到自己的辦公室去打關欣的呼叫器。過了不久，關欣的電話回應過來了。

「什麼事？」她問。

「我簡直透不過氣來了，等一下妳有沒有空？我們出去走走好嗎？」

「我剛剛答應邱慶成和他談事情，」關欣說，「晚一點還要去訪視明天手術的病人。」

「好，我會等妳。」蘇怡華稍停了一下，「我們晚一點再聯絡。」

邱慶成送走了徐大明，回頭問總醫師：

「幫我看看，到底是哪些人沒來？」

「李教授、陳文進醫師……」

「麻醉部賴主任呢？」

「也沒來。還有開刀房魏護理長……」總醫師恍然大悟地說，「他們大概全都跑過去加護病房作腦死判定或者移植評估了。」

「器官移植？」

「有個警官在緝捕逃犯的時候發生了車禍，他們的家屬願意把他的所有器官捐贈出來……警官的故事這麼感人，再加上兩個腎臟、角膜、肝臟以及心肺這種史無前例的移植手術，聽說目前已經有好幾個有線電視準備動用SNG作現場連線直播。」

「為什麼沒有人告訴我這件事情？」

「移植手術小組本來就全是唐主任的人馬，因此……」

「喔？唐國泰的人馬？」邱慶成輕撫著下巴，露出詭譎的笑容，「我倒要看看，移植手術小組到底應該是屬於外科主任，還是屬於唐國泰的人馬……」

*

邱慶成把一疊影印好的東西神秘兮兮地拿出來，交給關欣，問她：

「聽說昨天妳幫我的病人麻醉以後，賴主任找妳麻煩？」

「他就是這個樣子，」關欣苦笑著，接過邱慶成手上的那疊資料，「這是什麼？」

「妳先看看再說。」

「這是麻醉紀錄單還有恢復室的護理紀錄，」關欣露出不解的表情，「你為什麼給我看這個？」

「妳再看看，」邱慶成指著麻醉紀錄單，「這些都是賴成旭的病人，上面有他的簽名。」

「是他的病人沒錯。怎麼了？」

「這些紀錄乍看之下的確沒有什麼特別。可是，妳再看耗材部分，」邱慶成指著麻醉紀錄單，「根據紀錄，這些病人在開刀房都打了ＣＶＰ（中央靜脈輸液管），電腦記帳也都列了帳目。但是病人送到恢復室後，恢復室的護理紀錄顯示，所有病人的身上並沒有ＣＶＰ。」

「會不會是恢復室的護士小姐太忙，忘了記錄上去？」關欣問。

「不可能，」邱慶成搖搖頭，「我私底下問過恢復室的護理長，以她們的作業程序，不可能發生這種情況。」

「有沒有可能是在手術結束後，送到恢復室前把ＣＶＰ拔除了呢？」

「ＣＶＰ是用來幫助病人在手術中及手術後接受大量輸液用的，因此妳提的情況並不合理。再說，妳現在手上的資料只是其中的抽樣而已，我找到類似的狀況高達平均每個月五十至一百例，」邱慶成打開檔案櫃，指著其中一大疊資料，「這是三年以來所有有問題的檔案，全部都是賴主任的病人。」

「我不懂，」關欣翻閱著手上的檔案，「你是說，賴主任沒有打CVP，卻謊報打了。可是CVP的費用是由醫院收取，他根本得不到什麼好處，為什麼要這樣做？」

「問題出在這些耗材上，」邱慶成從抽屜裡拿出一套CVP器材來，「這些沒有被用掉的CVP再以折扣價賣回給廠商，當作新的耗材轉到醫院裡來。」

「賣回給廠商？」關欣問。

「對。原廠的廠商。」邱慶成點點頭，「CVP器材一套三千多塊，不同的廠商都希望能夠獨占開刀房的市場，競爭太激烈了，這算是廠商給各科主任的一點回饋吧。」

關欣愣了一下，好奇地問：

「你怎麼知道？」

「別忘了，我們外科CVP的使用量是麻醉科的兩倍。而我目前是外科代理主任，當然會有人告訴我遊戲規則……」

「我不覺得你有足夠的證據這樣推測。」

「當然。不過，妳可以翻到這些資料的最後一頁，」邱慶成指著關欣手上的紀錄，「這是銀行的匯款單據影印，過去幾年來，這家CVP廠商每個月匯入二十幾萬到五十幾萬不等的款項進入賴主任私人的戶頭。」

「你怎麼得到這些東西？」

「妳不用管消息來源，」邱慶成笑了笑，「我自有我的管道。」

關欣訝異地閱讀這些資料，看了半天，忽然抬起頭問邱慶成：

「你為什麼要告訴我這些？」

「唐國泰的時代結束，我想也該是賴成旭下台的時候了，我希望妳將來能接任麻醉科主任。」

「就算賴成旭下台，你這個問題恐怕應該由醫院院長來煩惱吧？」

關欣沉默了一會，淡淡地說：

「話是這樣說沒有錯，不過，我也有我的影響力……總之，這些細節妳不用管，最重要的是妳的意願。」

「你知道麻醉科主任不是我的興趣。」關欣左右輕搖著頭。

「我知道妳不會有興趣，」邱慶成從座位上站起來，「可是，如果妳不肯接任，就算我能夠請賴成旭下台又有什麼意思呢？屆時，同樣會有為了派系的利害，不惜犧牲病人權益的人上台，繼續裝模作樣地在那裡指責別人，妳想想，難道妳願意看到事情變成這樣嗎？」

「我不覺得換成我，事情會有所改變。」

「事情會不會有改變我不知道，」邱慶成稍停了一下，「至少我知道妳不在乎這個位置，願意做一點事……我可以信任妳。」

「看來你需要的不是麻醉科主任，」關欣笑了笑，「聽起來更像是神風特攻隊的敢死隊員。」

「我已經沒有後退的餘地了。我的環境險惡妳最清楚，老實說，我需要妳的幫忙……」

「我只希望別人不要影響我，讓我把自己該做的事做好，」關欣表示，「我並不想當主管……」

「誰何嘗不跟妳一樣呢？但現實的問題是：如果妳不踩著別人的頭往上爬，就算妳不想影響別人，還是會有別人來踩妳的頭。結果，每個人只好拚命地往上爬，不管踩著的是別人的頭還是什麼。只有爬到最頂點的人，才有資格要求別人配合妳，不要影響妳。」

關欣低著頭，似乎陷入沉思。

「這是生存的法則，誰都無可奈何。」邱慶成淡淡地說。

她抬起頭來，嚴肅地說：

「讓我再想想好不好？這件事對我來說太突然了……」

關欣從邱慶成的辦公室走出來，看了看手錶，將近九點半。她得趕快去行政總醫師辦公室拿到明天手術的名單，趁病人還沒有睡著之前進行麻醉前訪視。

她走進空無一人的辦公室，先看了看貼在布告欄上明天的手術預定表以及人力配置。本來她以為一定是有人弄錯了。可是，等她拿到公文盒子裡面的麻醉名單時，她才死心地相信了。他們竟取消她在東址院區所有的外科麻醉，把她調換到西址院區的開刀房去負責較簡單的手術。

關欣抓起聽筒，撥給邱慶成。線路接通，她激動地對邱慶成說：

「我真不敢相信，我又沒做什麼事，他們竟連通知都不通知一聲，就把我調走。」

邱慶成沉默了一下，淡淡地說：

「我剛剛還真說對了，他們把妳從東址除掉，無非也是針對我而來。這樣，妳就沒有機會幫我跳刀了……」

關欣不可思議地搖著頭：

「我在東址做了十幾年，他憑什麼，連知會一聲都沒有……」

30

關欣走出西址病房，正好在地下道入口遇見蘇怡華。

「你怎麼會在這裡？」關欣問。

「正好忙完了，看到明天手術預定表，順便來這裡看看，心想也許會碰到妳，沒想到這麼巧，」蘇怡華笑了笑，「我送妳回家吧。」

他們一起搭乘電梯，走向地下室停車場。

「妳不是一向都在東址嗎？怎麼被調到西址去做麻醉呢？」

「說來話長……」關欣歎了一口氣。

他們一起坐上汽車，發動引擎，汽車開出醫院。關欣問蘇怡華：

「我問你，如果有人請你當麻醉科主任，你是我的話，你會有什麼反應？」

「這實在很難說，」蘇怡華抓著方向盤，想起什麼似的，「莫非邱慶成找妳談這個？」

「你不贊成嗎？」

「我並不是反對妳擔任麻醉科主任，」蘇怡華稍停了一下，「只是……」

「只是什麼？」

「我勸妳再冷靜考慮一下……」

「我不懂你的意思。」

「麻醉科主任的位置不是現成的，妳先得請賴成旭下台，想請賴成旭下台，當然也得把唐國泰鬥垮，代價很大……」

「或許你們很怕唐國泰，可是我不在乎這些事。我做事但憑良心……」

「倒不是害不害怕的問題，」蘇怡華稍停了一下，「外科有些事情很複雜，妳何必急著跳進這些是是非非裡？」

「我沒有跳進是是非非裡面，是這些事情把我牽扯進去的。」

關欣忿忿不平地敘說了一遍這幾天來發生在開刀房的事，她數落著：

「病人發生意外的時候，他不但沒有任何擔當，反而不問是非，要我認罪賠錢。我自動加班替病人麻醉，他找我麻煩。你覺得這樣的主任還應該讓他再當下去嗎？如果繼續這樣，以後麻醉怎麼做得下去？我們麻醉科會變成什麼？」

「問題是把他換下來也無濟於事，畢竟他只是這個扭曲制度之下的產物而已，不是原因。」

「你想知道真正的原因嗎？」關欣不愉快地說。

「什麼？」

「真正的原因就是這個醫院有太多像你這樣，明明知道事情不對，卻仍然願意容忍、姑息，充滿了無力感，卻什麼都不願意做的人。」

「妳怎麼說我無所謂，」他歎了一口氣，「只是……整個醫院天翻地覆地在進行著權力交接、鬥爭，不管妳的理想怎麼樣，最後不免還是被別人扭曲、利用。我覺得如果妳執意這樣做，未免太不值得了，再說……」蘇怡華欲言又止。

「再說怎麼樣？」

「也許我不該這麼說，可是我覺得邱慶成的道德操守也大有問題……」

「我希望你把話說清楚。」

「也許我跟他同事這麼久，很多方面看得比較清楚。而且，」蘇怡華不安地看了關欣一眼，「他和很多女人的關係不清楚，妳自己要小心……」

關欣反應似的想說什麼，話到口邊又停了下來。她發現什麼有趣的事似的笑了笑，搖著頭說：

「不是，事情不是你想的那樣……」

「我只是提醒妳，希望妳能小心。」

關欣仍然搖著頭，她有一種不被信任與傷害的感覺。過了一會，她睜開眼睛，正經地對蘇怡華說：

「我只做我覺得對的事，我不屬於任何派系，也不在乎誰跟我的關係好不好……」

「可是別人不一定這麼想……」

「那你以為呢？我是要權勢，還是努力想往上爬呢？」關欣忽然克制不住內心衝動的情緒，大吼起來，「你為什麼不看看你自己？你有沒有想過，你為什麼要當邱慶成的副主任？你是什麼派系？別人又是什麼想法？」

蘇怡華沒有回答，靜默地開著車。

「大部分的事情並不像表面看起來那麼單純，」他淡淡地說，「而人活著，也不一定總是能夠自由自在地選擇自己喜愛的……」

汽車平穩地行駛著。遠遠地，透過擋風玻璃，關欣看到了長巷口32路公車站牌。她忽然要蘇怡華停車。

「我想一個人下車走走。」

「我送妳到家門口。」

「謝謝你，」關欣阻止他，「我真的想走一走。」

蘇怡華無言地望著關欣，直到她又重複了一次，「真的。」

蘇怡華只好把汽車停在站牌前面。關欣下車前，蘇怡華對她說：

「關欣，別這麼倔強，我想說的其實是，我別無選擇，可是妳不一樣……」

「我想你說對了，我們是不一樣，」她深吸了一口氣，打開車門，「我選擇做我該做的事，而你總是別無選擇……」

關欣背著蘇怡華的汽車，聽見引擎走遠了的聲音，眼淚撲簌簌地流了下來。

有時候，她很不喜歡自己的個性，總是要把自己和別人都逼到喘不過氣來為止。就像她知道蘇怡華並沒有惡意，可是她忍不住必須那樣說。就像她明明願意讓蘇怡華送她到家門口，可是卻無法自制地要他停車。

她必須下車，否則淚水就會當著蘇怡華的面前奪眶而出。可是，就算當著蘇怡華的面前流淚，又會怎麼樣呢？關欣沒有想過。她不習慣，也不願意這樣。

沿著長巷走著，一長排紅磚圍牆靜寂地豎立著。十多年來，這條長巷也不曉得走過幾千回了？他想起曾經和許多人共同走過這裡的時刻。他們總是給她帶來一些期待、想望，一些歡樂、憂傷……然後分別以各種不同的理由，不同的方式離開她的生命。

關欣記得在莊哲銘結婚前夕曾經問他：

「如果你真的那麼不喜歡你的未婚妻，為什麼沒有勇氣離開她？」

莊哲銘在飯店的房間抽著菸，一片煙霧彌漫中，他皺著眉頭說：

「有時候，人不一定總是能選擇自己喜愛的。」

多麼憂鬱的話啊，今天晚上她竟然又從蘇怡華那裡聽到了。關欣有點迷惘了，如果時光流逝，大家仍說著相同的台詞，是不是因為它實在是太有道理了呢？

幽暗的路燈，靜靜地照著紅磚牆的角落。關欣記得當時她懷了莊哲銘的孩子，也就是在這個角落天翻地覆地嘔吐著。

或許從莊哲銘的角度來看，他說的沒有錯吧。

當時他是旭日東升的外科新星，和國內知名企業家、同時也是醫院最大股東的女兒結婚了。那的確是盛大又隆重的婚禮，許多政商名流以及醫院的各級主管都出席了。關欣坐在宴席上，看著主桌宴席上的新郎新娘和衣著光鮮的賓客，忽然領悟到那是多麼遙遠的距離。

那天宴會結束，新郎和新娘站在走道送客。關欣被人群簇擁著擠出門口，輪到她取了糖果，忽然不知道該說什麼？她懷了新郎的孩子來參加他們的婚禮，應該學人家說百年好合、永浴愛河或者是祝你幸福呢？

新郎介紹她時淡淡地說：

「我在醫院的實習學生。」

關欣記得新娘抬頭看了她一眼，不經意的一眼，輕微到令人懷疑新娘是否還記得她。有人附和著開玩笑：

「你看莊醫師多有魅力，連女學生都捨不得他結婚。」

關欣還聽到早生貴子之類的祝福，之後，她就被擠出大門外了。回想起來，當時她坐在計程車上，感覺很麻木。付了車錢，走下計程車，進入長巷，走著，走著，眼淚才開始流下來。

關欣從來不曾告訴過莊哲銘懷孕的事，就像她也不願意蘇怡華看見她落淚一樣。

「我選擇做我該做的事，而你總是別無選擇……」

關欣想起了自己剛剛的話，覺得真的有點迷惑了。她不曉得自己憑什麼總是那麼自信滿滿？活得愈老，她其實疑問愈多。她拖著疲憊的身體，打開大門，爬上三樓。

打開鐵門，正好有通電話打進來，啟動了答錄機。

「關欣，我是蘇怡華……」透過擴音機，聲音仍然可以聽到。顯然對方等著她接起電話。

關欣坐在客廳沙發椅上，慢慢地鬆開自己衣服的釦子。不曉得為什麼，忽然覺得沒有任何力量去拾起眼前的話筒。

電話答錄機沙沙的聲音仍然可以聽到。等了一會，蘇怡華吞吞吐吐的聲音從答錄機傳了出來。

「我不曉得該說什麼才好。或許我多知道了一些事，怕妳受到傷害，我並沒有別的意思，我希望妳再考慮……如果今天晚上我說的話讓妳覺得不舒服，對不起，請接受我的道歉……」

關欣別過了臉，像是刻意不要聽到聲音似的。她起身走進浴室裡，扭開了浴缸的水龍頭，讓嘩啦啦的熱水直流。

關欣脫下了襯衫，緩緩地褪去身上的長褲。正準備把脫下來的衣物丟進洗衣機時，從長褲裡面掏出一張發縐的籤詩。

凡事須經畫，求謀且待時，當年悲鏡破，暮景得相隨。

關欣歪著頭看著那張籤詩，想起了許多事。浴室裡升起一陣陣蒸騰的霧氣，她發了好久的愣，直到浴缸的水不知不覺滿溢出來。

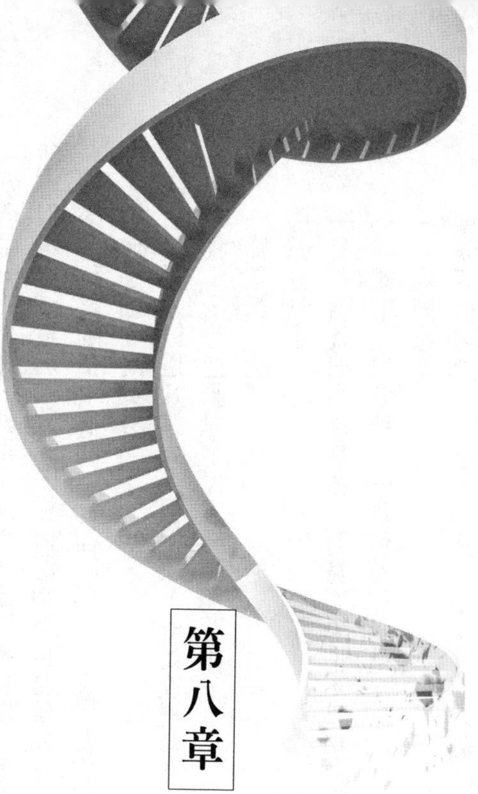

第八章

31

馬懿芬從婦產科檢查椅下來，站在椅子旁邊穿上內褲並整理服裝。

會走進這家位於信義路的婦產科診所，單純只是路旁空出了停車位，她看到婦產科診所「女醫師」的招牌，就走了進來。跑醫療新聞那麼久，她認識的婦產科醫師不算少，可是遇上這種事根本無法對別人啟齒，更何況她不也希望邱慶成或是誰介入幫忙。

婦產科醫師是一個四十多歲的女人，戴著黑色鏡框眼鏡，坐在緊鄰隔壁的診療桌前寫著病歷。她伸手招呼馬懿芬坐下。

「胎兒大概是八週大，很健康。」她交疊著手，擺在診療桌前，等待著馬懿芬說話似的。

「我……想把胎兒拿掉。」馬懿芬說。

「妳是第一胎吧？」

馬懿芬點頭。

「第一胎就把小孩拿掉，對身體恐怕不是很好，妳要不要再考慮看看？」

「我想把胎兒拿掉。」馬懿芬堅持著。

「先生同意嗎？」

馬懿芬稍猶豫了一下，「我……還沒有結婚。」

婦產科醫師沉默了一會。很短暫的沉默。

「這樣的話，健保恐怕無法給付，」她低頭寫著病歷，過了一會，指著醫療費用給馬懿芬看，「妳可以自行負擔嗎？」

馬懿芬點點頭。

「妳希望什麼時候手術？」婦產科醫師問。

「現在可不可以？」

「吃過晚飯了嗎？」婦產科醫師補充，「如果八個小時內吃過飯，麻醉上可能會有危險……」

「糟糕，剛剛才吃過。」

「這樣好了，」婦產科醫師拿出行事曆，「明天下午，三點鐘來這裡，中飯暫時不要吃，如何？」

「手術需要多少時間？」

「二、三十分鐘左右，加上麻醉恢復的時間，明天晚上妳就可以離開這裡了。」

說明過細節之後，婦產科醫師要求馬懿芬在手術同意書上簽名。

「妳可以先繳費用嗎？」她問。

馬懿芬低著頭簽名，並從皮包裡拿出六千五百元來。

婦產科醫師當面點數金額無誤，冷冷地說：

「妳要是後悔，我們是沒辦法退費的……」

「我了解。」

她遞過來一張名片給馬懿芬，淡淡地說：「有任何問題，妳可以打這個電話。」

馬懿芬站在停車位對面的公用電話亭，把硬幣投入電話筒裡，正準備撥號。不知道為什麼，她腦海盡是婦產科醫師的神態與表情。

原本以為女醫師感覺會好一些的，可是情況適得其反。透過厚重鏡片，她那種冷冷的眼神，給她很不舒服的感覺。

馬懿芬想了想，是因為她說了什麼嗎？

就開業醫師而言，她說話的內容與方式是相當謹慎的，與其說是她說了什麼，不如說是她的沉默令馬懿芬覺得難堪——特別是馬懿芬說出還沒有結婚時，她那短暫的沉默。

為什麼自己那麼在乎她的沉默呢？是因為都這個年紀了，還沒有結婚？沒有結婚竟然懷孕？或者是懷孕了，竟然沒有男人陪著過來呢？

而那樣沉默的表情，是年長的女人對年輕女人無知的鄙夷，或是見多這類事情以後，世故的倦態呢？

馬懿芬真的不曉得自己到底在害怕些什麼？

「妳要是後悔，我們是沒辦法退費的……」

她又憑什麼那麼確定她可能後悔呢？是不是馬懿芬自己流露出了一些不確定的什麼？如果有的話，那又是什麼呢？

看著街頭上車來車往，馬懿芬忽然有種落寞的感覺。如果在她心中真的還有一些不能確定的什麼，她憑什麼往前再走下去呢？

她心臟怦怦地跳著，開始撥著那個禁忌的電話號碼。過了不久，聽筒裡傳來邱慶成的聲音。

「妳怎麼可以打電話到這裡來？」邱慶成顯然嚇了一大跳。

「我必須見你。」

「可是，現在已經十一點鐘了。」

「我和婦產科醫師排好手術時間了。」

「妳告訴我時間、地點吧。」

「我改變主意了。」

「什麼？」

「我必須見你。」馬懿芬重複著。

電話那頭沉默了一會兒。邱慶成終於歎了一口氣說：

「半個小時後，在我家巷口的超級商店碰面。」

邱慶成低下了頭，整張臉埋進沉思裡，看不到表情。他們站在超商門口，不時有進進出出的人，自動玻璃門不時地開開關關。

過了好久，他才抬起頭來，看著馬懿芬，問她：

「妳到底希望我怎麼樣？」

「我只是來告訴你這件事情，並沒有期望你怎麼樣……」

「妳有沒有想過孩子生下來的後果？」他問。

「我不在乎，」馬懿芬無奈地笑了笑，「當作是個紀念吧……」

「妳又不是不知道我的狀況……妳一定要選擇這個時候改變主意嗎？」

「你說我有得選嗎？」

「我記得我們曾經約定，等我升上主任，妳當上主播那天，我們要一起好好慶祝……」邱慶成無奈地說，「好不容易這個願望就要實現了。」

馬懿芬靜靜地看著他，沒有回答。

「妳不是說過嗎？只要我們能夠在一起，無論怎麼樣妳都無所謂……」

「我們能不能在一起，你在乎嗎？」馬懿芬問。

「別孩子氣了，妳有沒有想過，妳真的把孩子生下來，我們之間怎麼辦？我們還要不要在一起？我們怎麼在一起？我們又憑什麼在一起？」

「我不知道……」馬懿芬搖搖頭，閉上了眼睛。

「聽我的話，把孩子拿掉。」他走過來坐在馬懿芬身旁，「別忘了，我們還要一起去慶祝。」

「明天我會過去陪妳，」邱慶成拿出紙筆，抄下手術的時間與地點，「我得走了，我不能出來太久。」

他走進超商買了一份晚報，又走了出來，和馬懿芬揮手告別。馬懿芬看他把報紙夾在腋下，緩緩地走遠了，終於消失在巷道盡頭。

她忍不住想起這個穿著居家服的男人回到他溫暖的家室，將和女兒互道晚安，換上睡衣，安適地擁著太太入眠……不知不覺，眼淚流了滿面。

＊

邱慶成坐在客廳，忐忑不安地看著攤開的晚報。美茜剛哄小敏睡著，從房間裡面走出來，隨手拿起電視遙控器打開電視。

「為什麼不看電視新聞，還要出去買晚報？」她問。

電視新聞正報導著有關警員捐贈器官的消息。報導中說明目前醫院已經第一次判定腦死。等第二以及第三次宣判確立，近幾年來最大規模的器官移植手術即將展開。

「咦，這不是你們外科的事情嗎？」美茜好奇地問。

邱慶成沒說什麼，慢慢地放下了手上的報紙。他愣愣地看著電視新聞報導，想起遠方似乎又有一場戰爭正在等著他……

32

清晨七點鐘不到，開刀房休息室早擠滿了各媒體的記者。

邱慶成主任和總醫師一走進開刀房。立刻有一群記者簇擁而上。

「邱主任，是不是請你談一談這次的器官移植？」

邱慶成板著臉孔，一語不發。

「邱教授，你自己是不是直接參與這次的移植手術？請問你負責哪一部分的移植？」

「邱主任，請問這次心肺移植的成功率有多少？」

「對不起，各位，現在必須爭取時間，」總醫師替邱慶成擋住記者，「等一下，如果情況准許，邱主任會找個時間讓大家提問題。」

邱慶成走進手術房內的控制室，臉色拉得好長。

「器官什麼時候摘取下來？」

「差不多都拿下來了。目前準備接受肝臟、心肺移植以及腎臟移植的病人立刻就得送進開刀房。」

「豈有此理！八點鐘常規的手術正要開始，哪來那麼多的人力以及手術房給他們移植小組？除非常規手術都停下來……」

邱慶成皺著眉頭，正在沉思時，徐大明院長的電話追了過來。

「邱主任，你那邊器官移植到底進行得怎麼樣了？記者追著我問，連我自己都搞不清楚狀況。」

「報告院長，現在開刀房是常規手術的時間，裡面房間根本不夠，器官移植手術小組這樣搞，簡直是和我過不去。我正打算給他們一點教訓。」

「你瘋了？」徐大明提高了聲音，「現在整個醫院都是記者，洪警官的故事那麼感人，全國都在關切……」

「唐國泰他們用這種手段逼我交出房間，未免欺人太甚……」

「我可管不了這麼多。器官移植手術全國都在看……你的問題自己想辦法解決。」

掛掉了電話，邱慶成和總醫師走出了控制室，看著護士小姐來來去去推送著病人，整個開刀房已經開始動了起來。

「你說心肺移植手術在哪一間手術室進行？」他問。

總醫師指著第三手術室。

「是李教授主刀嗎？」

總醫師點點頭。

他又問了肝臟移植、腎臟移植進行的手術室，以及主刀的醫師。總醫師也指著手術室一一回答。

「腎臟移植的主治醫師是陳文進？」邱慶成冷冷地笑了笑。

八點五分。邱慶成坐在開刀房內的總醫師辦公室裡，隔著辦公桌站著身著手術服的陳文進醫師。

「這是你提出的新聘講師的資格申請，」邱慶成把表格丟在辦公桌上，「你自己考慮考慮，到底是這一台腎臟移植手術要緊，還是你個人的升等以及前途要緊？」

「這個病人我已經照顧很久，和唐主任沒有關係……」

「陳醫師，你別再浪費時間說瞎話。我把醜話說在前面，現在給你一條路你不走，將來你會更難看。」

陳文進醫師顯得非常難堪。他低著頭，保持沉默。

「你這麼年輕就能開腎臟移植，相信你一定下了很大的苦功……你開了這一台移植手術，難道以後就不要再開了嗎？我最後再問你一次，到底是唐國泰的前途，還是你個人的升等要緊？」

沉默短暫地又僵持了一會兒。

「嗯？」邱慶成咄咄逼人。

陳文進緩緩地抬起頭，看著邱慶成，終於說：

「我了解了。」

「很好……」邱慶成笑了起來。

十點三十五分。邱慶成站在洗手台前開始刷手消毒。他壓出碘酒消毒液，抽出消毒刷，不徐不緩地清洗，刷得雙手都是褐黃色的碘酒泡沫。

「陳醫師昏倒了！」有個護士從第九手術室探出頭嚷著。一時之間，開刀房立刻起了一陣騷動。

清水沖洗。再一次刷手、消毒。邱慶成空懸著消毒過的雙手，不慌不忙走進附近一間閒置的手術室裡，準備換穿無菌罩袍。

總醫師等在手術室裡，拿著全新的無菌罩袍，幫忙邱慶成穿著。

手術室外面那場騷動持續著。叫喊、跑步以及七嘴八舌的聲音，仍然可以聽見。

「通知記者先生小姐，十二點鐘左右，開完這台腎臟移植後，召開臨時記者會。」

「是。」總醫師笑著表示。

現在邱慶成準備就緒。他在手術室站了一會。

「走吧。」他對總醫師使了一個眼神。

總醫師急急忙忙跑上前去，推開大門，讓邱慶成通過。

燈光照得開刀房的走道亮晃晃的，有點刺眼。邱慶成低著頭往前走，正好有兩個住院醫師攙扶著陳文進，迎面走了過來，他甚至沒有空閒停下來多看昏倒的陳文進一眼。

邱慶成悶不吭聲地走進第九手術室，用一種近乎堅決的表情，冷冷地掃視著手術室裡面所有暫停下來，等待手術重新開始的人。包括賴成旭、麻醉護士、流動護士以及手術檯上的刷手小姐、住院醫師與實習醫師，看見了邱慶成，都露出錯愕的表情。

邱慶成靠近手術檯邊，毫不猶豫地站上第一手術者的位置。他把一雙手伸進了手術檯上病人的腹腔側方，分辨腎臟與周圍組織的解剖關係。他的動作那麼地自然，彷彿接續自己中斷未完成的手術似的。

「進行到哪裡了？」他問。

住院醫師顯然沒有意會過來整個情勢。

「嗯？」邱慶成提高了聲調，又問了一次。

「腎靜……」住院醫師顯得有些緊張，「腎靜脈縫合。」

「三號絲線。」他看了一眼刷手護士。

不知是邱慶成臉上的表情或者氣氛使然，護士小姐愣了一下，終於毫無抵抗地，把絲線以及各項器械傳遞給他。

在手術室內的賴成旭激動地向前一步，很想說些什麼，可是又想不出可以和邱慶成理論的立場。

邱慶成接過了器械，用冷峻的眼神看了賴成旭一眼。彷彿什麼都不曾發生過似的，他開始一針一線地縫合起來。

十二點十五分。邱慶成穿著綠色手術衫，外罩白色醫師長袍出席臨時記者會。陪同他坐在發言席的是外科總醫師。在邱慶成宣讀完預先寫好的說明之後，開始讓記者舉手發問。

「請問腎臟移植的病人情況如何？」

「目前正在麻醉恢復中。情況穩定。」

「其他兩個移植手術進行得如何？大概什麼時候可以完成？」

「應該下午四、五點鐘左右可以完成。」

「肝臟以及心肺移植手術也是由你親自主持嗎？」

邱慶成想了一下，對著麥克風說：

「是。」

「還有什麼問題？」總醫師問。

立刻又有許多記者舉起手來。

*

邱慶成結束了記者會，匆匆忙忙又跑進開刀房去。第五手術室的肝臟移植正進行到無肝階段，到處都是滲出來的血液，主刀的范醫師還在腹腔忙著止血，看來還需要一段時間。

邱慶成追捕獵物似的衝出第五手術室，又闖進第三手術室，準備接手心肺移植手術，一進到第三手術室，迎面賴成旭推著一台輪椅擋住他的去路。輪椅上面坐著一個老人，還吊著點滴。

老人低斜著頭，目光上仰，直逼邱慶成。他歪斜著嘴巴，費了很大的勁，顫抖著說：

「你，最近，最近，很得意？」

「唐，唐主任。」邱慶成立刻認出唐國泰來。他不自覺後退了一步。他有點驚訝，唐國泰看起來是那麼地疲憊，羸弱。邱慶成站在那裡，腦中一片空白，完全不知該說什麼才好。

唐國泰低垂著癱瘓的右手，揮舞著左手，嘴巴模模糊糊地不知咕噥些什麼。

賴成旭站在輪椅後面，俯身向前低頭靠近唐國泰。

「手術結束後，唐主任會親自出席記者會。」他的臉上帶著勝利者那種輕蔑的笑，「不麻煩你費心。」

邱慶成掉頭往回走，不甘心又轉回來。不知想起什麼，終於放棄了原來的企圖，飛快地走出了第三手術室。

他在外科主任辦公室內，透過電話，一五一十地向院長室內的徐大明報告整個事件的原委。

「唐國泰要主持手術後的記者會？」徐大明在電話那端皺了皺眉頭。

「理論上，移植小組的召集人由外科主任兼任，只是，現在這個情況比較麻煩。再說，移植小組都是他親自提拔的人馬……」

徐大明在電話那頭沉默了一下。

「這樣好了，你把相關的醫療人員都找到第一會議室來，我請公關部發新聞通知，等一下記者招待會改變地點，由我親自主持……」

二點四十五分。在外科休息室的記者都已經收到了院長將親自主持記者招待會的的新聞通知。燈光以及攝影組的工作人員正忙著拆除裝備，準備移師第一會議室。

過了不久，當邱慶成匆忙地在堆滿紙箱的主任辦公室整理記者會的書面資料時，忽然聽見秘書室外面傳來一些聲響。他推開大門，赫然發現賴成旭推著唐國泰的輪椅，出現在外科主任辦公室。

「唐教授，你人不太舒服，還是回去病房休息吧。」

「你，要把，把我，害成什麼……什麼樣，才……才，會高興？」唐國泰指著邱慶成。

「我好意請你回去，你不要敬酒不吃，吃罰酒。」

「這是，是我的，地……方，」唐國泰說，「你……你，敢怎樣？」

「唐教授，我提醒你，這是主任辦公室，你已經不是主任了。」

「你，這個，這個賊……」唐國泰顫抖地說。

「我今天很忙。」邱慶成看了看錶，轉身回去收拾桌上的資料。他把資料裝在牛皮紙袋裡，準備走出辦公室。

唐國泰滑動他的輪椅，擋住辦公室門口，和邱慶成相對峙。

「你這是什麼意思？」

「你，這個，賊。」唐國泰高亢地說，「還我，辦公室。還我，病……病人。」

隔著秘書辦公室的大門，走過去的外科醫師都停下來看到底發生了什麼事情，圍觀的人愈來愈多。

「我說過，你不要敬酒不吃吃罰酒。」邱慶成試圖推開輪椅，卻遭到唐國泰以及賴成旭強烈的抵抗。

「你，禽，禽獸，豬……狗，不如。」唐國泰激動地叫嚷著。

邱慶成退後了一步，喘著氣說：

「讓開。」

「你，打……死，打死我啊！」

「我說最後一次了，讓開。否則不要怪我不客氣。」

唐國泰不但沒有絲毫退讓的意圖，反而更激烈地嚷著：

「我，白……白養，養，你……這條，狗了。」

邱慶成壓抑不住滿腔怒氣，使勁一推，連人帶輪椅，把賴成旭以及唐國泰推得四腳朝天，點滴瓶落在地上滾來滾去。唐國泰氣呼呼地倒在地上，仍然罵不絕口。

邱慶成的餘怒未消，目光掃視周遭，忿忿地說：

「誰敢過去扶他，不要怪我把他當成唐教授的人馬。」

除了賴成旭從地上緩緩地爬起來，過去料理地上的輪椅和唐國泰以外，四周一片靜肅，沒有人敢向前一步。

「不……，不要，扶，扶我，」唐國泰拒絕賴成旭的攙扶，他把目光轉向圍觀的外科醫師們，「我，不相信……」

唐國泰的眼神投向人群中的闕教授。闕教授裝作沒有看到的樣子，若無其事地，悄悄走開了。隨著唐國泰的眼神游移，又走掉了一些人。漸漸，圍觀的人群全部散去，最後空盪盪的辦公室裡，除了邱慶成與秘書小姐外，竟然只剩下賴成旭和躺在地上的唐國泰。

「唐主任，」賴成旭把唐國泰從地上扶起來坐在輪椅上，並且掛好點滴架，「我們回去吧。」

唐國泰幾乎不能相信他看到的情景。他的眼神裡充滿了絕望，喃喃地唸著：

「白……白養了，這，這些，狗。」

賴成旭推著唐國泰的輪椅走出外科醫師辦公室。唐國泰仍歇斯底里地唸著：「白……白，養了，這，這些，狗。」

他們還沒有走遠，秘書楊小姐從後面追了上來。

「邱主任要我把這個拿給你，」她轉交給賴主任一包牛皮紙袋，「他要我轉告，請你以後不要再踏進這裡一步。」說完立刻轉身走了。

賴成旭接過牛皮紙袋，好奇地打開紙袋，發現裡面是一疊影印的麻醉病歷、恢復室護理紀錄、統計資料以及匯款單據。

他站在醫院的走廊通道，臉色變得青一陣紅一陣，整個人幾乎愣住了。

「白，養……，養了，這些……狗。」

唐國泰仍然持續著同樣的話語，賴成旭一點也沒有察覺到那聲音已經轉變成哽咽的啜泣。

四點二十五分，記者招待會在第一會議室正式召開。

「在今天記者招待會開始之前，我想請外科邱慶成主任以及在場的醫療人員起立，是不是請大家給他們報予最熱烈的掌聲，」徐大明拿著麥克風，「因為他們的同心協力與努力，讓我們今天能在這裡親眼見證台灣醫療史上新的里程碑……」

掌聲尾隨著徐大明的開場白熱烈地響起。

強光照得發言席亮晃晃的。邱慶成就坐在徐大明隔壁，他已經換好他的領帶襯衫以及白色長袍。掌聲之中，他優雅地起身致意。

鎂光燈閃閃發亮。邱慶成微笑著伸出雙手，客氣地邀請其他出席的主治醫師、護理人員站起來和他一起分享這一刻的榮耀。

33

二點五十三分，馬懿芬坐在婦產科診所的候診室，看著手上的手錶。

「妳準備好了嗎？我們先打點滴。」診所的護士過來問她。

「稍等一下。」

她走到陽台，從十幾層樓往地面的方向望去。馬路上的車流隨著路口的號誌燈變換，走走停停。她記得邱慶成開的是銀灰色朋馳汽車，如果從醫院的方向過來的話，他應該停在對面，然後從左前方的行人穿越道走過來。

一輛銀灰色朋馳車直駛了過去，但那不是邱慶成的汽車。

「進來打點滴吧。」護士小姐走出來拍了拍她。

「我打個電話。」馬懿芬急急忙忙走進候診室，抓起靠掛號處的投幣式電話，投了零錢開始撥號。

電話撥通，總機轉接後，傳來開刀房護士小姐的聲音。

「對不起，我有急事找外科邱慶成主任。」

「邱主任不在開刀房喔，他剛剛離開……」

馬懿芬放下電話，又看了看手錶。她跑到陽台去望了望。午後的陽光照得到處亮晃晃的，但路面上沒有邱慶成汽車的蹤跡。

「妳確定還要再等嗎？」婦產科女醫師站在她的身後問。

「對不起，再打一通電話就好。」馬懿芬顯得有些慌亂。她又衝回候診室，抓起投幣式電話，撥通了外科主任辦公室。

「請找邱主任。」

「邱主任現在很忙，沒辦法接聽電話。」主任辦公室秘書小姐的聲音。

「可是我有急事。」馬懿芬聽見電話背景似乎有人正在大聲咆哮。

「請問是哪位，需要留話嗎？我請他跟妳回電。」

馬懿芬沒有留下任何話。掛上電話，她忽然很不甘心，決心再撥個電話，問個清楚。

「妳確定邱慶成醫師在辦公室嗎？」馬懿芬問。

「對不起，現在邱主任真的不方便接妳的電話……」

「請妳告訴邱主任，說我是電視台馬小姐，我有很要緊的事情，一定要找到他。」

電話那頭秘書小姐沉默了一會。分辨不清那是片刻的猶豫，或者是她真的去請示了。

「對不起。」過了一會，秘書小姐的聲音說，「我們這裡現在的情況非常混亂，不管是什麼事，請妳晚一點再打過來……」

在馬懿芬還想再說些什麼之前，對方已經把電話掛斷了。

「現在可以了嗎？」婦產科醫師問她。

馬懿芬絕望地點點頭。她覺得十分茫然，等著接受審判似的。

她們把她帶到診療間去，要她躺到冰冷的手術檯上去，將她的左手固定在手架上面。她環顧著周遭陌生的環境，嗆人的酒精氣味、點滴架、診療椅、排列在醫療車上的手術器械以及窗外直射進來刺眼的陽光，有種令人窒息的感覺。

「現在我要給妳打針。」酒精棉花擦在她的左手，沁涼透澈，喚醒她什麼似的。在護士小姐還來不及開始點滴注射之前，她忽然坐了起來。

「怎麼了？」護士小姐問。

「對不起，我不要這樣，」馬懿芬奮力掙脫左手手架的固定皮帶，從手術檯上跳了下來，「我不要受人擺布……」

「馬小姐。」婦產科醫師喊她。

她也不曉得哪來的力氣，一下子衝出診療室、候診室。

「我改變主意了……」馬懿芬回頭嚷著。

她打開診所玻璃門，很快地消失在大門外。

34

賴成旭推著唐國泰的輪椅，垂頭喪氣地回到神經內科病房。經過護理站的時候，被病房護理長看見了，對他抱怨著：

「賴主任，唐教授從兩點多出去到現在，整個病房沒有人知道他的行蹤。他要抽血、吃藥全部停下來不打緊，唐太太跑來護理站質問，弄得病房雞飛狗跳。拜託你，下次可不可以按照規矩請假？唐主任這麼重要的人物，有什麼事我們擔待不起。」

「對不起。」賴成旭忙著點頭，連連賠罪。

「我現在，現在，是廢物，」唐國泰嘟囔著，「阿貓，阿狗，都，都來踢……我。」

護理長沒有再說話。她看著唐國泰，臉色露出厭惡的表情。

「妳來，踢……踢我啊！」

「對不起……」賴成旭仍然道歉不斷，「唐主任，你不要再說了。我們回病房去休息。」

走進第三病房，唐太太正坐在病床旁的沙發椅上。她板著一張臉，看著他們一老一少狼狽地走進來。

「師母。」賴成旭識相地把唐國泰攙扶到床上，並且掛好點滴。

接觸到唐太太那種肅穆的眼神之後，唐國泰嘟囔的聲音愈來愈小：

「阿貓，阿狗……都欺負我。」漸漸靜默下來，終於睡著了。

賴成旭在病床前站了一會，拿著他的牛皮紙袋，識趣地轉身對唐太太又鞠了一個躬。

「師母，我先走了。」他說。

唐太太一直沒有說話。直到走出病房，賴成旭才發現她尾隨在身後也走了出來。

「賴主任，我問你，你剛才帶著唐教授到哪裡去了？」

賴成旭沒有回答。他低著頭，不斷地搓揉雙手。

「你不回答我，沒關係，你們到哪裡去，」唐太太冷笑了一聲，「剛剛魏護理長來病房，都和我說過了。」

「是……是唐主任，自己的意思。」賴成旭忐忑不安地說。

「他糊塗，你也跟著他糊塗？」唐太太火冒三丈，「我問你，唐教授平時對你怎麼樣？」

「唐教授和師母待我像父母親一樣……我一個孤兒從緬甸漂流到台灣，這一、二十年都是唐教授照顧我。」

「他的情況還不穩定，難道還要他再中風一次？我問你，如果你的父親中風了，你會不會這樣做？」

賴成旭又低下了頭。

「賴主任，就算他是你的父親，照顧你這麼多年，也夠了。現在他病成這樣，已經沒有能力再照顧你們了，你懂嗎？」

「對不起，」一時之間，賴成旭感觸萬千，「對不起……」他的聲音變得哽咽。

唐太太歎了一口氣，對賴成旭說：

「你們認清事實，早一點各自作打算吧。」

徐大明開完記者招待會之後在院長室接見了唐國泰太太，他客氣地歡迎她，並且招呼她坐下。

「謝謝你接見我。」唐太太欠身坐在沙發上，禮貌地表示。

「別這麼說，大家都是老朋友了。」徐大明也坐了下來，「小孩子在美國都還好？」

「老二今年剛申請上UCLA醫學院，老大明年已經要去當住院醫師了。」

「時間過得真快。」徐大明笑了笑。

「你女兒呢？」唐太太問。

「唉，愈長愈大，愈來愈不聽話。」

「有男朋友嗎？」

「老是交一些不三不四的男孩子，」徐大明抓了抓頭，「想起來還真是傷腦筋。」

「兒孫自有兒孫福。」唐太太說，「你操心這麼多也沒有什麼用。」

徐大明笑了笑。

「妳這次回來，打算待到什麼時候？」他問。

「看唐國泰的情況吧。」唐太太稍停了一下，「我就是為了這件事情，特別來和你商量。」

「是。」徐大明前傾上身，「妳有什麼打算？」

「我不知道他能有什麼打算，」唐太太說，「畢竟你現在是他的上司……」

徐大明交握著雙手，考慮了一下。

「妳有什麼希望，說說看，我看看能不能盡力幫忙。」

「我自己當然是希望他退休，接他到美國去。」

「這沒問題，這點我做得到。」

「可是他自己不想走，說他不想去美國當廢人。昨天晚上我們兩個人在病房吵吵鬧鬧的，」唐太太無奈地笑了笑，拿出手帕來擦拭淚水浸濕的眼角，「都老夫老妻了，還讓人家看笑話……」

「這就比較麻煩一點……」徐大明輕撫著下巴。

「我了解，」唐太太從口袋裡拿出一張字據，交給徐大明，「你看這樣好不好？」

「這是什麼？」徐大明問。

「這是我逼著他簽字的聲明。聲明他因為健康的因素，即日起除了教授以外，自願辭去所有的職務，以後也不會再接受任何行政職務。」

徐大明拿著那張聲明，看了一會兒。

「你們兩個人從同學到現在競爭了一輩子，現在勝負已經很明顯了。既然是他自己想留在這裡，當然不能再給你惹任何麻煩。」唐太太又拿出手帕擦拭眼眶，不自在地笑了笑，「孩子都在美國，硬要他們回來長期陪他其實也不可能……」

「妳確定他自己想留下來？」

「他還可以教教書，」唐太太點點頭，「拜託你讓他跟學生上上課，講講話，每天到醫院動一動，免得整天躺在家裡，也不是辦法……」

「在這裡有事做，對他來講，其實也不是壞事……」徐大明附和著。

「我們認識幾十年了，我想了想，也只剩下你可以幫他了。畢竟這是他的希望，我不來求你也不行，如果你覺得勉強的話，我就把他帶回美國去……」

徐大明把聲明收進襯衫口袋裡。他思考了一下，對著唐太太說：

「既然如此，我明白了。我會想辦法安排一下，盡力完成他的心願。」

＊

晚上八點半，當電鈴響起來時，邱慶成起身去接對講機，還自言自語地問著：

「這麼晚了，還有誰來？」

他拿起對講機，問明了訪客，回頭對著客廳的客人說：

「是賴主任。」

「那我最好迴避一下。」健輝藥品方總經理皺著眉頭，急急忙忙起身。

邱慶成帶領著方總經理提著手提紙袋走進小敏的房間。小敏正坐在地上玩積木，看見爸爸帶著一個朋友走進來，顯得有些詫異。

「這是方叔叔。」

「叔叔好。」

「乖。」方總經理笑著看她。

「爸爸等一下還有客人，我請方叔叔陪妳玩一會。」邱慶成說完走出房間，隨手把身後的門帶上。

小敏遠遠地站著，猶豫地看著方總經理，半天，終於問：

「你是我爸爸的朋友嗎？」

方總經理對著小敏點點頭。他悄悄地打開房門，透過門縫往外窺看。

邱慶成打開大門，門口站著賴成旭夫婦，深深地對他彎腰鞠躬，賴太太笑著說：

「賴成旭和我專程來向邱主任道歉。」

邱慶成默默地把門打開，讓他們進來。他也不招呼客人，自己走回客廳坐在沙發上。

賴成旭夫婦亦步亦趨地跟在後頭，到了沙發前，不敢坐下來，並排站立在邱慶成面前。

「賴主任，你不是才勸我別得意地忘了自己是誰嗎？」邱慶成諷刺十足地問，「怎麼今天想要來拜訪我呢？」

「邱主任，」賴太太不自在地笑了笑，「賴成旭從緬甸來，很多我們這裡的規矩不知道，請你原諒……」

「賴主任，」邱慶成打斷賴太太的話，「你不是說要看看嗎，看我這個代理主任能代理多久……？」

「對不起……」賴成旭吞吞吐吐地說。

「今天如果換成是我站在你家客廳，你會不會放過我？」

「這是一點小小的意思，」賴太太緊緊張張地從手提紙袋裡拿出禮盒，放在桌几上，「請邱主任收下來。」

邱慶成接過禮盒，撕開包裝紙，打開禮盒。他看了一眼，毫不客氣地把禮盒丟到地上，散落出成綑的千元鈔票，以及在地上滾動的水梨。

「賴主任，你每個月貪污了多少黑心錢？拿這幾個水梨以及小錢，就想打發我？」

「邱主任，求求你放過我們賴成旭。他並不是故意要得罪你，他只是唐教授的走狗，身不由己……」

「對不起……」賴成旭也跟著說。

邱慶成從沙發上站起來。他背著手，轉身過去，不發一言。

「邱主任，求求你，看在大家同事這麼多年的分上，給賴成旭一條生路。」賴太太激動地跪了下來，「我們的孩子還小，不像唐國泰可以移民美國，我們家沒有他賺錢不行……」

賴成旭看了賴太太一眼，也跟著跪了下來。

邱慶成緩緩地轉身回來，看著跪在地上的賴成旭夫婦，歎了一口氣問：

「你們說，這件事該怎麼辦才好呢？」

看著賴成旭夫婦走遠，邱慶成關上大門，站在門口發了一會兒愣。

「恭喜，恭喜，」身後方總經理從小敏的房間走了出來，「真是邱主任的全面勝利。」

「哪裡，」邱慶成回過神來，轉身看方總經理，「全靠你們那幾張匯款單據的功勞。」

兩人相互凝視了一會，會心地哈哈大笑起來。

「引薦我們董事長給徐大明院長認識的事，就麻煩你了。」總經理表示。

「不敢，不敢，我會盡力而為，」邱慶成客氣地說，「老實說，我到現在還不完全摸得清楚徐大明的脾胃。」

「你客氣了，誰不知道邱主任現在是徐大明院長面前的大紅人呢！」

「我倒不是客氣，有時候想想，當唐國泰的部屬反而比較輕鬆，至少你知道他在想什麼……」

「哈哈……」方總經理笑著說，「以後我們公司的產品還要請邱主任多多照顧。有什麼用得上我方某的地方請不要客氣。」

「別這麼說……」

「那麼，我不打擾了。」方總經理邊說邊往大門移動。

小敏從房間裡面探出頭來，大嚷著：

「爸爸，方叔叔留了一個盒子在我房間，裡面都是鈔票。」

方總經理顯然有些不好意思，忙著解釋：

「小意思。小意思。」

「你真是的……」邱慶成笑著搖搖頭，一副拿他沒辦法似的表情。

「那麼，推薦董事長給徐院長的事，就麻煩你了，」方總經理已經走到門口了，他回過頭來鞠了一個躬，「我等待你的好消息。」

35

邱慶成一早進到辦公室，秘書小姐很神秘地把他叫到一旁。

「邱主任，昨天晚上電話裡有通你的留言，我想你最好聽聽。」

她左右張望了一番，神秘地按下電話答錄機的播音按鍵。答錄機傳來馬懿芬激動的聲音：

「嘟……邱慶成，我一個下午等不到你……呵……我真是夠傻。我打這通電話只想告訴你，我改變主意了。我會把孩子生下來。就這樣。嘟……」

邱慶成撫著下巴，整張臉幾乎皺在一起。他自言自語地說：

「這女人，發什麼神經……。」

秘書小姐鎮定地問：

「邱主任，要不要回電或者是處理？」

邱慶成鐵青著臉色，轉身立刻走進辦公室。他用力甩門，把不知所措的秘書小姐留在門外。

他坐在可迴旋的靠背辦公椅子上，把雙腳抬到辦公桌。不久，又起身走到窗前，看著窗外。一會兒，他交抱雙臂，來回走動。

正當他坐立不安的時候，電話響了。電話裡面是徐大明笑嘻嘻的聲音：

「邱主任，你說巧不巧，從昨天到現在，我一連接到了兩張辭呈，你要不要過來看看……」

邱慶成和徐大明花了一個多小時，談定了整個外科以及麻醉科的人事布局，走回辦公室，對著秘書小姐說：

「麻煩妳找麻醉科關欣醫師過來，我有重要事情和她談。」

秘書小姐神情嚴肅地說：

「剛才留言的那個馬小姐，跑來說要找你……」

邱慶成皺著眉頭，露出不悅的神色。

「我跟她說你不在她不相信，吵吵鬧鬧非見你不可，還跟我拉拉扯扯，衝到辦公室裡面去……」

「搞什麼……」邱慶成喃喃地說著。他想了一會，對秘書小姐說，「先不管她了，妳趕快把關欣醫師找來。」

秘書小姐支吾了半天，終於說：

「邱主任，你要不要和她談談……」

「先幫我擋一擋吧，」邱慶成不耐煩地說，「我現在沒有時間處理這件事……。」

馬懿芬出現時，關欣已經進到邱慶成辦公室有一會兒了。

秘書小姐抬起頭看了馬懿芬一眼，冷淡地說：

「他不在。」

馬懿芬機警地向前一步，看到原本打開的辦公室大門，現在已經關了起來。

「我不想再和妳拉拉扯扯，」秘書小姐站起來擋在她的面前，「妳再不離開，我就要請警衛過來了。」

馬懿芬指著辦公室大門說：

「他明明在裡面。」

「馬小姐，」秘書小姐冷冷地笑了笑，不屑地說，「我老實跟妳說吧，他不想見到妳……」

*

關欣接任醫院的麻醉部主任那天，公文就貼在開刀房的鞋套間，緊貼著徐大明的院長任命那張還未撕去的舊公文。

唐國泰穿著綠色手術衫，瘸著腿走去看了看公文，又一跛一跛地走回來坐在沙發上。

走過去的實習學生對他客氣地打招呼：

「唐教授，早。」

唐國泰的反應慢了半拍，一會兒等學生走遠了，才制約式地回答著：

「早。」

他面無表情，高傲地看著鞋套間來來去去的人。等過了一會，關欣走過來，他總算有了一些生氣，興奮地抓著關欣的手說：

「關主任，恭喜妳，高……升了。」

「謝謝你，唐教授。」關欣停了下來看著他。

「妳……可不可……以，幫我……一個忙？」

「當然。」

「妳可……不可……以，幫我脫掉無菌罩袍？」

「唐主任，」關欣有些訝異，「你身上沒有無菌罩袍啊？」

「求……求妳。罩……袍，弄，弄得我……不，舒服。」

「可是唐主任，你的身上……」

「關主任，對不起，」走進鞋套間的魏護理長連忙打斷關欣，「我來幫唐教授脫無菌罩袍……」

「可是……」關欣指著唐國泰。

「沒關係，我來。」護理長熱心地說。

關欣走遠了，回過頭看著魏護理長站在唐國泰身後，熟練地做著解開無菌罩袍繩結的動作。她驚訝地發現根本沒有任何無菌罩袍。

他們兩個人一搭一唱，唐國泰也配合著動作，默劇似的，緩緩把手臂退出衣袖。

「唐主任，我要調到樓下供應室去當護理長，明天就走了，」魏明珠空出一隻手去擦拭忍不住流出來的眼淚，「以後你自己要多保重……」

唐國泰空泛地凝視著遠方，無力地揮動著左手說：

「去……吧，去……展，翅……高飛。」

脫掉無菌罩袍後，唐國泰一個人走進邱慶成的手術室，對著正在進行手術的邱慶成說：

「你的，肝臟移，移植病……人，現，現在，在……加護病房，急救，你……還有心，心情，開……」

一聽到病人急救，邱慶成顧不得聽完唐國泰說話，丟下手套，立刻衝出手術室，奔往加護病房去。

沒多久，邱慶成怒氣沖沖地從加護病房衝回來時，破口大罵：

「唐國泰神經病，病人好好的，說什麼正在急救……」

等他走回原來的手術室時，唐國泰早已經不見蹤跡了。

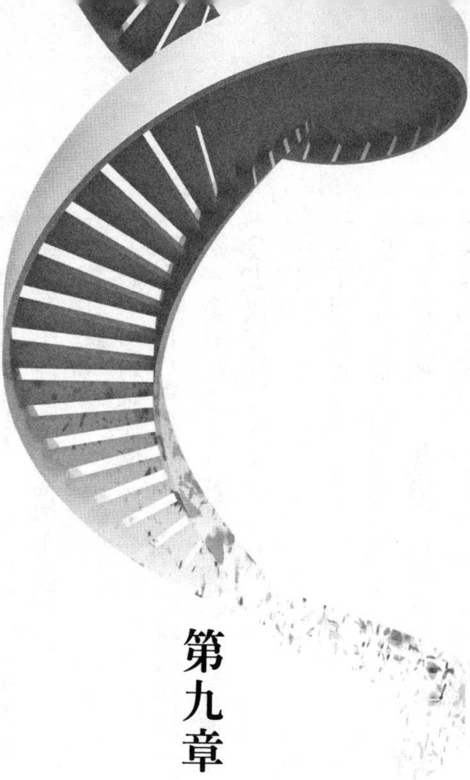

第九章

36

現在徐大明坐在蘇怡華的汽車內，疾駛在信義路上。氣氛有點凝肅，兩個人幾乎沒有什麼交談。遠遠的正前方，酷似拇指翹起的拇指山稜線已經清晰可見。

蘇怡華記得他才開完今天的手術，走回辦公室，接到徐翠鳳的電話時，簡直是一頭霧水。

「妳說妳在哪裡？」蘇怡華問她。

「拇指山山頂。」

「去拇指山頂做什麼？」

「我受夠了，」徐翠鳳在電話那頭激動地哭起來了，「我要跳下去。」

「妳不要激動……」蘇怡華開始有點緊張了，他彷彿真的聽見了電話那頭山頂風吹著的聲音，「我去找妳好不好？」

「……」

「要不要我通知妳爸爸？」

「你敢通知他，我現在就跳下去。」

「妳不要激動，」蘇怡華可著急了，「答應我，不要動，留在原地，我馬上過去……」

蘇怡華掛上電話，脫掉醫師服，準備離開。可是他想了想，還是不放心地撥電話向徐大明報告。徐大明正開著院務會議，聽到消息連忙找了藉口離席，慌慌張張衝了出來。

他們一起坐在汽車上，沿著信義路一百五十巷到底，轉過聯勤技術訓練中心，上坡前進，折騰了半天，總算到了馬路盡頭的慈惠宮前。蘇怡華氣喘吁吁地跑去向寺廟前下棋的老人打聽，上氣不接下氣地跑回來說：

「上面沒有路了，只能徒步爬上去。」

「我也去……」徐大明說。

「可是，她不要你……」

「我不會讓她看到的。」

沿著寺廟旁的石梯拾階而上，兩旁是筆筒樹、相思林等熱帶植物及慣見的蕨類、苔蘚類植物叢生。儘管標高只有三百多公尺，可是階梯一路以陡直的仰角爬升，山勢非常峻峭。

約莫十五分鐘，蘇怡華已經氣喘如牛了。路標指示著往拇指山以及鄰近九五峰、象山等風景點，標示著行程所需的時間。蘇怡華回頭看，發現徐大明還在下方一、二十公尺的階梯上，一手扶著欄杆、一手捧著胸口，低著頭喘氣。

「院長，」他連忙跑下階梯，「你還好嗎？」

「我……，爬不上去了。你，趕快走，」他上氣不接下氣地唸著行動電話號碼，「有事聯絡，我。我下去寺廟，那邊等。」

蘇怡華重複一遍徐大明的行動電話號碼，把它記憶在手機中。徐大明喘著氣說：

「拜託你……」

「我知道。」蘇怡華鬆脫了徐大明的手，繼續往上爬。

他往上走了一會兒回頭看。徐大明仍喘著氣，扶著欄杆站在那兒望著他。

不知怎地，他的那種眼神讓蘇怡華難以忘懷。那裡面並沒有一個深謀遠慮的院長，或者是學識淵博的內科教授。那只是一個上了年紀矮矮胖胖的男人，焦慮又無力的眼神。

攀爬著繩索以及石縫中的凹陷，蘇怡華登上了峰頂約莫有一個涼亭寬闊的小小平台，看見徐翠鳳一個人坐在平台上，背對著他。

「你來了。」她警覺地轉身過來。

蘇怡華喘著氣，點點頭。

「到底怎麼一回事？」他問。

「我和Stephen吹了。」徐翠鳳淡淡地說。

蘇怡華沒說什麼，走到徐翠鳳身邊，並肩坐了下來。

風呼呼地吹著。視野非常地寬闊，整個台北盆地、山脈、河流、高架公路以及各式各樣的建築，一覽無遺。

「其實我不怎麼喜歡那個Stephen。」蘇怡華說。

「其實不全然是Stephen的問題……」徐翠鳳悶悶地說，「我心裡也很清楚，早晚會跟他分手。」

「可是妳這樣，大家都很擔心……」

「大家？」徐翠鳳開始激動起來，「你告訴爸爸了嗎？」

蘇怡華搖搖頭，對她說：

「我覺得妳爸爸很關心妳。」

「他關心的是徐教授的女兒，」徐翠鳳無奈地笑了笑，「他什麼時候在乎過我？」

「難道妳不是徐教授的女兒嗎？」

「是，我從小就一再被提醒我是徐教授的女兒。發考卷的時候，老師問我：妳爸爸是徐大明教授，妳考這什麼成績？大學的時候交男朋友，我媽媽說：妳要想想，妳爸爸是醫學院的教授，妳交這什麼男朋友？因為他是醫學院的教授，因為他疼我、愛我、關心我，所以我不可以這個、不可以那個……我這一輩子都活在別人的期望裡。我不知道我是誰，我甚至不知道除了當徐教授的女兒，我還能怎麼樣？」徐翠鳳說著，變成了哽咽的聲音，「我好累，你知道嗎……」

蘇怡華伸手去拍拍徐翠鳳的肩膀。她側過臉看著蘇怡華，倚過去靠在他的肩膀上，不可自制地哭泣起來。

「我厭倦了，」她的聲音聽起來更加模糊，「你懂嗎？」

蘇怡華下意識地拍著她，可以感覺到，襯衫右側已經被她哭濕了一大片。

過了不知多久，徐翠鳳總算抬起頭來，對蘇怡華說：

「剛剛你來之前就已經哭過一次了，我也不曉得為什麼，會變成這樣……」她的眼睛鼻子都哭得紅紅腫腫的。

「現在覺得好點了嗎？」蘇怡華遞手帕給她。

徐翠鳳點點頭，拿著手帕拭淚。她看見蘇怡華濕透的襯衫，忙著去擦，慌忙地說：

「對不起，把你的襯衫弄成這樣。」

徐翠鳳愈擦愈濕。她看著手帕，困窘地笑著說：

「看我，連手帕都是濕的。」

「沒關係，等一下就風乾了。」蘇怡華笑了笑。

他站了起來，環顧山下密密麻麻的房舍建築，側身對著徐翠鳳若有感觸地說：

「從前心情不好時，常常一個人跑到山上，對著山谷大叫。」

「真的？」徐翠鳳也站了起來，一臉不敢置信的表情，「你教我。」

「很簡單，就這樣，看我，」蘇怡華虎口對準嘴巴，雙掌圍成喇叭狀，一口氣叫得又長又響，「啊——怎麼樣？輪到妳，試看看。」

徐翠鳳很沒把握地學著蘇怡華的動作。

「啊……」

「不是這樣，要把胸中的悶氣全部吐出來，」蘇怡華又重複了一遍，「啊——妳再試試看。」

風呼呼地吹著。兩個人時而輪流叫嚷，時而齊聲大喊，直到面紅耳赤，笑得直不起腰來。

「怎麼樣？」蘇怡華笑著問，「要不要再試一次？」

徐翠鳳忽然嚴肅地停下來，眼神中閃爍著說不上來的迷惘。

「怎麼了？」蘇怡華問。

「抱我，」她傾身投入蘇怡華的懷抱，「抱緊我。」

蘇怡華環抱著投入懷裡的徐翠鳳，還來不及分說，她的嘴唇已經湊了上來。他本能地想要掙脫。可是她吻著他，在他耳邊輕輕地說：

「不要讓我掉下去……」

蘇怡華可以感受到徐翠鳳的體溫以及濕熱的唇，可是他的腦中一片空白。直到不知過了多久，這場風暴終於停了下來。只留下蘇怡華怦怦的心跳聲以及徐翠鳳一雙大眼睛盯著他看。

「你實在很好……」

蘇怡華顯得有些不知所措，僵硬地說：

「我們下去吧。」

兩個人沿著來時的階梯一路拾階而下，幾乎沒有什麼對話。忽然發生了這麼快的變化，靜默或許是好的。

蘇怡華心中飄飄忽忽的，他想起沒幾個小時前，才問明了上山的路，準備義正辭嚴地去搭救徐翠鳳……不曉得為什麼，事情竟變得荒腔走板，和他的想像完全不同……

他們走到山下慈惠宮前的停車場前，天色已經開始發暗了。蘇怡華讓徐翠鳳坐到汽車前方的側座，發動了引擎。幽微的光線中，他注意到了躲在歡喜羅漢的塑像後面，徐大明肥胖的身軀。

蘇怡華回到家中，還來不及洗澡，換掉一身汗臭，就接到了徐大明的電話。

「蘇醫師，真是謝謝你，如果沒有你，我真不敢想像會發生什麼事情，」徐大明焦急地問，「翠鳳有沒有跟你說什麼？」

「可能她是心情不太好……」

「心情不好也不能動不動就要自殺，唉……」徐大明稍停了一下，「她有沒有告訴你為什麼心情不好？」

「大概是家裡給她的壓力太大了……」

「壓力太大？」徐大明打斷蘇怡華，「不可能啊，蘇醫師，你看我寵她寵成這個樣子，怎麼可能給她壓力？」

「她現在心情好像好一點。」蘇怡華表示。

「可是她回家一副沒發生過什麼事的樣子，我們也不好揭穿她。她表現得愈正常，內人和我反而愈擔憂。她心情不好時，從來不是這個樣子……」

「那是什麼樣？」

「反正不是現在這個樣子。現在好像太過於安靜，太沒有個性……我也說不上來……」

「也許讓她休息一陣子會好點。」

「所以，我在想，如果你方便的話……」徐大明暫停了一下，「是不是麻煩你打電話約她明天出去走走，散散心？」

「我？」

「現在她只願意聽你的話。」

「可是明天一早有晨會，再說，我還有病人……」

「只要你願意，醫院的事我會交代邱主任處理。」

蘇怡華抓著電話，沉默了一會。

「蘇醫師，我這輩子從來沒有求過別人……」

「徐院長，別這麼說。明天一大早我先去迴診，交代病人的處理。晨會以後我會跟邱主任請假報備，之後再過來接翠鳳。不知道這樣好不好？」

「謝謝，謝謝，」徐大明不停地說著，「謝謝。」

37

「到了。」蘇怡華把汽車停在徐翠鳳家門前，引擎還發動著。

要不是他堅持在下班前回醫院看看病人，他們應該可以看到淡水夕照的。這是秋日難得的好天氣，陽光迤邐地灑在身上，在周邊描出金黃色的輪廓。乾爽的氣候並不覺得悶熱，暖暖的，新曬過的棉被似的。

「不進來喝杯茶再走？」徐翠鳳問。

蘇怡華看了看手錶，有點猶豫。

「你陪了我一整天，求求你讓我有機會幫你泡杯茶……」

「可是……」

「不要可是了，」徐翠鳳側過身來扭熄了引擎，拔出車鑰匙拿在手上，笑著說，「你這個人好奇怪，什麼事都要別人替你作決定……」

他們走進屋子裡面，空空盪盪地看不到一個人。徐翠鳳招呼蘇怡華坐在客廳沙發上，急急忙忙跑到廚房去翻箱倒櫃，大事張羅。

「師母不在嗎？」

「她喔？大概採購去了，不到百貨公司關門絕對不會回來。」

蘇怡華聽見廚房傳來砰砰碰碰的聲響，走過去探頭看。

「妳在忙什麼？」他好奇地問。

「沒什麼，就是給你泡茶，」徐翠鳳手忙腳亂地說，「一向都是我爸爸在弄的，所以找不到東西在哪裡……」

蘇怡華搖著頭笑了笑，過去廚房幫忙找熱水、茶葉與茶具。弄了半天，總算泡好一杯茶端出來。蘇怡華坐在沙發上，端起茶杯喝了一大口，讚歎地說：

「還不錯嘛。」

徐翠鳳侍立在一旁喜孜孜地看著，沒說什麼，只是笑。她想起什麼似的，跑去門口拿了報紙，必恭必敬地走回來。

「請看報紙。」

「幹嘛看報紙？」蘇怡華問。

「我想起從前日本連續劇裡的女人，老公回家了都是這樣端茶送報紙的，還得低聲下氣地說：歡迎回家。那時候我實在看不起日本女人，覺得她們怎麼那麼笨？現在想想，我自己的想法才可笑呢……」

「可笑？」

「也許是因為還不認識你吧……」徐翠鳳低下頭，出現難得一見的羞澀。

蘇怡華尷尬地笑著，不曉得該說什麼，正好呼叫器響了起來。他低下頭去察看呼叫器顯示的號碼，順手拿起電話撥號。

「我是蘇怡華醫師，請問哪位找我？」電話接通了，「嗯，陳寬……現在嗎？」

徐翠鳳在蘇怡華旁邊坐了下來。她撐著腮幫子，定定地看著蘇怡華打電話，簡直著了迷。

「嗯……等一會我會過去，」蘇怡華看了看錶，「好，在你的辦公室。」

掛上電話，蘇怡華對徐翠鳳說：

「我得去醫院了，陳醫師找我。」
「我知道。」
「那麼，」蘇怡華起身，「我走了。」
徐翠鳳漾開了一張滿滿的笑臉，送蘇怡華到門口。
「謝謝你今天陪我，」她用溫婉的口氣說，「我好快樂。」
「我走了，」蘇怡華跟徐翠鳳揮手，「再見。」
徐翠鳳也跟他揮手道別。
蘇怡華走出大門，回首仰望徐宅大院，忽然有種不真實的感覺，彷彿那只是一座夢中城堡。
正當他發著愣時，城堡裡的公主興奮地跑了出來，嚷著：
「你這個人，鑰匙忘記了，自己一點感覺都沒有……」

＊

蘇怡華走進辦公室時發現陳寬正趴在桌面上，聽見蘇怡華的聲音坐了起來，一臉沮喪又疲憊的表情。
「你找我什麼事？」蘇怡華問。
他揉揉眼睛，從桌面拿起一袋X光片交給蘇怡華，有氣無力地說：
「拜託你幫我看看這個。」
蘇怡華從陳寬手中接過X光片，打開閱片架上的燈光，把片子掛上去。那是一系列服用對比劑之後的胃部攝影檢查，白色對比劑很清晰地呈現出胃部內膜的皺褶以及紋理。

「片子照得不錯，」蘇怡華看了看X光片，立刻抓著了重點，「在幽門附近，胃大彎側，有一個潰瘍性凹陷，邊緣隆起，呈現不規則狀，」他又翻了翻片子，從不同的角度以及透光審視，「周邊黏膜以及黏膜下組織，似乎也受到侵犯。」

「你覺得是什麼診斷？」他調整了個姿勢，雙手交叉在後腦袋。

「當然不能排除慢性潰瘍，」蘇怡華想了一下，「不過以我的經驗，這種X光片百分之九十應該是惡性腫瘤。」

「我也是這麼想。」陳寬點點頭。

「我建議你做胃鏡檢查以及病理切片，並且儘快安排電腦斷層評估有沒有其他的轉移以及手術的可能性。」

「嗯，」陳寬站了起來，背對著蘇怡華走了幾步。他似乎沉思著什麼，過了一會轉過身來，慢條斯理地說，「如果我告訴你，這是我自己的X光片，你會怎麼說？」

「你的……？」蘇怡華訝異得幾乎說不出話來。

陳寬點點頭。

「前一陣子升等的時候就開始胃痛了，一直以為是壓力的關係，不太理會，直到最近斷斷續續開始排黑便，才找技術員老吳幫忙照胃部攝影……」陳寬稍停了一下，「片子是下午拿到的……目前我還不想讓別人知道這件事，因此……你是不是能幫我做胃鏡以及病理切片？」

「什麼時候？」

「我從中午之後就開始禁食了，atropine（抑制唾液分泌的藥物）剛剛打過，」陳寬收拾閱片架上的胃部攝影X光片，「下班前我交代胃鏡室邱小姐把器械都準備好了。」

「現在？」蘇怡華問。

陳寬點點頭。

兩個人一起走到胃鏡室去。蘇怡華發現所有的內視鏡器材已經消毒過，監視器螢幕也被擺放在病人躺下來可以看到的位置。陳寬打開電源，調整光線以及影像，並啟動錄影裝置。他把內視鏡交給蘇怡華，乾脆地躺到檢查病床上，對著蘇怡華說：

「開始吧。」

蘇怡華很熟練地順利把內視鏡伸入陳寬的食道中。

「來，再往下吞。」

隨著陳寬費力地吞嚥，監視器上呈現出食道內膜的紋理。隨著內視鏡前進，通過賁門進入胃部，螢幕上清晰地可見胃部皺摺。

「這是胃底……然後是胃體，」蘇怡華一邊說明，熟練地移動內視鏡的方向，「幽門……」

很快在胃大彎側幽門附近那個四、五公分左右的潰瘍就呈現出來了。那是一個不規則邊緣的潰瘍，潰瘍中心充塞著潰爛組織，邊緣可以看到明顯的隆起，沿著隆起的邊緣是浮腫的內膜往外延伸。

蘇怡華不曉得該說什麼。他的動作遲疑了一下，不安地看了陳寬一眼。陳寬並沒有注意到蘇怡華，他目不轉睛地看著螢幕，似乎掉進了自己的世界裡。

蘇怡華繼續檢視其餘的胃壁，並且在潰瘍部位夾取了幾片病理切片。

等檢查完成之後，陳寬從床上坐了起來，背著蘇怡華，愣愣地不知想著些什麼。好久，他才從床上站了起來。

「你可不可以暫時不要告訴別人？特別是我爸爸……我需要一點時間。」

「明天我幫你安排電腦斷層攝影，看看手術的可行性？」

陳寬點點頭，沒有說什麼。過了一會，他忽然問蘇怡華：

「今天晚上去喝酒吧？」

蘇怡華有些遲疑，問他：

「喝酒好嗎？」

「去喝酒吧，」陳寬想了想，「以後也許沒有機會了。」

兩個人醉醺醺地從日本燒烤料理店搖搖擺擺走出來。走沒幾步，陳寬蹲在門前的水溝旁，開始嘔吐。蘇怡華踉踉蹌蹌過去拍他的背說：

「喂，陳寬，振作一點，今天才喝了沒多少……」

嘔吐了幾回合，陳寬站了起來，抬頭對著蘇怡華傻笑，眼睛還泡泡腫腫的。

「走，我知道一個更棒的地方，今天我們一定要喝個過癮。」

陳寬一馬當先，拉著蘇怡華，跌跌撞撞地走在夜深的巷道。蘇怡華率先唱起歌來：

身邊有你情話甘甜留戀放未下，

菸酒香味迷魂體氣更加心不死……[7]

他側臉看了陳寬一眼，陳寬操著不怎麼標準的閩南語跟著唱和：

春風微微吹入窗邊，茫茫不知時，
啊……醉生夢死，
青春枉然為你去。

他們勾肩搭背，顛顛倒倒地走在路上，水銀燈把兩人的影子拉得好長。陳寬扯著嗓子，重複地唱：

啊……醉生夢死，
青春枉然為你去。

陳寬看著蘇怡華，先開始笑了起來。蘇怡華也跟著笑，兩人愈笑愈厲害，各自捧著肚子彎下了腰。陳寬笑得在地上翻滾，蘇怡華試圖去拉，差點被他拖到地上去，兩個人仍然是笑得不可開交。

蘇怡華喘著氣，站在路中心看陳寬。他拾起剛剛停掉的節奏，放慢速度，輕輕地唱著另外一段歌詞。陳寬歪七扭八從地上爬起來，也跟著蘇怡華唱和。唱著唱著，聲音變成了哽咽。陳寬

7. 這首歌的歌名為〈放浪人生〉，葉俊麟作詞。

趴在蘇怡華肩上，放聲大哭起來。蘇怡華抱著陳寬，拍著他的背。

「陳寬，別這樣，別這樣……」

陳寬抬起頭來，擦拭著眼淚，對蘇怡華歎著氣：

「你看看我這半生，不知道都在幹什麼……」陳寬搖著頭。

「明天我們做電腦斷層，一定還有機會的……」蘇怡華安慰他。

陳寬別過頭去，不知想著什麼。過了一會，才回過頭來看著蘇怡華，淡淡地說：

「生命中，有很多想說的話，想做的事，如果不馬上說，馬上做，很快就來不及了，」他無奈地笑了笑，「你看，像我這樣……」

蘇怡華強顏歡笑地提議：

「我們去Judy那裡喝酒，熱鬧熱鬧……」

「喝酒沒有用，熱鬧也沒有用……」陳寬搖搖頭。

「現在才九點鐘多。」蘇怡華看了看錶。

「我累了。」

「可是，時間還早……」

「我沒有交代要出來喝酒，怕他們會擔心。我想回去看看太太和孩子……」

走到忠孝東路口，陳寬隨手招呼了一輛計程車。

「謝謝，」臨上車前，陳寬激動地轉過身來擁抱蘇怡華，「我的生命拜託你了。」

蘇怡華揮手告別陳寬。他佇立在繁華的台北街頭，茫然地看著計程車消失在車水馬龍之間。

百貨公司拉上鐵門之後，街道上明顯地冷清了起來。蘇怡華坐在櫥窗的窗台上，面對著紅磚道上一座空盪的電話亭。一整天，他陪著徐翠鳳去淡水坐渡輪，又和陳寬放浪形骸，紛紛擾擾的這些現在都結束了，只剩下他一個人坐在這裡，不想回家。

一個蓄著短髮，酷似關欣的女孩從蘇怡華的面前走了過去。他的目光緊緊追隨，直到她轉了彎，消失在盡頭。

不曉得為什麼，蘇怡華又想起了陳寬剛剛說過的話。

「生命中，很多想說的話，想做的事，如果不馬上說，馬上做，很快就來不及了……」

夜色靜寂。一陣風來，捲得地上的傳單在空中翻飛。蘇怡華起身，在風中站了一會。風吹著他的頭髮，亂髮飛揚。

他走進電話亭，拿起話筒時猶豫了一下。可是很快就下定決心投進硬幣，開始撥號。不久，電話那頭傳來熟悉的聲音。

「喂？」

「關欣，我是蘇怡華……」

38

關欣放下手上的話筒時發了一會愣，立刻想起客廳裡還有客人，她必須在蘇怡華過來之前請客人離開。

客廳裡，怡泰醫療器材公司副經理張小姐和業務經理很識趣地站了起來，笑著說：

「時間不早，那麼，我們不再打擾。」她指著散放在桌面上的一些像是氣管內管以及蛇形連接管等醫療器材，「這些是樣品，給關主任參考比較，我們願意盡一切的努力把這些耗材打進附設醫院，取代目前的品牌。」

關欣和他們一一握手。張副總彎著腰鞠躬握手，對著關欣必恭必敬地說：

「這些產品如果能進到麻醉科，比照慣例，我們會有百分之十的回饋……」

「這是回扣囉？」關欣問。

「不是回扣……」張副總忙著解釋，「現在醫療市場相當競爭，因此總公司為了加強售後服務，特別編列了一些公關預算，關主任知道，這些預算是一定要花費的。花錢請人來做售後服務，總是不夠貼心、周到，因此……」

關欣笑了笑。過了一會，她忽然問：

「我知道外科邱主任用了很多你們的產品……」

「我們和邱主任向來合作非常愉快，」張副總再三保證，「妳放心，關主任和邱主任是好朋友，我們回饋的比例都是一樣的，絕對不會大小眼……」她說著，哈哈地笑了起來。

關欣有點驚訝，必須強作鎮定。還好他們很快就起身走到門口。

「桌上還有東西，」關欣提醒張副總，「你們忘了帶走。」

張副總看著那包紙袋，笑咪咪地說：

「那是一點小小的意思……」

關欣走回客廳，拿起牛皮紙袋，走了回來，交給張副總。

「請妳拿回去。」

張副總不斷地推辭那個牛皮紙袋，閃爍地說：

「真的沒什麼啦，不成敬意……」

「我不想打開這個牛皮紙袋，也不希望知道裡面有什麼東西，」關欣很嚴肅地說，「不過，如果貴公司以後還希望跟我有往來，就請你們把這個紙袋拿回去。」

張副總和業務經理面面相覷，很不情願地接過紙袋，顯得非常尷尬。

「好吧，如果關主任這麼堅持的話……」兩個人仍然客氣地鞠躬，告辭了。

關上大門，關欣充滿無力感地靠在門上。她想起接任麻醉科主任之前，蘇怡華還曾經對她發出警訊……她自己也為此差點對蘇怡華大發脾氣。

她雙手撫著頭髮，試圖著理出一個思緒。

關欣皺著眉頭收拾桌面的醫療耗材，聽見電鈴響了。她匆匆忙忙打開門，看見蘇怡華提著一瓶紅酒站在門口。

「妳升了主任，」他提起紅酒，一臉心虛的笑，「一直沒有機會跟妳道賀……。」

關欣退後了一步，讓他走進來。她愣愣地領著蘇怡華走進客廳，還沒有從剛才的情緒恢復過來。走著，忽然聞到蘇怡華身上的氣味，問他：

「你怎麼身上都是酒味？」

「陳寬邀我去喝酒，」蘇怡華無可奈何地笑了笑，「也許是最後一次了。」

「最後一次？」

蘇怡華簡短地敘述陳寬的病情，以及檢查的經過。他感歎地說：

「看著他搖搖晃晃坐上計程車，我忽然覺得非常害怕，不曉得為什麼……好像看到我們的生命，就這樣白白地糟蹋掉了。」

「前天看到他，還好好的。」關欣睜大眼睛看著蘇怡華，一臉無法置信的表情。

「他告訴我：生命中，很多想說的話，想做的事，如果不馬上說，馬上做，很快就來不及了。想起他的話，我就覺得很感歎……」

關欣撐著下顎，久久不說一句話。過了一會，她意味深遠地說：

「是啊……」

她起身拿著那瓶紅酒，無聲無息地走進廚房去，拿著開瓶器打開紅酒上頭的軟木塞。

「你不是要慶祝嗎？」她拿著酒瓶以及兩個空玻璃杯走出來，「我們來喝酒慶祝吧。」

關欣斟上紅葡萄酒，兩人舉杯互祝。

「恭喜妳高升麻醉科主任。」

「也恭喜你變成外科副主任。」

一仰而盡之後，關欣莫名地笑了起來。

「怎麼了？」蘇怡華拿起酒瓶，又替她斟上新酒。

「以前當實習醫師的時候，看著那些主治醫師、主任穿著白衣長袍，總覺得好神聖，又好威風……」關欣笑了笑，欲言又止。

「我知道妳的感覺，」蘇怡華感觸良深地說，「我們再乾杯吧。」

兩個人又喝了一大杯酒。喝完酒，關欣定定地看著桌面上那瓶紅酒，悵然若失。

「說好是慶祝的……」蘇怡華放下酒杯。

關欣沒說什麼，只是搖搖頭。她感慨地低下頭，陷入自己的思緒裡。

沉默了一會，蘇怡華從沙發上站起來，決定以行動打破沉默。他嘻皮笑臉地一鞠躬，誇張地說：

「現在由外科副主任蘇怡華醫師來為麻醉科關主任獻唱，以象徵關主任就職，普天同慶，四海歸心的赤忱，並祝賀關欣主任政躬康泰、萬壽無疆……」

唱唱唱，你來唱，我來唱，我們大家一起唱，唱得星星迷了路。
唱唱唱，你來唱，我來唱，我們大家一起唱，唱得太陽不下山。

蘇怡華唱起從前的愛國歌曲。他一邊擺動雙手，原地踏步，還一邊向關欣擺手行軍禮。

唱唱唱，我們高聲唱，
自從總統到台灣，春風化雨甘霖降，
萬眾歡騰，四海一心，齊歡唱，啦啦啦，啦啦啦，齊歡唱……

看著蘇怡華誇張的動作，關欣眼角紅潤，卻忍不住笑了出來。就這樣一邊笑，一邊擦拭眼眶的淚水。

「那天晚上的事，是我不好……」她做了一個深呼吸。

蘇怡華慢慢停下了動作，他很訝異這樣的話竟出自好強的關欣。他伸出顫抖的手去輕撫關欣的頭髮。

關欣貼靠在他的胸膛上，生硬地說：「對不起。」

「沒事，沒事……」蘇怡華緊緊地摟住關欣。

「我竟笨到以為我真的可以改變這一切……」

蘇怡華的雙唇緩緩地貼近關欣的臉龐。他的唇可以感受到雙頰上淚水鹹濕的味道，就這樣，他吸吮著她的淚水，嘴唇緩緩地撫過關欣的臉龐、鼻子……

關欣抱緊蘇怡華，輕輕地與他雙唇交貼。她可以感受到蘇怡華舌頭溫熱濕滑地探索了進來，那裡面雜揉著溫柔、淚水、愛意與關懷……種種混亂而分辨不清的訊息。關欣閉上了眼睛，任他長驅直入，唇舌交纏。她觸了電似的，微微地扭動身體。

過了不知多久，蘇怡華放開關欣的雙唇，定定地看著懷抱裡的她。不知為什麼，浮現在蘇怡華腦海裡的竟是陳寬的身影以及他說過的話。

「生命中，很多想說的話，想做的事，如果不馬上說，馬上做，很快就來不及了……」

四下靜悄悄地，像是所有翻騰洶湧的波濤挑起的一切，都緩緩沉澱下來了。

「關欣，」蘇怡華終於下定決心，「我愛妳……」

關欣流動的目光怯澀澀地看著蘇怡華，受了什麼驚嚇似的，酡紅的臉閃現出一種迷惘的神情。

「我很害怕，怕我不趕快說，就會來不及了……」

蘇怡華再度熾熱地吻著她。他的唇從關欣的嘴唇游移到耳朵、頸項，一雙手熱情地伸到她背後輕輕地扯開洋裝拉鏈。他激動地褪下關欣的洋裝，露出一片香肩以及衣服裡面的胸罩……不曉得為什麼，這時候，蘇怡華忽然聽到關欣的聲音，喘不過氣地喊著：

「對不起……」

忽然間，他感受到關欣內在那股熱能與張力，像在熱鍋裡活魚跳動著的聲響，漸漸地，消失了。

「對不起。」關欣衣衫不整地坐在沙發上，激動地喘著氣。

「怎麼了？」蘇怡華握著她的手，「妳的手怎麼這麼冰冷？」他反射性地去抓她手上脈搏。

「我也不知道。」關欣搖著頭。

蘇怡華把了一陣脈搏，放下關欣的手。

「我去幫妳倒杯開水。」

蘇怡華匆匆忙忙跑進廚房去張羅溫開水。過了一會，他端著溫開水走出來，看見關欣忙亂地在拉著身後的拉鏈。關欣抬起頭看見蘇怡華走過來，停下了動作。

她欲言又止，想了又想，似乎想不出更好的話來，只能說：

「對不起……」

蘇怡華沒說什麼，他把開水交給關欣，走到身後，替她把拉鏈拉了上來。

39

馬懿芬低著頭，呆呆地站在常憶如面前，不曉得該說些什麼才好。現在對話停了下來，常憶如的臉色變得無比凝重。她望向落地玻璃窗外一棟一棟錯落的建築，過了好久，回過頭來問：

「妳打算怎麼辦？」

「我姐姐住在紐澤西，我打算把小孩子生下來，她願意幫我帶孩子……」

「我離婚時帶著兩個小孩，一直熬到現在。有時候我根本不敢回頭去想，我是怎麼撐過來的。事情不是妳想的那麼容易，我雖然含辛茹苦，可是至少是一個有尊嚴的單親母親，妳現在這樣，這個社會只會罵妳未婚生子、破壞家庭，妳有沒有想過，妳將來靠什麼養孩子？」

馬懿芬吞吞吐吐地說：

「生完孩子之後，我想回來看看能不能繼續跑新聞……」

「難得妳沒有被邱慶成沖昏頭，還會替自己想一下……」

辦公室的氣氛再度陷入膠著。

「我最近事情愈來愈多，妳跟著我這麼多年，本來我想這個夜間新聞主播也該是交棒的時候了……」常憶如嘆了一口氣。

「常姐，對不起……」

過了一會，常憶如問她：

「妳確定妳還想回來跑新聞？」

馬懿芬點點頭。

常憶如沒好氣地看著馬懿芬，翻弄著行事曆說：

「我們在紐約那邊有個新聞人員交流進修計畫，離紐澤西很近。妳懷孕的這段期間可以去聽聽課，到處參觀，非常自由。時間大概是一年左右……」

「常姐，妳是說，我去美國之後，還可以回來上班？」

常憶如看著馬懿芬，沒說什麼。

馬懿芬喜形於色，高興地抱著常憶如：

「謝謝常姐。」

「聽我的話，安安靜靜去美國把孩子生下來，交給妳姐姐，然後安安靜靜地回來，可以嗎？」

馬懿芬點了點頭。

「這社會並不公平，特別是女人要出頭很困難，什麼事都得靠自己。我們好不容易在新聞部有了一片天，妳的路才正要開始，說什麼也不能這樣自暴自棄……」常憶如在行事曆上寫了一些註記，「對了，除了我以外，還有誰知道這件事？」

「邱慶成。此外，沒有別人了。」

「這個人，倒是需要教訓教訓……」常憶如不知想著些什麼，忽然問馬懿芬，「我這裡有條新聞，有人控訴邱慶成醫療不當，一個胃癌手術，不知怎麼變成了細菌感染，腹腔發炎什麼的……」

馬懿芬沉默了一會，似乎思考著什麼。

「我只是提一提，主要是和邱慶成有關，」常憶如笑了笑，「妳自己要是沒有興趣就算了，我總是找得到機會修理他的……」

馬懿芬打斷常憶如的話，堅定地說：

「我有興趣。」

常憶如滿意地笑了笑，從抽屜拿出一張名片遞給馬懿芬：

「妳可以去找這個人，他是個開業醫師，病人家屬在他手上。如果我們先報導，他願意給我們獨家……」

馬懿芬看了一眼那張印著陳庭醫師的名片，臉上閃過一絲詭譎的笑意。她把名片放到上衣口袋裡，冷冷地說：

「我倒想去看看……」

馬懿芬帶了攝影記者和陳庭約定在診所見面。

陳庭很完整地展示了病人在附設醫院的病歷，以及自動出院後，轉診到長庚醫院緊急手術的詳細資料。

「長庚的病歷記載得很清楚：腹膜炎併發敗血症，」陳庭指著影印病歷，「病人早就出現了高燒以及白血球劇增現象，邱慶成卻置之不理，任病情惡化。要不是他們及時轉院，恐怕病人早就死在他手上了。這是很明顯的醫療不當。」

馬懿芬邊翻閱邊點頭。典型的醫療疏忽，病歷沒有問題。

「我可以跟病人談談嗎？」馬懿芬問。

「沒問題，如果妳能答應我幾項條件……」

「陳醫師，我跑醫療新聞十幾年了，在沒看到病人之前，我沒有辦法跟你談任何條件。」

陳庭哈哈大笑起來：

「我很高興常憶如派了高手過來採訪。」他乾脆俐落地說，「走吧，我帶妳過去。」

走出了診所大門，陳庭邀請馬懿芬以及攝影記者坐入他的私人轎車。

車輛駛出診所，走在馬路上，馬懿芬好奇地問：

「陳醫師，很冒昧地請教你一個問題。」

「請說。」

「你和病人是什麼關係？為什麼要替他們出面？」

「關係？我這個人，大家都知道，就是愛打抱不平……」陳庭笑了笑，「連我太太都勸我。哈哈……妳就當作我打算出馬競選市議員好了……」

他們來到康和醫院，司機恭恭敬敬地過來開門。馬懿芬隨著陳庭走到二樓的一間病房裡。躺臥在床上的病人以及陪病的家屬連忙向陳庭點頭致意。

「葉先生、葉太太，」陳庭對他們介紹，「這是電視台的記者馬小姐，她想跟你們談一談。」

老夫婦靦腆地朝馬懿芬點頭。馬懿芬坐到病床旁的沙發，也對他們點頭回應。攝影組的人員早就俐落地在病房鋪設電源並架設燈光。

「聽陳醫師說，你們差點被附設醫院的邱醫師害死？」

葉先生點點頭。

「怎麼說？」馬懿芬問。

「開完刀以後她一直發燒，叫肚子痛。每次都找不到人，邱慶成總是派手下一個醫師過來看，也不處理，只會說，沒有關係，沒有問題。好不容易人出現了，擺個架子說：已經在打消炎針了，還要怎麼樣？我們多問幾句，他就不耐煩地說：到底你們是醫師，還是我是醫師？」

「等一下，」馬懿芬很快地拿出記事本記下重點，她要求攝影記者打燈光，開始攝影，「你可不可以把剛剛的話再重述一遍？」

葉先生看到燈光以及攝影機，遲疑了一下。陳庭面帶微笑地鼓勵他：

「沒關係，馬小姐是我請來的，你就實話實說。」

「你說給她聽……」躺在床上的葉太太翻了個身，皺著眉頭，虛弱地表示。

由於受訪者不熟悉鏡頭的緣故，他們花了大約半個小時左右的時間才把採訪完成。現在燈光暗了下來，攝影記者正忙著收拾電纜以及燈架。

「謝謝你們接受採訪。」

葉先生也對馬懿芬點著頭，他看著陳庭，又看著葉太太，如釋重負地笑了起來。

馬懿芬環顧寬闊的病房，好奇地問葉先生：

「葉先生，開這個手術，花了你們不少錢吧？」

葉先生的表情忽然黯淡下來。他點點頭。

「我們兩個人綁在這裡，沒有任何收入……在醫院吃飯要花錢，加護病房的藥要花錢，醫師還要收紅包……」

「你說醫師要收紅包？」

「妳不知道嗎？」葉先生睜大了眼睛，「手術公訂的紅包行情是六萬六千元。」

「你是說，邱慶成收了你六萬六千元的紅包？」

「我何必騙妳？」

「等一等。」馬懿芬叫住了攝影記者，請他把燈光、攝影機重新架設起來。

＊

邱慶成在外科主任辦公室外的走道上見到馬懿芬走進來時，滿臉都是尷尬的表情。

「懿芬，我真的很抱歉，那天臨時發生了器官移植的事，我必須開記者會，唐國泰又跑來無理取鬧……後來，我一直找不到妳。」

「談公事？」

「我知道你很忙，」馬懿芬冷冷地笑了笑，「今天我是來跟你談公事的。」

「你有位葉太太和她的先生指控你醫療不當，造成腹膜炎以及敗血病，差點導致死亡，你知不知道？」

「他們跑去找妳？」

馬懿芬沒有回應。她打開了手上的麥克風開關，示意攝影記者開始拍攝。

「請問你個人對葉先生指控醫療不當的事，有什麼看法？」她把麥克風轉向邱慶成的方向，等候他的回答。

燈光一下子打在邱慶成的臉上。

邱慶成有點轉不過來，他本能地伸出手去遮擋燈光，疑惑地問：

「妳真的要採訪？」

「是的，」馬懿芬正經八百地又重複了一次問題，「請問邱主任，針對葉先生的指控，你有什麼看法？」

「妳知不知道妳在做什麼？」邱慶成開始有些不高興。

「邱主任，我提醒你，你現在正在接受採訪。」

「我不懂妳到底在說什麼？」邱慶成惱羞成怒地對著鏡頭大嚷，「我沒有什麼好說的。」

「病人手術後不斷地發燒並抱怨腹部疼痛，他們指控你置之不理，才會造成了嚴重的併發症。」

「他是發燒並抱怨腹部疼痛沒錯，可是我已經打了高劑量的抗生素，我自認問心無愧。」說完，邱慶成忽然自覺地停下來，他伸手想去拉扯攝影機，「停下來，我不要接受這種採訪，停下來……」

攝影記者扛著攝影機，本能地退後好幾步。馬懿芬拿著麥克風，義無反顧地向前進逼：

「病人家屬還指控你收了六萬六千元的紅包，你承不承認？」

聽到這個問題，邱慶成停了下來，激動地轉身往後走。

「我不需要回答妳這些問題。」

攝影機跟著邱慶成往前走，馬懿芬拿著麥克風幾乎是小跑步的速度才能跟上，馬懿芬咄咄逼人地問：

「病人的蘋果禮盒是手術前一天送到外科主任辦公室裡的，他說裡面還有六萬六千元的紅包……」

邱慶成正好走到主任辦公室前，回過頭來，脹紅了臉，用盡力氣喊著：

「沒有就是沒有！」

他走進辦公室，把身後的大門摔得砰然作響。

馬懿芬喘著氣，回頭問著攝影記者：

「都拍到了嗎？」

攝影記者把攝影機從肩膀上放了下來，對著她比了一個ＯＫ的手勢。

馬懿芬打了一個簡短的電話回公司報備。

「妳放手去做，」常憶如顯得非常興奮，掛上電話前還特別說，「我會全力支持妳。」

邱慶成拖著疲憊的身體回到家裡時將近晚上八點鐘。美茜一打開大門就著急地問他：

「你看過晚間新聞了嗎？」

邱慶成搖搖頭，走進客廳裡，無力地坐在沙發上。

「新聞過後，家裡的電話就沒有停過，有來關切的，也有自稱是媒體記者要採訪你的，我嚇死了，乾脆連電話線都拔掉了……」美茜問，「你吃過飯了嗎？」

「我吃不下。」

「現在怎麼辦？」美茜問。

「我也不曉得該怎麼辦？」他一張臉埋入雙掌中，過了一會抬起頭來問，「新聞怎麼說？」

「他們拿了器官移植的資料片說你是個名醫，然後是病人家屬對你的指控，之後是你在辦公室前面那一段……」

「我極力否認。」

「病人和家屬看起來很善良，你簡直像個發飆的惡魔……」

邱慶成托著腮幫子，不說一句話。過了好久，想起什麼似的，他忽然問：

「小敏呢?」

「剛剛看完電視,愣神神地走進房間去了。」

「我去看看。」

邱慶成走到小敏房間,輕輕地推開房門。小敏背著他,坐在書桌前啜泣著。邱慶成走近,發現她的作業簿都被淚水沾濕了。

「爸爸,」小敏聽見腳步聲轉過身來問,「電視說的是真的嗎?」

「傻孩子,」他把小孩抱起來,「那是有人要陷害爸爸,爸爸不怕,小敏也不怕……」

＊

清晨四點鐘,邱慶成從惡夢中驚醒過來,坐在床上快速地喘著氣。四下靜寂寂地,天還沒有亮。他又躺回床上去,輾轉反側。好不容易挨到六點鐘,起身漱洗。對他而言,時間似乎過得太慢了。六點半不到,他穿好了衣服,拿著公事包,坐在餐桌前愣愣地發呆。

七點鐘,邱慶成接上電話線插頭,撥了一通電話到主任辦公室去。電話那頭秘書小姐衝著他緊緊張張地說:

「邱主任,你千萬不要過來,這邊滿屋子都是記者……」她的話還沒有說完,電話被搶了過去,電話裡傳來一個陌生的男子的聲音,「喂,邱主任是不是?我是聯合報記者……」

邱慶成像拿到燙手的山芋似的,連忙把話筒丟回電話機座上。他又在餐桌前坐了一會,聽見門外的聲響,驚魂甫定地走到大門前,發現是送報人從門縫塞進來的早報。他拾起早報,看見報頭下重要新聞提示著:

名醫邱慶成驚爆紅包弊案（詳情見三版）

邱慶成連忙翻到第三版。那些原本應該充塞著政治人物、國內外重大新聞的版面，現在怵目驚心地都是關於紅包弊案的報導、專訪、醫病關係的分析評論，甚至是讀者的投書。儘管邱慶成矢口否認，可是仍有許多投書歷歷指證。那些投書中，有些名字連邱慶成自己都不確定是否見過。

第十章

40

邱慶成餘悸猶存地放下了報紙，看見美茜站在他面前，關心地問：

「吃早餐嗎？」

她轉身到廚房弄了三明治、培根以及咖啡端出來，坐在餐桌前面看著邱慶成吃早餐。

邱慶成啜一口咖啡，又咬了一口三明治。嚼著嚼著，嘴巴停了下來，不知想著些什麼。過了一會，他垂頭喪氣地說：

「我想我還是辭職算了……」

「你奮鬥了一輩子，好不容易走到這裡，才正要開始，只因為他們對電視說了些話，你就要放棄一切？」美茜看著他，堅定地搖頭，「更何況病人現在情況很好……」

「這不是病人好不好的問題……」

「你這輩子救了這麼多人，從來沒有主動開口跟病人要過紅包。即使病人不送你紅包，你不一樣替他們開刀嗎？」

「是啊……」

「那我就不懂了，如果這些病人現在控訴你是那麼的理直氣壯，那麼當初他們卑躬屈膝、彎腰鞠躬送紅包來時，又是什麼樣的心態呢？」

邱慶成沒再說什麼。

「你不明白嗎？這是為了特權，想得到比別人更好的照顧。錢不是重點。」美茜看著邱慶成，「現在他們控訴你，是因為你沒有滿足他們的需求，他們想要的是報復……」

「報復？」他想不出來為什麼馬懿芬會變成這樣，更不願相信這正是導致整個事件的原因。

「你在外科升遷得這麼快，如果說不招誰惹誰，那才真是奇怪。樹大招風，我總覺得這是另一場鬥爭，有人站在暗處，想整你下來……」

「妳說的沒錯，只是，」邱慶成沉默了一下，「在這個醫院多待一天，這些你死我活的事情就永遠沒完沒了。如果我辭職了，至少我們全家不會這麼風雨飄搖。我一樣可以到私人醫院去上班，也許我們還可以過得更舒適、安逸……」

「你有沒有想過，你這樣沒頭沒尾地走，等於默認了。小敏怎麼辦？你當然可以辭職，可是小敏轉學到天涯海角都還是你的孩子，人家會怎麼說她？」

邱慶成低著頭默默地吃著餐桌上剩餘的培根、三明治與咖啡。

「我不曉得你在害怕什麼，你自己不就是這樣熬出頭的嗎？這是你最熟悉的遊戲，難道你忘記了？沒有是非對錯，只有勝敗生死……」

他皺了皺眉，想起什麼似的嘆了一口氣。

「好吧，」他抬起頭問美茜，「妳說現在該怎麼辦？」

「我建議你暫時不要去醫院，先遠離媒體風暴，避避風頭。想辦法弄清楚狀況，看看背後到底是什麼力量在運作，我們才有著力點……」

「這樣躲，能躲多久呢？」

「我也不希望你躲啊。可是事情愈滾愈大了，對你一點好處都沒有。你再仔細想想，時間很緊迫，我們該從哪裡著手，才能把事情搞清楚？」她看了看手錶，「我該叫小敏起床了。」

美茜急忙去房間把小敏喚醒，自己匆匆忙忙跑去梳洗，著裝，又出來幫小敏弄早餐，擺放在餐桌上。

邱慶成看著這一切，不曉得為什麼，忽然無限感慨。他伸出一隻手抓著美茜，感慨萬千地說：「美茜，謝謝妳。」

美茜看了邱慶成一會，沒說什麼。過了一會，小敏睡眼惺忪過來吃早餐，美茜忙著招呼小敏吃早餐，轉過頭來問邱慶成：

「等一下我送小敏出門，你想想看，我可以去找誰談，或者請誰幫忙？」

邱慶成想了一下。

「我想解鈴仍須繫鈴人。妳先去康和醫院看看病人，」邱慶成稍停了一下，「先問清楚他們為什麼要這麼做？還有，到底他們想要的是什麼？錢，道歉，還是一定要我去坐牢？只要他們不吵，就算記者想起鬨也沒有用。」

「我怎麼聯絡你？」美茜問。

「妳把妳的行動電話留給我。」邱慶成的眼神似乎恢復了原來的銳利，「如果可以的話，麻煩妳再跑一趟醫院，看看情況，特別是打聽一下院方的反應。記得弄幾支行動電話回來。」

美茜一一把待辦事項記在記事簿上，寫了一半，抬起頭來問：

「醫院裡面有誰是你信得過，我可以去找的人？」

「外科行政總醫師、麻醉科闕欣主任，」邱慶成數了數，尷尬又無奈地笑了笑，「平時前呼後擁的，以為有很多人。現在想想，真的就剩這些了……」

同一個時刻，徐大明正在院長辦公室裡，拿著電話，揮手示意走進辦公室的秘書小姐暫時離開。

「請記者們稍等一下，我馬上出去。」徐大明摀著話筒，回頭對著電話裡的人陪著笑，「對不起，外面記者太多了……」

「徐院長，你的立場我很清楚。」電話裡傳來常憶如的聲音，「只是，公立醫院收紅包的現象其來有自，累積了相當程度的民怨，已經是社會關注的民生議題了，我實在是無力扭轉。光從昨天新聞報導播出到現在，你知道我們新聞部接了多少舉發醫師收紅包的電話？」

「常經理，妳說的固然沒錯，」徐大明笑著解釋，「只是，公立醫院醫師的待遇和一般私立醫院比較起來，不但工作量大，薪水也低。他們往往都是最優秀的，也最辛苦。現在這個待遇的問題沒有解決，動不動就要拿醫德問題、司法問題扣帽子抓醫師收紅包，弄得醫師像逃犯似的，這……恐怕不太公平，也非病人之福。」

「徐院長，你這種說法社會大眾恐怕很難接受，你們的醫師就算收入再低，在社會上都還是屬於高所得……你這樣說只會引起更大的反感。」

「可是作為一個醫師，養成的時間比別人多，也比別人辛苦，這是不爭的事實……」

「你說哪個行業不辛苦呢？」

「問題是，你們用這麼激烈的方式，得到齊頭式的平等，這和法西斯主義有什麼兩樣？再說，這樣做，只會把醫生和病人關係弄得更緊張，立場更加對立……」

「徐院長，這些年來我的健康全靠你照顧，我不是不知感謝……也許我必須把話再說得明白些，」常憶如稍停了一下，「這樣說好了，以我這幾十年跑新聞的經驗，這件事已經變成社會事件，不是你我能掌控的，不知道你明不明白我的意思？情勢就是如此，我真的無可奈何。如果你還願意聽我說幾句，那我勸你最好想清楚立場。我不敢說這樣的事情誰對誰錯，但是這種瘋狂的社會力一旦爆發或被挑起來是很難收拾的，特別你才新就任院長，我希望你不要受到傷害。」

「受到傷害？」

徐大明拿著話筒稍稍愣了一下。他淡淡地說：

「我懂了。」掛上電話，徐大明沉默地在辦公桌前坐了一會。不久，他主動聯絡醫學院徐凱元院長，共商對策。他們溝通了十多分鐘，徐大明也提出了一些他的建議。

「『自清運動』可能是一個比較好的回應。只是，這件事如果由院方發動的話，容易讓外界得寸進尺，覺得我們很容易嚇唬。對內的話，也可能導致醫師們的反彈，指責院方配合媒體起舞。可是不做又不行，畢竟外面的壓力太大了……我理想中的方式應該像是員工自發性的活動，更接近某種自我反省的層次……」

「好吧，就照你的意思去做。如果可能的話，儘早採取一些中性的行動，不要把事情擴大，免得又像在大廳那次，弄得幾乎要抬棺抗議，這些媒體事件，到現在想起來都還覺得是夢魘……」徐凱元說。

徐大明又打電話通知相關單位的工作人員，交代工作事項。聯絡完畢之後，他穿上白色長袍，走到鏡子前面，看著自己的模樣，自言自語地說：

「雖然我個人接任院長不久，但是建立一個以病人為導向的醫院向來是我一貫的理念……」他重複地修正拗口的句子，「目前我已經下令成立一個專案小組進行調查，我要求調查小組一定要做到毋枉毋縱，儘快給社會大眾一個清清楚楚的交代……」

等練習完畢之後，徐大明又梳理了一下頭髮，整理了一下服裝。他深吸了一口氣，自嘲地說：

「好戲上演了。」

打開大門，踩出辦公室，徐大明故意匆匆忙忙地對秘書小姐說：

「請記者先生、小姐們都到第六會議室來，看看他們有什麼問題。」

*

美茜走進康和醫院，詢問了半天，總算來到病房門口。她望著掛在門板上那個「請勿打擾」的牌子好久，仍然決定敲門。

過了一會，門縫裡露出葉先生狐疑的臉，冷冷地問：

「什麼事？」

「我是邱慶成醫師的太太，我想探望葉太太。」美茜捧著花束，滿臉的笑容。

「我們不需要妳的探望……」

他用力地關門，還沒完全關上，被美茜頂住，發生推擠。

「葉先生，你聽我說，」美茜急急忙忙地說，「我只是來看看葉太太，沒有別的目的，看完我馬上就走……」

霎時間，掙扎停止，那道門緩緩地打開了。葉先生面無表情地領著她走到病房床前。

「這是邱慶成醫師的太太，她來看妳。」他對著葉太太說。

葉太太虛弱地半臥躺在床上，冷冷地看著美茜。

美茜送上手捧的花束，客氣地說：

「葉太太，發生了這樣的事，我先生和我都感到很遺憾，也很抱歉……我們希望妳能早日康復……」

葉太太沉著一張臉，別了過去。葉先生站在一旁，譏諷地答著腔：

「當初我們求妳先生的時候，死求活求他都不肯來，現在為什麼又主動要來看我們了呢？」

「葉先生，我們真的是很有誠意的……」

「難道是我們誣賴了你們嗎？」葉先生打斷她，「妳回去告訴妳先生，如果他真的有誠意，叫他公開在電視上承認收紅包，並且向我們道歉。」

美茜把花束放在床頭桌上，沒說什麼。

「妳可以走了，」葉先生說，「我們不歡迎妳……」

美茜猶豫了一下，在那裡站了一會。她從皮包內拿出一疊鈔票，對著葉先生說：

「這是我先生和我的一點慰問之意，我相信你們住院一定有很多花費……」

「陳庭醫師把我們照顧得很好，」葉先生伸手阻止她，「我們不需要妳的錢。」

「陳庭醫師？」

葉先生點點頭，他說：

「我想他也不希望我拿你們的錢。」

美茜走出康和醫院時和邱慶成打了一通電話。

「陳庭？」邱慶成深吸了一口氣，他似乎曾經聽過這麼一個人，可是又想不起到底是何時，或者在什麼地方？

「康和醫院的陳庭醫師，你再想想看。」

邱慶成抓著行動電話，沉默了一下。

二、三個月前他還在康和醫院兼外快的時候，他們曾主動幫他增加了紅利分配的成數，光是那個月的薪水就多拿了六萬多塊。可惜他當了外科主任之後，就沒有辦法再繼續下去了。他記得康和醫院彭院長曾經對他說過：

「醫院有位董事特別交代，拜託你特別照顧陳寬醫師，聽說他最近就要升等投票了。」

當時，一方面唐國泰早對陳寬下了全面封殺令，另一方面自己也太忙了。能夠避開那次會議的投票，正是邱慶成自己求之不得的事。

莫非整個事件和那次投票有關？

「稍等一下……」邱慶成急急忙忙找來康和醫院的通訊錄，準備一頁一頁地查詢。他才翻開第一頁，就在董事會的名單下面找到了陳庭的名字以及新生南路上的住址。

新生南路？

他記得有一次忘年會喝醉了酒，住院醫師開車送陳寬和他回家。那次他們看著陳寬走下車，就是在新生南路上。

「陳庭……」邱慶成喃喃地唸著。

忽然之間，他記起來了。陳寬走進那家新生南路上的大型診所。診所耀眼的看板上面就寫著「陳庭內兒科診所」。

*

午休時間，自清運動在醫院的大廳熱熱鬧鬧地布置了起來，走過醫院大廳的員工很難不注意到各處張貼的海報，諸如「拒絕紅包」、「服務病人是我們分內的職責」等各式各樣的標語。長條桌子上面擺著大大的簽名布條。工作人員則熱心地招呼著往來的員工簽名支持自清運動。

守候了一會兒的記者們看到迎面走過來的唐國泰，團團地把他包圍住，徵詢他要不要簽名，並請他針對紅包弊案發表一些意見。

唐國泰有點被這個場面唬住了，過一會立刻了解整個情況。他冷漠地看了一眼海報的內容，含糊地嘟囔著：

「胡鬧……」

麥克風滿滿地湊在他的面前，幾乎擋住視線。記者們並不放過他，搶著發問：

「唐教授，你是前外科主任，能不能請你就外科醫師收受病人紅包這件事，發表看法？」

唐國泰執意往前走，走了兩步，想起什麼，忽然停了下來，轉身回頭。

「你們中間，誰……誰是沒有罪的，」他的疲憊的眼神裡閃過光芒，「可以先……先拿石頭，打，打他……」

說到這裡聲音忽然斷了，像耗盡了電力的電池一樣。可是記者們仍然不肯善罷干休，繼續追問：

「你是指所有的外科醫師都收紅包嗎，還是什麼意思？」

唐國泰搖了搖頭，一跛一跛地往前。

「唐教授，你贊成醫師收受紅包嗎？」有人不死心，死纏爛打。

他走了幾步，回頭兇狠地瞪了那個記者了一眼，抿著嘴，自顧走遠了。仍有記者不死心地追了上去，差點把他撞倒。幸好幾位好心的工作人員出來擋駕，懇求似的說：

「唐教授已經說完了……」

陸續有一、二個搞不清楚狀況的老教授，好奇地走過來自投羅網，等發現是紅包弊案相關的簽名活動之後，嚇得紛紛轉身回頭，退避三舍。

過了一會，他們看到賴成旭遠遠地從餐廳的方向走過來。

「賴教授，歡迎簽名……」工作人員以及媒體記者的精神為之一振。

賴成旭先是猶豫了一下，慢慢走過來。沒想到工作人員熱心招呼，又哄又騙地，弄得他騎虎難下。

賴成旭拿起簽字筆，又覺得不妥。

「賴教授不是要簽名嗎？」工作人員問。

「我再想想看好了……」他放下筆，語詞閃爍。轉身準備離開。

「賴主任，攝影機還在轉動，」記者們笑著調侃他，「你不敢簽名大家都看到了，這可是有證據的喔……」

賴成旭有點手足無措地看著圍觀的人以及攝影機，似乎被這個場面嚇住了。他轉了回來，驚慌失措地提起筆，喃喃地唸著：

「簽名也可以……」

大廳對面咖啡店兼花果店老闆正在吧台前沖泡著咖啡。咖啡器底層沸騰的開水把蒸氣送上頂層，浸泡著磨碎的咖啡豆。他拿著一只勺柄，輕輕地攪拌，對著坐在吧台前的新聞記者黃美麗說：

「馬懿芬吃乾抹淨，妳們撿剩下的屑屑，一點意思都沒有，對不對？」

「唉。」她換了一隻手支撐下巴。

「這類的新聞報導一點意義也沒有……妳看，現在簽名那個麻醉科教授，自己就是收紅包收得最厲害的人。」

「你怎麼知道的？」

「去年夏天我太太開刀就是拜託他麻醉的，怎麼會不知道？」老闆關掉瓦斯，讓上層的咖啡液通過濾網，緩緩流進下層玻璃瓶內，「再說，這裡買花送水果的人都跟我打聽，哪個醫師什麼行情我不知道？」

他熟練地把咖啡倒入精緻的咖啡杯，連同湯匙、咖啡盤，附上奶精、糖包，遞了上去。黃美麗接過咖啡，調了調奶油、白糖，輕輕地攪拌。

「老闆，」她啜了一口咖啡，神秘地笑著，「你願不願意接受我的採訪？」

「謝謝，」老闆搖著手，「我跟他們無冤無仇的，何必做這種缺德事。再說，人家也把我太太治得不錯……」

「老闆，社會公義嘛……何況，大家都是老朋友了。」

「虧妳說得這麼理直氣壯，什麼社會公義？大家還不是混一口飯吃？」老闆笑著說，「妳說我們是老朋友，總不能搞到妳有飯吃，我在這裡混不下去吧？」

黃美麗笑了笑：

「你說簽名的那個人叫什麼名字？」

「妳不知道嗎？原來的麻醉科主任賴成旭，不當主任才沒多久……」老闆拿著抹布擦拭桌面。

黃美麗把名字記在她的記事本上面。

「他的行情怎麼樣？」她又啜了一口咖啡。

「這是最起碼的。」老闆扳開了三個手指頭。

黃美麗咬著筆桿，想著什麼似的。她自言自語地說：

「總有一些人相信公理正義吧……」過了一會，想起什麼似的，「老闆，電話可不可以借我一下？」

黃美麗撥通了採訪組組長，得意地報告她的斬獲。她話鋒一轉，神秘地說：

「我倒有個點子，讓這些紅包教授現身，對……在他們簽名的畫面上打名字、職銜，報導他們堅拒紅包文化的決心，把他們捧得高高的，」聽到採訪組組長似乎頗為支持她的想法，黃美麗愈說愈興奮，「從現在開始每個小時的新聞都播報，懸賞通緝犯一樣，我相信一定會有一些受不了的人，自願出來指證他們……」

掛了電話，黃美麗一口把剩餘的咖啡都喝完了。她得意地說：

「馬懿芬除了一個男主角以外，什麼都沒有，算什麼獨家？這裡滿地都是最佳男主角，我閉著眼睛隨隨便便就可以抓出至少一打……」

＊

院務會議上，正常的議程幾乎被關於紅包事件的討論取代了。

有人主張醫院應該積極地介入調查，主動開除不法收受紅包的醫師，也有人覺得事關醫師的名節與聲譽，醫院應靜待司法調查，不需隨著媒體起舞。兩派辯得面紅耳赤，爭論不下。

這時候，秘書小姐悄悄地送一份剪報到徐大明的座位上。徐大明翻開卷宗，看了一眼成疊的報導以及最上頭一篇標題為〈杜絕醫院的紅包文化〉的社論。他輕輕地皺了皺眉頭。

成疊的剪報還包括了「外科主任邱慶成教授否認收受紅包指控」、「附設醫院員工發起自清簽名運動」、「院長組成專案小組，徹底調查紅包弊案」、「調查局北機組主動偵察紅包弊案」……最讓徐大明怵目驚心的莫過於一些新牽扯出來的事件。像是急診室的病人指控行政總住院醫師收受紅包安排住院床位、附設醫院的醫師拿了不開業獎金卻利用夜間在外面兼差……

情勢的發展顯然排山倒海而來，不斷擴大，看來常憶如並沒有說錯。

現在徐大明可真的有些擔心了，這些剪報才只是今天晚報的報導。一整天，還有那麼多記者、攝影機在醫院跑來跑去。徐大明不敢想像，到了晚上電視新聞，明天早上所有的報紙全部登場……世界會變成什麼模樣？

會議仍然進行著，可以想像這些義憤填膺加上意氣用事的意見將會無止無盡地進行下去，得不到任何結論。徐大明無趣地看了看錶，站起來宣讀幾份晚報的剪報概要，嚴肅地表示：

「目前情勢還在繼續發展，我相信我們作任何斷言或任何決定可能都過於草率。我們是不是回去再思考一下，下個禮拜三再來作進一步的討論與決定？」

徐大明環顧會場，顯然大家也都覺得更多的討論都是枉然了。沒有人有任何異議。

「好，那就是下個禮拜三。目前我已經組成了專案小組進行調查，密切觀察這個事件的發展，我會把最新的調查和進展向各位同仁報告，也歡迎大家有什麼意見直接與我聯絡。」

散會之後，徐大明請麻醉科關欣主任留了下來。等其他的人都離去之後，關欣問：

「院長找我？」

「昨天晚上到現在，妳見過邱主任嗎？」

關欣搖搖頭，她看著徐大明，想不出他為什麼對她說這些。

「是這樣，」徐大明深思熟慮地說，「這件紅包弊案事情雖是邱主任個人偶發的事件，可是目前事態愈來愈嚴重。如果我們不能作出一些有效的措施，我擔心這件事還要波及更大的層面，對醫院造成更大的影響……」

「有效的措施？可是你剛剛不是說，到下週三再來作決定？」

徐大明稍停了一下，淡淡的說：

「是的，但我們仍必須有些動作。否則，外界的壓力恐怕會像滾雪球一樣，愈來愈大。另一方面，我也不希望見到下週三投票強迫作出什麼決定讓邱主任下不了台，畢竟大家都是同仁……因此，我希望妳能勸邱主任主動提出辭呈。我相信這樣，對於他個人，整個醫院，都會是比較好的做法……」

「你要他辭去所有的職務？」

「這當然是很不得已的決定，」徐大明深吸了一口氣，「如果他需要的話，我個人很樂意在私人醫院方面，幫忙介紹一些其他的出處。」

關欣愣了一下，過了一會，想起什麼似的，忽然問：

「為什麼是我呢？」

「這個問題我的確也考慮了很久，」徐大明淡淡地笑了笑，「我想起妳擔任麻醉科主任的職務，就是邱主任強力向我推薦的。他信任妳的看法和想法，因此我直覺妳會是傳遞這個訊息最合適的人選。」

41

院務會議散會以後，守在場外的記者一窩蜂地抓住各行政主管探詢會議的結論。美茜站在會議室出口，正好碰上這陣忙亂。

她伸長了脖子，看著從會議室裡走出來一個個穿著白衣長袍的醫師，不曉得為什麼，就是沒有見到關欣。忽然間，美茜看見電視新聞報導畫面中那個記者，從會議室的方向走了過來。

「馬小姐，」美茜叫住她，「妳報導了這麼精采的題材，大概就要步步高升，平步青雲了。」

馬懿芬停下來，不解地看著美茜。

「我是邱慶成醫師的太太。」

「原來妳就是詹美茜……」

美茜嚇了一跳，不明白馬懿芬為什麼知道她的名字。

「是邱慶成派妳來的？」馬懿芬譏諷地笑了笑。

「邱慶成到底和妳什麼深仇大恨，」美茜激動地說，「妳一定要用這種手段對付他？」

「聽著，如果妳只想吵架，對不起，我沒有時間奉陪，不過……」馬懿芬露出一種詭譎的笑容，她帶著特殊的敵意，把美茜從頭打量到腳，又從腳打量到頭，「要是妳想談，我們倒是可以找個地方坐下來。」

美茜沒有說什麼，隨著馬懿芬走到醫院底層的速食餐廳。馬懿芬點了兩杯咖啡，端著餐盤，坐到餐廳的角落。

「馬小姐，我並不是來接受妳的採訪的。」

「沒問題，」馬懿芬喝了一口咖啡，「我也沒說要訪問妳。」

美茜想了想，很嚴肅地說：

「我只想告訴妳，妳是個新聞專業從業人員。我希望妳摸著良心問自己，妳用這種狠毒的手段對付他，公平嗎？」

馬懿芬把糖、奶精都倒到咖啡裡去，輕輕地攪拌。

「邱太太，我不明白妳的意思？邱慶成醫師如果覺得那段採訪不夠客觀，大可再接受我的專訪，把話說更清楚，我願意隨時候教。」

美茜搖搖頭，問馬懿芬：

「妳的消息是從陳庭那裡來的吧？」

馬懿芬沒說什麼。

「妳可知道陳庭是誰？」

「妳說吧。」馬懿芬本能地拿出了筆和隨身的記事簿。

美茜開始述說陳庭與陳寬的關係，以及唐國泰與陳庭的恩怨種種……

馬懿芬不時在記事簿上寫著字。

她又談到陳庭的關說以及陳寬在醫學院的升等投票的過程。

「因此，妳自認為專業的報導，再怎麼說，也不過是別人復仇的工具罷了。妳只是別人鬥爭的武器，我希望妳能夠思考清楚，難道這就是妳的目的嗎？」

馬懿芬側著頭，咬著筆，不知想著些什麼。慢慢地，她的臉上露出奇怪的笑容。

「馬小姐，妳笑什麼？」

「妳說的沒錯，」馬懿芬笑了笑，「每個人都希望利用我做些什麼。不過，我剛剛在想，妳對我說這些，妳自己又希望得到什麼呢？」

「讓我直接明白地說吧，我希望妳放過邱慶成。」美茜理直氣壯地說，「從很多角度來講，他是一個很好的醫師。社會要養成這樣的醫師並不容易，他有前途以及未來，還可以救很多人命。這個醫院從過去到現在，有太多收紅包的醫生了，他們有些人甚至更惡劣，我不覺得這場恩怨，甚至是這副十字架一定要由他一個人來承擔……」

馬懿芬又啜了一口咖啡，盯著美茜看。她淡淡地問：

「妳一定很愛妳先生吧？」

「我不懂妳的意思？」

「讓我這樣問好了，」馬懿芬笑了笑，「妳覺得邱慶成愛妳嗎？」

「我想這個問題也許妳不該問我，」美茜露出自信的笑容，「不過我可以告訴妳，不管他發生了什麼事情，我的孩子和我都會無怨無悔地愛著他。」

忽然間，馬懿芬說不出話來。不曉得為什麼，美茜的回答給她帶來的衝擊，甚至比那天離開婦產科診所時還要絕望。她一直把美茜當作假想敵，她可以在言辭上毫不遜色，在專業上無懈可擊，甚至讓美茜抱頭鼠竄……可是她從來沒有想過情況會變成這樣。

馬懿芬知道她完全失敗了。光是美茜那種自信的笑容和滿足的表情，她就知道自己輸了。幾年來，馬懿芬一直和她計較著邱慶成到底愛誰多一點，可是從來沒有想過到底誰更愛邱慶成，願意為他付出更多？

馬懿芬深吸了一口氣，她竟然那麼輕易地被她擊垮了。

忽然間，她有種毀滅的衝動。如果報復不能給她帶來救贖，那麼毀滅也許是她最後的選擇。馬懿芬看著美茜，挑釁地問：

「如果我告訴妳我之所以這樣做的目的，純粹是為了我自己呢？」

「我不明白？」

馬懿芬把夾在記事簿裡面有懷孕紀錄的那張醫療證明傳給美茜。

「妳何不回去問問邱慶成？」

美茜接過醫療證明，瞄了一眼裡面的內容。一不小心，打翻了從頭到尾沒有動過的咖啡。她愣愣地看著那張證明單，一點也顧不得沿著桌面流動下來，滴滴答答的咖啡。

*

美茜回到家，替她開門的是邱慶成。美茜見到邱慶成，按捺不住內心的情緒，一個巴掌打在他的臉上，發出巨大的聲響。

邱慶成不解地撫著熱騰騰的臉頰，說不出一句話來。

「我剛剛和馬小姐談過了。」她疲憊地說。

關欣坐在客廳裡，看到這麼尷尬的場面，連忙從沙發上站了起來說：

「也許我來得不是時候……」

美茜急忙轉身過來拉住關欣。她強忍著激動的情緒說：

「對不起，關醫師，我失態了。」

「沒關係，我下次再過來……」

「關醫師，對不起，請妳不要離開……」

關欣看著美茜，有點不知所措。不過，她終於又坐了下來。

「你們坐，我去倒杯水。」

關欣正要推辭，美茜已經自顧走進廚房去了。她打開冰箱，倒了一大杯冰開水，仰著頭咕嚕咕嚕猛灌。喝完一大杯水之後，她放下玻璃杯，雙手壓在流理台上喘著氣。漸漸，她激動的情緒總算恢復平靜。美茜深吸了一口氣，又從冰箱拿出果汁，倒了兩杯端出去，她強作若無其事的表情說：

「對不起，打斷了你們的討論。」

邱慶成坐在沙發上，不自在地看著美茜。

「其實我只是來傳達徐大明院長的意思……」關欣解釋著。

「徐院長怎麼說？」美茜把果汁分別放在關欣與邱慶成面前。

「他希望邱主任主動提出辭呈。」關欣表示。

「果然……」她恍恍惚惚地坐下來，不知想著什麼。過了一會，她側臉看著邱慶成，「你的意思呢？」

「我？」邱慶成似乎還沒從剛才的驚嚇中恢復過來，無奈地說，「情勢變成這樣，我想關鍵還是在徐大明身上……」

「我不懂？」關欣訝異地問，「不是他欽點你當外科主任的嗎，為什麼現在又不支持你呢？」

「徐大明早就希望我能下台，現在總算找到機會了……」

「難道是以前陳心愉Port-A-Cath手術的過節嗎？」

「倒也不盡然，」邱慶成搖搖頭，「我想，蘇怡華才是他心目中的外科主任人選。他不過是利用我來對付唐國泰罷了……」

「蘇怡華？」關欣問。

「直到前天晚上徐院長打電話給我，主動幫蘇怡華請假，讓蘇怡華陪他女兒出去散心，我才恍然大悟，想清楚了整件事情的來龍去脈。要不然，我一直懵懵懂懂的……」

「徐院長女兒？」

「徐院長就這麼一個掌上明珠，一直在幫她物色乘龍快婿，幾乎所有的內科醫師都知道這件事，」邱慶成歎了一口氣，「其實從上次陳心愉Port-A-Cath手術時我早該警覺到了。」

關欣沒說什麼，整個人愣神神地，彷彿受了驚嚇似的，直到美茜叫她：

「關主任，妳還好嗎？」

「對不起。」關欣回過神來。

「我看妳好像不太舒服？」邱慶成問。

「沒什麼，我忽然想起一些私人的事……」關欣閃爍地回答著。

美茜自顧站了起來，在客廳裡踱步。過了一會，她回頭問關欣：

「妳想，如果邱慶成辭掉外科主任，院長可不可能答應，在下週三的院務會議中保住他主治醫師以及教授的職缺？」

「妳要我辭掉外科主任？」邱慶成問。

「如果徐大明要的是外科主任這個缺的話，我想你很難全身而退，……」美茜愁眉苦臉地說。

他們不約而同地看向關欣。

「如果你們確定的話，」關欣也看著他們，「我可以現在就打電話給徐院長。」

「麻煩妳用行動電話，」美茜傳給她一支行動電話，「我們擔心家裡的電話有人竊聽……」

關欣拿著手機走到窗邊去撥電話。美茜和邱慶成則坐在沙發前，無言相對。

一會兒，關欣打完電話回來。美茜著急地問：

「怎麼樣？」

「他說讓邱主任先把辭呈遞上來再說吧……」

「這個老狐狸，」美茜咬牙切齒表示，「他從前拿了不開業獎金，晚上還不是一樣偷偷地在家裡附近看診，這個人說的是一套，做的又是另外一套……」

屋子裡面一片靜寂。總算關欣打破沉默，問邱慶成：

「現在你打算怎麼辦？」

邱慶成撐著腦袋，不知想著什麼。他嘆了一口氣，無奈地說：

「老實說，我真的不曉得該怎麼辦了？」

送走了關欣，關上大門，邱慶成回頭靠在門上。他問美茜：

「妳為什麼還要幫我？」

美茜沒說什麼，從皮包裡面拿出離婚證書，交給邱慶成。

「我已經蓋好章了，你隨時可以蓋章生效。」

邱慶成看著那張離婚證書，不解地問：

「這是什麼意思？」

「我想通了，有些事我已經不在乎了……」

「我不懂？」邱慶成搖著頭，「如果是這樣，妳為什麼還要幫我？」

「這是一場你死我活的鬥爭。我知道你的處境，不想在這個時候跟你吵吵鬧鬧，稱了別人的意……」

＊

關欣離開邱慶成的住處，走在繁華的東區街道上。絢爛的霓虹燈交映著亮晃晃的商店，在夜裡顯得格外耀眼。她停在一家冷清的泡沫紅茶店前，忽然覺得累了，不想再往前走。泡沫紅茶店的裝潢不算漂亮，卻有種潔淨明亮的氣氛透過落地玻璃，吸引她走了進去。

她點了一杯珍珠奶茶，隔著落地玻璃坐在靠窗的位置。

吸吮著甜甜的奶茶，她腦海中浮起她和蘇怡華在家中收拾雜亂，去行天宮祈福，在海邊擁吻以及在雨中唱歌的情境……往事歷歷，如畫面般一幕一幕流動。

超級商店前，有個年輕人正打著公共電話，急切地比手畫腳，似乎有很多重要的事情必須向對方解釋。隔著玻璃，那樣的畫面反而構成了一種默劇似的趣味……

關欣靜靜地觀看著。直到有個小女孩悄悄地站在身邊，拉著她的衣角，天真地問：

「阿姨，要不要買花？一朵才十八塊。」

關欣回神過來，望著那女孩手上的一大籃玫瑰，對她笑了笑。

她挑出一朵粉紅色的花朵，拿在手上。小女孩接過關欣的二十元，堅持要找錢。

「謝謝阿姨。」

她把兩塊硬幣塞在關欣手上，一溜煙似的跑了。

關欣一手拿花，一手拿著硬幣，自我解嘲似的笑了笑……她記得從前看過一本叫做《月亮與六便士》的小說。雖然月亮與六便士都是澄黃色的圓形，然而前者聖潔高貴，後者卻是最不起眼的硬幣。換個角度看，月亮儘管美麗卻不能像六便士一樣可以買到一個起碼的麵包。理想與現實，夢想與生活，何者的價值高貴？

關欣愣愣看著手上的花朵與硬幣。過去她總以為寫故事的人瘋狂。人生一路走來，竟然發現自己落入了相同的困境與迷惑中。問題是，誰來給我們解答呢？

玻璃窗前，公共電話前那個年輕人掛了電話。看來他似乎沒有把話解釋清楚，不歡而散。

關欣望著那個空盪盪的電話亭，又看了看手中的硬幣，終於決定起身用手上的硬幣打電話給蘇怡華。

服務小姐又送來了一杯珍珠奶茶。

「我不懂，」蘇怡華坐在關欣前面，一臉疑惑的表情，「我不懂妳為什麼要幫邱慶成？」

關欣玩弄著手上的玫塊花，淡淡地說：

「畢竟他的醫術不錯，在教學方面也很突出，他可以治好很多病人，也可以教出很多好的醫生……」

「妳記不記得我曾經跟妳說過，他的道德操守有問題……」

「我說過了，那天晚上，是我不好，」關欣沉默了一下，「也許他並不適合擔任行政工作，他也願意辭去外科主任的職務……」

「我不懂，而妳明明知道事情的真相的……」蘇怡華撫著頭，「這太不像妳嫉惡如仇的個性了。」

「你是不懂，」關欣笑了笑，「這就是我。」

蘇怡華用迷惘的眼神看著關欣。他沉默了好一會，終於問：

「妳希望我怎麼做？」

「我希望你能去和徐大明談談，說服他支持邱慶成的決定，讓他保留主治醫師和教授的職務……」

「我只不過是外科的副主任啊！」

「我知道……」關欣不安地交搓著雙手，下定決心似的說，「徐院長的女兒和你交情不錯。」

蘇怡華的反應像是聽見世界上最荒謬的事情似的，雙手搓揉著臉龐，沉思什麼似的。

「是徐院長拜託我照顧她……」蘇怡華激動地解釋著，說到一半，忽然意識到那樣只會愈描愈黑，無奈地又停了下來。

「我在想，也許他聽得進你的話……」

蘇怡華一副有苦難言的模樣。他別過臉去，不曉得該說什麼才好。過了一會，他回過頭來看著關欣：

「妳可不可以給我一個理由，為什麼妳要這樣做？只要給我一個理由……」

關欣低下頭，沒有說什麼。

蘇怡華歎了一口氣。他問關欣：

「妳告訴我，妳來找我，是妳自己，還是邱慶成的意思？」

關欣的眼眸不安地流動著，對蘇怡華說：

「是我自己拜託你的。」

「我明白了。」那並不是蘇怡華期待的答案。

他一臉失落的表情，緩緩地低下頭去吸吮奶茶。不知不覺，幾乎把整杯珍珠奶茶喝光……直到他回過神來，看見賣花的小妹妹站在他的眼前甜甜地笑著。

「先生，要買花嗎？」小妹妹問他。

蘇怡華問明了價錢，從口袋裡掏出鈔票，買下所有的玫瑰花。他把一大束的玫瑰花擺到關欣面前。

「我答應妳盡力而為，」他深深地吸了一口氣，「我只希望妳知道，我願意為妳做任何事情……」

「謝謝你。」說完之後，關欣靜靜地看著蘇怡華。

也許蘇怡華還期待關欣說些什麼，可是她只是沉默地看著他。蘇怡華覺得有些尷尬，淡淡地說：

「那麼，我先走了。」

他走出泡沫紅茶店，回頭又跟關欣揮了揮手。關欣就坐在玻璃窗前，望著他的背影消失在窗外。

關欣捧起那一大束鮮紅欲滴的玫瑰花，愣愣地看著，看得出了神。

42

陳庭走出了病房，翁律師以及葉先生都站在門口送他。

「按鈴申告邱慶成的事，就麻煩翁律師準備一下，」陳庭深思熟慮地說，「下週三他們醫院會召開院務會議，我希望這個動作能給他們一些壓力，早一點作出表決……」

「好，」翁律師表示，「等一下我會和葉先生就細節進一步討論。」

葉先生沒有說什麼，只是客客氣氣地對著他們兩個人一直點頭。

陳庭和他們揮手告別，走出了康和醫院。他看了看錶，坐進等候在門口的轎車裡。

「剛剛陳寬醫師醫院的助理匆匆忙忙過來，」司機轉身過來，遞給他一個信封，「她說這封信很緊急，請你馬上看。」

陳庭接過信封，淡淡地說：

「回診所去。」

司機回過頭去發動引擎。汽車緩緩地開出了康和醫院。

陳庭從西裝襯裡口袋拿出老花眼鏡戴上，瞇著眼睛看那封信。信封上面是陳寬方方正正的鋼筆字跡，寫著：

父親大人 親啟

他拆開了信封，展開摺疊工整的十行式信紙。信紙上面是陳寬秀麗的鋼筆字跡，看得出來字型刻意地被放大了。

父親大人膝下：

當您看到這封信的時刻，孩兒應該已經進到開刀房，接受蘇怡華醫師的手術了。我的病理診斷是Borrmann第三型胃癌，腫瘤的位置在胃大彎側靠幽門附近，四、五公分大的腫瘤。診斷相當確定，內視鏡和病理切片的報告也完全吻合。從昨天電腦斷層報告看來，食道、主動脈附近都疑似有淋巴轉移，情況並不樂觀。

陳庭看到這裡停了下來。他張大了口，幾乎不能相信自己的眼睛。陳庭顫抖地捧著信紙，從頭再看起，彷彿那樣，可以改變信的內容似的。

敬愛的父親，我不知道該如何向你表白我現在的心情。我深深地感到對不起你和母親。對不起你們對我的期望，我不敢想像你們知道這件事以後的擔心與哀慟……我還對不起文秀以及孩子，我從來不是一個好兒子、好丈夫、好爸爸……

這幾天，我一直在思索著過去，以及未來的事情。儘管我曾有許多醫治胃癌病人的經驗，但當事情面臨自己身上時，仍然是無法承受的打擊。作為一個醫者，我們注定比別人更早看到了自己的疾病與死亡，但也因為這樣，我深刻地理解到，這是我們的痛苦，卻也是我們的幸運。

想起過去種種，我一直不能理解的是，我的人生不曉得都在忙些什麼，太少有機會和真正在乎的人好好相處。我發現自己對家人、孩子、朋友，竟還有那麼多沒有做完的事情，而未來卻是那麼地有限……

敬愛的父親，請你原諒我在這樣的時刻、用這樣的方式告訴你這件事。我之所以作這樣的選擇，也許因為你是我最尊敬的父親，同時也是我最信賴的醫者吧。我已經把手術交給蘇怡華醫師了。因此，當我從麻醉醒過來，我們將一起面對結果。那時候，我希望你也能和我一樣地堅強。

因此，不管手術的結果是好或壞，都請父親為我祝福吧。

兒寬　敬叩

看完了信，陳庭只覺得全身虛軟無力，側倒在車窗上喘著氣。

「院長，什麼事？」司機聽到了聲響，抬頭看了一眼後照鏡。

陳庭強作鎮定地說：

「去陳寬的醫院，馬上去。」

車窗外一棟一棟的大樓流動了過去。陳庭仍然無力地喘息著，他呼出來的熱氣蒸得透明的玻璃一片迷濛，很快就遮蔽了窗外的景致。

*

手術檯上，蘇怡華穿著全套無菌罩袍、手術面罩、手套，把一雙血淋淋的手伸進病人的腹部，翻摸了半天，又把手伸進腹部深處，邊摸索邊皺眉頭。終於，他伸出手來，交抱在胸前，好一陣子不說話。

「怎麼了？」手術檯上的住院醫師問。

「請老劉過來照相。」

過了不久，教材室的老劉拿著相機跑了過來。

「蘇醫師？」

「麻煩你照幾張幻燈片，」蘇怡華把手再度伸進腹部，把胃囊翻了出來，對著老劉說，「這個區域……」

老劉拿了張矮凳踩了上去，對著蘇怡華指定的區域喀嚓喀嚓地照相。蘇怡華又翻動胃部，指著另一個區域：

「包括淋巴結以及血管，都要照進去……」

老劉又照了一張，皺著眉頭嘖嘖地說：

「淋巴結到處都轉移了……」

蘇怡華沒說什麼，調整了一下腹腔擴張器，又指定了一個照相區域。

「簡直是沾黏得一塌糊塗……」老劉照著相，興致勃勃地問，「這種手術能開嗎？」

「大概只能做局部切除。」蘇怡華無奈地說。

老劉從矮凳上下來，順手從麻醉機上的病歷撕下一張病人資料的貼紙，漫不經心地看了一眼，歎了口氣說：

「哎，才三十幾歲，這麼年輕……」

蘇怡華又翻動了一下胃囊，要求老劉再照一張幻燈片。老劉提著矮凳，選了一個理想的照相位置，又站了上去。

「這麼厲害的腫瘤實在是少見……」他邊對焦邊嘖嘖稱奇，對了半天，想起什麼，忽然抬起頭看著貼在他手臂上的標籤，「這個病人怎麼和我們外科陳寬醫師一模一樣的名字？」

蘇怡華一陣心酸，不由自主地停下手邊的動作。

「老劉，你先拍，」他從手術檯下來，「我出去喝杯咖啡，馬上回來。」

住院醫師白了老劉一眼，老劉似乎也立刻察覺事態不妙，愣在那裡。

蘇怡華匆匆忙忙衝出手術房，脫掉手套、解開口罩。他穿越更衣室，走到休息室的咖啡機前打了一杯咖啡，坐在沙發前喝完那杯熱騰騰的咖啡。

他雙手撫面，一剎那之間，再也承受不住激動的情緒。

陳庭匆匆忙忙奔向恢復室，正好在門口碰見蘇怡華從恢復室走出來。

「情況怎麼樣？」他焦急地抓著蘇怡華的手。

「現在還在麻醉恢復中，」蘇怡華解下口罩，「恐怕你要過一會才能進去看他。」

「腫瘤完全切除了嗎？」

「腹腔裡面沾黏得太厲害了，並且在食道、肝動脈、主動脈附近都有淋巴轉移，」蘇怡華搖搖頭，「我只能做局部切除，繞道十二指腸。」

陳庭睜著眼睛，用不解的眼神望著蘇怡華。

「他還能活多久？」

蘇怡華低下了頭。

「他還有三個月好活嗎？」陳庭問。

蘇怡華沒有任何回答。

「難道連三個月都沒有了嗎？」

「對不起……」蘇怡華激動地說，「對不起。」

陳庭轉過身，失魂落魄地走向病人家屬等候區。

看著他的孤孑的身影緩緩地走遠，蘇怡華不放心地追上前去，問他：

「陳醫師，你還好嗎？」

陳庭背對著蘇怡華，抬手擺了擺，頭也不回地說：

「我沒事……」才正說著，一個踉蹌沒有踩穩，整個人就昏厥了過去，癱倒在地上。

*

陳庭醒來的時候，發現自己躺在蘇怡華的實驗室裡，手上還掛著點滴。他掙扎著爬起來，急急忙忙拔掉了針頭，壓著傷口準備趕過去恢復室。走了幾步，忽然感到頭暈目眩，整個人跌坐在地上喘息。

正好蘇怡華從走廊上走過來，焦急地問：

「陳醫師，怎麼回事？」

「沒事……」陳庭掙扎著想要爬起來，立刻又感到一陣暈眩。

蘇怡華連忙過來扶住他，對他說：

「你現在血壓太低，還不能站起來，你應該再休息一下……」

「不行，我一定要去看陳寬。」陳庭堅持著。

蘇怡華扶著陳庭，想了想，無奈地說：

「我請人找張輪椅來，再送你過去看他，好不好？」

過了一會，蘇怡華請研究助理找了把輪椅過來，合力扶著陳庭坐上輪椅，推著陳庭過去恢復室。

「他醒了嗎？」陳庭問。

「剛剛睜開眼睛了，還有一點迷迷糊糊。」

「他知道手術的結果了？」

「還不知道。」蘇怡華搖了搖頭。

陳庭不知道想起什麼，伸過手來，抓著蘇怡華的手，感慨地說：

「謝謝，謝謝你……」

蘇怡華沒有說什麼，也抓著陳庭的手。

他們進到恢復室，蘇怡華指著陳寬病床的位置給陳庭看。還沒走到床畔，陳庭就堅持輪椅停下來。

「我看起來還好嗎？」陳庭回頭憔悴地望著蘇怡華，努力著要從輪椅上站起來，「我不要他看到我這個樣子。」

蘇怡華扶著陳庭，隨著他緩緩向前。他們走到病床前，輕輕地掀開隔離簾幕。聲響使得病床上的陳寬睜開了眼睛。

「爸爸……」他掙扎著想要爬起來，牽動了手術的傷口，微微地皺著眉頭。

陳庭激動地掙脫蘇怡華的扶持，衝過去抓住陳寬的手，嘟囔著：

「爸爸來了。」

「爸爸，」陳寬努力地說，「對……不起。」

「手術很順利，」陳庭撫著陳寬的頭髮，「一切都很順利……」

「對不起，爸爸……」

「什麼都不要說……」

儘管陳庭強作鎮定，可是仍忍不住情緒，臉上老淚縱橫。

43

清晨，美茜撿起了從門外塞進來的早報，那種戒慎恐懼的感覺，彷彿送進來的不是早報，而是訃聞。

「你要先看嗎？」她問邱慶成。

邱慶成苦著臉接過了那份早報，坐在餐桌前攤開來看。美茜就坐在他的面前，瞥見頭版的標題斗大的字寫著：

「自清」運動？「撇清」運動？

病人按鈴申控醫師收受賄賂，又有多名教授陷入紅包弊案

「這回是誰？」美茜問。

邱慶成專注地看著報紙，漫不經心地回答：

「麻醉科的賴成旭。」

「賴成旭？」美茜滿臉疑惑，「他又怎麼了？」

「他比我還慘，不過是自清運動簽名的時候被記者拍到，」邱慶成放下了報紙，無可奈何地笑了笑，「病人直接告到地方法院去了。」

美茜也覺得不可思議，皺了皺眉頭，拿起那份早報。

到了中午，他們同時在電視新聞報導看到了按鈴控告賴成旭的畫面。病人家屬咬牙切齒對

著麥克風說：

「我們看不慣這種拿了紅包還要自命清高的偽善，如果社會容許這樣的人繼續在高位，那麼，不但我們的生命沒有保障，我們這個社會和得了絕症有什麼兩樣呢……」

病人家屬還罪證確鑿地指出賴成旭家中沙發的顏色，櫥櫃擺設。他們義憤填膺的表情，彷彿與賴成旭有不共戴天之仇似的。

「妳有什麼想法？」邱慶成問美茜。

「這樣恐怕會引起連鎖反應……」美茜看著邱慶成。

「我反倒擔心這些反應會逼得徐大明必須速戰速決，」邱慶成撫著下巴，「殺一儆百……」

「既然葉先生他們肯跟我說話，我再去康和醫院跑一趟好了，至少把局勢穩到下個禮拜三以後……」美茜想了想。

美茜匆匆忙忙到了康和醫院，走進原先的病房，發現裡面的人通通不見了，只剩下一間空盪盪的病房。

「病房的人呢？」她問一個走過來的護士小姐。

「早上出院了。」

「她們到哪裡去了呢？」

護士小姐搖了搖頭，對她露出甜甜的笑容。

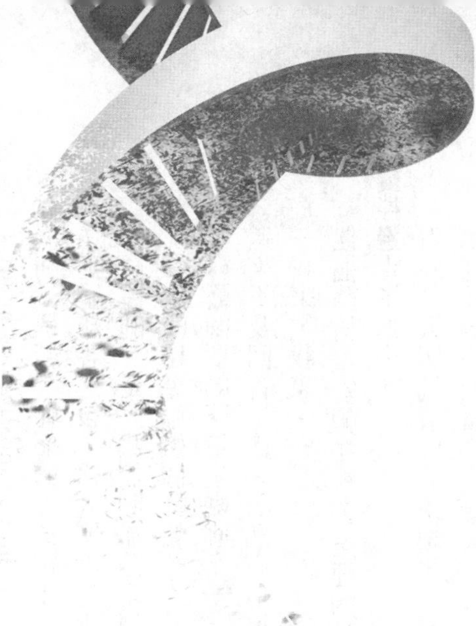

第十一章

44

蘇怡華坐在院長辦公室外面的會客室，忐忑不安地等待著。

過了不久，看見他從辦公室送幾位金髮碧眼的外國學者出來，和他們握手告別。

「Thank you for your coming, I'll see you tomorrow morning at the conference……」徐大明的英文還算流利，敬禮、鞠躬的方式卻十足的東方風格。

送走了訪客之後，徐大明看見坐在會客室的蘇怡華，立刻露出了笑臉。

「蘇醫師，走，我們到辦公室裡面坐。」

院長室的秘書小姐問蘇怡華：

「蘇醫師要喝茶還是咖啡？」

還來不及回答，徐大明熱心地搶著說：

「我來，我來。」

他把蘇怡華安頓在辦公室裡的沙發上，自己跑出來沖泡即溶咖啡，端著熱騰騰的咖啡，邊攪拌邊走了進來。

看到徐大明端著咖啡走進來，蘇怡華受寵若驚，連忙站起來，不好意思地說：

「院長，不敢當……」

「哪裡，哪裡，」徐大明把咖啡放在蘇怡華面前的桌几上，笑著說，「我才要感謝你呢，翠鳳自從認識你以後，變了個人似的……」

蘇怡華不太自在地笑了笑。過了一會說：

「我今天來，主要是有件事想拜託院長……」

「什麼事？」徐大明笑咪咪的表情，「你說，不要客氣。」

「關於紅包弊案，邱主任希望提出辭呈，辭去外科主任的職務……」

「這我倒是聽說了。」徐大明臉上的笑容一下子收斂了起來。

「我希望，」蘇怡華猶豫了一下，「院長能同意讓他保留主治醫師以及教職……」

徐大明撫了撫下巴，意味深遠地看著蘇怡華，問他：

「是邱慶成拜託你來關說的？」

蘇怡華搖了搖頭。

徐大明想了一下說：

「我雖然是院長，但這件事必須經過院務會議討論，恐怕也不能完全由我作主……。」

「這件事情到目前為止還未進入司法程序。邱主任算來是公務人員，院務會議恐怕沒有權力解除他主治醫師的職務……」

徐大明起身踱著步，沉思什麼似的。蘇怡華隨後站了起來。徐大明回頭看著蘇怡華問：

「也許是我多慮了，不過，你可曾考慮過，你升了外科主任以後，留邱慶成在你下面的後果？」

蘇怡華被徐大明問得啞口無言，不知該如何回答。

「你的天性寬厚，這不是壞事。」徐大明笑著說，「下禮拜三晚上是翠鳳生日派對，記得要過來。」

「是，」蘇怡華看著徐大明，欲言又止，「報告院長，關於邱主任的事……」

徐大明又誇張地笑了笑，看不出任何贊成或反對的意思。

「我現在最關心的是禮拜三的派對，那時候你變成了外科主任，」他拍著蘇怡華的肩膀，「當作翠鳳的生日禮物，嗯？」

＊

美茜現在站在徐大明的住宅外面，看著這棟豪華建築，以及停在門口徐大明的座車。夜色漸深，四周住家的燈光早已亮了起來。

她鼓足勇氣，按了電鈴。

「請問是哪位？」門口的對講機傳來徐太太的聲音。

「我找徐院長。」

「請問哪位找徐院長？」

美茜猶豫了一下，硬著頭皮說：

「我是邱慶成醫師的太太。」

對講機那頭沉默了一會，徐太太的聲音躲躲藏藏地說：

「徐院長不在家……」說完掛掉了對講機。

美茜不甘心，又按了電鈴。

「喂，」徐太太的聲音。

「院長的座車在這裡，我知道他在家，」美茜焦急地說，「我一定要和他說話……」

「妳回去吧，不要再按電鈴了。」徐太太又掛了對講機。

「今天徐院長不和我說話，我是絕對不會離開的……」美茜又繼續按電鈴，發狂似的用力搖晃鐵門。

過了一會，庭院的電燈打開，徐太太終於從住宅裡走了出來。她打開庭院前的鐵門，站在門口和美茜說話：

「邱太太，徐院長目前不方便和妳說話，妳有什麼事情告訴我吧，我會轉告。」

「讓我見徐院長，」美茜氣吁吁地嚷著，「我要親自和他說話……」

「左鄰右舍都在休息，妳不要這麼大聲嚷嚷。」

「徐院長到底做了什麼虧心事，不敢見我？」美茜嚷得更大聲了，「我偏偏要在這裡大嚷。」

「邱太太，」徐太太變了臉色，「妳再這樣，我只好打電話報警了。」

「妳去報警啊，徐院長不敢見我，我就繼續在這裡大聲嚷嚷。最好連記者們都一起請來……徐院長過去拿了不開業獎金，自己晚上還不是照樣在外面兼差，這和收紅包有什麼兩樣？大家都同樣領公家的薪水，為什麼要這樣趕盡殺絕？」

徐太太無奈地後退了一步，讓美茜走進來。

「妳有什麼話，我們到裡面說就是了，不要這樣大吼大叫……」

她領著美茜走進了住宅。徐大明罩著一件睡袍，就站在客廳，面無表情地問美茜：

「妳有什麼事要跟我說？」

「徐院長，你過去自己晚上也在外面開業，為什麼對邱慶成要趕盡殺絕？邱慶成到底做了什麼對不起你的事？」

徐大明皺著眉頭，沒說什麼。徐太太在一旁忙著解釋：

「邱太太，徐大明在外面開業，那是從前的事了。他自己很有警覺，當上內科主任以後就全部收起來了。」

美茜詭異地笑了笑，得意地說：

「好，有妳這句話，我也就夠了。」

她從大衣口袋拿出袖珍型的錄放音機，按停了錄音開關，倒帶，把音量調最大，重新播放。

「妳這是什麼意思？」徐大明訝異地問。

錄放音機播放出來的聲音雖然有沙沙沙的干擾，但仍清楚地可以分辨剛才的對話：

妳有什麼事要跟我說？……徐院長，你過去自己晚上也在外面開業，為什麼對邱慶成要趕盡殺絕？邱慶成到底做了什麼對不起你的事？……邱太太，徐大明在外面開業，那是從前的事了。他自己很有警覺，當上內科主任以後就全部收起來了……

「妳好卑鄙！」徐太太邊說，忙著要過來搶那台迷你錄放音機。

她一把抓住了那台錄音機，邊和美茜兩個人妳來我往，激烈地爭奪，誰都不肯放手。

「妳把錄音帶還給我！」徐大明也激動地衝過來助陣。

美茜不知哪裡來的蠻力，猛然一個轉身，把徐太太甩在地上。她抓著錄音機，頭也不回地奪門而出。

深夜，當關欣躺在床上快要進入夢鄉時，接到了徐大明的電話。

「請妳轉告邱主任，叫他明天把辭呈提出來吧！我會在週三的院務會議中支持並且配合他的想法……」

掛上電話，關欣有如丈二金剛，摸不著腦袋。她整個人清醒了過來，再也無法入眠。在聯絡邱慶成之前，她先撥了一通電話給蘇怡華。

「關於邱慶成的事，剛剛徐院長打電話給我了，」她猶豫了一下，「我打這通電話，主要是想跟你說，謝謝。」

蘇怡華在電話那頭抓著話筒，竟然一點都不曉得該說什麼才好。

*

週三的院務會議很順利地通過了邱慶成的辭呈。

「這件事牽涉的層面愈來愈廣，加上賴成旭醫師的事件也已經進入司法程序。我想，醫院最重要的應該是如何凝聚共識，面對危機，而不是鬧內訌。」徐大明看了看與會的各主管，「這件事既然已經作出交代，我想就到這裡為止，大家有沒有什麼意見？」

會場內，竟不再有人說話。徐大明滿意地點了點頭，接著說：

「外科現在困難這麼多，主任一直懸缺也不是辦法。我提議由蘇怡華醫師接任外科主任，」他低頭看手上的發言條，「近來年，蘇怡華醫師在外科的表現有目共睹。他目前是外科副主任兼外科學科教授，我相信，由他來接任外科主任可以說是順理成章。特別是這樣的時刻，以他的道德操守，更是領導外科的不二人選。」

徐大明一口氣唸完他寫在發言條上的字，緩緩地抬起頭，環顧會場，沒有人表示任何其他意見。

這件事情就算這樣通過了。

入夜後，徐翠鳳的生日派對便在徐大明住宅前面的庭園熱熱鬧鬧地開始了。受邀的人除了徐翠鳳的同學、朋友外，清一色都是醫院的教授、各科系的主管，護理長以及太太們。他們各自拿著杯子，或者餐盤，三三五五地自成聚落。

舞台上，室內樂團正在演奏著泰爾曼的長笛協奏曲。各式各樣的禮物堆滿了舞台周遭有限的空間。舞台旁，耀眼地停放著一輛綁上了綵帶，嶄新猩紅色的法拉利跑車。

穿著西裝的侍者忙碌地在人群間穿梭，遞送飲料。庭園的另一側，則有穿戴整齊的廚師供應著現烤的美味。

徐大明這個晚上的心情特別愉快，他穿著正式的小禮服，指著草坪，對圍在他身邊的賓客說：

「這些草坪，一個多月前我就開始緊張了，花錢請人買種子回來，每天灑水照顧，種了半天，竟然長出蔬菜來……」

賓客間不約而同地發出笑聲。

徐太太則領著一群女士，對著庭園的燈光以及布置指指點點。

「他院長當慣了，光是一張嘴巴，到頭來還不是要我一件事一件事去張羅……」儘管她抱怨連連，可是看得出來表情還是心滿意足的。

蘇怡華抵達的時間稍晚。他冒冒失失地帶著禮物衝進來，對著徐大明不斷地鞠躬：

「對不起，剛剛手術才結束……」

徐大明一看到蘇怡華，立刻漾出一個大笑臉。他顧不得才說到一半的話，轉過來招呼蘇怡華：

「恭喜，蘇主任。」

他和蘇怡華握手，又拍他的肩膀，熱心地領著他到處去拜會醫院各科主任。

蘇怡華隨著徐大明和他們一一握手、問候，恭喜之聲也隨著他所到之處，此起彼落。

忽然間，蘇怡華在人群間看見了關欣。徐大明指著蘇怡華對關欣說：

「關主任，你們彼此應該都認識，我不用多介紹，來，今天才出爐的外科主任！」

關欣舉起酒杯，冷冷地對蘇怡華敬酒：

「恭喜了，蘇主任……」

「好，喝酒，來，來，」徐大明笑咪咪地從侍者的托盤取了兩杯香檳酒，分一杯酒給蘇怡華，「恭喜蘇主任。」

「謝謝……」蘇怡華心虛地舉起酒杯。

喝完酒後，徐大明看到了舞台上有人朝他作手勢。他轉身說：

「對不起，你們先聊聊……」說完把酒杯放回托盤上，快步跑上舞台。

徐大明離開之後，氣氛有些尷尬。關欣一直沉默不語，蘇怡華看著她，想說些什麼，可是又不知該從何說起。

不久，舞台的音樂停了下來。「生日快樂歌」的旋律輕快地響了起來。

「Happy birthday to you, happy birthday to you……」

賓客們很自然地跟著旋律唱和。歌聲中，徐翠鳳穿著低胸的黑色晚禮服從住宅大門走了出來，豔光四射地步上舞台。

現在音樂停了下來，徐大明、胡睿倩以及徐翠鳳一家人站在舞台上。

「我首先要歡迎並且感謝大家的光臨，」徐大明調整了一下麥克風，他牽著徐太太的手，「常常聽別人感歎，女兒是賠錢貨。雖然我總是忘記，不過，每年到了這個日子，總是一再被提醒這個事實……」

庭園裡響起一陣笑聲與掌聲。

「我不曉得她打算什麼時候嫁人，可以肯定的是，那時候可就不敢這麼囂張地替她辦生日派對了。因此今天晚上，我們打算把她寵壞……」

又是一陣掌聲。

「不管如何，我們很高興她今年和我們在一起，帶給我們那麼多快樂時光。現在，我和睿倩要送給她我們的生日禮，並祝她生日快樂。」

在室內樂團的樂聲中，徐大明從胡睿倩手中接過那把汽車鑰匙，轉贈給徐翠鳳。徐翠鳳高興地抱著父母親擁吻，跑下舞台去發動法拉利汽車的引擎，誇張地踩得油門轟轟作響，並且高鳴喇叭。

舞台下再度響起了歡呼以及掌聲。

一時之間，燈光全暗，〈生日快樂歌〉的旋律再度響起。在一陣低沉的驚呼聲中，幾名侍者從舞台後推出一座七層蛋糕，緩緩步上舞台。蛋糕上熒熒的燭光照得舞台一片通紅。

徐翠鳳拿著蛋糕刀，激動地站在蛋糕前。燭光照著她臉頰的淚水，反射出閃閃的光芒。

「這一年，我要感謝我的父母親為我做的一切，」她一手擦拭淚痕，「同時我也要感謝蘇怡華醫師。是他改變了我，讓我懂得珍惜與感激，我希望今晚他能上台來和我一起切蛋糕。同時我要宣布他剛剛榮升了外科主任的好消息，我願意藉這個機會恭賀他，並且把今天這個派對所有的喜悅，與他一起分享……」

所有賓客的目光紛紛投向蘇怡華身上。

「我……」蘇怡華慌忙地轉頭看了關欣一眼。

關欣沒有說什麼，只是定定地看著他那不知所措的眼神。

掌聲一陣一陣響了起來，蘇怡華幾乎是瞠目結舌地被眾人推上舞台。

〈生日快樂歌〉的旋律不斷地重複著。掌聲、歡呼聲一波緊接著一波，熱鬧得不得了。

他和徐翠鳳共同持著蛋糕刀，在派對最高潮的時刻，切下了第一刀。

樂團仍演奏著舞曲，派對在種種祝福以及拆禮物等餘興節目之後，持續熱鬧地進行著。有人拿著酒杯到處乾杯，有些人則興致地邀請舞伴，翩翩地在庭園中心起舞。

蘇怡華站在徐大明身旁，搜索式的目光瀏覽過會場，發現關欣不曉得什麼時候已經離開了。

「今天我總算又了卻了一樁心事，真是愉快，」徐大明的心情似乎特別愉快，他拿出手帕擦了擦嘴角上殘留的起司，彷若無事地看著蘇怡華，問他，「你和翠鳳打算什麼時候訂婚？」

45

蘇怡華開著汽車往陳寬家裡的路上，注意到兩旁行道樹樹葉已經開始變色，風吹來的時候，捲起馬路上紅褐色的落葉，紛紛在空中翻飛。

踩進陳庭內兒科診所，搭著電梯直達五樓，前來開門的是陳寬的太太文秀。也許是身材嬌小緣故，她看起來比應有的年齡還要年輕，一點也不像是有一個孩子的母親。

「不好意思，打擾了。」蘇怡華說。

「不會，不會，」文秀連忙說，「我相信他一定很高興看到你。」

她領著蘇怡華，走向陳寬的臥房。

「他今天的情況不太好，」文秀面帶慼色地說，「昨天咳了一整晚。」

她敲敲門，推開臥房房門。陳寬半躺臥在床上，虛弱地拿著麥克風正在錄音。他看到蘇怡華進來，放下麥克風，按停了錄音機按鍵，轉過身高興地喊他：

「蘇醫師……」話沒說完，一陣劇烈的咳嗽咳得他幾乎無法喘息，好不容易咳出一口痰來，吐在衛生紙上，「對不起……」他脹紅了臉，閉上眼睛，緩緩地深吸了一口氣，「文秀，麻煩妳幫我墊枕頭。」

文秀過來扶著他，在他背後加墊枕頭，讓他稍稍坐直。

「輕一些……」陳寬又皺了一下眉頭。

蘇怡華拾起床頭櫃上的聽診器，在陳寬胸前仔細地聽了一會，又翻了翻他的眼瞼，雙手在他身上摸摸敲敲。

「肋膜胸是有一些積水。」蘇怡華放下聽診器，表情凝肅地說。

「我想我會呼吸困難，窒息而死。我可以感覺到，水已經淹到這裡來了，」陳寬比著左側乳頭的高度，無奈地笑了笑，「如果可以選擇的話，我寧願是肝臟轉移，至少我會先昏迷……」

過了不久，文秀倒了一杯熱茶進來。

「請喝茶，不要客氣。」陳寬意味深長地說，「恭喜你。我聽說，你終於順利地升上了外科主任……」

蘇怡華喝了一口熱茶，抬起頭對陳寬笑了笑。

「你還記得我們在網球場談過的事？」他歎了一口氣，「好可惜，我現在不在科裡面，看不到你的風光……」

「我們別談醫院的事了，」蘇怡華放下了茶杯，「我剛看你拿著麥克風和錄音機，都在忙些什麼？」

「我準備每年生日時送給小孩一些話和鼓勵……」陳寬望了望手邊的麥克風和錄音機，「我這個做爸爸的沒辦法看著孩子長大，覺得很內疚。我希望，當他想起我的時候，可以重複地聽著錄音帶。至少，讓他感覺到，我彷彿還一直在他身邊……」

不知不覺，眼淚沿著陳寬的臉龐流了下來。蘇怡華遞給他一張衛生紙。

「我現在已經錄到他小學二年級的生日了，不過我的情況愈來愈差……」陳寬擦擦淚，又咳嗽了起來。

蘇怡華過去拍他的背，並且安慰他：

「會的，一定會來得及的……」

陳寬咳出來一大口血痰。兩個人看著衛生紙上的血痰，沒有說什麼。蘇怡華把衛生紙丟到垃圾桶去。房間裡一片靜默。

低迷的氣氛持續了一會，陳寬主動問蘇怡華：

「你要不要看我整理的照片？」

「照片？」

「多虧了這場病，讓我有時間坐下來好好整理照片，」陳寬指著床頭櫃下面的抽屜，「麻煩你打開抽屜。」

蘇怡華打開抽屜，從一本一本的相簿中，取出陳寬指定的那本。

「你看，這是我住院醫師第一年的時候照的，」陳寬興致地翻開相簿，指著其中一張照片，「你那時候是總住院醫師，不曉得為什麼，大家都非常怕你。」

「真的？」蘇怡華問。

「你看，」陳寬指著照片說，「你那時候的樣子。」

「我看起來好像真的很嚴肅，」蘇怡華看著照片感慨地說，「我竟然完全不記得還有這張照片。」

陳寬又翻了一頁，指著其中一張照片，笑了笑說：

「那年我們參加外科盃網球雙打，得了冠軍。」

「是啊，那是我們的全盛時期，氣得唐國泰在球場摔拍子……」蘇怡華興奮地說。

「你記不記得，從此以後我們兩個人就變成黑五類了，唐國泰有什麼好事，絕對不會找我們。」

「難怪你每年打球都刻意放水，我還一直被蒙在鼓裡，不曉得出了個大內賊……」蘇怡華開懷地笑了起來。

陳寬也跟著蘇怡華傻傻地笑。

「現在想想，故意輸給唐國泰那麼多年，好像也沒有什麼用……年輕的時候什麼都害怕，可是從來也不曾想過自己到底真正在害怕些什麼……」

陳寬又翻了幾頁相簿，看著裡面的照片，若有感觸地說：

「想清楚了，人生實在沒有那麼多好怕的。如果再重來一次，我一定儘量按照自己的意思，更勇敢地去追求自己內心的渴望……」

「勇敢地去追求自己內心的渴望……」蘇怡華喃喃地重複著。

他忽然看到一張合照，上面有許多人，關欣也在其中，不知道為什麼，跟著感傷了起來。

「那時候實在應該多照一些相片的，」看完了照片，陳寬感慨地說，「在醫院這麼多年，就剩下這些了……」

蘇怡華握著陳寬的手，笑著鼓勵他：

「還有我啊，我們永遠是最好的朋友……」

蘇怡華說完，要過去擁抱陳寬，不知怎地，陳寬搖著頭拒絕他的擁抱。

「你先別急。有件屬於你的東西，我要還給你，算是我送你的禮物吧，」他指著床頭櫃抽屜，「麻煩你打開，有一包牛皮紙袋……」

蘇怡華疑惑地拿出那包薄薄的牛皮紙袋，好奇地問：

「什麼東西？」

「你打開看看吧！」

蘇怡華打開牛皮紙袋，裡面有一捲沖洗過的底片以及好幾張加洗放大的照片。他拿出照片，乍看還以為是什麼春宮圖片。仔細一看，竟然是那天晚上他和Judy在床上顛鸞倒鳳的特寫鏡頭。他看著一張一張彩色的放大照片，驚訝得幾乎說不出話來。

「這……」蘇怡華不解地搖著頭，「這是怎麼一回事？」

「這是我父親的意思，」陳寬苦笑著，「他很早就看出你總有一天會當上外科主任……」

「我不明白……」

「你把照片和底片都收起來吧，反正現在我已經用不上了……」

蘇怡華張大嘴巴看著陳寬，他想說話，可是一句話都說不出來。

「對不起，」陳寬顫抖地張開雙手，「你還願意擁抱我嗎？」

蘇怡華把照片放在床頭櫃上，緩緩地上前一步。他激動地看著陳寬，終於衝過去床前和他擁抱。

陳寬緊緊抱著蘇怡華，熱淚盈眶。

「現在我們終於可以好好地做朋友了……」他說。

蘇怡華拿著電話話筒，想起陳寬的那句話。

勇敢地追求自己內心的渴望……

不知道為什麼，這時他的心中都是關欣的倩影，她說過的話、所有的照片以及他們曾經共同擁有的美好時光。

撥通電話後，他邀關欣共進晚餐。

「晚上我必須輪值急診室的班……」關欣有些為難。

「關欣，」蘇怡華急切地表示，「我有重要的事情，一定要對妳說……」

關欣想了一下，對蘇怡華說：

「那麼，我們在醫院地下室餐廳……」

「我知道醫院附近有家西餐廳，」蘇怡華吞吞吐吐地說，「一有呼叫，妳隨時可以趕回急診室……」

＊

「我剛剛去看陳寬了……」蘇怡華吃完了牛排，拿著餐巾擦嘴。

「他現在情況怎麼樣？」關欣問。

蘇怡華搖了搖頭。過了一會，感慨地說：

「他在整理相簿、錄音留給小孩……」

天色暗了下來。身著西裝的侍者優雅地在每張餐桌點起了一盞小小的蠟燭，整個牛排館內的氣氛變得格外溫馨。

關欣沒說什麼，氣氛有點感傷。她低頭把剩餘的牛排吃完，也拿著餐巾擦嘴，問蘇怡華：

「你要告訴我什麼事？」

「最近發生了很多事情，大家都對我恭喜。不曉得為什麼，我卻一點都不覺得快樂。特別是徐翠鳳的生日宴會以後，我一直在想，我的生命為什麼會搞成這個樣子？陳寬的病更讓我開始問，到底自己生命中真正的渴望是什麼？所以我很認真地在想……」他支支吾吾地說，「關欣，請嫁給我好嗎？」

關欣擦拭的動作忽然停了下來。她懸著一條餐巾在手上，臉上露出一種驚訝又迷惘的表情。

「我是很誠懇的……」

「我……知道。」她緩緩地放下餐巾。

關欣顯得有些不自在，一接觸到蘇怡華的目光，立刻低下頭去。

「關欣，怎麼了？」

關欣無奈地笑了笑，搖搖頭。

「我不懂……」蘇怡華迷惘地問。

關欣定定地看著蘇怡華，不知想著些什麼。好一會兒，她深吸了一口氣，終於說：

「如果我告訴你，我曾經為一個男人懷孕，甚至為他墮胎……」

「妳是說……」蘇怡華一臉錯愕的表情。

關欣無言地看著蘇怡華。

蘇怡華不解地望著關欣。他衝動地引身向前，想告訴關欣些什麼。只是，話才到嘴邊，雙唇卻不住地顫抖。或許意識到再說什麼都是枉然，他停了下來，緩緩地退回座位上。一張皺摺著的臉，從激昂變成了沮喪、無奈，不斷痛苦地扭曲變形著。

不知經過了多久，蘇怡華沉重地吸了一口氣，問關欣：

「是什麼時候的事？」

「那是過去的事了。」關欣無奈地說，「他娶了一個有錢人家的女兒，繼承了他岳父的大醫院，過著很好的生活……」

「就是妳去花蓮看我的時候？」蘇怡華問。

關欣點點頭，意味深遠地說：

「那時候我懷了孕，還跑去參加他的婚禮……很可笑吧？」她自我解嘲似的笑了笑，「那時候天真地以為只要彼此相愛，就沒有什麼是不可能的事……」

「為什麼當時妳不告訴我？」蘇怡華睜大眼睛。

「當時我姐姐過世了，忽然間，我的世界整個崩潰了。你是我唯一抓得住，支持我活下去最重要的心情。你讓我知道，這個世界還有人在乎我，關心我……我需要你就像一個病人需要吃藥一樣……」關欣低沉地說，「或許我當時內心有太多恐懼了吧，我害怕你離開我，所以很多事情都不敢告訴你……」

「既然如此，為什麼後來要把信件都退還給我呢？」

「我不能一直欺騙自己，一再欺騙下去……」

「到現在，妳還一直愛著那個男人？」蘇怡華問。

「那已經不重要了。」

「那天晚上妳拒絕了我，」蘇怡華想通了什麼似的，「就是因為這個原因？」

關欣搖了搖頭。

「否則，妳為什麼拒絕我呢？」

「你永遠不會明白我經歷過了什麼……」關欣搖搖頭，「我本來以為我們可以重新開始，可是，你知道的，不可能了……」

蘇怡華別過頭，望向窗外，似乎陷入了自己的沉思。過了一會，他回過頭來，告訴關欣：

「關欣，我不在乎妳過去經歷了什麼。我們可以重新開始，妳想想看那些我們共同擁有，生命中最美好的時光……不管發生了什麼事，我只要看到妳快樂，就覺得一切都值得了。」

關欣低下頭去，輕輕地說：

「我感激你曾經給我的一切。」

「我不要妳感激，」蘇怡華關切地說，「我要妳告訴我，妳愛我，妳願意嫁給我。」

關欣緩緩地抬起頭來，淚水從她眼眶中盈溢了出來。她壓抑住情緒，淡淡地說：

「來不及了。」

「為什麼？」蘇怡華問。

「你知道為什麼的。」

「不，妳聽我說，沒有什麼是來不及的……」

「我們別再欺騙自己了。」

「關欣，妳聽我說，我可以辭去外科主任、辭去外科教授、辭去一切的職務……只要妳願意嫁給我。」

「你不會甘心的……」

「我們可以遠走高飛，離開這裡的一切。我們一起到鄉下開業，妳可以麻醉，我來開刀……」

「你有很好的前途，我不值得你這樣……」

「我不在乎什麼前途、什麼未來，」蘇怡華抓著她的手，「我只在乎妳。」

「你花了多少時間才走到這裡，這是多麼不容易的事？你這輩子到底還剩下多少時間？你難道還不明白嗎？我們最美好的歲月過去了。我們早已承擔不起那麼美麗的夢了……」

「我不在乎。除非妳親口告訴我，說妳不喜歡我，請我不要再打擾妳。如果是這樣，我會心甘情願，立刻坦然地離開的……」

關欣搖搖頭，擦著直往下流的淚水。她哽咽地說：

「不，不是這樣……」

「如果不是這樣，請妳嫁給我。」

關欣目光流動，猶疑地注視著蘇怡華。

忽然，呼叫器嗶嗶地響了起來。關欣看了看呼叫器的顯示，對蘇怡華說：

「急診室找我。」

「關欣，不要走，」蘇怡華迫切地說，「答應我，嫁給我。」

呼叫器又響了一次，關欣猶豫不決地看著呼叫器，告訴蘇怡華：

「我該走了。」

關欣從座位上起身，正要離開時，被蘇怡華叫住。

「嫁給我，」他款款地說，「我要妳知道，不管那是什麼代價，我會一直等待，直到妳答應的。」

＊

急診室的情況十分紊亂。圍起來的布簾。匆匆忙忙進出的醫療人員。關欣掀開布簾衝進去時，他們正好在病人身上急救。有人在插管，有人在注射點滴，場面相當忙碌。

「怎麼回事？」關欣問。

「安眠藥。」總醫師聽到她的聲音立刻回過頭來，從醫師服口袋裡拿出一個空藥瓶交給關欣。

「吃了多少？」

總醫師搖搖頭，沒說什麼。只見護理長忿忿然從護理站走過來，哇啦哇啦地抱怨著：

「從來沒有碰過這麼搞不清楚狀況的家屬，現在這種狀況，竟然要把病人領回去……他們把面子看得比人命重要，難怪她要自殺。」

「開什麼玩笑，」關欣也跟情緒高昂地說，「要領回去可以，請他們派醫師跟救護車來接人，我才肯放人……」

護理長轉身準備走回護理站，總醫師叫住她：

「我跟妳一起去。」

關欣看了一下那個空藥瓶——巴必妥類的安眠藥。看來至少五十顆以上被吃掉了。在呼吸器的推動下，病人胸部均勻地起伏著。如果給予適度的呼吸以及循環支持，她大概還得睡個幾天。關欣靜靜地注視著病人，總覺得這個臉孔似曾相識，可是又想不起來到底在哪裡見過。

不久，一輛閃爍著紅燈以及蜂鳴器的救護車開進急診室門口，從車後方走下來了穿著醫院制服的醫師和護士小姐。包括護理長、總醫師以及幾個家屬簇擁著一位戴著墨鏡的男人往關欣的方向走過來。

「我是華信醫院副院長。」他從口袋掏出一張名片遞過來。

關欣接過名片，正納悶著為什麼有人大半夜的還戴著墨鏡，不經意地看了一眼名片，忽然叫了起來：

「莊醫師！」

那個男人拿下了墨鏡，驚訝的眼神，喊她：

「關欣……」

關欣定定地看著莊哲銘。他比從前發福，頭上也長了些斑白的頭髮，難怪戴上墨鏡的時候認不出來。她想起了在莊哲銘的婚宴送客時，新娘那不經意的一瞥。忽然間，關欣明白了為什麼病人的面孔那麼地似曾相識。

莊哲銘愣了一下，有幾分尷尬地說：

「我太太……」

「現在情況還算穩定，不過需要強心劑以及呼吸支持……」

「我必須把她帶回華信醫院，」他低下了頭，「她是董事長的女兒，妳知道的……」

「好。」關欣想了一下，轉過頭跟護理長及總醫師說，「讓他們辦離院手續。」

看到總醫師及護理長面帶猶豫，關欣說：

「沒關係，是莊副院長的夫人，讓他們辦手續。」

「你們也一起去辦手續，趕快把她抬上救護車吧。」莊哲銘回過頭告訴隨行醫護人員。

兩造人馬離開之後，莊哲銘對關欣鞠躬，客氣地說：

「謝謝。」

「你要不要去看看她？」

「不了，」莊哲銘從口袋掏出香菸及打火機來，正要點火，才想起這裡是急診室，他問關欣，「出去透透氣吧？」

關欣沒說什麼，默默地跟隨他走出了急診室，繞過了救護車。他們靜靜在救護車前站了一會。莊哲銘點起菸，自我解嘲似的說：

「婚禮以後就沒有見過妳，沒有想到，今天在這種情況下碰面。」

關欣把背靠在寫著華信醫院的車廂上。她把玩著手上的名片，無謂地笑了笑，告訴莊哲銘：

「恭喜你，你現在已經是準醫學中心的副院長了。」

「那是她父親的醫院。」莊哲銘吸了一口煙，乾咳了幾下，「這些年，妳過得還好嗎？」

關欣低下頭，沒有說什麼。過了一會，她問：

「你呢？」

莊哲銘把煙霧吐得好高，無奈地笑了笑說：

「看到今天這個樣子，妳大概覺得我過得很不好吧？」

「我不知道。」關欣搖搖頭。

「其實這已經是她第三次，我實在是有點麻痺了。」

「小心。」救護車輕輕地震盪了一下。關欣側過頭去，看見醫護人員擠著呼吸氣囊，把病人抬上了救護車。莊哲銘只瞄了一眼，又繼續默默地抽著菸。

「你覺得後悔嗎？」關欣問。

「或許每個人的生命都有不同的負擔吧，」莊哲銘又吸了一口菸，「我這輩子沒有什麼好後悔的。」

救護車的引擎發動了起來。在護理站辦完手續的人跑了過來，車上的人喊著：

「副院長，我們準備好了。」

關欣想起很多事，可是她沒有說什麼，只是默默地看著他抽菸的樣子。

「我該走了。」他把香菸丟到地上踩熄，習慣性地伸出手來，準備和關欣握手，「謝謝妳的幫忙。」

關欣並沒有伸出手。她對莊哲銘笑了笑，搖搖頭，淡淡地說：

「再見。」

莊哲銘有點詫異。他緩緩地收回尷尬的手，重新戴上墨鏡，轉身走向救護車前座。

「有空來找我吧，我們可以好好聊聊。」他回過頭來說，「妳有我的名片和電話。」

深夜十一點多，一個心肌梗塞的老人被送到急診室時已經沒有心跳了。經過一番急救之後，關欣對家屬搖搖頭，宣布死亡。淒厲的哭喊聲隨著響了起來。那是一個老太婆的哭聲，喊著老先生的名字、狠狠地抓他、搥打他的胸部。

關欣深吸了一口氣，覺得她必須走出去透透氣。

她靜靜地坐在急診室外的台階上，身後還聽到老太太淒厲的哭聲，隔著距離聽，斷斷續續的。

關欣覺得很迷惘。如果愛戀的感覺是狂喜，為什麼如影相隨的總是分離的決裂？如果那是歡愉，為什麼在背後伺機而動的總是淒厲的吶喊呢？有什麼愛戀不是從一開始就注定了分離？又有什麼美好的愛戀，不在黑夜的角落裡，隱藏著像老太太這樣對生命絕望而淒厲的哭聲呢？

她仰頭看了看夜空，腦海裡浮現出莊哲銘抽著菸的神態。就在莊哲銘抽菸的神情裡，她忽然看到了邱慶成，也看到了蘇怡華……那些不同的性格和身影，不知怎地，漸漸融而為一，竟變得難分難解了。

莊哲銘曾給了她一些最美好的，但也給了她最醜陋的，就像邱慶成和蘇怡華一樣……或許沒有什麼愛是絕對的吧？如果要接受愛，就要別無選擇地必須接受盼望、嫉妒、現實、權力、鬥爭，接受恨、分離、哭泣……接受所有愛戀所幻化的一切……

她驚訝地覺悟到，那些教她最愛的，讓她最恨的，癡狂的、淒厲的分合聚散，不管幻化成了邱慶成或者蘇怡華，和最初她在莊哲銘身上經歷過的都沒有什麼兩樣。原來這麼多年來，她不過是用著不同的方式重複著相同的愛戀……

急診室的老鐘輕輕地敲響了十二下，溫柔地又送走了一天。一天過去了，十多年也過去了。

如果愛戀必須在分離中生成，在恨中交織，在淒厲、吶喊中載浮載沉的……那麼十多年，就不能只算是很短的剎那。

只是，在這個晚上，她忽然領悟了。

她從口袋裡拿出莊哲銘那張名片，看得發愣。從前分開時沒有對他說過的再見，今天總算告訴他了。

關欣自顧笑了笑，輕輕地把那張名片揉成一團。

蘇怡華幾番試圖著打電話聯絡關欣，都沒有回應。後來，才知道她從隔天起就請年休出國度假。

*

那是一個陽光迤邐的早晨，蘇怡華在辦公室接到了徐大明的電話。

「我昨天接到了麻醉科關主任的辭呈，和她在辦公室談了一下……」徐大明說。

「關主任辭職？」蘇怡華訝異地問。

「沒錯。她要回鄉下去，我已經批准她所有的辭呈，」徐大明笑咪咪地說，「我知道關主任是邱慶成的人馬，所以請你過來商量一下，也許你能提出和你配合度更高的人選……」

蘇怡華掛上電話，發了一下愣。他不知想起什麼，急急忙忙衝到樓梯口，沿著樓梯奔向四樓麻醉科辦公室。他氣呼呼地趕到麻醉科，不顧秘書小姐的招呼，魯莽地衝進關欣的主任辦公室。

他發現所有的東西都已經不見了。那裡只剩下一間乾乾淨淨的辦公室。

亮麗的光線從窗口射進來，照映著空空盪盪的辦公桌、書櫃、沙發桌椅以及在辦公室裡喘著氣的蘇怡華。

他望向窗外那片白花花的陽光，不知怎地，竟暈眩了起來。

46

馬懿芬走進新聞部經理辦公室時，常憶如正皺著眉頭翻閱報紙，抬起頭看了馬懿芬一眼，問她：

「怎麼了？」

「常姐……」馬懿芬面有難色，「紅包事件的新聞，我不想再追下去了。」

「妳做得很好啊！這個新聞好不容易炒熱了，大家都在談論……」

「美國的事，我可不可以提早動身？」

「這些收紅包的習慣早就該改革了，現在好不容易刺了這隻大恐龍一下，妳為什麼不再做下去呢？」

「這樣是沒有用的。」馬懿芬搖著頭。

「妳為什麼覺得沒有用？」

「問題不在那幾個人身上……」馬懿芬想了想，「就算我們新聞炒得再熱鬧，修理了那幾個人，一旦事過境遷，仍然不會有什麼改變的。」

「那依妳說，問題出在哪裡？」

馬懿芬無奈地笑了笑說：

「整個社會……包括我們自己。」

常憶如沉思了一下，她深吸了一口氣，懷疑地問：

「是不是邱慶成跟妳說了什麼？」

馬懿芬搖搖頭。

「懿芬，這件事情妳不想追下去，常姐不反對。妳先是興致勃勃，現在又變得意興闌珊……妳告訴我，到底發生了什麼事？」

馬懿芬低著頭，似乎想著什麼。過了一會，她吞吞吐吐地說：

「我見過他太太了，也把事情都跟她說了……」

常憶如恍然大悟的表情。

「妳把事情都跟她說了？……」

馬懿芬點點頭說：

「事後，她寫了一封信給我，告訴我她已經簽好離婚協議書交給邱慶成，準備在這個事件之後帶著小孩離開他。」

「妳真相信她說的？」常憶如說，「果真如此，她為什麼還要替邱慶成奔忙，到處替他求情、開脫呢？」

「那是為了孩子……」馬懿芬自我解嘲地笑了笑，「我可以體會她的心情，她那種愛邱慶成的方式是我做不到的。」

「就算是這樣，紅包弊案仍然應該報導下去，別忘了妳還是個專業的新聞從業人員……」

「不，在這件事情上我只想報復，我已經失去客觀的立場了，」馬懿芬稍停了一下，「只是，我忽然覺悟到，這樣又有什麼用呢？就算我把他和他的家庭毀了，自己又得到什麼呢？」

「莫非妳還愛著邱慶成？」

「我們已經不可能在一起了，」馬懿芬搖著頭，「或許我會把事情做得這麼絕，就是為了有個了斷吧……」
沉默了一會，常憶如歎了一口氣說：
「妳就是脾氣這麼拗……」
「想一想，事情都是自找的，」馬懿芬笑了笑，「我真想彌補的話，應該是下定決心讓自己和孩子以後活得好一點吧。」
「妳真的要把孩子生下來，不再考慮？」
「他是我的孩子，我可以感覺到他在我的肚子裡。」
「也許常姐多事了，畢竟我是過來人。妳知不知道，小孩子生下來，有很多事情都要考慮。」
「我知道，」馬懿芬點點頭，「如果我不喜歡邱慶成對我做過的事，憑什麼還要加諸在孩子的身上？」
常憶如考慮了一下。
「好吧，如果妳這樣想，我會支持妳的。紅包弊案的新聞，我改派別人去追，」她翻了翻桌上的行事曆，「妳打算什麼時候動身去美國呢？」

*

陳寬去世是在一個禮拜六的中午。他的家人本來計畫在午後他錄音後的空檔來房間和他一起共度的。
當時癌細胞已經在他的肋骨以及脊椎骨到處轉移。儘管蘇怡華建議注射靜脈嗎啡止痛，他仍拒絕了蘇怡華的好意，皺著眉頭，忍著痛苦，希望爭取更多清醒的時間給孩子錄音。

那天中午，他錄到了第十六捲錄音帶。那是孩子十七歲的生日禮物。他停下來休息，氣若游絲地向文秀要杯開水。

文秀離開了房間一會，等她端了水回來時，發現錄音機仍然開著：

親愛的孩子，當你聽到這捲錄音的時候，你已經十七歲了。爸爸可以想像你長得又高又壯的樣子。十七歲實在是很美好的時光。爸爸常回想自己十七歲的時候，最後悔的事，莫過於沒有好好去玩了。現在想想，覺得很好笑。那時候，爸爸對人生充滿了害怕。好怕稍不注意，功課就輸給別人了；好怕如果不夠努力，就永遠追不上別人；好怕……

文秀呼喚陳寬，可是並沒有反應。她本來以為他正閉目聆聽自己的錄音，並沒有去打擾他，直到錄音機發出沙沙沙的聲音。文秀詫異地放下水杯，伸手關掉錄音機開關，又呼喚了陳寬一遍，才發現他已經停止呼吸了。

自從他生病以來，沒有家人陪伴在身邊的時刻並不多。陳寬就在那樣的時刻離開了。

＊

邱慶成趕到墓地時，陳寬的告別式正在進行著。執事的人緩緩地把陳寬的棺木放入墓穴，一鏟又一鏟地覆蓋土壤。

他把汽車停在山路邊，打開車門走了出來。邱慶成踩著崎嶇的山路，走了幾步，抬頭看見陳庭站在稍遠的地方，冷漠地望著他。那樣的眼神很空洞，彷彿已經累夠了，再也沒有力氣表達任何情緒。

邱慶成猶豫了一下，硬著頭皮走到陳庭面前。

他們靜默地在風中站了一會。邱慶成終於說：

「我送來陳寬的副教授聘書，」他從口袋裡拿出醫學院任命的聘書交給陳庭，「我知道這張聘書來得太遲了，可是這是外科同仁的心意，對陳寬醫師的肯定……」

陳庭接過那張聘書，一臉疲憊的表情，什麼都沒有回答。

「那一次我沒有參加升等會議，」邱慶成深深地一鞠躬，「對不起……」

陳庭默默地看著那張聘書好久，終於說：

「就燒給陳寬吧。」

他們把那張副教授的聘書當著陳寬的棺柩前，點著了火，讓聘書在空氣中熊熊地燃燒。

陳庭看著那陣火光，無奈地笑了起來。

「我們陳家，總算有人當上了教授……」他的聲音變得哽咽，說著說著，竟無法自制地號啕起來。

「陳醫師。」蘇怡華站在一旁，機警地上前去扶他。

「我很好，」陳庭甩開了蘇怡華，他的哭聲詭譎地變成了無奈的狂笑，「哈哈……費盡心機，總算當了教授……」

四面八方吹來的冷冽的風，像是理不清的悽愴與心事，無由地舞弄著陳庭斑白的亂髮漫天飛揚。

「爸爸。」文秀抱著孩子，也過去喊他。躺在文秀懷裡的孩子，似乎受到了驚嚇，發出淒厲而高亢的哭喊。

陳庭擺了擺手，要文秀回去。他自顧轉身，失神落魄地走入那片芒草漫漫的荒野。

邱慶成瞇著眼睛看陳庭孤獨地走在天地之間，他不時仰天大笑、吶喊，聲音愈來愈大：

「哈哈，費盡心機……」

四際都是漫天的紙灰揚塵與無盡的枯黃綿延。濕冷而勁韌的山風，刀刃般的吹過臉頰，吹過有知覺，沒有知覺的一切，連帶把狂囂、哭泣、吶喊也都一起吹走。

隨著陳庭走遠，他的聲音愈來愈小，他那一頭斑白的亂髮，沒入白花花的芒草叢裡，漸漸地，再也無法分辨了。

葬禮之後，邱慶成從執事人員手上領到一條包裝盒上寫著哀感謝的毛巾，裡面還附著一張小小的記事紙。邱慶成拿出那張紙條，發現上面寫著一組住址和電話號碼。

「這是？……」邱慶成好奇地問。

「這是葉先生和葉太太的聯絡住址和電話，陳院長說你知道的，」執事人員解釋著，「他要你去找他們好好談談。」

47

馬懿芬在航空公司櫃台辦好了報到，並且托運了好幾個行李之後，背著隨身行李以及滿手的護照、機票、登機證，一轉身過來，看見邱慶成站在她的面前。

「對不起，」她低下頭來，「借過。」

「懿芬，」邱慶成說，「我是來送行的。」

「你這個大忙人，我不敢當。」馬懿芬轉身就走。

「我是誠心誠意來送行的。」邱慶成緊追在後。

「你不需要來的，」馬懿芬邊走邊說，「我已經不管任何紅包弊案的報導了。」

「我不是為了紅包的事來送行的……」邱慶成跟著說，「我要告訴妳，我感到抱歉……」

馬懿芬踩上升降梯，邱慶成也跟在後面。

「你不需要感到抱歉，我們扯平了，誰也不欠誰。」馬懿芬說。

「我對妳的報導一點怨尤也沒有，」邱慶成說，「經過這次的事件，人情冷暖，我重新想了很多事……想得清楚一點，未嘗也不是件好事。」

「彼此彼此吧。」

他們上了二樓，站在通關口的大廳。

「很多事，我也不知道該從何說起，這是我的一點心意，」邱慶成從口袋拿出一張支票，遞給馬懿芬，「妳真的堅持把孩子生下來的話，我可以收養這個孩子……」

馬懿芬看著支票，沒有說什麼，把支票退還給邱慶成。邱慶成也推辭那張支票，對她說：

「妳有妳的未來和前途……妳收下來，或許我的愧疚會少一點。」

馬懿芬笑了笑，對他搖著頭。

「我知道你已經竭盡所能，」她把支票退還給他，「可是，你誤會了，這不是我想要的。」

「我和美茜會像對待小敏一樣，把孩子當作我們兩個人親生的孩子，將來，妳也可以回來看她……」

馬懿芬對他笑著搖頭。機場廣播響起了班機起降時間的廣播。聽完了廣播，馬懿芬看了看手錶，對邱慶成說：

「我該走了。」

她走到進入通關入口的隊伍後面。邱慶成愣愣地看著那張支票，激動地衝過去對她說：

「妳這樣，我一生都會覺得內疚的。」

隊伍把馬懿芬推到了前頭，馬懿芬把護照、機票及機場稅都交給機場人員，回頭說：

「你不欠我什麼的。」

邱慶成站在航關外面，不曉得該怎麼辦才好。他眼看著馬懿芬走進了通關口，愣愣地舉起右手對她揮別。

「再見。」他說。

馬懿芬回過頭來，強撐出滿臉的笑容，也緩緩地舉起右手。

「再見。」她揮動著手。不知道為什麼，一轉身，走了二、三步，眼淚不爭氣地就流了滿臉。

整個機場滿滿都是拖著行囊、通關、送行的人。

馬懿芬沒再回過頭。她背著邱慶成走遠，愈走愈快，不敢擦拭眼淚。

邱慶成開著汽車駛離桃園中正機場，從大園交流道轉入一號國道北上高速公路時，車上的行動電話響了起來。他接了行動電話，是美茜的聲音：

「你現在在哪裡？」美茜問。

「高速公路上，」邱慶成問，「什麼事？」

「我才從葉先生那邊出來。」

「怎麼樣？」

「我替你送出去了一個大紅包，」美茜在電話中笑著說，「他們已經把支票收下來了。」

「開了多少錢的支票？」

「八十萬元。」

「嗯。」

「你的惡夢總算結束了。」美茜想起什麼似的，「對了，你在高速公路做什麼？」

「一個朋友……」邱慶成猶豫了一下，「要出國了，我們聊聊。」

「你還真有閒情逸致，聊什麼啊？……」

「沒什麼，隨便聊聊。」

汽車的速度飛快。邱慶成抬起頭，正好看到一架起飛的班機，穿越高速公路，從他頭上浮升了過去。

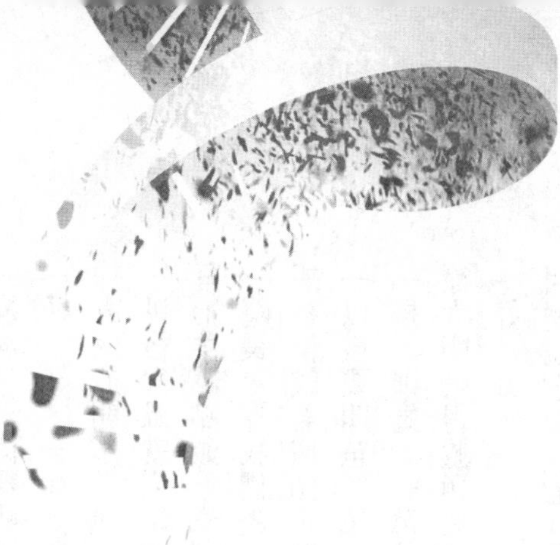

第十二章

48

送走婚禮最後的賓客之後，徐大明夫婦再三鞠躬，目視著蘇怡華的父母親離開。現在只剩下新郎新娘，以及一些幫忙收拾的工作人員了。

「爸爸。」徐翠鳳激動地撲了過來，抱在徐大明懷裡。

「好，好，」徐大明拍著她的背，「什麼事以後再說，今天早點休息，明天還有得忙。」

徐大明放開了翠鳳，看著蘇怡華。

「以後翠鳳就交給你了。」他笑著說。

蘇怡華點點頭，牽著翠鳳，對徐大明說：

「院長，那我們先回去了。」

胡睿倩皺著眉頭，對蘇怡華說：

「以後要叫爸爸了。」

「是，媽媽，」蘇怡華不太習慣地對徐大明說，「爸爸。」

徐大明喝得臉色有點泛紅，開朗地笑了起來。他拍著蘇怡華的肩膀，得意地說：

「好，好。」

目送這對新人離去，徐大明轉身在餐廳入口站了一會。餐廳裡面到處是忙碌的工作人員，還在收拾著一百多桌的殘羹剩菜。他想起什麼似的跑去打電話，過了一會回來，胡睿倩問他：

「你打電話給誰？」

「打電話給副院長，問他醫院裡面有沒有什麼事？」

「你那麼緊張幹什麼？」

「我們吃這頓飯，整個醫院從內科外科、護理部門、檢驗部門到行政部門，還有全台灣的藥廠、藥商，上上下下都動員了。現在整個醫院幾乎是空的。再怎麼說，我是公務人員，萬一醫院有什麼狀況，人家會說得多難聽？」

「你就是窮緊張，總統都在這裡吃飯，你管人家怎麼說？」

「他是總統當然沒關係，我又不是總統。」

迎面走過來的院長座車司機笑咪咪地說：

「院長，恭喜、恭喜。」

徐大明笑著對他說：

「老趙，今天謝謝你的幫忙，家裡的人一定還在等，你把鑰匙留下來，先走好了。」

徐大明接過了鑰匙，笑著對胡睿倩說：

「我今天是司機，送夫人回家。」

「難得你心情那麼好。」胡睿倩也笑了起來，停了一下，她想到什麼似的問，「上次孫校長嫁女兒，總統都沒有去。總統原來不是說不來，怎麼又來了？今晚校長連坐到總統旁邊的機會都沒有，心裡一定很鬱悶。」

「沒辦法，誰叫校長不是醫生？妳沒看今天心愉坐在總統身邊有說有笑！」徐大明說，「要是心愉的情況不好，妳看總統會不會有心情來？」

「心愉好像很喜歡怡華，圍著他起鬨……」

「是啊，從前她做化學治療的時候，我拜託怡華幫她做了一個手術……」說到這裡，徐大明忽然意味深遠地停下來，想起了許多從前的往事。

「你發什麼愣？」胡睿倩問他。

「沒事，」徐大明回過神來，笑著敷衍，「我在想……總統看著別人嫁女兒，大概也會有很多心情吧。」

他們打開大門，換上拖鞋，走進客廳。徐大明整個人癱瘓在長沙發椅裡面。

「千方百計，總算把女兒嫁出去了。」胡睿倩也走過去坐在沙發上，笑著看徐大明。

「是啊，」徐大明伸了伸懶腰，「總算替翠鳳找到一個好女婿。」

「你當了院長，我們的女兒也嫁了，我們的人生看起來好像很圓滿。」

徐大明不置可否，喃喃地重複著：

「人生很圓滿……」

胡睿倩環顧著空盪盪的屋子說：

「少了翠鳳在這裡吵吵鬧鬧，還覺得真是不習慣，好像整個屋子都空了一樣。」

徐大明自我解嘲似的說：

「總算落得只剩下我們老夫老妻了。」

「老伴，我們的人生過得這麼圓滿，為什麼突然覺得這麼空虛呢？」胡睿倩問。

「妳看看，女兒出嫁還不到一天，就開始想念她了，」徐大明笑著說，「別這樣，今天應該是我們最開心的一天，以後恐怕不會再有這樣的日子了，我們應該很高興才對。」

胡睿倩感歎了一聲，淡淡地說：

「是啊，最開心的一天……」

兩個人不知想起什麼，客廳的氣氛有些凝肅。沉默了一會，徐大明站起來打破沉默：

「我看妳忙著招呼客人，滿桌的菜吃了沒幾口，肚子餓了吧？我去廚房看看冰箱還有什麼東西，」徐大明搖擺著笨重的身體，「我來弄幾道菜，我們兩個人自己慶祝慶祝吧。」

49

他們走進了美國西部主題樂園，小敏吵著要坐旋轉咖啡杯。美茜把照相機交給邱慶成。

「等一下幫我們照張相片。」說完牽著小敏坐了上去。

仍然是六福村主題樂園。連著這次，已經是第三次來了。

邱慶成拿著自動相機稍事練習瞄準了一下。過了不久，一整個旋轉盤上的小朋友都熱熱鬧鬧地坐定，機器便開動了起來。

「看這邊。」邱慶成對著美茜和小敏喊著，小敏也呼應他一個勝利的手勢和表情。

按下快門之後，旋轉咖啡杯的速度漸漸快速旋轉起來。邱慶成看了看手錶，走到附近買了一份報紙走回來。他邊走邊翻閱報紙，立刻被第三版的頭條標題吸引住了。

名醫賴成旭紅包案宣判十二年有期徒刑

邱慶成訝異地看著地方法院一審的宣判，心中無限感慨。不知為什麼，浮現在腦海的是他們那對夫妻，那天晚上跪在他面前的景象。

過了不久，旋轉咖啡杯停了下來。美茜帶著又叫又跳的小敏走了下來，喊了他幾聲，問他：

「你在發什麼愣？」

邱慶成沒有說什麼，指著報紙給美茜看。

美茜抓著報紙，也著實地看了一會兒。她歎了一口氣，若有感觸地說：

「紅包問題還是要用紅包解決。」

邱慶成也輕輕地搖著頭。他抱起已經爬到他身上去的小敏，伸出另一隻手去牽著美茜。

「謝謝妳，真的。」他感激地表示。過了一會，裝出有意無意的表情，雲淡風清地說，

「上次妳給我的那張協議書，我已經撕掉了。」

美茜還來不及說什麼，小敏已經指著前方，大呼小叫地喧嚷著：

「火車，我要去坐火車！」

50

這一年，外科發生了很多事。

邱慶成下台、陳寬過世、闕教授退休、唐國泰再度中風，又住進了加護病房……邱慶成變得不愛開刀，總是把病人轉介給蘇怡華。不曉得為什麼，蘇怡華變得非常暴躁易怒。他可以感覺到醫師、護士都愈來愈怕他。可是他們愈怕他，他就愈發生氣。

他很懊惱，卻無法控制。

＊

唐國泰過世的這個中午，蘇怡華又發了一頓脾氣。起先是手術不順利，後來器械不順手，刷手小姐不熟悉他的習慣，最後笨手笨腳的代訓醫師又惹怒了他，終於全面爆發了。

「你是死人是不是？」蘇怡華對著代訓醫師大吼，「一點反應也沒有！」

代訓醫師全身發抖地站在手術檯上，不知道該怎麼辦。幸好被叫進來手術室的總醫師悄悄把他拉下來。

蘇怡華轉身過來，怒氣沖沖地看著總醫師。

「你倒很會調度，」他提高聲調，「嗯？」

總醫師手足無措地站著，氣氛很僵。包括住院醫師、實習醫師、刷手、巡迴護士、麻醉護士、麻醉科住院醫師，都啞口無言，沒有人敢再說些什麼。

「今天還有幾台刀？」蘇怡華又問。

「報告主任，」總醫師吞吞吐吐地說，「還有六台。」

「邱慶成醫師呢？我不是請你找他來幫忙嗎？」

「報告主任，一整天我都找不到邱醫師。」

「你們都只會拚命給我排刀，找不到人幫忙也就算了，你還派這種生手給我找麻煩……」

蘇怡華愈說愈氣，把器械摔在地上，破口大罵，「不開了，你們找不到邱慶成，他就沒事，那我也讓你們找不到。通知其他所有的病人，今天全部不開了。」

他說完，轉身脫掉無菌罩袍，忿忿地走出手術室。

總醫師急急忙忙從後面追了出來，戰戰兢兢地說：

「報告主任，對不起，代訓醫師從埔里來，大概在鄉下待太久了……」

「鄉下有什麼不好？待在這裡，只會開刀有什麼用？你看看，我們每天在這裡，過的是人的生活嗎？」

「報告主任，對不起，下次我絕對不會排他跟你的刀了……」

蘇怡華沒說什麼，走到開刀房外面的休息室，逕自坐在沙發上生悶氣。總醫師忙著去倒了一杯咖啡過來，站在他的面前連賠不是，不敢離開。蘇怡華抱怨著：

「每天在這裡做牛做馬，有誰落得什麼好下場過？唐教授一輩子在這裡開過多少刀，現在他死了，我問你，誰替他掉過一滴眼淚了？說是要救人，誰來救我們？」

他一口氣把咖啡都喝完，起身走向電梯口，準備到地下室餐廳用餐。總醫師急急忙忙衝回辦公室拿了蘇怡華的白色長袍，從後頭追趕上來，替他披上。蘇怡華沒有說什麼，回頭看了總醫師一眼。直到蘇怡華走進電梯，電梯門合併起來，總醫師還站在門口對著他鞠躬敬禮。

關欣和埔里來代訓的廖醫師約在餐廳門口。她看見廖醫師走過來，關心地問：

「怎麼這麼早就下來吃午飯了？」

「蘇主任大發脾氣，嫌我笨手笨腳，」廖醫師笑著說，「就這樣被趕下來了。」

關欣皺了皺眉頭，不解地自言自語說：

「他難得脾氣那麼壞的啊！」

「蘇主任的壓力大，發飆是難免的。」

「我過去和他是同事，要不要我幫你去打個招呼？」

「既然來學開刀，他就是我的老師。挨挨罵也是應該的。」廖醫師笑了笑，「我可以應付得來，妳不要替我擔心。妳能支持我來代訓，我已經很感激了。」

關欣看著代訓醫師憨厚的笑，好奇地問：

「我實在不懂，你為什麼從來都不生氣？」

「因為我很幸運，總是碰到像妳這麼好的人，」廖醫師看看錶，笑著說，「我們去吃飯吧。吃完飯我還得趕回開刀房去，遇上他心情好，也許讓我在旁邊看刀也說不定。」

他們坐在醫護人員用餐區用餐，吃了沒多久，遠遠看見蘇怡華端著餐盤走了過來。

「蘇主任。」關欣喊他。

蘇怡華猛然轉過頭來，看見關欣坐在身旁的座位上用餐。

「關欣，」他的胸中一陣悸動，手足無措地說，「好久不見……」

「好久不見……」關欣從座位上站了起來。

代訓醫師見到這個情況，也緊緊張張地跟著站了起來，對著蘇怡華鞠躬。

氣氛不太自然。蘇怡華直直地盯著關欣，淡淡地說：

「妳的頭髮變長了。」

「去年離開這裡以後就沒有再剪過，」關欣笑了笑，「恭喜你，聽說你結婚了。」

蘇怡華不置可否地低下頭去。過了一會，他關心地問：

「這一年多，妳到哪裡去了？」

「我在埔里。」

「過得還好嗎？」

「鄉下地方，沒什麼好不好，風景很好倒是真的，」她指著身旁的代訓醫師說，「他是廖醫師，我們最近訂婚了……」

蘇怡華有些錯愕，可是仍極力地掩飾他的驚訝，他吞吞吐吐地說：

「那，很好……」

「他在埔里開業，想學一些新的手術技術回去，我很鼓勵他。所以他申請來這裡代訓三個月，」關欣對著他鞠躬，「他雖然有些技術不懂，但很努力，也很肯學習。拜託蘇主任多多照顧他。」

「不敢當……」

蘇怡華又看了看廖醫師，剛剛手術時幾乎沒有好好地看過他一眼。一個和他年紀差不多的男人，看起來寬厚老實。顯然剛剛的餘悸猶存，他不停地對著蘇怡華點頭。

關欣看了看蘇怡華手上端著的餐盤。

「你要不要和我們一起進餐？」她問。

蘇怡華猶豫了一下。

「不了，」他神色飄忽地說，「我還約了人。」

「那麼，拜託蘇主任多多照顧了。」

關欣又是一鞠躬。廖醫師有些尷尬地笑著，只能跟著關欣對蘇怡華鞠躬。

蘇怡華本來還想多說些什麼，竟不知從何說起，只能客套地說：

「哪裡，應該的……」

和他們告別，走了幾步，回頭看，兩人仍然還站在那裡對著他鞠躬。蘇怡華端著餐盤往前走，在主管用餐區坐了下來。

隔著許多人，遠遠地看著這對埔里來的開業醫師。蘇怡華感覺到有些隱藏在內心深處的什麼被翻攪了出來。那些感覺漸漸地滲透開來，愈來愈強烈，漣漪般的往外一波一波漾開。

相對於整個餐廳滿滿都是穿著白色制服的大醫師們，他們顯得那麼地周邊、甚至是無足輕重，可是他們坐在那裡吃飯，卻有一種無怨無悔，現世安穩的氣氛。那只是一種無關緊要的氣氛，卻不斷地提醒蘇怡華，他曾經願意放棄一切，只為了和關欣坐在那裡，好好地吃一頓飯的。

不知道為什麼，再也吃不下去了。那些漾開來的感傷很快變成了狂風暴雨，動盪地侵蝕了他的內在，甚至變成了一種椎心的刺痛。

他急急忙忙起身把剩菜丟棄在垃圾桶，低著頭，快速走出了餐廳，搭上電梯。想哭的衝動是那麼地強烈，再不離開，恐怕眼淚就要崩潰決堤了。隨著電梯爬升上了六樓，蘇怡華走出電梯，走在通往外科辦公室樓層的長廊上。

一路上，好多和他打招呼的臉孔、恭敬的聲音、鞠躬的姿勢。

「蘇主任好。」

「蘇主任，吃過飯了嗎？」

沿長廊走著，他忽然一點都不想回應。通往辦公室的長廊長得永遠都走不完似的。

他想起才沒多久以前，陳寬說話的表情還歷歷在目。

如果一定要戰爭，至少我願意為自己而戰，戰死了也勝過莫名其妙坐在路上哭泣……

事過境遷，那場當時大家都覺得理直氣壯的戰爭，究竟是誰打贏誰，誰又被誰打敗了呢？當初那些全心全意、興致勃勃算計著的人，全都悄悄地退出了，只剩下他還別無選擇地站在舞台上，費勁地演著這場權力與榮耀的人生大戲。

只是，戲演給誰看，掌聲拍給誰聽，又有誰真正在乎呢？

蘇怡華愈走愈快，激動地衝進外科主任辦公室。秘書小姐看見他，立刻起身跟在身後說：

「主任，剛剛開刀房打電話來催你，問你什麼時候要開下一台刀。」

他悶著氣，頭也不回地往前走。

「還有，」她又追著蘇怡華，「辦公桌上有病人送你的東西。」

蘇怡華逕自走進辦公室，轟地關上身後的門，斜倚在門板上喘著氣。

陽光亮麗地射進這座白色巨塔的頂端，也照映著辦公桌上的瑣瑣碎碎。他失魂落魄地環顧著整個外科主任的辦公室。這個曾經是老主任、唐國泰、邱慶成擁有過的房間——多少外科醫師一生夢寐以求的權力殿堂與象徵，現在完全屬於他的了。

電話鈴忽然響了起來。

他接起了電話，是徐翠鳳的聲音。

「晚上我幫你約了立法院張副院長、龐立委、劉立委，以及第一銀行段總經理夫婦在麗晶二樓吃飯。」

「我一定要到嗎？」蘇怡華問。

「這可是你的前途，我好不容易約定的。大家可都給你面子，否則，你以為我們愛吃這頓飯？」

蘇怡華不再說什麼。

「總之，你六點半到。」徐翠鳳掛了電話。

蘇怡華放下聽筒，恍惚地看著桌上的禮盒。他拆開了層層的包裝紙，底下是水果禮盒，水果禮盒裡裝著水果，以及成疊的千元大鈔。他緩緩地拿起那疊鈔票，愣愣地看著。

在他身後櫃台上，整點報時的音樂鐘響起了「TOP OF THE WORLD」的音樂。那是徐大明送給他們的結婚禮物之一。音樂鐘上面，橢圓形透明玻璃罩著一對穿著西裝和新娘禮服的新人模型，愉快地繞著地球儀似的圓形鐘台跳舞。

蘇怡華不知不覺地轉過身，被音樂鐘吸引了。他放下了手上的鈔票，愣愣地看著鐘罩內那對跳著舞的新人。音樂盒響著，新郎新娘在世界的頂端旋轉著，所有的生死、愛戀、權勢與榮辱就這樣不停地流轉著。他不明白，永遠跳脫不出這方透明玻璃鐘罩裡的幸福，為什麼總是吸引著那麼多想望的目光？

蘇怡華回想起他們摸黑騎著摩托車到石門的海邊看漁火的夜晚，他第一次吻了關欣……他也記起那個早晨，邱慶成搶走了陳心愉的手術，對著他意氣風發地問，蘇醫師還有什麼問題嗎？他還記得曾經有一個黃昏在網球場邊，陳寬信誓旦旦地告訴他，準備好為自己而戰，這樣，我才可能當你的政治盟友，和你並肩作戰……那時候，他們都曾經相信許多事情，並且渴望不同的世界……

「I am on the top of the world……」單調而輕快的旋律響著，那些在世界頂端的滋味，不知怎地，聽著聽著，竟變成了淒涼無比的感覺。

陽光有些刺眼。蘇怡華雙手掩面，終於不可自制地啜泣了起來。

《不乖》的原因，《請問侯文詠》的原點，
侯文詠對生命的叩問、對夢想的追尋、對自我的探索！

我的天才夢【全新版】

這些年，我半推半就地做著我的天才大夢，仗著自以為是的天才做過一些事，有些我做成了，有些不免灰頭土臉。我以為如果我累積了更多的擁有，我就可以掌握答案，甚至趨近永恆。我曾經全心全意地相信這樣的信念，並且扮演著某種答案示範者的角色。直到成功、名氣、死亡、衰老、無常……一一與我擦身而過，讓我看穿了所謂的偉大的功勳以及意氣風發背後的虛幻，並且喚醒了我內在的不安。

更精確地說，我的天才夢，不過是一個天才妄想，幻夢破滅的故事罷了。不過，在夢幻破滅的盡處，我卻看到了一個又一個對生命的質疑與好奇。我重新舉手問著一個又一個的問題，每一瞬間的生命於是有了夢想，有了探索，有了一回又一回的想像與發現……

國家圖書館出版品預行編目資料

白色巨塔【全新版】/ 侯文詠著.
--初版.--臺北市：皇冠文化. 2017. 02
面 ;公分（皇冠叢書；第4598種）

ISBN 978-957-33-3283-1(平裝)

857.7　　106000127

皇冠叢書第4598種
侯文詠作品 8
白色巨塔【全新版】
作　　者—侯文詠
發 行 人—平雲
出版發行—皇冠文化出版有限公司
台北市敦化北路 120 巷 50 號
電話◎02-27168888
郵撥帳號◎15261516號
皇冠出版社（香港）有限公司
香港銅鑼灣道 180 號百樂商業中心
19 字樓 1903 室
電話◎ 2529-1778　傳真◎ 2527-0904
總 編 輯—許婷婷
責任編輯—平靜
美術設計—王瓊瑤
著作完成日期—2003年5月
全新版一刷日期—2017年2月
全新版二刷日期—2022年7月
法律顧問—王惠光律師

讀者服務傳真專線◎02-27150507
電腦編號◎ 010107
ISBN◎978-957-33-3283-1
Printed in Taiwan
本書定價◎新台幣380元/港幣127元